—鄭手作品集—

目錄

第二部■出谷

第三部■歸谷

第五十九章　夜鬥

裴若然和武小虎相對坐在後廳之中，武小虎啜著酒，裴若然只靜靜等候。一柄破風刀和一對峨嵋刺放在案上，離他們的手相距不過數寸。胡證和他的一幫手下武士全數躺在後廳或迴廊之中，有的被點了穴道，有的喝了金婆婆的藥酒，昏迷不醒。

武小虎未曾言語，只默默地喝著酒。裴若然望著他的臉，心中只能暗暗感謝他願意留在自己的身邊，陪伴她一起面對天殺星的到來。兩人都無心開口，因爲他們都知道天殺星已練成了「腐屍掌」，即使兩人合力，可能也非天殺星的對手。

子夜時分，一個人影陡然出現在圍牆之上。

裴若然立即知道那是天殺星，她從遠處便能感受到他的殺氣。天殺星手中持著雙匕首，匕首的刀刃在月光下發出寒光。方才血盟派出來探路的顯然只是個小角色，此刻來的才是正主兒。

裴若然將一對峨嵋刺套上手指，站起身，緩步走出後廳，抬頭望向天殺星。天殺星也望著她，兩人臉上都毫無表情。

武小虎放下酒壺，站起身，大步來到裴若然身邊，手中提著破風刀。有武小虎站在自己身邊，裴若然心中稍稍篤定，舉起峨嵋刺，說道：「天殺星，我知道你今夜的目標是我的爺娘，我不能讓你殺害他們。」

天殺星望著她，眼中流露出幾分不解。裴若然知道他不能明白她爲何要保護自己的家人，與他作對；也不能了解爲何她明知不是他的敵手，卻仍出頭試圖攔阻。她只能吸一口氣，用他能聽懂的言語解釋道：「我雖然早早離開家，但他們仍是我的親生父母。我在石樓谷中時，日日夜夜掛念著他們。如今我回到了家，見到了自己的爺娘兄長，他們仍是我的親人，我不能讓他們被你殺死。」

天殺星道：「盟主，有命，豈可，不遵！」

裴若然道：「你不過暫時被大首領賣給血盟，何須服從血盟盟主的指令？」

天殺星道：「大首領，之命，必遵。」

裴若然知道大首領定然給了天殺星清楚的指示，要他服從血盟盟主。即使天殺星可以不從血盟盟主之命，他卻絕不會違背大首領的指令。當此情境，她只能盡力勸說，低聲道：「天殺星，你聽我一言。你我和天猛星都練成了金剛袖、金剛頂內功，武功已比許多道友高上許多。上回天猛星一出手便打敗擒住了老八，其他道友們出動了好幾回都捉不住他，可見天猛星已勝出那些道友許多了。只要我們三個人願意，大可離開殺道，另圖生路。」

天殺星皺起眉頭，露出懷疑之色，說道：「如何，離開？」

裴若然見他似乎有些動搖，便接下去說道：「我們可以憑著一身武功，加上毒藥和暗器，趁道友聚會時闖入有爲堂，襲擊道友，甚至制伏大首領。我們出手對付他們，並非恩將仇報，只是爲了重獲自由，不再受他們的箝制。天殺星，只要我們三人聯手，這事絕對能辦得成！」

天殺星微微搖頭，說道：「不成。」又道：「妳，留家，不回，殺道？」

裴若然心中著急，說道：「我已經沒有家了。這裡不是我的家，殺道也不是我的家。你放過我的爺娘，我們三個一起離開殺道，好麼？」

天殺星再次搖頭，側眼望向天猛星，冷然道：「他，家人？」

裴若然只能回答道：「天猛星是我至交好友，也是我的家人，你不可傷害他。」

天殺星聽了，眼中閃爍出一股難言的憤怒，他感到天微星背叛了他。一直以來，天微星不斷告訴他自己便是他的家人，他可以將她當成家；然則當她眞正的家人受到生命威脅之時，她卻義無反顧地挺身攔阻在他面前，保護自己的父母兄長。天殺星終於明白，天微星畢竟不是他的家人；她的家人是裴家眾人，甚至還有天猛星。

天殺星臉上的憤怒轉爲失望，繼而又轉爲冷酷。他一頭黑髮散亂地披在臉上肩上，和裴若然第一次見到他時一模一樣，然而他眼神中曾保留給她的一絲暖意已然消失。

裴若然眼見話已說到這一步上，天殺星絕對不會原諒自己，只能舉起峨嵋刺，平靜地說道：「你要殺我家人，要殺天猛星，便先殺了我吧！」

天殺星瞇起眼睛，望望天微星，又望望站在她身旁的天猛星。他不再言語，忽然將左手匕首插回腰間，舉起左手。但見他蒼白的左掌心中透出一團鮮豔的藍色，一望便知餵有劇毒，怵目驚心。

裴若然心中一跳：「腐屍毒！天富星所說果然不錯！」

天殺星毫無徵兆，忽然向小虎子撲去，右手匕首直取他咽喉，左掌跟著擊出，準備使動腐屍毒。裴若然知道他仍舊不願立即對她下殺手，因此將目標放在武小虎身上。

裴若然立即揮出右手的峨嵋刺，攻向天殺星的左臂，試圖阻擋，而武小虎也已舉起破風刀格開天殺星的匕首。裴若然看他們交手兩三招，便已知道小虎子不是天殺星的敵手；他們在淮西交手時，武小虎略勝一籌，但他此時的狀況已遠不若當時，回到長安家中後消沉沮喪，酗酒傷身，已令他志氣消磨，武功大退，失去了往年的氣勢。加上天殺星左手上的腐屍掌，逼得武小虎無法近身，兩人武功高下立判。

武小虎和天殺星顯然也清楚眼前的情勢，天殺星不斷猛攻，不時以腐屍毒威脅逼近，武小虎無法招架，只能不斷後退閃避，而裴若然也不敢過於靠近天殺星，只能在旁側攻，試圖解救。如此的戰局最多只能維持數十招，天殺星便會先解決了武小虎，再解決裴若然，繼而去解決她的爺娘。

裴若然不禁感到一股深沉的絕望，她知道天殺星定然能夠打敗他們，而她的爺娘命在旦夕。她忍不住想道：「當我自己出手刺殺目標時，對方見到我的身手，心中想必也懷著同樣的絕望之感吧？」

此時她只能咬著牙，加快攻招，期盼能抵擋多久便是多久。她只能賭天殺星不會真的殺死自己，最多將她打傷，因此她仍須奮力一搏。

不多時，她的左臂便被天殺星的匕首劃傷，鮮血迸流。天殺星臉上不動聲色，裴若然知道他畢竟手下留情，這一匕首略略留了力道，未曾將她的左臂斬斷。但他對武小虎便毫不留情了，數十招過後，武小虎已滿身是血，赤色的衣衫上沾滿了深色的血漬，斑斑點點，肩頭、手臂和大腿都有傷口，血流不止。

裴若然心中並不慌亂，即使死期迫近，她也不感到驚恐，多年來在殺道的訓練薰陶之下，她對死亡已毫無恐懼了。然而即使她一死不足惜，她卻不願意見到武小虎死在自己面前，更不願意見到父母無辜遭戮。她只能奮力撐持，拒絕放棄。

又過了十餘招，天殺星的匕首越發快捷狠辣，裴若然和武小虎聯手對敵，一個出招，另一個牽制敵人，勉強能夠抵敵天殺星的匕首，然而輸贏之勢愈來愈明顯，裴若然和武小虎心中都清楚，他們必得攜手苦撐下去，其中一個失手，另一個便將立即遭難。

忽然之間，天殺星陡然轉向裴若然，右手匕首揮出，向她的臉面斬來，直指她的雙眼，顯然意欲將她刺瞎。這一招十分險狠，她若不避，立即便要失明，只能趕緊矮身閃開。

此時武小虎正揮動破風刀搶攻，裴若然這一避讓，他便失去了牽制，暴露在天殺星的攻招之下。

天殺星嘴角露出一抹冷笑，他老早便想取天猛星的性命，眼下機會終於來了。他趁天微星矮身退避之際，左掌疾出，打向天猛星的臉面。他手中的腐屍毒劇烈無比，這一掌勁道強勢，即使不能擊中天猛星，只消觸上肌膚，便能令天猛星身中腐屍劇毒，肌肉潰爛，幾瞬間便即斃命。

裴若然眼看這一掌便要擊上武小虎，心中一跳，無暇細思，立即施展輕功，猱身直上，急速遞出峨嵋刺，斬向天殺星的左手手腕。這招迅捷精準，一刺斬下，立即便能斬斷他的左手手掌，乃是對付腐屍毒唯一的方法。

天殺星自然知道這是天微星的拿手殺招之一，臉色微變，急忙縮回打向天猛星的左掌，試圖往後退避。然而武小虎反應極快，已乘機變招，橫揮破風刀，刀風籠罩住天殺星的全身，令他無法後退，只能眼睜睜地望著裴若然的峨嵋刺斬上自己的左腕，鮮血登時噴濺而出。然而裴若然畢竟不忍心，這一刺未用盡全力，只將天殺星的手腕斬斷了一半，皮骨仍舊相連，手掌未曾跌落。

那一瞬間，一切似乎陡然靜止，三人都定在當地，不曾稍動，四周寂然無聲。

只聽噹的一聲，卻是天殺星右手放鬆，匕首跌落在地，緊緊握住滿是鮮血的左手。

三人都沒有低頭去看那柄匕首。

天殺星忽然抬起頭，直瞪著裴若然，咬牙吐出兩個字：「天異！」

裴若然不禁全身一寒，頓時想起在過第二關時，自己曾狠下殺手，斬斷天異星的右腕，出手狠辣無比。至今她仍記得天異星手掌跌落在地的那一剎那，那是她第一次重傷對手，也是她第一次出手傷害弟兄。

天殺星自然記得很清楚。那一剎那間，他看清了她的眞正面目：她是個不擇手段，爲了自保，可以不惜殺傷同伴弟兄的人。此時天殺星提起天異星，自是指責裴若然出手卑鄙，毫不留情。

裴若然全身冰涼，一顆心劇烈狂跳。她絕沒想過有一日她竟會對天殺星出手，甚至下重手傷害他，廢了他的一隻左手。這跟她當年斬斷天異星的手掌有何不同？

她忍不住側頭望向武小虎，見他呆然靜立，似乎無法明白眼前發生之事。她心中陡然清明，自己出手傷害天殺星，並不只爲了阻止他刺殺自己的爺娘，更大的原因是她必須阻止他殺死武小虎。即使他們兩人都是她的眞誠摯友、生死之交，當此危急關頭，她畢竟選擇了保護武小虎，選擇了傷害天殺星。

天殺星凝望著天微星，眼睛冰冷得如兩塊千年寒冰，全不知曉世間有春暖花開、雪融冰消的時日。他忽然冷冷地道：「愚蠢！有高人，妳不必，出手！」說完便轉身離去，施展輕功，轉眼沒入了黑暗之中。

裴若然知道他爲何不肯再纏鬥下去。天殺星雙匕首功夫出神入化，加上腐屍掌，兩人原非其敵手；如今他左腕作廢，武功自然大打折扣，絕不能夠應付她和武小虎聯手。他不願自取其辱，因此斷然遠去。

但她並不明白天殺星留下的話。什麼是「有高人，不必出手」？難道他眞的以爲自己會袖手旁觀一切？

裴若然望著天殺星的背影消失在黑夜中，低頭見到地上留下了一灘血跡，忽然感到自己的左腕似乎也嘩啦啦地流血不止。

即使她再不願意，也不得不面對這個事實。她背叛了自己最親近的朋友。

次日清晨，日光耀眼，胡證陡然清醒過來，一驚坐起，只覺頭昏眼花，一時不知自己身在何處。他左右望望，發現自己躺在後廳之中，這才想起：「昨日深夜，裴六娘邀我來此飲酒……」

想到飲酒之前發生的那場惡鬥，他頓然臉色大變，立即跳起身，闖出廳去，但見自己的手下橫七豎八地躺在後堂外的迴廊下。他趕緊俯下身，伸手去探他們的脈搏，這才鬆了一口氣，眾手下睡得正酣，性命無虞。

胡證回想昨夜所見，又趕緊來到庭院中勘查，見到地上血跡殷然，心中一驚：「昨夜我親眼見到刺客來襲，被裴六娘殺死毀屍。這兒另有血跡，莫非在我昏迷之後，還有刺客到來？不知他也被裴六娘毀屍滅跡了，還是逃去了？」

他心中驚疑不定，立即去見裴度。裴度對昨夜家中發生了一場激烈的血戰茫然不知，見到老友蓬頭垢面地來見自己，忙問道：「胡大哥，怎麼回事？你沒事麼？」

胡證吞了口口水，不知該如何向老友啓齒，告知他的女兒身懷絕技，隨手便殺死了一個刺客？他吸了口氣，說道：「裴老弟，老實說，昨夜有刺客來到貴府。我見到……見到令嬡六娘，她先將我點倒，接著我親眼見她出手，殺死了一個刺客，並且毀屍……毀屍滅跡。」

就在這時，裴夫人從內堂中走出，聽見了胡證的言語，臉色蒼白，雙腿一軟，坐倒在椅子上，掩面哭道：「夫君，我一直不敢相信，但是若然……若然她說的一切都是眞的麼？」

裴度連忙過去安慰妻子，自己也臉色蒼白，搖頭道：「我們就算不願意，也不得不相信她的話了。」

胡證望望裴度，又望望裴夫人，心中驚訝，忍不住奇道：「你們知道……知道六娘身懷武功？」

裴夫人更加泣不成聲，裴度攬著妻子的肩頭，安慰道：「夫人不必難受。六兒信任我們，才對我們說出實話。如今有刺客意圖襲擊，她出手抵擋，也是她的一番孝心。這孩子原本並非常人，但知她不是爲非作歹的惡人，那就好了。」

裴夫人哭得更悲傷了，抽泣得說不出話來。

胡證和裴度對望一眼，一時也無話可說。

胡證心想：「也眞難爲他夫婦了。就這一個寶貝小女兒，出落得如此水靈清秀，又入選采女，原本前途一片光明，豈知竟成了個殺人不眨眼的刺客！」

裴度終於勸得夫人止了淚，扶她回屋中歇息，之後便請胡證去內廳密談。裴度將女兒回家後所述，七歲時被惡人劫走送入石樓谷，之後在如是莊練武受訓的前後說了。

胡證愈聽愈驚異，說道：「我聽說過殺道和石樓谷等傳言，想不到竟眞有其地其事！六娘遭人劫去那石樓谷中，一去數年，吃盡苦頭，歷盡艱辛，竟能練成高深武功歸來，也當眞不容易！」

裴度只能苦笑，嘆道：「六兒天性堅韌，勝過男兒。倘若換成了她任一個阿兄，只怕都無法活著回來。這不知是幸或不幸！」

胡證拍拍老友的肩頭，不知該如何出言安慰。他想著裴六娘清麗的容顏，如鬼若魅的身手，還有她和那紅衣少年武家郎君之間不爲人知的交情和過往，心中對這位少女不禁又是好奇，又是憐惜。

那一夜在裴府的一場激烈決鬥，裴若然毀了天殺星的左腕，阻止他對自己的父母出手。她雖慶幸自己保住了父母，卻也醒悟此刻的處境極爲危險。她在出手攔阻天殺星之前，便曾深思自己下一步該如何；她知道天殺星失手的事很快便會傳回如是莊，她必得趕回去殺道，預先向大首領報告此事，替自己辯解。

然而她卻無法離開；一來她未曾得到大首領的命令，不敢擅自離開家門，二來她十分擔心武小虎的情狀。他那夜受了不少傷，幸而都不嚴重。自從與天殺星交手之後，武小虎就變得更加深沉憂鬱，躲在臥室中不肯出來，整日酗酒暴飲。裴若然曾多次潛入武相國府去尋訪他，努力勸解，武小虎卻完全無法振作起來。

裴若然暗暗明白，武小虎無法接受自己武功大退，已不是天殺星敵手的事實；也無法接受自己需要裴若然不斷相助，才能存活下去。但她這時的心神也十分混亂，眼見武小虎自暴自棄，一蹶不振，暗想：「我此刻自顧不暇，還得費盡心思照顧你。你爲何就不能振作一點，別老是讓我操心！」一咬牙，便不再去找他，自己也躲在閨房之中，閉不出戶。

娘親來找過她幾次，哭著求她開門，裴若然卻拒不開門，也不答話。

胡證也來找過她，在門外說道：「六娘，胡伯伯敬佩妳的武功，也感激妳出手驅退刺客。若有機緣，伯伯盼能再次與妳飲酒暢談。」說完他等了一陣，不見她回答，便自抱拳去了。

裴若然從窗縫中偷看胡證離去的身影，心中忽覺悲傷難忍，泫然欲泣。全家上下，從父母哥哥以至僕婦下人，人人都將她當成怪物般看待。只有胡證待她真誠自然，敬重中帶著幾分愛護。裴若然心中揪痛，隱隱生起跟著胡伯伯而去之意。也許只有在他身邊之時，她可以是個尋常的女孩兒，過尋常的平靜日子。

第六十章　盧龍

天殺星出手刺殺的三日之後，傍晚掌燈時分，裴若然的閨房中突然多出了一個人。

裴若然剛從後屋沖浴回來，遠遠便感受到房中傳來一股妖嬈的殺氣，心想：「是她來了。」

她來到屋中，果然見到雲娘子閒閒地坐在外廳，抬頭對她微笑，說道：「天微星，大首領命我來此，瞧瞧妳如何。」

裴若然心道：「原來大首領還活著，尚未被你們殺死。」她口中說道：「啓稟雲師傅，天微星奉大首領之命在家中靜待，不敢隨意離開。」

雲娘子冷冷一笑，說道：「乖乖待在家裡是不錯，但妳幹了些什麼好事，還是等妳自己去向大首領報告吧。」

裴若然一凜：「天殺星的事，想必已傳到了大首領耳中。」她立即鎭定心神，問道：「大首領命我回如是莊麼？」

雲娘子搖搖頭，說道：「不，他來到了長安，要妳立即去見他。」

裴若然心中一跳，說道：「既然他老人家已來到長安，便請雲師傅領我去拜見。」

雲娘子冷冷地道：「我正是爲此而來。」

裴若然整整衣襟，說道：「咱們走吧。」

雲娘子站起身，當先越牆而出，領著裴若然在長安城中奔行一陣，來到一座道觀之外。

城中道觀佛寺成千上百，裴若然並不識得這間道觀，心想：「大首領總做道士打扮，原該在道觀留宿，才不致引人疑心。不知這道觀是否便是殺道在京城的據點？」

雲娘子領裴若然來到觀後的知客堂，大首領已坐在上首，神色冰冷，一見到她，便質問道：「天微星，妳好大的膽子！我未曾下令，妳便擅自出手保護裴氏夫婦。這是為何？」

裴若然假做驚訝，跪倒說道：「大首領是說天殺星前來刺殺家父家母之事？」

大首領怒道：「當然是了！」

裴若然神態自若，說道：「原來是這件事。天殺星雖是我的好友，但他此刻卻非殺道中人，而是血盟手下。血盟乃是我等的大對頭，天微星自當出手阻止天殺星出手，毀壞血盟的名聲，如此才能讓客戶轉託殺道出手，令我殺道生意更加興隆才是。」

大首領一時語塞，冷笑道：「那麼妳仍舊忠於殺道，絕無叛心？」

裴若然道：「這個自然，天微星對殺道和大首領萬分忠誠，絕無貳心。」

大首領一拍几面，喝道：「天微星，妳敢在四聖面前發誓，妳出手阻止天殺星，不是爲了保護自己的爺娘？」

裴若然堅決點頭，說道：「謹遵大首領之命，天微星這便起誓。」她立即跪在四聖像面前，起誓道：「弟子天微星，今日在四聖前發誓，弟子出手阻止天殺星，並非爲了保護自己父母。此誓若爲虛假，教我被逐出殺道，生不如死，死無葬身之地。」

大首領聽她說得決絕，心中雖仍疑惑，卻不再質問下去。

事實上，在裴若然回到長安裴家的這段時日中，自己讀了不少書，也聽她阿爺談論起過去三五十年間的史事，明白所謂的「四聖」，便是玄宗皇帝時期造反作亂的安祿山和史思明兩個胡人，加上他們的兒子安慶緒和史朝義。他們趁著皇帝安逸無備之際，驟然起兵，弄得唐朝皇室焦頭爛額，逼得玄宗皇帝倉皇逃到蜀地避難，還不得已將心愛的楊貴妃賜死。但是安史這兩個叛軍首領雖鬧得天下大亂，怎麼說都只是兩個不識字的胡人，不但稱不上英雄，連梟雄都說不上。安史起兵後，勢力漸大，便開始爭權奪利，內亂不斷。不久兩人皆被自己的兒子殺死，兩人的兒子又分別稱帝，彼此傾軋爭戰不已，北方因這四人而混亂了數十年，無數村莊城鎮毀於戰火，無數百姓顛沛流離。北地遭胡人蹂躪割據多年，民風粗蠻剽悍，最終竟將安史這四人神化，塑成神像來供奉朝拜，委實荒謬無稽得緊。

裴若然從七歲入石樓谷起始，便日日對著這四人跪拜，心中一直存著疑惑，不明白爲何要崇拜這四人，也不知道他們是誰。然而在她回家之後，重拾文字書籍，得明歷史眞相，很快便明白過來，不再相信什麼四聖了，對於北方諸鎮百姓竟然眞心崇拜這四個匹夫，亦甚感滑稽可笑。

大首領自然不知裴若然對所謂的「四聖」已全無尊敬恐懼，要她在他們面前賭咒起誓，對她來說可是全無困難，毫不在乎。她知道即使明智狡猾如大首領，也有其局限，他畢竟出身北方藩鎮，對四聖打從心底恭敬崇拜，因此不會相信手下弟子竟然有人不敬四聖，敢在四聖面前起假誓而毫不畏懼。

大首領見她乖乖發誓，靜了一陣，才放緩口氣，說道：「天微星，我另有一事，要交給妳去辦。」

裴若然見大首領不再提天殺星之事，鬆了口氣，心想：「這回算我走運，勉強蒙混過去了。」俯首道：「天微星謹遵大首領之命。」

大首領神色嚴肅，說道：「我要讓妳開始過第三關了。」

裴若然一怔，心中夾雜著興奮、戒懼和期待種種情緒。「大首領終於要我開始過第三關了！過關之後，我便能成爲正式道友。成爲道友後，我便能眞正地保護天猛星，至少能阻止大首領命令他刺殺他的阿爺。我也曾答應過天富星，要早日將他從血盟接回殺道，這個諾言我不會忘記。」當下拜倒說道：「拜謝大首領栽培之恩！天微星粉身碎骨，無以爲報。」

大首領點點頭，說道：「妳上回件隨天猛星去魏博，算是完成了第一件任務。我將再交給妳兩件任務，辦成了，妳便可正式成爲道友。」

裴若然心想：「我上回陪天猛星去魏博，險些陷身兵變，局勢驚險詭譎，我雖只是從旁相助，卻絕非易事，所幸那也算是一件任務。不知道剩下兩件會是什麼？」她說道：「天微星恭聆大首領指示。」

大首領道：「第一件，我要妳帶領天空星和天暴星，去盧龍刺殺節度使劉濟。」

裴若然一呆，脫口說道：「這件事我單獨去辦便成了，爲何要帶著天空星和天暴星同去？」

大首領微微皺眉，說道：「刺殺劉濟，並不如妳想像中那麼容易，你們三人得通力合作，事情方能辦成。」

裴若然忍不住又問道：「敢問大首領，爲何我辦的事情，不是輔助其他弟兄，便是帶著他們一塊兒去辦事？」

大首領嘿了一聲，說道：「幾個弟兄一起出手辦事，不是比單打獨鬥容易些麼？」

裴若然心想：「和天暴星、天空星合作，首先得隨時提高警戒，避免被他們暗算殺死，之後才能談到辦事。我單打獨鬥才要容易得多。」

她口中雖未說出，大首領卻顯已猜知她的心思，微微一笑，說道：「天微星，妳若覺得困難，不願意去辦，直說便是。」

裴若然知道大首領蓄意激自己，也露出微笑，說道：「天微星不怕困難。我一定將事情辦成，不辜負大首領的期望。」

大首領揮手道：「好，妳去吧。天空星和天暴星已跟我一起來到長安，就在後廳等候。妳這就去見他們，一同商討出手的計策。」

裴若然暗自估算，去往盧龍一趟至少要十餘日，心想爺娘見她再次失蹤，不知會作何感想，問道：「大首領，我才回家不久，剛剛安頓下來，突然又要離去，卻該如何向父母交代？」

大首領嘿了一聲，冷然道：「妳出手擊退天殺星，妳父母早已知曉妳身懷武功，乃是刺客一流；就算乖乖待在家中，他們也不敢對妳如何，再次失蹤，他們也定會想出什麼藉口幫妳掩飾，何須擔心？」

裴若然心中動念：「我明白了，大首領這是蓄意將我調離長安。倘若有人再次出手刺殺爺娘，便沒有人能出手保護他們了！」她無言以對，只能在心中暗暗祈禱：「希望胡伯伯不曾放鬆戒備，繼續留守家中，保護爺娘。出手者倘若不是血盟或殺道，胡伯伯和他的手下或許能抵擋得住。小虎子我是不敢指望的了，只盼他不飲酒過度，胡鬧傷身便很好了。」

她告退之後，收回心思，開始思索大首領交辦的任務，暗想：「天空星和天暴星二人素來不和，要帶領他們去盧龍刺殺節度使劉濟，最難的不是殺死目標，而是防止我們三人在途中大打出手，互相殘殺。但要擺平這兩人可不容易。」

她思索一陣，已有計較，緩步走入後廳。只見一高一矮兩個人分別站在廳東和廳西，正是天暴星和天空星。兩人一齊回頭望向她，她卻故意不望向他們，逕自走到堂上，大剌剌地在上首坐下，這才抬起頭，望向天暴星，又望向天空星，說道：「刺殺盧龍劉濟，你們認爲應當如何出手？」

天空星和天暴星見她開口便問自己意見，似乎頗感訝異，互望一眼，天暴星鼻中哼了一聲，卻不言語。天空星則面露冷笑，說道：「天微星，大首領派給妳的任務，不正是要妳帶領我們去辦事麼？怎地妳卻來問我們應當如何出手？」

裴若然微微一笑，說道：「不錯，帶領你們去辦事，正是大首領交派給我的任務，你們倆都清楚得很，那就好了。我要你們老實回答我，這回出手，你們是打算聽我指令，讓我獨自承擔成敗之責，還是打算扯我後腿，故意搞砸，大家一起承責受罰？」

天暴星又是悶哼一聲，天空星則繼續冷笑，不置可否。

裴若然知道他們不服自己，神色轉為冷肅，說道：「你們若想辦成事情，過關入道，那麼這回的任務便得聽我指令。若想故意搞砸，將大夥兒都拖下水，那也可以。我話說在前頭，失敗之後，責任各自承擔，可別怪我秉公處理！」

天暴星和天空星互相望望，天空星聳了聳肩，滿面不屑之色，說道：「天微星，妳仗著大首領偏心寵愛，以為可以對我們頤指氣使。往後大家都入了道，成為道友，那時可是各憑本事，平起平坐，妳別得意得太早！」

裴若然聽他說得直白，微笑道：「你說得甚是，入道之後大夥兒各憑本事，平起平坐。但是我們得先成為道友，才談得上未來如何平起平坐。你們此刻還有什麼話說，有什麼不服不平不快，早早說出來。你們若不願意服從大首領的命令，不願意跟隨我去辦事，痛快說了便是。此刻不說，未來數月中便別讓我聽見你們有何不服不平不快，聽清楚了麼？」

天空星和天暴星無言以對，各自靜默。

裴若然站起身，說道：「你們既然沒有異議，我們這便去見潘師傅吧。」於是裴若然領著天空星和天暴星去見潘胖子，請問刺殺劉濟的詳細計畫。

潘胖子見到裴若然時，神色冷漠，往年的親近熱絡一絲不存，顯得十分疏遠。裴若然想起自己在如是莊時，曾聽見潘胖子和雲娘子幽會，聽到兩人的談話密謀，暗想：「他應當不知道我聽見了他們的對話，但對我似乎已起了防範之心，大約因爲大首領不斷提拔我，他也擔心我會威脅到他的地位吧？」

潘胖子讓三人坐下，說道：「這件事情並不難辦，待我先將背景告知你等。兩年前的春天，王承宗之父王士眞遭人暗殺，王承宗接下了成德節度使之位。」說著望了裴若然一眼。

裴若然自然熟知其中經過。當時大首領親自帶著她和天猛星去往魏博，田季安當場聘請殺道出手刺殺王士眞，一夜之間潛入成德、取回王士眞首級者，正是天猛星。她點了點頭。

潘胖子續道：「王承宗接任節度使後，便扣留了德州刺史。皇帝很不高興，削了王承宗的爵位，並派遣二十萬軍隊征討成德，又命令盧龍節度使劉濟出兵攻打成德。」

裴若然對此情況也十分熟悉，心想：「田季安派遣小虎子去成德，阻止劉濟派出的殺手刺殺王承宗，他當時跟著元老六單獨去了。他回來之後，只說他成功攔阻了劉濟派遣的刺客，卻從未向我述說經過。直到天富星來通風報信，我才知道當時去刺殺王承宗的，正是天殺星。小虎子那時武功尚未減退，打敗了天殺星，將他禁閉起來，饒他不殺。」她想起自己出手斬傷天殺星的左腕，已與天殺星決裂，心中一痛，不敢再想下去。

潘胖子又道：「劉濟刺殺不成，便率本部攻打成德，攻下了許多城鎮。劉濟軍隊此時駐於饒陽修整，正準備進攻成德。」

裴若然聽到此處，開口問道：「請問潘師傅，下聘刺殺劉濟的是何人？」

潘胖子微微一笑，說道：「妳問到了關鍵所在。劉濟讓次子劉總隨征，讓長子劉緄在首府留守。希望我們出手的，正是次子劉總。」

裴若然心想：「跟淮西那兒一樣，又是一件弟殺兄、子殺父的渾事兒。」說道：「次子劉總想必打算奪過他阿爺的位子，不讓他大哥劉緄繼位。」

潘胖子道：「正是。因此事情得辦得巧，不能讓人看出是劉總下的手。你們得盡快下手，不可拖延。」

裴若然道：「請潘師傅指示，我等何時出發，該如何出手？」

潘師傅笑了笑，說道：「如何出手，由你們自己決定。我不跟你們一起去。你們最好今日就出發去往饒陽，下聘者指定事情須在三日內辦成。龐五已先趕去了，他會在當地等候你們。」

裴若然和天空星、天暴星三人面面相覷，心中都想：「潘師傅自己不去，只讓我們三個獨自去辦事，也不說明白事情該如何辦。他的意思清楚得很，成敗全都交給我們三人承擔，他可是甩手不管了。」

裴若然心想：「他不肯親自出手，不知是出於大首領的旨意，還是他自己決定置身事外？」但她知道多問也無用，於是頷首道：「天微星遵命。」

潘胖子望向天空星和天暴星，咳嗽一聲，說道：「你們二人，此行應服從天微星的指令，不得有違。知道了麼？」

天空星勉強點頭答應，天暴星也哼了一聲，算是答應了。

裴若然還想再說，卻閉上了嘴。她知道潘胖子願意對天空星和天暴星說出方才那些話，命他們聽從自己的指令，已算做足了表面工夫。潘胖子不會再給予她任何其他的協助或指示，剩下的一切全得靠她自己。

裴若然和天空星、天暴星次日便騎快馬離開長安，趕抵饒陽。龐五已在當地等候，見到他們，立即稟報道：「情勢有變。劉濟病倒了。」

裴若然和天空星、天暴星互相望望，天空星道：「那我們得趕緊下手。他若一命嗚呼，我們便收不到酬金了。」

裴若然問龐五道：「劉濟何時開始病情的？」

龐五道：「幾日前已有病容，今日開始臥床不起。」

天空星又道：「病勢倘若拖不長久，那我們更該立即動手。」

裴若然搖搖頭，說道：「不，我們應該先觀望情勢，再做決定。劉總住在何處？我想去見他。」

天空星立即道：「不成！潘師傅的指令，是盡快下手，不可拖延。」

裴若然轉頭望向天空星，冷然說道：「潘師傅的指令，是你們得聽我全權指揮，不可違背。劉濟才剛病倒，不會即刻就死。此地情勢已有變化，我們要知道劉總有何打算，才能動手。倘若貿然行事，很可能適得其反。」

天暴星忽然開口，說道：「天微星，妳故意拖延，不讓我們出手，只不過想自己搶先下手，爭奪功勞！」

裴若然沒想到天暴星這粗魯之徒也會說出這等推論挑釁之言，轉頭望向他，緩緩說道：「天暴星，我天微星辦事，有功勞一定歸給他人，有責任一定自己一肩挑起。你若信不過我，便早早回如是莊去！若你擅自行動，壞我大事，我絕不輕饒！」

天暴星不再說話，不敢當面反駁她的言語，內心卻極度不以爲然。

天空星滿面冷笑，翻起白眼，也露出一臉的不屑。

裴若然將他二人的神情都看在眼中，卻假做不見，對天空星道：「我們遲早要動手的，不必著急。我今夜去探探情勢，天明前定然給你們指令。你們不可輕舉妄動，另生事端。」說著對龐五招招手，說道：「請領我去見劉總。」

第六十一章　爭功

裴若然離去後，就剩下天暴星和天空星在房中。

天暴星哼了一聲，破口罵道：「臭丫頭，竟敢對我指手畫腳！總有一日我要叫她好看！」

天空星卻只是冷笑，說道：「你聽她的，我可不聽！小娘兒們只會說說狠話，其實不過是膽小怕事，深恐犯錯，不敢冒進罷了。依我說，我今夜便去殺了劉濟，乾淨俐落，大首領定會大加讚賞。」

天暴星側眼望向他，說道：「怎地，你當眞敢不聽她的話？」

天空星笑道：「小娘皮有幾斤幾兩，我天空星豈有不知？她當年跟我同屬玄武營，日夜相處數年，那時她對我何等恭敬懼怕，嘿，我對她百般譏嘲侮辱，要打要罵，她哼也不敢哼一聲。後來她跟那天殺星結夥，我瞧她自甘墮落，跟那童昏做一道，實在太過卑微可憐，才放了她一馬。」

天暴星也道：「可不是？拳腳大比試那時，我曾將她按在地上狠打一頓，只打得她鼻青眼腫，若非我手下留情，她當場便被我打死了。我天暴星怎會怕她？」之後天微星連出險招，折斷了他的手臂，反敗爲勝，這些後續情勢他自然不提起。

兩人愈說愈高興，最後說到了過第二關時，三股人馬間的拚死爭鬥。

天暴星道：「當時我的手下最強，你的手下最多。天微星只能跟天殺星、天猛星三人一塊兒做縮頭烏龜，四處躲藏。嘿，那時我們大有機會將三個小子捉住殺死，卻始終未曾有好時機出手，實在可惜！」

天空星道：「當時我們聯手攻打四聖洞，把那三個傢伙嚇得慌忙逃命而去。他們已被逼上絕路，遲早會落入我們手中。怎知大首領偏偏在那時回到谷中，救下了三個小子的臭命，只能說他們命大！」

天暴星呸了一聲，說道：「天殺星那小子身受重傷，奄奄一息，當時就該乘機殺了他！」

天空星道：「不錯，天殺星正是被我的狼牙刀砍中了胸口，幾乎送命。嘿，那時我等奪走他們挖掘蒐集了許久的糧食，將他逼急了，單獨衝出來跟我動手，當眞不自量力，自尋死路！」

他們兩人自然不知，裴若然當時已布下陷阱，準備將他們兩股弟兄一網打盡、全數燒死。大首領在那時回到谷中，其實是救了他們那八個弟兄的小命，而非救了天微星等三人。

天暴星道：「小娘皮只不過仗著迷惑人的狐狸本領，暫時得到大首領的寵信，相信不會長久。我天暴星偏不服她，今夜便出手殺死劉濟，回去大首領定會稱讚我出手狠準，責怪天微星緩慢猶豫，遲疑不決。」

天空星懶洋洋地道：「你不必忙了，由我出手便足夠了。」

天暴星瞪了他一眼，怒道：「你想跟我爭功？」

天空星嘿嘿一笑，說道：「不，功勞原本便是我的，是你想跟我爭功！方才主張要先下手的是我，你晚了一步，別想跟我爭先！」

天暴星怒吼道：「你有膽便試試！我天暴星怎會輸給你！」

兩人相對而望，天暴星憤怒如狂，天空星則冷笑不絕，兩人自童年入石樓谷時養成與弟兄競爭較勁的心思，星火燎原了起來。

裴若然並不知道天空星和天暴星兩人留在屋中談論往事，重新挑起了對她的種種新仇舊恨，已相約當夜便出手刺殺劉濟，好一較短長。她出屋之後，立即命龐五引介，要求面見雇主劉總。她不願意以眞面目示人，於是略施裝扮，扮成一個面容平凡的少女。

劉總不料殺道的刺客竟要求相見，大爲恐慌，愼重警戒，命二十多名得力守衛持刀守衛在自己身周，才讓龐五領裴若然進來自己的帳幕。

裴若然走入帳中，但見劉總是個二十來歲的男子，粗眉鼠眼，闊口猴腮，長相比天富星還要猥瑣，卻帶著七八分天暴星的戾氣，心想：「這傢伙聘請殺手刺殺自己的親生阿爺，比起淮西吳少陽聘人殺死結拜兄長的諸子還要殘忍狠毒。看他長相便似禽獸，上輩子大約是豺狼虎豹一流，這輩子剛剛投胎做人，尙未脫去獸性。」

劉總見殺道派出的刺客竟是這麼個嬌滴滴的少女，身材纖瘦，不過十五六歲年紀，不禁一呆，隨即想起自己聽過的種種傳言：一個十四歲的殺道刺客在魏博大顯身手，一夜之間刺殺王士眞，最後更下手殺死田季安，取其首級；吳少陽聘請血盟殺手，來人也是個十多歲的瘦弱少年，卻出手血洗吳元慶一家。

劉總心想：「看來刺客出少年，我可不能小覷了這小女娃兒。」想到此處，不禁戒愼恐懼，立即站起身，恭敬行禮，說道：「請問使者高姓大名，如何稱呼？」

裴若然心想：「這劉總對我一個小女娃兒亦如此恭敬，想來他對殺道的名聲手段知之甚詳。」當下回禮道：「在下殺道天微星，見過二郎。」

劉總見這名少女言語清楚，落落大方，不卑不亢，心中更感驚懼，說道：「不知天微星使者來此相見，有何指教？」

裴若然道：「天微星奉命來此，然而初到此地，方知情勢有變，將軍染病在床，似頗嚴重。天微星欲知二郎有何打算，方能決定如何行事。」

劉總皺起眉頭，低聲道：「盡快下手便是，管他病不病！」

裴若然心想：「如此乾淨俐落，倒也好辦。這傢伙想趁他阿爺病重時下手，並沒想過要改變計畫，可是心急得很。」

正要開口答應，劉總身旁一個書生忽然開口，說道：「且慢。請二郎屏退左右，屬下有密情相商。」

龐五在裴若然身後低聲道：「這書生名叫張玘，乃是劉總的親信軍師。」

裴若然點了點頭。

劉總聽張玘這麼說，知道他想詳談關於刺殺之事，雖恐懼殺道刺客，但見裴若然不過是個少女，又不能讓外人得聞自己意圖刺殺阿爺，考慮再三，終於讓守衛全數出去，守在營帳的五丈之外，只留下軍師張玘和親信侍衛成國寶在身旁守衛。

劉總問張玘道：「什麼密情相商，快快說出！」

張玘道：「屬下斗膽向二郎獻策，盼替二郎盤出最好的打算。」

劉總側眼望向張玘，說道：「什麼叫最好的打算？」

張玘道：「二郎最好的打算，自是除去所有障礙，鞏固勢力，進而掌握盧龍兵權。」

劉總瞇起了眼睛，說道：「你說下去。」

張玘道：「如今橫在二郎面前的障礙有兩個，一個是令尊，一個是令兄。」

劉總忍不住點了點頭，說道：「你繼續說！」

張玘續道：「屬下淺見，這兩個障礙須得一舉除去，二郎才能從中得益。劉將軍倘若此刻遭刺而亡，令兄立即便接掌盧龍兵權，對二郎並無任何好處。」

劉總擔心的正是此事，連忙問道：「你有什麼計策，可以同時除去這兩個障礙？」

張玘道：「將軍既已患病，一時之間自是不會繼續出兵的了。屬下猜想他此刻最擔憂的，乃是皇上下詔責備他攻打成德無功。二郎大可趁此機會挑撥令尊和令兄的關係，假裝皇帝下詔，指責將軍攻打成德不力，要以大郎劉緄取而代之。」

裴若然聽到此處，已然猜知張玘的計策，不禁背脊發涼，心想：「這人好狠毒！」

劉總卻仍聽不懂張玘的陰謀，狐疑道：「那又如何？」

張玘耐著性子，說道：「如此一來，將軍定然大發雷霆，對大郎極爲忌憚。二郎只需從中略施挑撥，將軍定會先下手爲強，自己下手除去大郎。如此一來，二郎藉著將軍之手除去大郎，再等將軍病重而死，兩個障礙一起除去，那就大功告成了。」

劉總這才恍然大悟，大爲讚賞，說道：「妙計！妙計！」又望向裴若然，說道：「那我重金聘請他們，豈不浪費了？」

張玘搖頭道：「不，不浪費。這位天微星使者有兩個作用，她可以假裝出手刺殺將軍，故意失手，並且自稱是大郎派來的。如此定會激怒將軍，讓將軍決心對大郎下手。」

劉總連連點頭，說道：「好，好！就這麼辦！」

裴若然皺起眉頭，心想：「這麼一來，未免太過複雜，搞不好反而弄巧成拙，賠了殺道的名聲進去。」當下搖了搖頭，冷然說道：「我道受聘刺殺，卻不受聘做戲。」

劉總聽了，不敢反駁，趕緊望向張玘，等他出主意。

張玘對裴若然行禮，說道：「天微星使者毋須擔憂，我等絕不強人所難，做戲之事絕對不敢勞動貴使。貴道願意受聘來此，我等已感激萬分。如今未到出手的時機，請貴使稍待數日，我等見機行事，再恭請貴使大駕。」

裴若然道：「甚好。」

於是劉總便與張玘商議，立即擬下矯詔，稱皇帝不滿劉濟攻打成德毫無進展，即時解除他盧龍節度使之位，以長子劉緄取代，並準備當夜便將假詔書送去給劉濟。

裴若然心想：「這些人心狠手辣，奸險無比，我得跟緊一些，確定他們不會亂來。」

當下說道：「我跟二郎一起去見將軍，留下藏身帳上，探聽將軍的動靜。」

劉總遲疑道：「只怕會令我阿爺起疑。」

張玘則道：「不妨，使者可以扮成侍女跟去，探聽消息。」

劉總對張玘言聽計從，雖仍頗感猶疑，仍舊答應了。

當天夜裡，劉總讓裴若然扮成侍女，手持湯藥托盤，跟在自己身後。裴若然跟隨劉總穿過重重軍營帳幕，來到劉濟的主帳之外。

劉總讓守在帳外的親兵通報了，便跨入帳中，擠出笑容，扮出關切之色，開口問道：「阿爺貴體安康？兒子給您送藥來了。」說著向裴若然招招手。

裴若然跟著進帳，將托盤放在榻前的几上。她望向榻上的劉濟，但見他約莫五十來歲年紀，面容和劉總頗爲相似，一般醜陋，只是臉色青白，咳嗽不斷，看來病勢果然不輕。

劉濟忽然一揮手，匡噹一聲，將湯藥整碗打碎，潑得滿地。他伸手指著劉總，破口罵道：「混蛋小子，你老子病了，你整日都在幹些什麼，直到此時才來探望我！你大約巴望我早點死了，你便稱心如意了，是也不是？」

劉總滿面無辜之色，說道：「阿爺怎地說出這話？您倘若有個三長兩短，兒子立刻就要遭殃了呀！」說著忽然大哭起來，只哭得一把鼻涕，一把眼淚，並從懷中取出那封矯詔，遞過去給劉濟，說道：「這是今日傳到的皇帝密旨，阿爺請看。」

劉濟展開一看，見皇帝不滿自己攻打成德無功，竟決定解除他盧龍節度使之位，以長子劉緄取代，果然震怒，拍几大吼：「來人！將大郎的手下全數抓起來！火速召大郎從首府來此，我要當面質問這個逆子！」

劉總口中唯唯諾諾地答應了，心中興奮難已，一步一躍地奔出帳去。

劉總離去之後，裴若然悄然留下，趁人不注意時，施展輕功躍上帳頂，伏在帳上靜靜等候。但聽帳中傳來陣陣咳嗽之聲，卻無人開口言語。

她在帳頂等候了一個時辰，只聽得劉濟呼喚侍女取水取藥，責罵侍女懶散怠慢，此外更無其他人聲。

裴若然心想：「劉濟人在病中，脾氣不好，疑神疑鬼，因此這麼容易便上了劉總的當。」又想：「這主帳四周守衛稀鬆，刺殺十分容易。一位將軍的守衛怎會如此輕忽？」她四下觀望，發現主帳旁五六丈外的四個角落分別設了四座較小的帳幕。她沉下心，感到帳幕中傳出陣陣殺氣，心想：「原來守衛都藏身在周圍的帳幕之中。我方才扮成劉總的侍女，才得輕易接近主帳。倘若貿然出手，很快便會被那些守衛攔阻。」

將近子夜，裴若然窺伺了許久，一無所得，正起心離去，忽聽帳外東方傳來幾聲狗吠。裴若然心中一驚，知道那是天暴星出手的信號，又聽西方傳來幾聲夜梟的啼聲，知道那是天空星正往大帳逼近。

裴若然暗罵一聲不好，猜知定是天空星和天暴星不服自己，爲了搶功而爭相出手，意圖趁夜刺殺劉濟。她與聞二郎劉總的陰謀，知道此時絕對不能讓劉濟被人刺殺，不然便功敗垂成。她思慮一陣，已有計較，於是當機立斷，湧身從帳頂落下，在劉濟床前拜倒，說道：「將軍勿驚。小人乃是二郎聘來的護衛，奉命暗中保護將軍。見帳外有刺客來襲，因此現身保護。」

劉濟只嚇得說不出話來，裴若然已閃身出帳，峨嵋刺出手，但見兩道黑影自東西雙方快行而來。她沉住氣，靜立不動。帳外隱藏的侍衛已然警覺，殺氣陡升。幾個黑影從帳幕中躍出，攔在主帳之外。

裴若然之前觀望了四周帳幕的布置和氣勢，猜知天空星和天暴星絕對討不了好去，即使能夠闖入主帳刺殺劉濟，卻絕難全身而退。她提了一口氣，高聲說道：「月夜無雲，鋒芒不出！」這是殺道的暗語，表示敵方已有埋伏，要他們立即罷手撤退。

天暴星和天空星聽了，身形停滯，顯然遲疑不決。

裴若然放眼望去，見兩團黑影隱藏在陰暗之中，暫時潛伏不動。過了半晌，兩團黑影忽然同時往主帳前進，顯然不願讓對方占了先機，搶了功勞，仍舊不肯放棄，爭先出手。

裴若然哼了一聲，卻不十分惱怒，她早已預料到這兩人不會聽己之命，定要莽撞行事，闖下大禍才甘心。她舉起一雙峨嵋刺快速旋轉，在黑暗中發出耀眼的光芒，飛身上前，先往天暴星撲去，並不出手攔阻，卻是揮出峨嵋刺，打下了從帳幕中飛出的七八枚暗器。

天暴星不料帳幕中竟埋伏了人，大吃一驚，低頭一望，月光下但見暗器綠油油地，顯然餵了劇毒。他心跳加快，知道方才已去鬼門關前走了一遭，若非天微星出手打下暗器，自己已然屍橫就地。

裴若然低喝道：「還不快走！」

天暴星這回不再遲疑，轉身便逃。此時帳幕中竄出三個黑影，直往他追去，腳下卻不知怎地一絆，遲了一步。天暴星趕忙竄出，裴若然聽見數十丈外遠遠傳來狗吠之聲，知道天暴星已平安逃脫，這才吁了口氣。她早先已在帳幕前設下一條絆馬索，減緩帳中守衛的腳步，果然幫助天暴星成功逃脫。

天空星將一切都看在眼中，知道敵人埋伏厲害，卻不肯退縮，心想：「天暴星夾著尾巴逃走了，正是我立功的良機！」

裴若然對天空星的心思知之甚詳，知道他絕不會輕易撤退，早已搶到天空星的身旁，峨嵋刺出手，直指他的臉頰，低喝道：「我命你立即退去，否則取你性命！」她使出金剛頂神功，內勁逼得天空星透不過氣來。

天空星一張俊臉漲得通紅，嘶聲道：「好，我走便是！」

裴若然收回掌力，峨嵋刺收回數寸。忽聽主帳旁傳出呼喊之聲：「捉刺客，捉刺客！」

裴若然眉頭一皺，心想：「莫非還有別的刺客？」連忙舉步往主帳奔去，但見一群三十多人奔往主帳，正是劉總率領手下奔來查看，並非更有其他刺客。

裴若然立即來到劉總面前，拜倒說道：「二郎君！令尊性命無虞，請勿擔憂！」

劉總見到她，滿面驚詫之色，呆在當地，不知該說什麼才是。

裴若然連連向他使眼色，故意高聲說道：「郎君聘請小人來此保護令尊安危，所幸不負使命，將兩個刺客趕跑了。可惜被他們逃脫了去，未能攔截殺死。」

劉總這才明白過來，趕緊點頭，說道：「多謝使者出手相助，保護將軍，劉總感激不盡！」衝入主帳，問道：「阿爺可安好？」

劉濟在帳內破口大罵，直把守衛罵了個狗血淋頭。劉總乘機邀功，說道：「虧得我聘請的護衛盡責守護，武功高強，才將刺客擊退。」

劉濟道：「算你小子有點兒孝心。」又問道：「刺客是誰派來的？」

劉總轉頭對帳外喚道：「天微星使者，請入帳來。」

裴若然沒料到他會呼喚自己，只好踏入帳中，躬身向劉濟行禮。

劉總道：「多謝使者出手驅退刺客，保護家父安全。請問使者可見到刺客的面目，又是何人派來？」

裴若然自然不能說出刺客便是自己殺道的兩個弟兄，因爭功而不問因由，搶先出手，只能隨口胡謅道：「未能看清面目，猜想應是血盟中人。」

劉總立即裝出驚訝之色，說道：「血盟！阿爺，大哥跟他們可要好得很哪。莫非……但是，但是大哥怎能如此狠心？他怎能幹得出這等事？」

裴若然心想：「這劉總扮戲也未免扮得太差了。」

不料劉濟原本便懷疑大兒子劉緄，立即便信了，破口大罵道：「一定是那混蛋！他等不及要接我的位，早早便派人來解決我！」

劉總也跟著嘆息咒罵，轉頭對裴若然道：「多謝使者，請退下休息吧。」低下頭對她眨眨眼，滿面欣喜得意之色。

裴若然行禮退出主帳，略略鬆一口氣，知道自己保住了天暴星和天空星的性命，也保住了劉濟的性命，亦令劉總的陰謀得以實行。

第六十二章 功成

就在這時，裴若然忽然感到背後傳來一股陰冷的殺氣，她立即回頭，見天空星緊握狼牙刀柄，眼神銳利，刀尖對準了自己的胸口。

裴若然這才驚覺天空星並未遠去，而是改了裝扮，混在侍衛之中。自己全心穩住劉總，保護劉濟，疏於自衛，破綻大出，正是天空星殺死自己的大好時機。

裴若然心中動念：「我要死在這兒了！天空星等了這麼多年，終於找著機會除去我了！」她知道此時只能孤注一擲，賭上一賭，當下鎮定心神，對他的尖刀和殺氣視如不見，微微一笑，低聲道：「別擔心，我們定能完成任務，大家一起過關入道。」

天空星的狼牙刀原本已要遞出，聽了這句話，就在那一剎間，卻遲疑不決，竟然並未出手。

裴若然暗叫好險：「他想過關入道之心，甚於殺我之心。他此刻不殺我，下回可不會有這麼好的機會了。」當下裝做全未留心天空星的神態，走上一步，低聲道：「你趕緊退去！我脫身後，便去與你等會合。」她往前這一步，手掌已護在胸口，隨時能發動內息震開天空星的狼牙刀，保護自身要害。

天空星心中雪亮，知道已失去殺死大敵的良機，有如洩了氣的鞠一般，神色沮喪，微微點頭，收起狼牙刀，轉身快步離去，消失在黑夜中。

次日清晨，裴若然回到殺道的據點時，驚然見到潘胖子已在當地等候，心想：「他明明說了不跟我們一起來，想來畢竟不放心，還是跟來監督了。」轉頭見天空星和天暴星兩人身上滿是包紮，血跡殷然。兩人昨夜雖得裴若然出手相助，逃脫時仍遇上守衛，負傷累累，受創甚重。

潘胖子正高聲怒斥兩人：「這是怎麼回事？殺道出手失敗，這可是前所未有之事！好好一件任務，卻被你們幾個蠢蛋給搞砸了！天空星，天暴星，你們說！這是誰的錯？」

天空星和天暴星低下頭，都不出聲。

裴若然吸了一口氣，走上一步，平靜地道：「這回出手失利，全是我的過錯。我事前計畫不夠詳盡，出手之前又未能給予兩個弟兄清楚的指示。昨夜情勢混亂，對頭埋伏了大量守衛，我等措手不及，無法互相配合，以致失手。天空星和天暴星兩人都已盡力，不能怪罪於他們。」

這話一說，天空星和天暴星都暗暗驚詫，不敢置信。

潘胖子望向她，皺起眉頭，說道：「天微星，妳替他們扛起責任，對自己有何好處？」

裴若然望了天暴星和天空星一眼，說道：「我並非替他們擔責扛罪。出發之前，我們便已談妥，一切聽我指令，他們也已承諾唯我之命是從。天空星，天暴星，是也不是？」

天空星和天暴星兩人只能點頭。

裴若然望向潘胖子，說道：「潘師傅，我們才剛到饒陽，得知劉濟得了重病，事情已有變卦，因此得謹慎行事。請再給我們一次機會，天微星保證事情一定能夠圓滿辦成。」

潘胖子道：「好！我便再給你們一次機會。三日之內將事情辦成，不然全都別回去見大首領了，你們自己了斷吧！」

裴若然、天空星和天暴星齊聲答應。

潘胖子離去後，裴若然望向天空星和天暴星，冷冷地道：「你們兩個將事情鬧到這等地步，委實難看得很。我們三人此刻在同一條船上，想要平安過河而不致翻船淹死，只有一個辦法。你們現在願意聽我的指令了麼？」

兩人都不言語，默然點頭。天暴星臉上露出一抹暗紅之色，天空星則臉色蒼白，內心顯然仍舊不服，卻無話可說。

卻說劉濟聽信了劉總的言語，以爲刺客正是大兒子劉緄派來的，一怒之下，次日便將素與劉緄親近的二十多個將領士兵全數殺死。

劉總眼見事情如計而行，高興非常，一邊等著劉緄到來，一邊盤算該如何處置父兄。他問張玘道：「事情已走到這一步，接下來該怎麼辦才是？」

張玘笑了笑，說道：「有殺道殺手在此，何須二郎親自出手？」

劉總道：「我不需要殺道刺客幫手，自己便知道該怎麼做啦。」

張玘道：「爲了謹愼起見，二郎還是請教於殺道使者吧。」

劉總於是找了龐五，告知想請天微星出手刺殺劉濟。

裴若然對劉總十分鄙視反感，聽聞之後，對龐五道：「你這麼替我回話，就說將軍已見過我，知道我是二郎聘請的保鏢，若由我出手，這筆帳定要算到二郎頭上。由二郎自行處置，較爲妥當。」對天空星和天暴星道：「你們的任務簡單得很，只要幫助二郎出手，殺死劉濟便成了。」

天暴星道：「這容易！交給我便是！」

裴若然道：「不，你不必出手，讓二郎自己下手。」

天空星道：「不如我給他『斷腸粉』。」

裴若然只想早早解決，離開此地，說道：「甚好。只教出手的是二郎自己便可。」

龐五於是去向劉總回話，說道天微星已露過面，不宜出手，並將一包「斷腸粉」交給劉總。

劉總大喜收下了。於是在大哥劉緄抵達饒陽之前，劉總便在劉濟的酒裡下毒，毒殺了劉濟。等劉緄一到，才剛下馬，劉總便假借劉濟之令，命手下抓起劉緄，亂杖打殺了。父兄一死，劉總便名正言順控制了盧龍鎭和軍隊，自命爲盧龍節度使。

此回出手，殺道中雖未眞正出手殺人，劉總卻對天微星十分滿意，依約付了酬金，對殺道的手段讚不絕口。

天空星和天暴星原本對天微星滿心不服，眼見她深思熟慮，見事清楚，手段高明，都不由得暗暗心驚。天暴星心思單純，對裴若然的心計甚感恐懼服氣；天空星卻只有更加忌恨天微星的才能。

事成後，裴若然等三人騎著快馬，返回如是莊。早先龐五便已告知，大首領已離開長安，回到了如是莊，裴若然心想：「大首領素來不喜離開如是莊，上回不知為何特地來到長安，交代完事情後便又匆匆躲回莊中去了。他可能並不知道，如是莊並不如他想像中那麼安穩。」

三人一回到莊中，立即便去見大首領。

大首領問道：「盧龍事情如何？說來聽聽。」

裴若然對天空星道：「天空星，請你向大首領報告事情經過。」

天空星微微一怔，隨即點頭，將此行前後詳細描述了一遍。他仍不改平日作風，將自己的辛苦功勞誇大，其餘人則輕輕帶過，好似他們從未參與一般。裴若然面無表情地聽著，天暴星卻顯得十分憤怒，數度想要插口，裴若然卻使眼色制住了他。

天空星敘述完畢之後，大首領道：「很好。天暴星，天空星，你們都已完成了第三關的第一件任務。這就退下歇息，等候我的指令。」

兩人恭敬叩首為禮，退了下去。

裴若然也起身離去，大首領卻叫住了她，說道：「天微星，妳且留下。」

等天暴星和天空星出去後，大首領凝視著她，說道：「天微星，妳善於發號施令，讓弟兄們俯首聽令，連桀驁不馴的天暴星、驕傲自大的天空星這回都自願聽從妳的命令，甘心合作，將事情辦成。妳倒說說，妳是如何做到的？」

裴若然道：「天微星別無他策，全仗著大首領的威嚴。他們得知大首領命令我帶領他們，當然俯首聽命，不敢有違。」

大首領嘿了一聲，說道：「妳不必說這些空話討好我。妳是如何對付他們兩人的，詳細跟我說來。」

裴若然留意到大首領臉上似乎添了不少皺紋，神色顯得頗爲疲憊，與他平時精神奕奕的模樣大相逕庭，心想：「這次回來，大首領變了許多，似乎滿心焦躁不安，失去了往年的從容鎮定。他沒耐心聽我說這些恭維討好的言語，卻想聽實話，那是爲何？莫非他已察覺到其他道友存心叛變？」當下說道：「啓稟大首領，天暴星和天空星二人對我十分記恨，用大首領威嚴去壓迫他們並無用處。因此我必須恩威並施，令他們在這次執行任務當中時，暫且不敢背叛我。」

大首領追問道：「如何恩威並施？」

裴若然簡單敘說了自己收服天暴星和天空星的經過，大首領靜靜聆聽，聽完之後，他默然一陣，才道：「回到如是莊之後呢？他們還會服妳麼？」

裴若然搖搖頭，說道：「我們在石樓谷中時便是宿敵，多年來並無改變。我只能暫時讓他們服從我，若要他們從此信服，必須要有絕佳的機會。」

大首領點點頭，問道：「妳需要有什麼樣的機會？」

裴若然道：「我得對他們有眞正的恩惠，比如救過他們的性命，或是救過他們親近的人，但是這並不容易。弟兄們自幼入谷，早已沒有任何親人朋友，身邊只有弟兄、道友和敵人。」

大首領道若有所思，說道：「眞正的恩惠？然而即使救過他們的性命，他們也不一定領情，也不一定永遠對妳效忠。」

裴若然想起天富星，說道：「不錯。世間恩將仇報者，所在多有。」心想：「說實話，天富星還算是有良心的。當年他被逼迫歸附天空星一夥，參與偷襲天猛星，卻冒險來向我通風報信，並非全然忘恩負義之人。他來向我通報天殺星奉命刺殺我爺娘，並告知天殺星練成了『腐屍掌』，可說是救了我們性命的關鍵。」

大首領沉吟許久，嘆了口氣，說道：「這事情就這樣了。妳此後便留在莊中，等候指令。」

裴若然問道：「請問大首領，我不須回去長安家中麼？」

大首領搖搖頭，說道：「妳已回過家，並在長安露過面，便已足夠了。妳不必再次回家，此後就跟在我身邊，道中還有許多事務須妳幫手處理。」

裴若然口中答應了，心中充滿疑惑。她在家中原本便格格不入，渾身不自在，雖掛心小虎子，但也只能暫且將擔憂放在一邊。

於是她便如往年一般，日日跟在大首領身邊，協助處理道中種種事務，不時獨當一面，自行定奪道中諸事。道友們對她的仇視並未稍減，然而裴若然此時已滿十六歲，比往年成熟得多，知道自己已開始過第三關，並順利完成了兩件任務，離成爲正式道友不遠了，心中踏實得多，因而能夠不卑不亢，對道友們的冷漠仇視淡然以對。

如此又過了許多時日，這日大首領忽然叫了裴若然來，說道：「天微星，妳的下一個任務，是帶領天異星和天佑星兩人，扮成宮女進入皇宮，刺殺郭貴妃。」

裴若然甚感驚訝，脫口說道：「鄭貴人終於下定決心了？」

大首領點點頭，從案上拿起一封書函，說道：「不錯。」

裴若然接過書函，見那是一封委託信，手印簽押具足，刺殺對象乃是郭貴妃，收價十萬兩，委託人正是鄭貴人。

裴若然幫助大首領處理殺道事務已有一段時日，知道郭貴妃乃是汾陽王郭子儀的孫女，生母乃是昇平公主，出身高貴，門族華盛，群臣多次呈請皇帝立郭貴妃爲皇后，眾議皆認爲郭貴妃升任皇后，乃是指日可待的事。然而這位郭貴妃氣勢凌人，妒心極重，倘若當眞坐上了皇后寶座，仗著高位，絕對不容皇帝寵幸其他後宮妃嬪，那麼鄭貴人等一干妃嬪全要遭殃了。鄭貴人原本是皇族李錡的侍妾，李錡謀反被殺後，鄭氏以叛臣眷屬沒入宮庭，成爲郭貴妃的侍女，因此對郭貴妃的性情知之甚深。

大首領道：「鄭貴人想必認爲自己的性命遠遠超過十萬兩，因此決意先下手爲強。她考慮了幾個月，便將委託書和訂金捎來了。」

裴若然點頭道：「郭貴妃並非皇后，身邊守衛想必並不嚴謹，出手不難。難的是不讓人見到，不留下證據。」

大首領打了個呵欠，說道：「不錯。這對妳來說，乃是小事一樁。但是妳得讓天佑星出手，天異星在旁相助。」

裴若然一呆，問道：「卻是爲何？」

大首領道：「因爲鄭貴人意欲嫁禍給尙宮女學士宋若莘。」

裴若然自曾聽聞這位宋學士的名頭，知道她是宋家五個女兒的大姊。這五位宋家姊妹皆有文才，品德高潔，皇帝聽聞其美名，召入宮中，試其詩賦，十分賞識她們的才華。因尊重五女守身不嫁的節操，皇帝並不以宮妾待之，卻尊稱她們爲「學士」或「先生」。許多六宮嬪媛、諸王、公主、駙馬等都以宋若莘爲師，恭敬禮遇，地位崇高。

裴若然搖頭道：「宋學士品行高超，冰潔不群，怎會無端起心害死郭貴妃？這也未免太不合常理。」

大首領道：「就是要不合常理，才能讓他們無法調查下去。人們不會相信宋學士有心出手暗殺郭貴妃，多半不了了之，就此結案。若非如此，這案子定會往妃嬪身上查去，所有受過寵幸、生過兒子的妃嬪都會在受疑之列，鄭貴人嫌疑最大，絕對無法逃脫。」

裴若然這才明白，心想：「後宮鬥爭之烈，遠遠超過我的想像。我阿娘當年還一廂情願想將我送入宮中去！倘若我當眞進了宮，處境只怕比此刻還要艱難百倍。」

大首領似乎能猜知她心中所想，微笑道：「當年我將妳從家中帶走，讓妳受訓準備入殺道，可比受訓入宮好上千百倍吧！」

裴若然只能點頭同意，說道：「大首領所言甚是。」

大首領凝望著她，哈哈大笑，說道：「妳當然還是要入宮的，不然我送妳回家做什麼？只是遲早罷了。但妳不必擔心，妳若入宮，也只是暫時而已，一旦達成任務，便可以出宮了，不必一輩子困在宮中，跟那些女人爭風吃醋，爭討皇帝歡心，或是時時勾心鬥角，拚個你死我活。那可有多無趣哪！」

裴若然並不很明白爭風吃醋是怎麼回事，只覺得十分複雜煩心，反不如殺道辦事爽快，一手收錢，一手殺人，一刀解決，乾淨俐落。

她想了想，回歸正題，問道：「那麼鄭貴人打算如何推罪給宋學士？」

大首領道：「宋學士身邊有個貼身侍女，身材高眺，唯有天佑星適合裝扮。我們的打算，是由天佑星扮成侍女探望染病的郭貴妃，出手下毒。」

裴若然問道：「那天異星呢？」

大首領道：「天異星得扮成郭貴妃的宮女，出面指證宋學士的貼身婢女買通了她，讓她下毒。她們必須裝扮得維妙維肖，讓人見到面目，能夠清楚指證。」

裴若然沉吟道：「她二人都不擅易容，又未曾入過皇宮，只怕很容易便露出馬腳。」

大首領道：「因此才需要妳事先安排，從旁協助。」

裴若然望向大首領，心想：「大首領吩咐我做的，乃是全盤策畫暗殺郭貴妃，並且負責監督執行。這原應屬於道友的職責，我尚未入道，怎能擔起這麼大的責任？」又想：

「這筆生意大首領已經等待很久了，可是件大案子，金額逾萬兩。他怎能放心將這筆生意交在一個年幼弟兄的手中？」

她忍不住問道：「不知此案由哪位道友負責？」

大首領道：「由我負責。我的指令，就是讓妳全權負責此案。成敗與否，責任全在妳一人身上。」

裴若然望著他，忍不住道：「您的指令，就是讓我全權負責此案？」

大首領顯得甚是滿意，說道：「不錯。妳若明白了，便放手去做。」

裴若然抬頭道：「您當眞讓我放手去做？我做什麼決定，您都不會干涉？」

大首領道：「正是。」

裴若然吸了一口氣，恭謹答應了，行禮退出。

第六十三章 天樂

卻說裴若然開始過第三關，遠赴饒陽，又返如是莊，足足有一整年未回長安。

這段期間武小虎在武相國府中孤獨寂寞，百無聊賴，一日忽然想起了吳元鶯。他在成德遇見天富星時，天富星曾領他去見吳元鶯，他當時給了天富星一筆金銀，讓天富星安排將吳元鶯遷至長安，找條靜僻的小巷安頓下來，讓個老婆子照顧她的生活起居，之後他便將這件事完全忘了。

武小虎回到長安後，從未想過要去找那個面貌酷似裴若然的小女娃兒吳元鶯，也不知道她的住處。他想找天富星來詢問，一時也找他不著。

他猜測天富星大約將吳元鶯安置在安邑坊左近，卻不知道確切的所在。於是他整日在安邑坊閒逛，漫無目的，至少可以打發時光，不致整日窩在房中飲酒買醉。

如此亂逛了十餘日，自然一無所獲。這日他信步來到安邑坊的水井巷，遠遠便聽巷中傳來一陣輕柔無比、若有似無的歌聲。

那歌聲好似千萬隻纖纖素手，輕柔而細膩地捧著他的心思，他的神智，他的一切，甚至他的身子。那些小手緩緩將他托上半空，令他輕飄飄地浮在無名空虛之中，他感覺好似整個人都已不復存在，唯有一絲情緒跟著歌聲的音調起伏飛揚，時而哀怨，時而激昂，時而悲嘆，時而期盼。他的心已不再是自己的了，此刻完全屬於歌者，他切身感受歌者的心神思緒、悲歡離合，彷彿跟歌者融合爲一。

等到歌聲漸漸低去消逝，武小虎才緩緩回過神來，感到心神一鬆，全身舒暢難言，彷彿剛剛泡了溫水池一般，身心清爽，一切的汙穢、不悅、擔憂，全數洗刷乾淨，消失無蹤。

他從未有過這樣的感受，心中好生震動驚喜，只想：「是誰？是誰能唱出這樣的歌聲？」舉步快奔到水井之旁，只見井旁一片空曠，一個人也沒有。

他悵然若失，喃喃自語道：「方才究竟是誰在唱歌？莫非是天上神仙？這般的歌聲，絕非世間俗物能有！」

他正要轉身離去，眼角忽然瞥見井旁什麼事物似乎動了一下。他定睛瞧去，才發現水井旁並非無人，井後縮著一個極瘦極小的人兒。仔細一望，但見那是個八九歲的小女娃兒，身穿破舊的粗布衣衫，一頭稀疏的黃髮，一張小小的白臉，臉上五官掩在頭巾之下，看不眞切。小女娃兒白白的小手提著一只水桶，看來是住在附近的娃兒，來此井邊打水的。

武小虎心中一動：「她一直在這兒，或許見到了唱歌之人！」連忙奔上前去，想問這小女娃兒是否見到了剛才誰在唱歌。

小女娃兒見他向自己奔來，有如驚弓之鳥，手一鬆，木桶跌落在地，井水流了一地，沾溼了武小虎的鞋子。

武小虎顧不得自己的鞋子，搶上前替她拾起水桶，連聲道：「對不住，對不住！小娘子，我只想問妳一件事兒，不是故意要嚇著妳的。」

但見小女娃兒低下頭，雙手掩面，啞啞地哭了起來。

武小虎正不知所措時，但見一個老嫗往井邊走來，見到女娃在哭泣，橫了武小虎一眼，啐道：「唉！折壽，折福啊！富貴子弟，卻來欺負一個啞巴女娃兒！」

武小虎臉上一紅，忙解釋道：「我……我沒有欺負她，我只是有事兒想問她，不是故意把她給嚇著的。」

他想起老嫗的言語，心中一驚，又轉頭望向女娃兒，說道：「妳說……妳說她是啞巴？」心下好生失望，暗想：「那麼方才唱歌的定然不是她了。」

老嫗道：「你聽她這般哭法，哪能不是啞巴！」走上前來，拉起小女娃的手，安慰道：「囡兒別哭啦，快跟我回家去吧。」

啞巴女娃慢慢止了淚，微微抬頭，望向武小虎手中的水桶。

武小虎這才看清她的臉面。但見這女孩兒清秀絕俗，臉面酷似裴若然，正是天富星曾帶自己去見的吳元鴛！

在成德見到她那時，武小虎只是匆匆一瞥，除了記得她長得極似裴若然之外，印象並不深刻；這時仔細望去，只見她眉清目秀，自有一股難言的清麗淡愁，容色與當年的裴若然確實極爲相似。

武小虎呆呆地望著她，好一陣子不曾回過神來。

吳元鶯顯然不記得他，仍舊怯怯地望著他手中的水桶。一旁的老嫗說道：「這位郎君，行行好，將水桶還給咱們吧。」

武小虎這才清醒過來，忙道：「是，是，我替妳打回這桶水。」他連忙將水桶吊入井中，粗手笨腳地試圖打水。但他從小生在貴宦人家，入石樓谷後整日練功，何曾親自從井裡打過水？只弄得手忙腳亂，卻始終無法拉起那水桶。

老嫗看著直搖頭，吳元鶯也忍不住莞爾，走上前來，接過轆轤，快速轉動了十幾圈，輕易便打起了一桶水。

武小虎在旁看著，滿面通紅，但見吳元鶯吃力地提著那桶水，想伸手幫她提水，但又怕自己笨手笨腳，反而又將水打翻，呆然站在當地，手足無措。

吳元鶯似乎能夠看透他的心思，抬頭對他羞澀一笑。

武小虎一呆，但見這小女娃的一笑之中，傳達了她對自己的寬恕、體惜、理解，有如一股暖流，霎時傳過他全身，令他如沐春風。

他呆了一會兒，想要開口說話，吳元鶯卻已提著水桶，輕巧地離開井邊，轉入一條小弄，消失不見了，老嫗跟著緩步行去。

武小虎舉步追上那老嫗，說道：「老婆婆請留步！請問那女娃是誰家的？」

老嫗微微皺眉，念了聲佛，說道：「別造孽啊！人家是個孤兒，又是啞的，郎君就別招惹人家了！」

武小虎誠懇地道：「老婆婆，我不是要招惹她。我只是想……只是想替她送件棉衣過去。這快過年了，她衣衫還這麼單薄，總該有件棉襖穿吧。」

老嫗滿面懷疑地瞪著他，說道：「我們啥都不缺，不勞郎君了。」轉身走去。

武小虎愣然站在當地，始終無法忘記方才聽見的美妙歌聲，心想：「吳家小娘子是啞的？我怎地不知道？方才唱歌的究竟是不是她？」

他下定決心要一探究竟，遠遠跟在老嫗的身後走去，見到一老一少走入水井巷上一間簡陋的木屋。

武小虎在屋外站了許久，直到天色全黑，才緩步回家。

他始終無法忘記那動人心魄的歌聲，此後便常常來到水井和木屋之間徘徊，耐心地，靜靜地等候。

終於在一個夜晚，他再次聽見那夜鶯一般的美妙歌聲，聽得如癡如醉。這回歌聲是從木屋傳出來的，他終於確知唱歌的正是吳元鶯。吳元鶯偶爾在傍晚時分低聲唱歌，歌聲細微，只有站在門外才能聽見。他此後便夜夜守在木屋之外，聆聽她的歌聲。

他無法克制地迷戀上了這個只會唱歌、不會說話的女孩兒。這女孩兒擁有他人無法理解測度的力量；她經歷過太多的死亡和痛苦，因此她能夠切身感受到他人的痛苦。她的歌聲能夠撼動每一個人的人心；沒有人不愛惜生命，不恐懼死亡。她能夠唱出人生一切美好的情感，愉悅的感受；她的歌聲能帶給人們無盡的歡樂舒快，撫慰心傷寂寥。

一晚，武小虎終於鼓起勇氣，趁老嫗出去買菜時，來到木屋外，輕輕敲門。

門內歌聲頓止，只餘一片寂靜。

武小虎低聲道：「吳小娘子，我是天富星的朋友，天猛星。在成德那時，天富星曾帶我來見妳。我給了天富星一筆金銀，讓他帶妳來長安城，將妳安頓在此。妳記得麼？」

門內仍舊毫無聲響。

武小虎柔聲道：「吳小娘子，我不會傷害妳的。我只想看看妳，跟妳說說話。」過了許久許久，門內都沒有回應。武小虎何等武功，自可輕易闖入屋中，但他不敢冒犯褻瀆了這個小娘子，仍舊在門外耐心等候。

天色幾乎全黑了，門內門外仍舊一片靜寂。

終於，武小虎聽見門內傳出腳步聲響，吳元鶯來到門邊，拔開門閂，將門開了一條縫。

武小虎喜上眉梢，忙道：「吳小娘子！妳記得我麼？我是天猛星，天富星的朋友。妳可以叫我小虎哥。」

他想起那老嫗說她不會說話，後悔自己多說了這一句，心想：「她爲何不會說話，卻會唱歌？是自幼不能言語，還是在家人遭難時被嚇得不會說話了？」

想到此處，心中好生憐惜，對天殺星不禁生起了極端複雜的情緒；既痛恨他的冷血無情，又感激他手下留情，饒過吳元鶯不殺，讓她活了下來。

吳元鶯抬頭望著他，似乎能感受到他對自己眞心的關懷憐惜，微微點頭，將門縫開得寬了一些。

武小虎心中大喜，連忙緩步走入，小心翼翼，生怕驚嚇了這個小娘子。

吳元鶯一聲不出，只默默替他倒了一碗水。

武小虎從包袱中取出一套衣裳，放在几上，說道：「天冷了，我給妳帶了件棉衣來。妳試試看，不知合不合身？」

吳元鶯從几上拿起棉衣，提著衣領輕輕一抖，但見這棉衣一色玄黑，式樣樸素，但質料滑軟，似乎十分華貴。她微一遲疑，便將衣裳套在身上。

武小虎望著她，嘴角露出微笑；他在東市逛了一整日，才找到這件黑色棉衣，式樣和當年他們在石樓谷冬天穿著的棉衣十分相似，只是用料華貴得多。他望著吳元鶯穿上這件棉衣，像極了當年石樓谷中裴若然的模樣，心中高興，忍不住讚道：「吳小娘子，妳穿上這件棉衣，當眞好看得緊！」

吳元鶯雙頰飛紅，抬頭望了武小虎一眼，臉上滿是感激羞赧之色。

武小虎坐在當地望著她，心想：「我若能整日這般望著她，聽她唱歌，該有多好！」天黑之後，老嫗回到家中，見武小虎坐在屋中，嚇了一跳。

但見吳元鶯坐在屋角剝著豆莢，口中低聲吟唱，神態平和，這才鬆了一口氣，說道：「這位郎君，你又來了。」

武小虎起身行禮，說道：「老婆婆請勿介意。敝姓武，住在親仁坊。當初託人將她帶來京城安置的正是我。我只是想來看看吳小娘子情況如何，並且來……來聽她唱歌的。」

老嫗將信將疑，但見武小虎衣飾精美，顯是富貴人家子弟，吳元鶯對他又頗爲親近信任，似乎果然是舊識，便不再多問。

此後武小虎便日日造訪水井巷的木屋，聆聽吳元鶯唱歌。她仍舊不曾開口說話，但一切的心思情感全都隱藏包含在她的歌聲之中，言語反而嫌多餘了。

武小虎往往坐在木屋的角落，望著吳元鶯猶帶稚氣的臉面，耳中聽著她輕柔曼妙的歌聲，腦中卻想著年幼時的六兒。他無法忘記在長安空地上初見六兒那時，兩人單挑競鞠，好一場精采絕倫的鞠戰！在谷中拳腳大比試中，自己見到她出手與弟兄的幾場激烈對打，暗自讚嘆她的武藝精湛；最後二人在決戰中相遇，打得勢均力敵，眞是一場淋漓盡致的比試！

但他從來不願往下想去，因爲他只想記住那段單純而美好的時光，六兒那時仍是個清秀可喜、倔強堅韌的小女娃兒，令人毫無保留地憐惜喜愛。

如今的裴若然已不復是當年的六兒了。她是已入殺道的執事天微星。過去這些年來，她在弟兄中脫穎而出，能力超群，得到大首領的重用賞識。而她也不曾辜負大首領的期望，處事明快俐落，從不出錯。在魏博那時，她獨當一面，展現大將之風，審時度勢，帶領著他，越過重重難關。當時武小虎對她，便在敬佩之中又多了一分畏懼。而當她毅然出手傷害天殺星、保護自己時，武小虎又明白了她並非一味剛強自信；她也有弱點，而她的弱點便是自己。

當武小虎望著吳元鶯時，最深的感受竟然是悲哀；悲哀逝去的光陰永不回轉，悲哀那個單純可喜的六兒已然不在。而帶領自己通過第二關、成爲自己最親近的朋友、一路推逼扶持自己進入殺道的天微星，在他心中已變得愈來愈面目模糊，甚至令他有些抗拒，有些逃避。

第六十四章 殺嬰

武小虎的種種心境變化，裴若然自然一無所知。她專注於辦成三件任務，通過第三關，早入殺道。她回想自己的第一件任務是陪伴小虎子遠赴魏博，該行雖然又長久又艱危，卻比不上和天空星三人赴饒陽刺殺劉濟那般瞬息萬變，反覆詭詐。饒陽之行爲時雖短，她見識到的陰謀殘忍卻絕沒少了，自己更險些遭到天空星的毒手，幾乎丟掉性命。

住在如是莊中的這些時日，她時時感到焦躁不安，孤獨難受，一心想回家；然而回到長安裴家的那段時光中，她又與家人和周遭的一切格格不入，同樣焦躁不安，孤獨難受，一心想再回到如是莊。

此番她從饒陽回到如是莊，再次感到陌生恐懼，終於明白這裡也非自己的歸宿。她身邊圍繞著跟自己一樣的殺手刺客，但她清楚這些人雖是同道，卻絕非友伴家人，而是永遠的敵人。不論大首領、道友、弟兄或其他道中執事，人人都有殺死自己的原因和理由，活在殺道之中是她的選擇，卻時時充滿了荊棘危險。

她回到自己原本的住處，整日坐立不安。然而直到次年年初，大首領才分派給她第三件任務，讓她帶領天佑星和天異星去刺殺郭貴妃。她心中憂喜參半，一來高興自己離過關入道又近了一步，二來卻擔憂這回的任務比前面兩件都困難得多。天空星和天暴星雖厭惡自己，男孩兒總是比較容易預料，容易控制掌握；天佑星和天巽星兩人對自己絕非友善，而且女孩兒家心思細膩，陰晴不定，更加難以對付。

她決定先去找天佑星。天佑星的房舍在如是莊的西南角落，獨門獨戶，十分偏遠僻靜。裴若然知道天佑星個性孤傲，不喜與人來往，數年前便特意挑了這幢房舍，搬來住下。

裴若然敲了敲門，在門外等候良久，卻無人應門。天佑星向來隨手打殺婢女僕從，狠心絕情，因此下人都極爲害怕她，她的宅中竟然連一個下人也沒有。

裴若然只好躍過圍牆，來到一個小小的庭院中。但見院中有許多小小的土堆，不知都埋葬了什麼。

裴若然站了一陣，四下寂靜無聲，她確知屋中無人，便緩步走入屋中。只見屋中陰沉黑暗，地上、床上、几上滿是嬰孩用物，有搖籃、百子被、背嬰帶、虎頭帽、虎頭鞋等，枕邊又放有一本佛經，看得她不寒而慄。

裴若然心想：「她明明沒有孩子，房中爲何有這許多嬰孩的用物？許多年前天富星跟我說天佑星生了個孩子，但一出生便夭折了。莫非她甚是介懷失去孩子的陰影？」

裴若然悄然出屋，正要躍牆出去，卻聽一人輕輕唱著兒歌，說道：「乖娃兒，胖娃兒，娘疼你，娘寶你。乖乖睡，不要醒！娘埋你，保平安！」

裴若然躲在牆角，偷偷瞧去，但見天佑星高瘦的身形走入大門，來到庭院之中，懷中抱著一團襁褓，卻不聞嬰兒哭聲。

天佑星又唱又哄了一陣子，才將襁褓放在地上，拿起一柄鐵鍬，開始挖土。

裴若然往地上望去，但見那襁褓中躺著一個嬰孩，看來只有幾個月大，滿面鮮血，早已死去。裴若然不禁慄慄然，不敢動彈，大氣也不敢出一口。

天佑星挖好了坑之後，便將那死嬰放了進去，口中繼續唱著兒歌，用鐵鍬將土填上，堆成一個小土堆。

裴若然只看得心中發毛：「其他那些土堆之下，恐怕也都埋了死嬰，看來總有幾十個。她上哪兒抓來這許多嬰兒？」又想：「她當年生下的孩子早夭而死，難道她念念不忘，因此到處抓孩子來殺死埋葬？」

裴若然靜靜等待，直到天佑星埋葬完孩子，悠悠回到屋中，她才乘機離去。

裴若然離開天佑星的居處甚遠後，一顆心仍怦怦亂跳，不敢再回去尋找天佑星，暗想：「天佑星瘋瘋癲癲，即使武功不錯，卻如何能辦事？我得先幫她解除了這個心病才行。」

於是她去拜見大首領，說道：「大首領曾說過，由我全權負責此案。您當眞讓我放手去做？我做什麼決定，您都不會干涉？」

大首領道：「我說過了，正是如此。」

裴若然道：「好，那麼天佑星的孩子，我要了。」

大首領揚起眉毛，側眼向她凝視，問道：「妳怎知此事？」

裴若然頷首道：「天微星身爲道中執事，有時不免得知一些不該知道的事情。請大首領見諒。」

大首領嘿了一聲，說道：「妳要收買人心，我便給妳這個機會。去吧！」

裴若然行禮退出，立即去找龐五，密密囑咐了一番。

次日，裴若然決定去見天異星。天異星住處位在如是莊的西北角落，也十分偏僻。裴若然來到時，天異星正在院子中練習暗器。

靠牆處放置了一排竹蓆，畫著高高矮矮的人形；天異星飛刀射處，總落在人形的心口或咽喉，不偏不倚。

天異星故意裝做不知道裴若然到來，繼續射著飛刀，毫不停歇。

裴若然咳嗽一聲，天異星這才忽然揮手，一柄飛刀直向裴若然射去。

裴若然見那刀來勢勁急，功夫若是稍差一些，這柄刀便要射穿自己的咽喉了。她微微皺眉，舉起峨嵋刺將刀子打偏，小刀急速往旁飛出，插入數丈外的土地中。

天異星轉過身，一雙分得甚開的小眼直瞪向裴若然，豬鼻依舊，厚唇微張，露出牙齒，似笑非笑。

她對著裴若然說道：「天微星大駕光臨，不知有何貴幹？」

裴若然瞥見她右手上裝著鐵鉤，想起她的這隻手掌正是自己斬下的，暗暗吸了口氣，說道：「大首領有令，命我帶妳和天佑星去京城辦事。」

天異星冷冷地望著她，隔了許久，才道：「我知道。大首領跟我提過了。」她舉起右手的鐵鉤，說道：「他說要我入宮去，假扮宮女。然而要掩藏起這鐵鉤，只怕不容易吧？」說著嘎嘎怪笑起來。

裴若然勉強鎮靜，面容不改，問道：「可以拆下麼？」

天異星怪笑頓止，走近數步，扯開衣袖，露出手腕和鐵鉤相接之處，舉起給裴若然看，說道：「鐵鉤已經和肉長在一起了，拆不下來啦。除非妳再斬下它一回。如何，妳要不要試試？」

裴若然忍住噁心之感，勉強維持神色平靜，說道：「我請雲娘子替妳做隻假手套上，戴上手套。平時將手藏在袖子中，別人看不見便成了。」

天異星嘎嘎怪笑，說道：「好主意，好主意！天微星，妳眞是好心有好報，佛祖菩薩都會保佑妳的！」

裴若然望著天異星淒厲的神情，知道她意圖逼自己懺悔認錯，讓自己感到慚愧內疚，只能告訴自己：「裴若然，妳絕不能落入對手的圈套之中，必得繼續保持強硬冷漠，不然妳怎能制得住她！」

她冷著臉，肅然道：「天異星，妳這回跟我出去辦事，須得完全服從我的命令。我若發現妳暗存反心，蓄意做怪，絕不輕饒！」

天異星低下頭，唯唯諾諾，說道：「是，是。天微星有令，天異星怎敢不遵？天異星哪有這麼大的膽子？我只剩一隻手了，可不想連另一隻手也被人給斬下。」

裴若然知道天異星恨己入骨，表面上卻裝得可憐兮兮，卑微低下，心想：「對付她，可比對付天空星或天暴星困難得多了。天暴星魯鈍單純，只要讓他心服，便容易掌控。天空星自以爲計謀高超，機警多智，高傲自負，絕不肯屈居人下。即使我救了他的性命，遮掩了他的過錯，他也不會心存感激，只會更加惱恨我。但他野心太大，我能夠以利誘之。天異星比那兩人都棘手得多，我已與她結下深仇，她一輩子也不會原諒我，總會伺機殺我報仇。我只能盡量鎮壓著她，讓她不敢對我下手。唉！看來只能祈求這回辦事不出差錯便是。長久下去，她仍舊是我的敵人，難以共存。」

當下她只是冷冷一笑，說道：「妳知道便好。我已是道中執事，地位比妳高上許多。大首領命我率領妳和天佑星二人出門辦事，可見他對我有多信賴倚重。我過完三關、進入殺道，乃是指日可待之事。妳可別忘了，妳的命運掌握在我的手中。我要妳生，要妳死，要讓妳過不了關，入不了道，全在一念之間。妳最好牢牢記著，乖乖聽話，不然我絕不會放過妳！」說完便轉身離去。

天異星漠然而聽，臉上神色依舊陰暗，卻什麼話也沒有說，只靜靜站在一旁，目送天微星離去。

次日清晨，裴若然與天佑星和天異星拜別大首領，縱馬離開如是莊，往長安城快馳而去。

裴若然知道當年從石樓谷出來的弟兄皆非常人，個個都是殺人不眨眼的瘋子，但是如天佑星這般奪人嬰兒、隨手殘殺掩埋者，其殘酷慘烈超乎常人所能想像。裴若然心想天佑星的問題源自於她在數年前生下的孩子，要治好她殺嬰的怪癖，須得治本。

離開如是莊後的第一夜，三女在一間客店下榻。她們原本對彼此仇恨多於友善，即使同行出門辦事，也無心假裝友好，各自回房用膳，緊閉房門，彼此一句話也不多說。

三人各自入房之前，裴若然對天佑星道：「晚膳之後，妳來我房中一下，我有事交代。」

天色全黑後，天佑星來到裴若然房外，敲了敲門。

裴若然在房內說道：「進來。」

天佑星推門走入室中，但見炕上坐了一個小男孩兒，白白胖胖，大約六七歲年紀，正把玩著一隻木馬和一輛木車，神情專注，臉帶笑容。

天佑星眼睛盯著那男孩兒，舔舔嘴唇，露出詭異的微笑，說道：「天微星，妳可眞明白我的心思。我正想著這一路上，該去哪裡找個孩子來玩兒，妳便預先替我找了一個來！只可惜這個年紀大了些。」

裴若然笑道：「這個孩子可好玩了。但是，天下哪個孩兒妳都可以殺，唯有這個男孩兒妳不能殺。」

天佑星冷笑道：「這是哪個厲害角色的孩子？妳以爲我會下不了手麼？」

裴若然正色道：「這個孩兒不是什麼厲害角色的孩子，也不是我抓來給妳玩兒的。這是我替妳找回的親生兒子！」

天佑星一呆，臉色頓時變得煞白如紙，柳眉倒豎，驚怒滿面，喝道：「妳胡說八道什麼！」

她右手緊握柳葉刀刀柄，幾乎要拔出刀，和天微星拚命。

裴若然保持一貫的沉著鎮定，對天佑星的敵意怒氣視如不見，只道：「妳先瞧瞧他的脖子。」

天佑星低頭望向那個男孩兒，忽然杏眼圓睜，眼神一變，衝上前去，伸手扯開孩子的衣領，露出一截白白胖胖的頸子，但見頸上有個淺淺的刀疤。

天佑星回過頭盯著裴若然，眼神又是驚疑，又是凶殘，又是混亂，顫聲道：「妳說！妳說！這是……這是怎麼回事？」

裴若然道：「我開始擔任執事之後，在道中漸漸建立起自己的勢力，因而得知了不少事情。我得知妳當年曾生下一個孩子，妳爲了隱瞞此事，試圖用柳葉刀殺死他。然而妳雖斬傷了嬰孩的頸部，血流不止，嬰孩卻並未死去。金婆婆趁妳產後無力昏過去時，將孩子抱走救活了，藏在山腳下的農莊裡養大。大首領不讓任何人知道此事，卻還是被我發現了。」

天佑星滿面不可置信，回過頭，定睛望向那男孩兒，但見他眉高眼細，皮膚白嫩，果然與自己有幾分相似，眉目間還有幾分天暴星的影子。她顫抖著手，抱起那個男孩兒，感受到他的體溫，心中立即確知這是自己的親生骨肉，手臂不自禁地抱緊了小男孩，心中只想：「我這輩子再也不會放手了！」

她低下頭，不斷親吻男孩兒的小臉，口中喃喃而語。男孩兒並不怕生，笑嘻嘻地，任由她抱著親吻，說道：「不哭，不哭！」

過了好一會兒，天佑星終於抬頭望向裴若然，眼神不再銳利怨恨，卻充滿了戒慎疑惑。

裴若然緩緩地道：「我花了一筆錢，買通了農莊的夫婦，假做孩子一病死去，並在十里外的桑葉鎮另外找了間紡織戶，讓他們收養孩子。孩子藏在那兒，安全應是無虞。」

天佑星直望著裴若然，冷然道：「妳爲何要這麼做？有何目的？」

裴若然聳聳肩，說道：「不爲什麼。我只是想解開妳心中死結，讓妳不再偷擄、殺害人家的孩子。妳這習性對我等出門辦事毫無益處，甚至有害；若妳不改掉這個習性，未來對殺道的價值也將大大減低。」

天佑星聽了，默然不語。

裴若然又道：「妳當然可以不信我。我若是妳，便不會留下任何把柄在他人手中。我會立即去將那紡織戶夫婦殺了，燒毀織房，毀屍滅跡，另行安置孩子，不讓任何人知道孩子藏在何處。」

天佑星心中所想，與裴若然所言完全一樣，她哼了一聲，老實說道：「我正打算如此。」眼中露出凶光。

裴若然完全明白她的心思，微微一笑，說道：「若要做得更加隱密，便將我也一起殺了，更加死無對證。然而妳最好多想一想，妳殺不了我，我卻殺得了妳。」

天佑星臉上殺氣畢露，一手抱著孩子，一手拔出柳葉刀，退後數步。

裴若然一笑，說道：「天佑星，我天微星是什麼樣的人，妳應該很清楚。我若想掌控妳或傷害妳，便不會將孩子交到妳手中。我這麼做，只是爲了將事情辦好。妳整日掛念著抓人家的孩子來殺死，怎能專心辦事，認眞過關？」

天佑星臉色一沉，默然不答。

裴若然點頭道：「咱們工夫不多，妳要去殺死紡織戶和農莊夫婦，另行安頓孩子，限妳今夜辦完。我們明日清晨便上路。」

天佑星哼了一聲，抱起孩子，便往門口走去。

裴若然卻又叫住了她，說道：「農莊夫婦替妳餵養孩子足足六年，保抱提攜，讓孩子無病無痛地長大，可說是妳和孩子的恩人。佛曰：『忘恩負義者，入阿鼻地獄』。妳好自爲之吧。」

天佑星沒有再言語，緊緊抱著孩子，轉身快步離去。

裴若然早已料知天佑星會怎麼做。

果然，天佑星並未前去紡織戶或農莊殺人滅口，卻將孩子送回了紡織戶，並留下一大筆金子做爲酬謝。天佑星以爲孩子死後便篤信佛教，自己殺生造業也就罷了，如今卻不願意讓孩子累積惡業，獲得惡報。她也知道天微星若想殺死她或孩子，乃是舉手之勞。天微星此刻不動手，便表示無心傷害她們母子。

次日清晨，天佑星和天異星如常起身，跟著裴若然騎馬上路，往長安馳去。一路上天佑星神色時而焦慮，時而歡喜，裴若然將天佑星的諸般情緒全看在眼中，不動聲色。天異星也覺察到天佑星神態有異，卻連半句話也未多說多問。

第六十五章　刺妃

三女來到長安之後，便在裴若然曾去拜見大首領的那間道觀落腳，盤算入宮刺殺郭貴妃的計畫。

裴若然雖生長於高門，並入選采女，卻也從未眞正進入皇宮，對於宮中的種種情勢規矩一概不知，心想：「我自己要假扮成宮女而不被人看穿，本已甚難，天佑星和天異星兩個就更不用說了。我們要潛入皇宮刺殺貴妃容易，但是要假扮成宮女混入皇宮，嫁禍給宋學士，這就難辦得多了。」

但是殺道有的是金銀，裴若然向駐守道觀的下屬趙八詢問，趙八很快便找來了一個在宮中服役的老宦官，供裴若然詳加盤問。於是裴若然花了一整日的工夫，詳細盤問這個老宦官，從宮中女子的等級、服色、禮儀、規矩、居處，從頭到尾問了個明白。她心想：「我未來若有機會入宮，今日這場盤問可比什麼修習德容言功有用得多了。」

她於是請這位老宦官取來三套不同等級宮女的服色，讓趙八照著自己、天佑星和天異星的身材製作一套，又詳細向二女敘述出手的細節。天佑星認眞傾聽，天異星則面無表情，也不知聽進去了多少。

之後裴若然和天佑星便潛入皇宮，在宋學士的住處待了三日，仔細觀察她的侍女秀蓮的臉容外貌、言行舉止。兩人都隨雲娘子學過易容之術，這時互相討論，試著將天佑星裝扮成秀蓮的模樣，從臉容化妝以至髮型首飾，直裝扮得維妙維肖，即使近看也難以分辨。

裴若然生怕天佑星說話帶著北方口音，與長安的中州口音不同，於是一遍又一遍地帶她練習同樣的幾句話：「姊姊請了，宋學士聽聞貴妃玉體微恙，讓妹妹給娘娘送碗參湯補補身子。」「妹妹理會得。」「多謝姊姊關照。」「姊姊取笑了。」「這怎麼敢當？」「姊姊留步。」「可不是？姊姊說得對極了。」

天佑星在北方藩鎭長大，從來未曾說過這般客氣得體的言語，十分不慣，練了數十次，裴若然仍說不行，要她跟著自己的口形，模仿自己的口音，不斷練習下去。

天佑星的態度出奇地合作，從未露出不耐煩之色，便如一個牙牙學語的孩童一般，經裴若然糾正了數百回，她才終於能將這幾句話以中州口音字正腔圓地說出來。然而光是說出來還不夠，還須說得順暢自然；說得順暢自然也還不夠，還得具備宮中侍女的神態語氣，言談舉止。

裴若然雖七歲便離開了家，但仍具有貴宦閨秀的氣質行止，不斷示範給天佑星看該如何走路，如何行禮，舉手投足之間都不能露出半絲破綻。天佑星認眞學習模仿，毫不鬆懈，將學習宮女的儀態舉止當成自己最最重大的任務。

天異星大多在旁觀看，臉上神色陰沉，時而咬牙切齒，時而露出詭異的笑容。裴若然和天佑星都不去理會她，自顧練習。天異星扮演的是低賤的燒水宮女，不必學會這些儀態言談，她顯然也無心學習，甚至認爲她們的所作所爲十分可笑，不屑一顧。

如此訓練了十餘日的工夫，裴若然才覺得滿意了。三人穿上宮女服飾，易容化妝，一切打點就緒，裴若然早先已命趙八賄賂那老宦官，安排三女從芳林門進入太極宮，經過太倉，來到掖庭。

掖庭宮區西側乃是宮女的住處，此地房舍十分樸素，殊不華貴，與一般的小戶人家相差不遠。裴若然和天佑星、天異星來到一處宮女的通鋪，此時正是傍晚，天異星依照計畫，先去粗賤宮女聚集處，打了一桶水，提去郭貴妃的宮殿，準備替貴妃燒熱洗腳水。

裴若然再次檢查天佑星化妝，點頭道：「一點破綻也沒有。」她見天佑星臉容緊繃，心中微感擔憂，低聲問道：「妳還好麼？」

天佑星點了點頭，但神色焦慮不減。

裴若然心想：「裝扮宮女進入貴妃宮殿，乘機下毒，可比持柳葉刀刺殺藩鎮首領輕鬆容易得多了。只教她能放鬆心情，扮得自然一些，事情定能辦成。」當下微笑道：「這回讓女皇扮演宮女，可委屈女皇啦。」

天佑星聽她叫自己往年的綽號，先是一呆，接著冷冰冰的臉上露出一絲笑意，忽然低聲道：「我決定要叫他什麼了。」

裴若然微微一怔，隨即明白她在說她的兒子，於是微笑問道：「叫什麼？」

天佑星臉上一紅，說道：「我給他取了個小名，叫『太子』。」

裴若然忍不住笑了出來，說道：「這名兒好！女皇的孩子，不是太子是什麼？」

天佑星也笑了，說道：「胡亂取的小名，不必當眞。」忽然又露出擔憂之色，說道：

「或許該叫他阿狗阿貓什麼的，免得天妒鬼忌。」

裴若然伸手拉住她的手，誠摯地道：「太子中庭飽滿，耳大而厚，原是吉人天相。他大難不死，必有後福。妳不必擔心，他的命一定比我們好得多了。」

天佑星聽了，似乎略爲放心，愁眉舒展，嘆了一口長氣，說道：「命比我們好可不夠，要好上千萬倍才成！」

當夜一切安排妥當，裴若然潛入郭貴妃屋中偷窺。時辰一到，天佑星便端著金盤玉碗，緩步來到貴妃的寢宮之外，向門外貴妃娘娘的侍女點頭招呼，微笑說道：「姊姊請了，宋學士聽聞貴妃玉體微恙，讓妹妹給娘娘送碗參湯補補身子。」

裴若然聽她這幾句話說得字正腔圓，流暢自然，甚是高興，暗想：「總算未曾浪費了那十幾日的工夫！天佑星學得像極了，毫無破綻。」

那侍女顯然認得天佑星假扮的侍女秀蓮，絲毫未起疑心，也報以一笑，低聲道：「娘娘這幾日脾氣不大好，妳多擔待些，別放在心上。」

天佑星點頭道：「妹妹理會得。多謝姊姊關照。」

裴若然原本便蓄意安排，命天佑星與門口的侍女說上幾句話，好讓侍女認出並記得她。見她對答順利，暗暗放心。

那侍女替天佑星開了門，天佑星便緩步走入屋中。

裴若然伏在屋頂上，屏息等候。直過了一盞茶時分，才見天佑星端著金盤，緩緩步出貴妃寢宮。她關上門時，在門框上以指節輕輕敲了兩下。

裴若然見到了，暗暗吁了口氣，知道天佑星出手成功，一切依照計畫進行，毫無差錯。

她在屋頂等候半晌，見到天佑星已然遠去，便躍下屋頂，正要離開郭貴妃的宮殿時，忽聽身後傳來一聲冷笑，裴若然一驚，咽喉一涼，一柄鐵鉤已扣在自己的咽喉之上。

裴若然順著鐵鉤側頭一望，但見身後之人正是天異星。

天異星露出白森森的牙齒，她原本面貌醜陋，這時在黑暗之中，臉容顯得更加猙獰可怖。她右手鐵鉤抵在裴若然的咽喉上，寒冷如冰，銳利勝刀。

裴若然心跳加快，知道自己的性命操控在天異星手中，然而她膽敢就此下手麼？還是會像天空星在饒陽劉濟帳外那時一般，雖有機會得償宿願，卻終究決定以過關入道爲先，寧可放自己一馬？

天異星似乎能猜知她的心思，陰惻惻地道：「妳以爲我會和天空星一般愚蠢麼？他當時未曾下手殺妳，事後可悔恨得緊哪！我告訴他，他放棄大好機會，那是他愚蠢。換做是我，便絕不會放棄殺死妳的機會！」

裴若然勉強維持鎮定，說道：「天空星倘若眞的殺了我，才會後悔莫及呢。他若殺了我，此時已被道友捉起，送交大首領發落，這輩子再也別想過關入道。」

天異星冷冷一笑，說道：「天空星和妳一樣，整日只想著過關入道。妳可知道，什麼過三關、入殺道，對我來說都不過是個屁？我天異星全不在乎！我不要過關，也不要入道，只要報仇！」

裴若然感到冷汗從自己的額頭劃過臉頰，心想：「天異星不似天空星那般爭強好勝，死要面子。她不在乎過關入道，自然不會放過殺我的機會。」

她腦中念頭急轉，卻想不出任何主意。就在此時，忽聽一人從後喝道：「天異星，妳在做什麼？」

裴若然聽見那聲音，頓時鬆了一口氣，知道自己得救了，來人正是天佑星。

天佑星這時已卸下秀蓮的裝扮，一身夜行衣。她奔上前來，柳葉刀揮出，抵在天異星背心，低喝道：「犯上作亂，妳不要命了？」

天異星並不回頭，只冷冷地道：「犯上？天微星這丫頭不過是石樓谷的一個弟兄，當年我們隨手殺死了她，也不會有人過問怪罪。她什麼時候變成我的上司了？」

天佑星不為所動，說道：「大首領派她率領我們出來辦事，她便是我們的上司。妳不服從她，便是不服從大首領。我即刻可以處死妳！」

裴若然惱了天異星處處作對，心腸一硬，盼望天佑星就此動手殺死天異星，但當此危急關頭，又不能開口命令天佑星處死天異星，畢竟一個不好，自己便要先死在天異星的鐵鉤之下。

她心念電轉，開口說道：「天佑星不必插手。天異星跟我有仇，這件事我倆之間了結便是，妳不必干涉。」

天佑星挑起眉毛，放下柳葉刀，退開一步。

天異星冷笑一聲，正要開口，就在此時，天佑星柳葉刀陡出，斬在天異星的右肩之上。天異星悶哼一聲，裴若然也已同時出手，右手格開她的鐵鉤，左手扣上她的咽喉，情勢頓時逆轉。

天異星一轉眼間，便已受制於敵，不禁大怒道：「奸詐、陰狠的賤人！」

裴若然與天佑星相處多日，彼此已有默契，她方才那番話，用意便是讓天佑星假意撤刀，令天異星放鬆戒備，接著再狠下殺手殺傷天異星。天佑星明白她的心思，因此配合得天衣無縫。

裴若然逃過一劫，喘了一口氣，冷然望著天異星，平靜地道：「天異星，我從未主動向妳出手。每回與妳交手，都是先遭妳偷襲，我才反擊。次次妳都想致我於死地，我爲了自救，才狠下重手。妳自己說吧，我當年斬下妳的右手之前，難道妳不曾存心取我性命？我若未曾斬下妳的右手，又怎能活到今日？」

天異星一張醜臉蒼白如紙，一聲不吭。

裴若然又道：「今日也是一般，我並未招惹妳，不過是奉大首領之命帶妳出來辦事，妳卻想乘機殺我。我若不反擊自保，豈不愚蠢？」

天異星仍舊不出聲。

裴若然望了天佑星一眼，知道此刻若下手殺死天異星，天佑星絕對會站在自己這邊，要她隱瞞此事或替自己作證，都不是問題，心中猶疑：「我該就此殺死天異星，以絕後患，還是該放過她？」

裴若然思慮半刻，無法立下決斷，忽然伸出左手，點了天異星的穴道。她出手極重，天異星悶哼一聲，登時昏厥過去，軟倒在地。裴若然俯身負起天異星的身子，對天佑星道：「走！」

二女飛身離開掖庭，穿過太倉，躍出圍牆，一路奔回道觀。

裴若然將天異星放入一間空屋，找出繩索綁住了她的手腳，但見她肩頭刀傷仍在流血，便取過傷藥布條，替她包紮了。她回過頭，見到天佑星靜靜地站在門口觀望，臉現不豫之色。裴若然知道天佑星心中對自己的作爲頗不贊同，於是說道：「怎麼，妳認爲我應當殺了她？」

天佑星搖頭道：「殺不殺，那是妳的決定。但是若換成我，便會斬草除根，以免後患無窮。」

裴若然原本猶疑不決，聽了天佑星的話，心中更加搖擺不定，甚不舒坦，靜默一陣，才道：「天佑星，當年跟我們一起入谷的有兩百個弟兄，過了第一關的只有三十六個，而活過第二關的只有八個。我們死一個便少一個。即使弟兄們中不乏想取我性命者，我卻不忍心下手殘殺弟兄。倘若我有法子，我希望能夠保住每個弟兄的性命。」

天佑星不答，過了許久，才道：「我從來不去回想石樓谷中發生的事。那已是上一輩子的事了。天微星，我在谷中只學到一件事，那就是要活下去，便只能相信倚賴自己一個。」

裴若然搖頭道：「話是這麼說，但是妳若不曾與天暴星結盟，又怎能活過那個冬天？

我就是因爲與天殺星和天猛星兩人合作無間，才能一起活下來。」

天佑星忽然露出冷笑，說道：「我和天暴星結盟是什麼下場，妳也看到了。至於妳和天殺星、天猛星，不錯，你們都活了下來，但是妳別以爲他們兩人便永遠是妳的朋友！」

裴若然望向她，眼神銳利，說道：「他們當然是我的朋友！」

天佑星轉過頭去，說道：「但願如此吧。」

裴若然感到深受侵犯，上前一步，神色嚴厲，逼問道：「什麼叫『但願如此』？妳知道什麼？」

天佑星毫不恐懼，只低聲道：「我和天暴星也曾是最親近的朋友。然而……然而到得後來，便不是那麼一回事了。」

裴若然道：「天殺星、天猛星和我是眞正的朋友。我們跟你們不一樣。」

天佑星笑了笑，喃喃說道：「眞正的朋友！當我陷入困境時，他更未對我伸出援手，只讓我自生自滅，甚至落井下石。當妳被朋友背叛過一次後，便知道世上並沒有『眞正的朋友』這回事兒。如我之前所說的，要活下去，全天下便只能信任妳自己一個。」

裴若然想起自己出手斬傷了天殺星的左腕，背叛了天殺星，又想起自己多次違背天猛星的心意，逼迫他出手殺人，一時不禁有些動搖，不知該如何辯駁。她側頭望向昏厥在地的天異星，望見那被自己斬斷的右手上的鐵鉤，心中一涼，知道不管自己心裡多麼不願意殺害弟兄，也不管自己饒過天異星多少次，天異星永遠都不會原諒自己。自己是否該聽信天佑星的主意，斬草除根，永杜後患，就此殺了天異星？

天佑星顯然無心再說下去，轉身走了出去。

裴若然獨自留在屋中，坐在榻旁，凝望著仍昏迷不醒的天異星，陡然想起自己第一次見到她時的情景。那時他們剛剛被分派到玄武營，天空星取笑嘲弄天異星長相醜陋，她深受侮辱，卻不得不跟著乾笑。那神情之可憐可悲，裴若然直到此時還無法忘懷。

她知道自己比天異星幸運得多，至少自己從不曾屈服於天空星的淫威，不曾受到天空星的嘲弄折磨。想到此處，她對天異星的同情憐憫大增，心想：「儘管我永遠都無法信任或喜歡她，但我仍得留下她的性命。」

裴若然吸了一口氣，知道自己此行算是交了天佑星這個朋友，但也加深了天異星這個敵人對自己無可化解的仇恨，便是有得也有失吧。

郭貴妃如計畫般暴斃後，三女等在京城中多留了三日，天異星裝扮的宮女雖未曾派上用場，所幸影響不大；天佑星則繼續假扮成侍女秀蓮，受人指證，接受審問；她承認自己曾送湯給郭貴妃，卻矢口不認在湯中下毒。數日後，裴若然將眞的秀蓮換入牢獄之中，這個眞的秀蓮自然全不知情，連送湯這一段也不承認，只將主審官弄得一頭霧水。自始至終，天佑星都裝扮得維妙維肖，未曾露出馬腳。

裴若然觀察郭貴妃暴斃後的種種情勢，一切皆按部就班進行，甚感滿意。

裴若然始終未曾解開天異星的穴道和綁縛。她命趙八僱了輛馬車，將天異星放在車中，啓程回往石樓山。這一路十多日的路程，她以粗索牢牢綁住天異星的手腳，早晚親自別的方式偷襲。

餵其飲食，偶爾讓其下車方便，嚴密看守。裴若然知道天異星恨己入骨，絕不會放棄殺害自己，因此不敢放鬆戒備，日夜小心防守，不讓天異星有機會對自己下毒、發射暗器或以別的方式偷襲。

一路上天佑星冷眼旁觀，甚少言語，對天異星的處境視如不見。她往往獨自坐在車廂中，取出一件小兒的肚兜親吻把玩，顯然沉浸於思念太子。她再也不曾出手擒擄人家的嬰孩，全副心思已投注於自己的親生兒子上。

裴若然見天佑星戒除了殺嬰埋嬰的恐怖惡習，心中略感安慰，暗想：「或許有朝一日，天佑星也能恢復正常，跟正常人一般過日子。」

她望向車中的天異星，心不由得一沉：「天異星原本陰毒怪異，近年更加深沉詭譎，不近人情。我瞧她這一輩子都無法再過正常人的生活了。」

三女就這般各懷心事，終於回到了如是莊。

裴若然首先向大首領報告了天異星在貴妃寢宮外偷襲自己之事，並說自己已將她制住，綁起帶回等情。

大首領毫不吃驚，只擺手道：「天異星不遵從妳的指令，意圖傷害本道執事，合該受罰。我先將她關起，日後另行懲處。」

裴若然鬆了一口氣，心想：「大首領不怪我領導無方，那就好了。」又想：「大首領並不驚訝天異星會找機會偷襲我，也不顯得太過惱怒怪責於她。看來他畢竟不捨得就此殺死一個弟兄，況且天異星暗器功夫高明，對殺道十分有用。我當時未曾取她性命，畢竟是做對了。」

她繼而向大首領稟報此行辦事結果：郭貴妃中毒殞命，案子查到了宋學士身上，卻查不下去等情。

大首領聽完後，十分滿意，說道：「天微星，妳辦事乾淨俐落，足堪大任。這三件任務都已辦成，妳說說看，自己的下一步是什麼？」

裴若然勉強壓下心頭的激動興奮，問道：「啓稟大首領，天微星已辦完三件任務，是否已算過了第三關，能夠成爲道友了？」

大首領哈哈大笑，說道：「妳若不能成爲道友，還有誰能？」

裴若然趁著大首領心情甚好，忍不住問道：「那天猛星呢？天殺星呢？他們是否快要過完第三關，接近入道了？還有天富星，他可以從血盟回來了麼？」

大首領收起笑容，神色轉爲冷淡，說道：「其他弟兄之事，還輪不到妳來過問。先退下休息吧。」

裴若然便行禮退下，回到自己的房中。她心中又是興奮，又是焦慮，百感交集，幾乎無法入睡。她感到一股難言的寂寞不安湧上，眞希望天殺星或天猛星能在身邊，但是他們一個身在血盟，一個遠在長安，都離自己如此遙遠。

裴若然想起天佑星的話，心想：「天佑星和天暴星往年曾有過一段交情，但那畢竟和我與天殺星、天猛星的交情並不相同。我們是性命相托的好友。我傷過天殺星，但他應當可以體諒我的處境，我怎能讓他殺死我的爺娘？他一定會原諒我的。至於小虎子，我做的一切都是爲了讓他活下去。他太過單純善良，我若不幫他堅持下去，他老早便已死了。我不能讓他死去，才逼他做出許多違心之事，他應能體會我的一番苦心才是。」

她想著想著，終於昏昏沉沉地進入夢鄉。

第三部

歸谷

第六十六章 入獄

裴若然辦完三件任務，過了第三關，就等著大首領安排自己正式成爲道友。大首領仍舊讓她跟在身邊處理道中事務，卻絕口不提讓她成爲道友之事。裴若然心中暗暗焦急疑惑，卻不敢多問。

直到半年之後，這日大首領忽然派人喚她去有爲堂，裴若然強自鎮定，猜想這一天終於到了吧。她來到有爲堂，但見七位道友都已在堂中，大首領、潘胖子、半面人、泥腿子、雲娘子、白骨精、金婆婆一字排開，個個神色嚴肅。

裴若然原本以爲大首領召自己去，是打算宣告自己已過三關，晉升道友，但見這些道友個個神情嚴峻，心中頓時升起一股不祥的預感，暗想：「莫非出了什麼事？」

她瞥向金婆婆，但見金婆婆面無表情，全然置身事外；她又望向雲娘子，見雲娘子嘴角帶著一抹似有似無的笑意，眼中滿是譏諷嘲弄、幸災樂禍之色。裴若然心中一緊，知道事不好，但當此情境，也只能鼓起勇氣面對，緩步走到堂上，向一眾道友行禮，跪在堂中，靜靜等候發落。

堂中靜了一陣，潘胖子才咳嗽一聲，說道：「天微星，有人告密，說妳懷有叛道之心，密謀殺死道主！」

裴若然一呆，脫口道：「潘師傅，此言太過荒謬，天微星絕無叛道之心，更不曾密謀殺死道主！這些傳聞是從何而來？」心想：「密謀叛道的，明明便是你和雲娘子等人，如何栽贓誣賴到我的頭上？」

潘胖子冷笑道：「還不只如此！你和天猛星二人向外人偷學武功，練成了精妙的內功心法，意圖憑著高深武功、毒術和暗器，趁道友聚會時闖入有為堂，襲擊道友，制伏大首領。這些言語，妳說過麼？」

裴若然感到背心冷汗直冒，她和天猛星確實練過金剛袖和金剛頂內功，這些話她也確實說過，然而當時在場的只有天殺星和小虎子兩人，她說這些話時，是為了說服天殺星不要出手殺死自己的爺娘，提醒他們三人的武功已比道友們高強許多，不必害怕殺道，也不必對大首領令出必從。然而她畢竟太不小心了，一心想阻止自己與天殺星的這場決鬥，貿然說出這些言語，當時定然有其他殺道中人在旁窺視，將自己大逆不道、勸天殺星叛道的言語都聽了進去，而此事終於被大首領他們知道了！

大首領眼神冷酷，狠狠地瞪著她，眼中彷彿能射出刀劍匕首來，直刺她的心窩。其餘道友則滿面嘲諷之色，得意洋洋，冷笑不絕。

裴若然一時不知該如何回答，只能閉嘴不語。

潘胖子放低了聲音，語氣中滿是威脅之意，說道：「我們有確鑿的證人，能夠指證妳在何時何地說過這些話。妳若不肯認罪，妳和天猛星將永遠失去入道的資格，甚至立即處死！妳認不認罪？」

裴若然全身如墮冰窖，心中只想：「究竟是誰告密的，爲何拖了這麼長時候才揭露出來？」

她勉強鎮定，抬頭望向大首領。大首領冷然盯著她，面色通紅，眼中如要噴出火來。裴若然從未見過大首領如此憤怒，憤怒背後含藏著更多的失望和不滿。她知道大首領可以容忍自己犯錯，容忍自己出手時自作主張、方便行事，卻不能容忍自己心存叛意，蓄意欺瞞。她見大勢已去，之前謀畫將全盤皆空，不禁暗自發起抖來，只能深深吸了幾口氣，盡量自制。饒是她訓練有素，這時臉上也不禁毫無血色、一片雪白。

大首領終於開口，質問道：「天微星，妳有何話說？」聲音嘶啞，威嚴至極。

裴若然無言以對，知道這回自己絕對無法全身而退，只能低下頭，說道：「潘師傅所言不錯。天微星認罪。」

大首領用力一拍茶几，一下子將茶几震得裂成兩半。

堂上眾人皆鴉雀無聲。

大首領喝道：「來人，將這叛徒拖了下去！關入地牢，沒有我的命令，誰也不准去見她！」

泥腿子和雲娘子趨上前來，扣住了裴若然的手腕，以鐵鐐銬住，將她帶了下去。泥腿子面無表情，雲娘子臉上卻帶著一抹妖嬈得意的微笑。

裴若然彷彿陡然從天界掉入地獄，這一跌不可謂不重。

她被關在一間陰暗的地牢中，這地牢深入地底，黑暗陰溼，空氣中滿是霉味。這一關便是數日，除了早晚有人送來飲食之外，不曾有任何人來探望。她時睡時醒，醒來時只見眼前一片漆黑，伸手不見五指，心中驚恐難言，全身顫抖難停。她感到寒冷難耐，只能勉強盤起雙腿，運氣在體內遊走，好讓身子稍稍暖和一些。她知道如是莊的地底有許多祕密地道，也曾在黑暗的地道中探索行走，卻並未來過這間地牢，依行走方位，猜想這地牢應位在凡相殿的地底。

她獨自坐在黑暗之中，冰冷的手銬腳鐐切入她的肌膚，割出一道道傷痕，疼痛難忍。然而最難受的是她的內心；她從未跌得如此狼狽，如此難看，自己的自尊被所有人踩在腳下，任意踐踏。她心中盤桓著種種陰暗悲慘、自憐自傷的念頭：「我此後再也沒有盼頭了，不如便死在這兒乾淨了事！」然而她不願不甘就此認輸，於是勉強壓抑這些心思，不讓自己多想，強逼自己振作起來，咬牙撐住。

如此過了不知多少時日，這日她忽然聽見腳步聲響，一人緩步自甬道走來。

裴若然睜開眼，見到一絲火光緩緩接近，那人的腳步聲在地牢中迴響，顯得陰險而沉重，但是說不出的熟悉。裴若然知道自己一定認識這個人，卻不敢相信是他！

不多時，一個人影來到柵欄前的空地上，手中提著一盞油燈。但見那人臉色俊秀蒼白，一頭黑髮散在臉旁和肩膀上，正是天殺星。

裴若然心中先是一喜，暗想：「他是來救我的麼？」隨即又感到一陣心涼：「他不是去了血盟麼？他是何時回來的？莫非……莫非……」

她抬起頭，臉上不動聲色，隔著柵欄望向天殺星，眼光不禁望向他的左手。但見他左手仍連接在手腕上，左腕戴著一個鐵圈，遮住了被斬斷的左腕筋脈。她又留意到他身上穿著黑衣，腰上繫著朱色腰帶，顯然已成爲殺道執事。她心中陡然雪亮：「竟是他！當時並無其他殺道中人在旁埋伏竊聽，出賣我、向大首領報告我那夜言語的，就是天殺星！」

她咬著嘴唇，靜待天殺星開口。

天殺星神色比平時更加陰沉，過了良久，才道：「妳，先背叛我！」

裴若然不禁一怔，一陣子不見，他說話跟往年頗爲不同，口齒清晰得多，言語也順暢了許多。然而最不同的是他的神態；他往年言語不帶任何情感，一片淡漠，甚至有些幼稚；這時他雖只說了短短一句話，卻充滿憤恨不平，咬牙切齒，顯然極爲激動。

裴若然凝望著他，沉靜地道：「天殺星，你在說些什麼？我何時背叛你了？」

天殺星更加激動，提高了聲音，說道：「妳當然，背叛了我！我，這麼做，只是爲了報仇！」

裴若然聽他言語愈來愈順暢，心中驚疑不定，幾乎不敢相信眼前這個天殺星便是多年來自己身邊最親近的朋友。她震驚難已，彷彿終於看清了他的眞面目，瞇起眼睛，說道：「天殺星，你從一開始便裝模作樣欺騙我，騙取我的信任關心麼？是誰先背叛了誰？」

天殺星直視著她，說道：「我入谷的任務，便是監視妳、保護妳。妳，到今日才明白麼？」

裴若然心中再無疑惑。暗中向大首領告密，出賣自己的，正是天殺星。她也終於省悟，原來天殺星一直都是大首領安插在自己身邊的一著棋子，用以監視掌控自己。天殺星熟悉石樓谷中的地勢，知道那條沼澤中的通道，也知道石牢，自然因爲他老早便跟隨大首領去過石樓谷。她卻相信天殺星乃是童昏，不善言語，不通人情，因而心生同情，盡力照顧他，耐心傾聽他言語。這時她只感到自己愚蠢至極，竟然受騙上當了這許多年，還一直被蒙在鼓裡！

饒是裴若然善於掩藏情緒，這時臉上也不禁露出幾許驚怒悔恨。她想起天猛星往年曾遭豹三伍弟兄背叛，她當時並不明白他爲何如此氣憤痛苦；如今她自己同歷其境，才知道遭朋友背叛的感覺，有如胸膛被利刃剖開，將內臟全數掏空了一般。她曾發誓一輩子不背叛不捨棄的人，到頭來卻背叛捨棄了自己！自己認定的朋友從一開始就並非朋友，而是敵人！她心中一片痛楚冰冷：「天佑星說得沒錯，她可能老早便看出天殺星乃是大首領的親信，因此認定天殺星並非我眞正的朋友。她警告過我，我卻並未聽信，今日終於嘗到苦果了。」

裴若然低下頭去，咬緊牙關，勉強鎭定下來。她心念電轉，明白自己此刻必須壓抑悔恨傷痛，撇開種種無用的情緒，沉穩應對，才能在與天殺星的對峙中重新占到上風，扳回一城。

她抬起頭，直視著天殺星，放柔了語氣，說道：「天殺星，你是我最好的朋友，我自始至終都信任你、關心你，迄今仍毫無改變。不管你如何看待我，我對你都是一片眞心，天日可表。」

天殺星面無表情地聽著，幽暗的眼神緩緩移動，似乎在探究她說出這番話背後的眞正意圖。

裴若然努力保持語調誠懇，堅定不移，繼續說道：「我當你是朋友，一輩子也不會改變。我明白你忠於大首領，須得聽命辦事。我們全都身不由己，這不是你的錯，我也不會怪你。」

天殺星聽了她的話，靜了好一會兒，眼中逐漸透出怒氣，說道：「天微星，妳實在，狡詐可恨，到此刻還想用這些假話，欺騙我！妳老早，便背叛了我，卻不肯承認！」

裴若然理直氣壯地質問道：「我何時背叛你了？」

天殺星蒼白的臉上透出一抹紫紅，額上青筋暴露，低吼道：「妳教天猛星，練內功，讓他在兵器大比試中，打敗我！妳在石壁上留言，阻止天猛星自殺！妳傾全力幫助天猛星，過第二關、第三關，妳關心他，遠勝於我！妳出手保護自己家人，保護天猛星，卻不惜傷我手腕，妳口口聲聲說，是我的朋友，心中卻從來便不曾，當我是朋友！」

裴若然不斷搖頭，等他說完，才道：「我未曾教天猛星內功，他的內功和我們一樣，是照著石壁上的刻字學會的。他和我都識得字，這事你老早知曉。我們在石穴中找到的『金剛頂』神功，我不是逐字念給你聽了麼，我何曾偏心？我幫助天猛星過第二關，同時也盡力幫助你過第二關。我們說好了要一起活下去，我難道不曾傾全力幫助你度過第二關？只是天猛星過第三關時，大首領命令我相隨幫助，我豈敢違背大首領的命令，不盡力幫助他？而且啓程之前，我早早便將事情全都跟你說了，我何曾關心他勝過你了？天殺星，你說！我什麼時候虧待忽視你了？我們都身處殺道之中，人人都得聽奉大首領的指令，盡力過關入道。我們去了魏博之後，你便去了血盟，從此不見影蹤，毫無音訊，我連你的死活都不知道！你要我如何繼續關心你？你奉血盟之命出手殺我爺娘，我自得出手抵擋，不然我豈非禽獸不如？我動手時誤傷了你，豈是我心所願？如今你回來了，第一件事便是向大首領告密，陷我於牢獄之中！你自己說，是誰背叛了誰？」

天殺星聽她這一連串的指責，似乎頗感震驚，身子不自禁一震。

裴若然知道自己這番話的氣勢鎮住了他，於是放緩了口氣，說道：「天殺星，我離成爲道友只差一小步了。你知道我爲什麼這麼想成爲道友？你以爲我是爲了我自己麼？當然不是！我是想早日成爲道友，好幫助你和天猛星！嘿，只是我自然不知道你原本便是大首領的親信，根本不需要我的幫助。我只道你瘖啞無情，生怕你受其他弟兄欺負，因此一心想提早成爲道友，才能保護你，趕緊將你從血盟救回。天猛星就更不用說了，他重情心軟，根本不是做刺客的料子，怎能在殘酷血腥的殺道中生存？因此我必得早日成爲道友，才能盡力保護你們。」

天殺星聽她提起天猛星，眼神陡然轉硬，冷然說道：「妳說的話，只有最後這幾句，是實話。天猛星，當不了刺客，他合該早早，死在石樓谷。但是，妳不必擔心，如今的他，離死期也不遠了。」

裴若然心頭一寒，心想：「難道大首領終於決定要除去小虎子了麼？」故意道：「我才不信！你這話是什麼意思？天猛星武功在道中位屬第一，誰能殺得了他？」

天殺星陰惻惻地道：「不用人出手，他便會自殺。」

裴若然臉色大變，脫口道：「莫非大首領要他……要他……」

天殺星嘴角露出一絲殘酷的冷笑，說道：「不錯，大首領很快，便會下令，要他親手刺殺，他的父親，宰相武元衡！」

裴若然僵在當地，心中如被緊緊揪了一下，知道事情大大地不好了。她心中清楚，大首領命小虎子去刺殺他的父親武相國，不是爲了完成什麼任務以取得酬金，也不是爲了讓小虎子去辦第三件大事，或讓他過第三關，進入殺道。大首領是爲了毀掉小虎子。裴若然清楚他的性情，知道他一定不肯出手，定會自殺以求解脫。

她的胸口一片冰涼，不料大首領竟使出這等陰招，意圖逼迫小虎子自殺。她知道大首領一直很欣賞小虎子的武功才華，但也一直恐懼小虎子武功超卓，無人可制，生怕養虎爲患，總不忘要毀掉他，以除後患。

但聽天殺星冷笑道：「妳就是想，再救他一回，也不可能了！」說著轉過身，大步離去，地牢漸漸暗下，再次陷入一片漆黑。

裴若然感到寒冷無比，伸臂抱著自己的身子，卻仍冷澈骨髓。即使是石樓谷第二關的冬天也未曾如此冷過。她睜大眼睛望著眼前的一片黑暗，心中只想：「天殺星背叛了我！天殺星背叛了我！」又想：「不，天殺星從一開始便不是我的朋友，因此也說不上背叛我。而我唯一的朋友，小虎子，很快便將被大首領逼上絕路。事情怎會落到如此地步？我該做些什麼？我能做些什麼？」

天殺星離去後，裴若然連續數夜無法入眠。她發現大首領加緊了地牢的守衛，想必因爲他猜想裴若然定會想方設法逃出如是莊。然而她手腳被鐐銬鎖住，根本無法掙脫；就算她能夠掙脫鐵鍊，離開牢籠，逃出如是莊，趕去長安，她又能如何幫助小虎子？

裴若然心頭只有極爲模糊的想法，她知道小虎子一定不會出手，而她必須讓小虎子能完成任務，過第三關。或許她得親自出手，幫他完成任務。他當然不會願意見到自己的阿爺遭人刺殺，但她實在想不出別的方法讓小虎子活下去。

她不斷籌思：「還有別的路麼？我能不能勸他跟我一起逃走，躲藏起來？」

她想到此處，頓時全身發涼。這當然是不成的。世間沒有人能逃得出大首領的手掌心，沒有人能逃得出殺道。這些想法當然全都只是空中樓閣，她此刻連地牢都無法逃出，更別說離開如是莊，到達千里之外的長安。

她感到難以言喻的徬徨無助充斥心頭，獨自坐在黑暗的地牢之中，擔憂焦慮不斷啃噬著她的內心，令她痛苦難安。她失去了身邊兩個最親近的友伴，而且清楚知道小虎子就將執行他這一生最艱難痛苦的任務，就將因此而死去，她卻什麼也不能做，只能孤獨地坐在黑暗之中，等待又等待，不知道自己在等待什麼。

她時時掛念著小虎子。這日晚間，她從噩夢中驚醒，她夢到小虎子以破風刀自盡，一身鮮血，滿面淚水，這個夢讓她倏然驚醒。她知道武小虎絕對不會出手殺死他的父親。他寧可他自己死上千遍，也不會幹出這等事。她全身冷汗淋漓，困在種種憂思之中，再也無法睡去。

而人在長安的武小虎，回到武相國府已有三年的工夫。這一日，他終於收到了大首領的指令。那是一封短信，信中的指令再清楚不過。

他望著信上的字跡，幾乎無法相信自己的眼睛。大首領指派給他的任務很簡單：他要在十日之內下手刺殺他的父親，宰相武元衡。

武小虎看著這封信，心想：「我就住在相國府中，阿爺就住在不遠處的主屋。我要對他下手，哪裡需要十日？」

但是他能下手殺死自己的親生父親麼？

武小虎全身冰寒入骨，他知道自己已經殺過了許多人，同時也清楚自己這回絕對無法出手。他放下那封信，忽然哈哈大笑起來，笑聲悲涼又痛快。他明白是該做個了結的時刻了。

他該走了。

武小虎渾渾噩噩地度過了九日，心中什麼也不想。這幾日間，他不敢再去水井巷見小鶯，生怕她看透自己內心的幽暗陰鬱、恐懼絕望。他也不敢去聽小鶯的歌聲，那歌聲原本不屬於人間，而自己很快便要離開人世了，怎能再去傾聽那令人癡醉、引人入勝的天樂？

到了最後一日的晚間，子夜之前他必須動手，否則便是違令。違背大首領的命令將是何下場，他並不清楚。他是該設法逃脫呢，還是早早自盡，一了百了？

武小虎感到軟弱無力，意志消沉。他想起背叛殺道、到處躲藏，卻被自己抓到處死的老八雲飛鶴。他很清楚殺道中人的本事，除了大首領以外，料想沒有什麼人能輕易捉住或殺死自己。他若要逃離長安，覓地躲藏，不讓大首領和殺道中人找到，隱匿某地，度過餘生，也不是辦不到的事。只是他覺得這麼做未免太辛苦，太累人了。他已經無比疲倦，只想盡快解脫。

但是六兒從來不准他休息。她總在背後撐著他，推著他，盡力逼他往前走去。武小虎心想：「幸好大首領將她召了回去！如果她在這兒，一定會費盡唇舌，想盡辦法說服我動手，告訴我過關入道有多麼緊要。她也絕對不會縱容我的頹喪消沉，也不會讓我動任何自盡解脫的念頭。」

武小虎嘴角帶笑，心想：「幸好她不在我身邊。六兒啊六兒，做妳的朋友實在很累。妳從不讓我歇息，不讓我喘口氣。妳順利成爲道中執事，扶搖直上，一帆風順，轉眼便會正式成爲道友。妳總希望我緊緊跟在妳身後，早日過關入道，成爲道友。但我實在太累了。這回不管妳如何逼我、推我，我都不想再走下去。」

傍晚時分，武小虎信步走入武家大宅的庭院中。不知爲何，他很想找到一只鞠，想再蹴鞠玩一會兒。如果他的性命只剩下幾個時辰，他眞想盡興跑踢一番，讓自己開心一下也好。

然而當他走入庭院時，便感到周身不對勁。這地方的殺氣太重了。

武小虎頓時知道有殺手到來，心中一震。爲何有殺手來此？莫非除了自己之外，還有其他刺客前來刺殺他阿爺？

武小虎踏出門外，循著殺氣走去。這時天色已黑，他來到後院，走到花圃之外，見到牆頭上一個黑影高高佇立。武小虎抬頭望去，即使四周黑沉沉地，他仍立即認出，來人正是自己的死敵天殺星。

武小虎心中又是驚疑，又是猶豫，心想：「我該怎麼做？殺死天殺星，阻止他殺死阿爺，然後再自盡？」又想：「但我並不一定打得過他。在成德開元寺決鬥那時，我險勝他一招；在裴府決鬥時，我卻敗在他手下，差點兒喪命，幸得六兒出手相救。這回我自然不會那麼幸運了。是了，我應當盡力一搏，重傷對手，最後讓自己死在他手下。如此我已盡力保護阿爺，又未曾違背殺道的指令，不管是大首領或六兒都不能怪責我。」

武小虎想到此處，頓感心情回穩，下定決心：「一切就在這兒結束吧。」

他走上一步，與天殺星相對而立。

他知道自己是爲了「回家」，才努力過三關、入殺道，如今他既已發現自己根本無家可歸，又何必再拚命過關入道？又何必繼續活下去？

第六十七章 割背

裴若然在地牢中待了不知多久，她估算應有十餘日了。每日都有差役送乾饅頭和飲水給她，收去便壺尿壺。

她心想：「我在這地牢中的待遇，跟小虎子當年被囚禁在石樓谷的石牢中那時，相去不遠。大首領對待叛徒向來不曾手軟，他絕不會讓手下停止懼怕他。潘胖子、半面人、泥腿子和白骨精，個個都深怕大首領，難怪他們要密謀反抗。」

她想著雲娘子鼓動其他道友叛變的言語，忽然想起：「然而我卻為何不害怕大首領？」

她愈想愈奇怪，即使她此刻被天殺星出賣而身陷地牢，受盡苦楚，但對大首領的威嚴卻始終不感到恐懼。她知道天殺星對大首領尊敬如神，絕不敢違背；小虎子打從心底受大首領箝制；但是她卻似乎老早看透了大首領，知道他只不過是個尋常人，跟自己差別不大，因此並不眞心畏懼他。

裴若然在黑暗之中無事可做，只能繼續胡思亂想：「我為什麼不怕大首領？是因為知道我對他有用，自信他不敢殺我麼？還是……還是因為我知道，大首領跟我是同樣的人？」

她想著想著，腦中忽然清晰起來：「大首領往年顯然也進過石樓谷！殺道現今的七位道友，都是當年曾入過石樓谷，活著出來的弟兄。他們彼此忌憚憎恨，情狀正如我和其他弟兄一般。大首領以威嚴手段統領這群道友，愈來愈感吃力，他們隨時能叛變，反噬他一口。他不斷詢問我如何收服天暴星、天空星，或許是想知道他能否引為借鏡，試圖鎮壓懾服其他道友。」

她又想：「大首領因此對我較為倚重。天殺星和天猛星，以至其他弟兄，在他眼中都只是一枚枚好使的棋子，用過即棄。而我卻能夠統率其他弟兄，幫他辦事，對他極為有用，因此他不敢輕易捨棄我。」

至於自己如何有用，她也知道得很清楚；自己機智多謀，善於領眾，能夠服人。原本自己對大首領的價值，只不過是出身官宦世家、入選采女的可居奇貨；如今卻是被大首領親自挑中，將挑起殺道大樑的下一代道主候選。

當然這一切都已是過眼雲煙。她太不小心，在天殺星面前說出那些叛道的言語，此後大首領自然再也不會信任她。甚至很可能再也不放她出去，就這樣讓她老死在這黑暗的地牢之中。

裴若然想到此處，又陷入無比的後悔自責，痛苦消沉之中。

這日夜裡，裴若然躺在黑暗的牢房中，掛念著小虎子，內心擔憂不已，輾轉難眠。半睡半醒中，她忽然感到牢外傳來一股妖嬈的殺氣，一驚抬頭，果見一個女子靠著柵門而立，面帶微笑地望著自己。那女子面容俏美，衣著入時，竟是雲娘子。她不知何時來到柵欄外，裴若然竟完全未曾察覺。

裴若然心中一凜，連忙坐起身，鎮定心神，說道：「雲師傅大駕光臨，不知有何指教？」

雲娘子在柵欄外舒舒服服地坐下了，拍拍裙子，彷彿正準備跟摯友傾談交心一般。她微微笑著，眼神直盯著裴若然，說道：「天微星一向警醒精明，怎麼會落到如此地步呢？」

裴若然臉上顯出羞赧悔恨的神色，說道：「雲師傅取笑了。弟子愚蠢粗率，犯下大錯，原該受此處罰。」心中卻暗暗惱怒：「眞正在暗中謀反叛變的是她，落入地牢的卻是我！」她忽然心中一動：「莫非他們原本就知道地下的密道，也知道我在偷聽，因此故意說出那些話誤導我？不錯，我正是因爲聽了他們謀反的言語，才大著膽子對天殺星說出那番話，也才會落到這個地步。或許我一直都被他們玩弄於股掌之上！」又想：「龐五或許根本是他們的人，蓄意引我進入密道，根本不懷好意。殺道之中，任何人都不能信任。大首領離去後，我擔憂道友會對我不利，恐懼焦慮之下，犯下了信任龐五這個大錯，如今後悔也已太遲。」

她勉強維持鎮定，心中雖動了這許多念頭，神色卻並未改變。

雲娘子饒有興味地望著她，問道：「聰明人是不會輕易犯下大錯的。莫非妳有隱衷？小女娃兒家的隱衷，想必是男人了。天微星是爲了哪個男人才犯錯哪？」

裴若然聽她這麼說，心想：「這雲娘子風騷輕浪，又是大首領的房中人，道友之中幾乎人人跟她有些曖昧，無怪出言如此放蕩。」當下再次做出羞赧的神色，低下頭，說道：「雲師傅取笑了。」

雲娘子毫無笑意地笑了笑，說道：「殺道規矩，要成爲道友，可是一條漫長的道路。又要過什麼三關，第三關又要完成什麼三件任務。妳可知道，入道爲何如此困難？」

裴若然心中懷疑：「她特地來到地牢中跟我說這些話，究竟有何用意？」口中答道：「殺道所爲，隱密艱險。大首領想必需要多方試煉過後，才能知道此人是否有足夠能耐，以及此人能否爲他所用。」

雲娘子笑了，說道：「妳說得不錯。過這麼多關，除了試探這人的能力之外，也是要試探這人對大首領夠不夠忠心，未來會不會叛道。要是每個人都像老八那樣，或是像妳這樣，隨口說出大逆不道、勸人叛變的言語，大首領可要頭疼得緊啦。」她說到「叛道」兩個字時，語音輕佻，似乎全不當一回事。

裴若然口中道：「雲師傅教訓得是。殺道自然不能容忍任何人有叛道之心。弟子出言不慎，入此萬劫不復之地，原是罪有應得。」卻心想：「總有一日，我要揭發妳叛道的種種言行，讓妳也來試試這地底黑牢的滋味。」

雲娘子眼珠一轉，說道：「妳之前正過著第三關，三件任務可說都已完成，卻公然叛變，被逐出道，失去成爲道友的機會。妳可知道，殺道中既有叛變之舉，因此也有讓人回心轉意，重新效忠的方法？」

裴若然一怔，心想：「她究竟想告訴我什麼？」當下裝做雙目一亮，說道：「還請雲師傅指點！」

雲娘子道：「大首領不肯跟你們說，但我認爲你們這群新出谷的弟兄都該知道才是。殺道原本不是人待的地方，弟兄們起心叛變，也屬常事。但是當弟子叛道離開了之後，往往發現世間也不是什麼好地方，並非他們能夠安身立命之所，常常後悔莫及，決定返回殺道。因此道主總會給他們一個洗心革面的機會，讓他們重新回歸殺道。」

裴若然問道：「請問如何才能洗心革面，重新入道？」

雲娘子望著她，忽然問道：「妳聽說過『割背效忠』麼？」

裴若然搖了搖頭。

雲娘子卻不說下去了，站起身，打個呵欠，說道：「夜深了，我去歇息啦。」

裴若然雙手握著柵欄，滿心想問她「割背效忠」是什麼，卻知道即使問出口，她也一定會繼續賣關子，故意不答，好譏笑自己著急的模樣。

雲娘子走到甬道口，回頭向她一笑，說道：「別問我，這些事兒金婆婆清楚得很，妳去問她吧。」

裴若然心中一震，想起「割背」二字，眼前陡然浮起金婆婆背上那道紅色水蛇般的猙獰疤痕。

雲娘子臉上露出妖冶的微笑，搖擺著腰肢走入了甬道。

裴若然在黑暗中睜大了眼睛，突然明白過來什麼是「割背效忠」了。她感到背上隱隱發麻，如同數十條小蛇爬過她的背心。即使她知道可以用「割背效忠」洗清自己叛道的罪孽，重新入道，卻不知道自己願不願意做，該不該做。況且她日夜被囚禁於此，又要如何向大首領表明自己願意割背效忠，只盼重新入道。

這日，裴若然又聽見甬道中傳來腳步聲響，她聽出這腳步並非每日來送飲食的差役，心中驚疑不定：「不知又是誰來看我？雲娘子特意來跟我說那番話，應當不會再來了。莫非又是天殺星，特地來……來告訴我小虎子的噩耗？」

想到此處，她不禁心跳加快，額頭冒汗。她知道小虎子很可能已自盡身亡，無可挽回。

腳步聲漸漸接近，她聽那腳步聲輕巧機伶，便猜知了來者是誰。果然，火光逐漸接近，一個瘦小的身形從黑暗中竄出，正是天富星。

裴若然望向天富星的老鼠臉，心想：「天富星是個唯利是圖的反覆小人，往年在石樓谷中曾背叛過小虎子。但他也是個有情義的人，曾跪求我出手相救小虎子，並盡力保護他們從淮西帶回來的吳元鶩。他這回來找我，不知是想落井下石，還是雪中送炭？」

但見天富星神色警戒慌張，手中攢著一張火摺子，而非提著油燈，顯然是偷偷潛來此地。裴若然心想：「他既是偷偷來此，那麼情勢定然對我有利。」登時心情一振，連忙來到柵欄之前，喚道：「天富星！」

天富星悄聲來到柵欄前，低聲道：「天微大姊！妳沒事麼？」

裴若然聽見這句關懷之詞，心中一暖，眼淚幾乎湧上眼眶，心想：「當年小虎子被獨自囚禁於石牢，見到有人在石壁上留言給他，便感動得不能自己，我現在可明白是爲什麼了。」點頭道：「我沒事。你怎地回到殺道了？大首領將你從血盟要回來了麼？」心中暗暗歉疚，自己曾承諾要幫助他回到殺道，豈知不但未能做到，更被困在這地牢之中。

天富星搖搖頭，說道：「我是偷偷回來的。血盟盟主命我跟在天殺星身邊，我見他回到如是莊，便也跟著回來，探聽之下，大略知道發生了什麼事。一直等到天殺星離去後，我才敢來見妳。」

裴若然問道：「有什麼消息？」

天富星道：「我是來告訴妳，大首領離開如是莊，到北方辦事去了。」

裴若然心中一跳，立即想到這是自己脫出困境的大好機會，連忙問道：「還有誰在莊中？」

天富星道：「潘胖子，雲娘子，泥腿子，半面人，還有金婆婆都在。就是白骨精不在莊中，聽說跟著大首領去辦事了。」

裴若然問道：「那天殺星呢？」

天富星道：「他回血盟去了。」

裴若然點點頭，咬著嘴唇，說道：「我明白了。」停頓一陣，說道：「你替我請金婆婆來，要快！」

天富星點點頭，說道：「好，我去。但是……妳找金婆婆來此，有何打算？」

天微星道：「你不必管，我自有計較。」

天富星仍舊遲疑，正要離去，卻又留下，囁嚅道：「天微大姊，我有句話想說，請妳別介意。」

裴若然心想：「他要跟我開條件啦。」說道：「你儘管說。」

天富星遲疑一陣，才道：「我想說的，是關於天殺星的事。天殺星，他……他始終非常在意妳。他雖是大首領派入石樓谷的臥底，但當時他也不過七八歲年紀，整日跟妳相依爲命，受到妳的關懷照顧，他心中怎能不深受感動？但他無法忍受妳同時也關心照顧天猛星，因此……因此才這麼憤怒。」

裴若然沒想到天富星竟然並非跟自己開條件，卻說出這番話來，不禁一怔，一時不知該如何回應。

天富星續道：「妳記得淮西吳家那個小女孩兒麼？天殺星當時不忍心殺死她，就是因爲她長得太像妳了。他心中其實對妳萬分在意，又萬分失望，因此將一腔的情意都投注在那個小女孩兒身上。我……我十分擔心，我怕他會遷怒發狂，出手傷害小鶯。」

裴若然心想：「天富星竟對天殺星了解甚深，他對我來說這些，是因爲他眞心擔憂吳元鶯的安危麼？」放緩了語氣，說道：「你當時將小鶯交給我後，我便讓人在長安城中租了間小屋，請個老嫗照顧著她。大首領命我開始過第三關後，我便無暇顧及她了。她還好麼？」

天富星道：「我去看過她幾回，暫且平安。」

裴若然見他臉色有些古怪，追問道：「怎麼？」

天富星一張鼠臉神色有些古怪，說道：「妳曾告訴天猛星，小鶯的住處麼？」

裴若然搖了搖頭，說道：「我從不曾跟他提起此事。」

天富星道：「是了。長安城這麼大，他若不知道小鶯住在何處，想必找她不到。」

裴若然心中靈光一閃：「小虎子原本便知道吳元鶯的事，我離開後，他或許已去找過她了。」說道：「天富星，你直說吧，天猛星去找過她了，是麼？」

天富星遲疑不語，過了一會兒，才道：「不錯。我就是跟著天猛星，才找到了小鶯的住處的。我去探望小鶯幾回，次次都見到天猛星跟她在一塊兒，看來似乎……似乎十分親密。」

裴若然聞言，心中一動：「小虎子若和天殺星一般在意小鶯，或許……小鶯正是讓他願意活下去，不致自殺的關鍵！」

天富星顯然不敢多談此事，匆匆說道：「不說這些啦，我去了。天微星大姊，妳身子如何？」

裴若然搖了搖頭，說道：「我很好。事不宜遲，你快去請金婆婆來此。」

天富星答應了，快步奔出地牢。

裴若然坐在黑暗之中，等了至少有半日，也將事情的來龍去脈重新想了一遍。她知道大首領對自己極爲惱怒不滿，將她囚禁在地牢中，用意便是不讓她去長安幫助小虎子。她也知道大首領不相信小虎子眞的會出手刺殺武相國；他並非眞要小虎子出手刺殺自己的父親，而是要小虎子自殺或是背上叛徒之名。大首領決定徹底毀掉小虎子，好消除一個未來的威脅。

裴若然知道自己別無選擇。雲娘子那夜來地牢中跟她說的一番話，不斷在她耳中迴響：「割背效忠，洗心革面，重入殺道」。

她身處殺道核心已有一段時候，隱約得知雲娘子不可告人的往事：她和雲飛鶴乃是在石樓谷中一起長大的摯友，甚至可能是情人。後來不知什麼原因，她成爲大首領的枕邊人，因此與雲飛鶴決裂。雲飛鶴在嫉妒憤怒之下，叛離殺道。潘胖子說雲飛鶴是跟雲娘子鬧翻結仇，事實上他應是惱恨大首領橫刀奪愛，才憤而離去。

雲娘子跟她說的那番話，是將她和小虎子當成了一對情人，就跟她自己和雲飛鶴當時一樣麼？然而裴若然暗自思索，她跟小虎子究竟是什麼關係？他們當然不是情人；她其實並不很清楚情人是什麼意思，但她知道自己對小虎子的感情更像兄妹。

她有五個哥哥，童年的印象雖已十分模糊，但她仍記得與哥哥們相處時的感受。她關心他們，他們也關心她，但她當然不會因爲哥哥跟嫂嫂成婚而嫉妒，她只替他們歡喜。小虎子也是一般；她跟小虎子乃是互相倚賴、彼此了解的好友，完全沒有半絲男女之情。她不會因爲他喜愛哪個女孩兒而感到憤恨難平，也不會想要將他強留在自己身邊。甚至連聽見他整日跟小鶯在一起，她也並不感到半分的嫉妒不快。

事實上，裴若然根本未曾想過這麼多。這些年來，她只忙著讓小虎子活下去，哪有空開去想這等細微瑣事？

她如今奮力掙扎、希望達成的，仍是讓小虎子活下去。她不要他自殺，不要他死在任何人的手中，也不要見到他被大首領毀滅。她必須趕去京城，阻止小虎子。天富星給的線索十分有用；如果小虎子在意小鶯，她或許可以利用小鶯讓他決意活下去。

然而無論如何，她都得先趕到京城去，才能解救小虎子；而她必須重新入道，成爲道友，才有可能離開如是莊，趕去京城。雲娘子硬塞給她的重新入道的方法，竟是金婆婆曾經採用的慘烈之舉。

裴若然握緊拳頭，知道自己已落入了雲娘子的陷阱之中，再難翻身。她不會忘記雲娘子的陷害，一有機會，她定要加倍回敬。

她心中籌思：「金婆婆爲何需要割背效忠？難道她往年也曾叛道？我能明白雲娘子爲何有心叛道，她和雲飛鶴友好親密，和大首領的關係不清不楚，難怪會對大首領暗懷仇恨。大首領身邊女子都很美貌，如雲娘子那般；金婆婆面容卻絕非姣好，情況多半和雲娘子並不相同。那婆婆當時爲何叛道？又爲何後悔，決定割背？我若直言請問，婆婆會告訴我麼？」

過了不知多久，甬道中終於傳來沉重的腳步聲，裴若然知道她等的人來了。

困居地牢不知多少時日，裴若然思前想後，別無他策，早已鐵了心，知道自己必須痛下決定。她跪在牢內，等候金婆婆來到柵欄之前。

金婆婆提著油燈，站在柵欄之外，望向跪在牢裡的天微星。

裴若然臉色蒼白，身子微微顫抖。

金婆婆靜默了一陣，才道：「妳讓天富星找我來此，有什麼事？」

裴若然緩緩說道：「婆婆，我知道有方法可以抹除叛道之舉，洗心革面，重新入道，成爲道友，是麼？」

金婆婆臉色陡然僵硬起來，翻起一雙細眼凝望著她，問道：「妳怎麼知道？」

裴若然垂下眼睫，不敢說出自己曾偷看過金婆婆背脊上那道猙獰的疤痕；也不能說出雲娘子故意來指點自己的那番話。她知道雲娘子不懷好意，故意挖個坑讓自己往坑裡跳，但她如今已走投無路，只能乖乖就範。

金婆婆見她不答，也靜默良久，方才開口，聲音冰冷，比平日更加尖細，說道：「不錯，是有方法。但這方法十分殘酷，不是所有的人都能撐得過去，活得下來。」

裴若然低聲道：「我知道。」她抬起頭，迎向金婆婆的目光，說道：「我已決心要用這個方法洗清叛道罪孽，重新入道。請婆婆出手相助！」

金婆婆靜了一陣，才緩緩說道：「妳既然已經知道，那我便直說了。這方法叫做『割背效忠』。妳得在四聖面前起誓，一輩子效忠大首領，然後讓刀手在妳的背後，由右上至左下割出一道寸許深的刀痕，做爲一世效忠大首領的血誓。割背之後，往年有何叛道之舉，都可一筆勾銷，再次入道，擔任道友。」

裴若然想起金婆婆背上的疤痕，不禁背脊發涼，但她一咬牙，低聲道：「天微星決意要割背效忠，徹底懺悔叛道言行，重回殺道。」

金婆婆仍舊凝視著她，說道：「妳確定？」

裴若然堅決地點了點頭。

金婆婆又問：「不後悔？」

裴若然搖搖頭。

金婆婆臉上露出不知是悲痛、憤恨還是惋惜的神情，嘴角下垂，冷然說道：「好。我便爲妳執行『割背效忠』。」

就在當夜，金婆婆命守衛將裴若然放出地牢，將她安置在有爲堂中。她又命手下設置神壇，準備舉行割背效忠的儀式。

子夜時分，金婆婆命裴若然在四聖壇前膜拜禱祝，宣示一輩子效忠大首領，不敢有違；之後便讓她脫下全身衣衫，趴在一張蓆子之上。

金婆婆親手持著一把銀晃晃的尖刀，說道：「刀割之後，會疼痛十餘日，不能移動。等傷口結疤了，才可離開。」

裴若然咬緊牙關，說道：「我明白了。婆婆請動手吧。」

金婆婆雙手執著尖刀，對準她的右肩而下。裴若然感到刀尖刺入自己的肌膚，也感到暖暖的鮮血從刀尖兩旁溢出，從她的肩頭流下。

她深切知道該如何忍受痛苦。這一點兒肌膚之痛，是擊不倒她的，然而她卻難以忽視心頭愈來愈深沉的絕望之感。她清楚知道自己的身子正承受著無可逆轉的殘害。在此之前，不管她練了多久的武功，學了多少的殺人之術，手上沾染了多少鮮血，她的外表畢竟仍是裴六娘，仍然可以完好回到長安家中，重新成爲官宦之家的千金。

然而在割背之後，她便再也不是個完整的人了；她身上將永遠背負著無可消弭的刀傷，昭示她是殺道中人，是大首領的囊中物，她一輩子無法洗去這個疤痕，無法跳脫這個牢籠。

裴若然咬著牙，狠狠地斬斷自怨自艾的情緒，強忍眼淚，閉上眼睛，眼前出現兩張交錯的臉龐：一個是小虎子，一個是天殺星。

她心想：「爲了救小虎子的性命，我什麼苦痛都不怕，什麼犧牲都願意。」又想：「我背叛了天殺星，天殺星也背叛了我。他若知道我爲了小虎子割背，定會更加惱怒若狂，不肯再理我。」

她想著想著，再也分不清是背後的刀割較爲疼痛，還是心上的傷口較爲疼痛。

第六十八章 道友

割背效忠儀式結束之後，裴若然並未依照金婆婆的言語，休息十餘日才移動。次日清晨，她便抱傷起身，去潘胖子的住處找他，劈頭便道：「潘師傅，昨夜金婆婆已替我割背效忠，洗清叛道罪孽，重新入道。我如今已過三關，有資格成爲道友。乞請潘師傅替我主持入道儀式，正式成爲道友。」

潘胖子見她到來十分驚訝，問道：「當眞是金婆婆讓妳出來的？她當眞替妳割背了？」

裴若然道：「正是。潘師傅要看我的割痕麼？」

潘胖子連忙搖手，說道：「不必。」他皺起眉頭，心想：「金婆婆在道中地位甚高，連大首領也對她也十分恭敬。金婆婆既然親自放出叛徒，又替她割背，背後定然有大首領的授意。」

裴若然猜知他的心思，說道：「大首領早已有意讓我入道，才會命金婆婆主動來地牢中找我，給我割背效忠的機會。大首領人雖不在莊中，他的心意卻再清楚不過。他希望我重新入道，正式成爲道友，之後便讓我去執行一項緊急密令。潘師傅請速速決定，切勿延遲。」

潘胖子清楚天微星在大首領心中的分量，也知道她未來在殺道中的地位，所謂緊急密令，也頗像是大首領會做的事，心中已不禁信了七八分。但他仍猶豫不決，說道：「引人入道、升任道友的儀式十分繁複，規定需要兩位道友一起主持。待我問問其他道友的意見，才能定奪。」

於是潘胖子緊急召集了雲娘子、半面人和泥腿子三人，詢問他們的意見。

雲娘子雖是始作俑者，卻蓄意置身事外，說道：「這樁事兒，我是不會管的。大首領心中在想些什麼，我們又不是他肚裡的蟲，誰弄得清楚哪？天微星這女娃兒很有點兒本事，也的確受到大首領的寵信。大首領想怎麼對付她，我可半點兒也猜不到，也絕不會插手。往後誰要找人怪罪，可別怪到我頭上。」

半面人則堅決反對，大聲道：「天微星這小羊羔子，近日老仗著大首領的勢頭狐假虎威，她被告發叛道，遭受禁閉，原本便是自作自受，活該如此！金婆婆答應替她割背，我才不信她眞的悔過自新了。小娘皮奸詐陰險，什麼都幹得出來！倘若讓她重新入道，甚至成爲道友，此後道中絕對沒有你我存身之地，大夥兒全會死在她手中！」

潘胖子皺起眉頭，轉向泥腿子，問道：「泥腿子，你呢？」

泥腿子是個直爽乾脆之人，對天微星並無惡感，還頗爲同情她的處境，說道：「她既然有勇氣割背，可見悔意堅定。大首領若是授意金婆婆替她割背，想必早已原諒了她。我便和你一起替她主持儀式，倒是不妨。」

潘胖子點點頭，說道：「如此甚好。」心想：「未來即使大首領怪罪，我也不必一個人擔起責任了。」

於是潘胖子和泥腿子討論之後，決定當日便替天微星主持升任道友的儀式。

當日下午，裴若然來到凡相殿上，跪在四聖神壇之前，潘胖子和泥腿子擔任儀式的主禮人，半面人、雲娘子和金婆婆都在旁觀禮。

裴若然耳中聽著潘胖子和泥腿子輪流誦念誓詞，感到背後傷口又開始滲出血來。她強忍疼痛，跟隨潘胖子的指引叩首、獻香、念誦，直過了一個時辰，儀式才終於結束。儀式中她究竟立了什麼誓，效了什麼忠，腦中一片空白。

自從殺道成立以來，天微星乃是最年輕的一個道友。她心中清楚，當大首領回來之後，他不只會大發雷霆，也絕不會饒過金婆婆、潘胖子和泥腿子這幫人。但他們心中想必清楚，如果不照著天微星的意思去做，等她有朝一日掌握大權之後，他們便有得瞧了。

儀式結束之後，裴若然從潘胖子手中接過一條金光燦燦的腰帶。

她感到背後傷處疼痛如燒如灼，雙手雖持著金色腰帶，卻痛得無法移動手臂繫上腰帶。她掙扎了好一會兒，額頭上滿是豆大的冷汗。最後是金婆婆走上前來，替她繫上了金色腰帶。

裴若然向金婆婆點頭致謝。金婆婆飛快地望了她一眼，眼神中帶著幾分痛惜不捨。

裴若然猜想她大約想起了當年割背效忠時的景況，不禁懷疑：「她爲何要割背？之前又是爲何叛道？」雖然很想開口詢問，但知道金婆婆肯定不會說出這段往事。

裴若然勉強撐著站起身，走出門外，說道：「傳龐五。」

龐五很快便來到堂上。裴若然吩咐道：「備快馬，三日糧。一刻後出發。」

龐五直瞪著她，嘴巴微張，沒有回答，大約以爲自己聽錯了。

裴若然咬牙忍痛，喝道：「還不快去！」

龐五趕緊答應了，快步退下。

裴若然轉身望向潘胖子和泥腿子，行禮說道：「多謝兩位道友成全。一切有我天微星擔當。」

潘胖子皺起眉頭，說道：「天微星，妳要去何處？」

裴若然答道：「大首領有密令，命我立即去長安。」

潘胖子不是蠢人，自已猜出裴若然爲何要割背，爲何要匆匆舉行成爲道友的儀式。他忍不住問道：「是爲了天猛星？還是天殺星？」

裴若然搖搖頭，說道：「都不是。」頓了頓，才道：「是爲了我自己。」

當日裴若然便騎著快馬，往長安趕去。她知道從石樓山到長安約要十日路程，若縱馬快馳，兩日可到。離去之前，龐五詳細告知可在何處打尖過夜，並自告奮勇陪她走一程。

裴若然知道自己重傷未癒，這段路絕對不好走，有人陪伴照顧，自然勝過她單獨跋涉。但她並不敢信任龐五，他自願要與她同行，多半不懷好意，很可能會立即通報大首領，告知她的行蹤，並設法阻止她抵達長安。要論行走江湖，她的經驗不及龐五，鬥不過他；而要在途中動手殺死他，也未免麻煩，於是便斷然拒絕了。

裴若然騎在馬上疾馳，幾乎無法忍受背後傷處的劇痛，只能留心觀看身旁景色，轉移心思。她想起自己幼年時被大首領和金婆婆從家中迷倒捉走，一路昏迷不醒，醒來時人便已在石樓谷了，完全不知道自己昏迷了多久，行了多遠的路程。

這時她沿著官道快馳，憑著一口氣，直撐到傍晚，趕到了龐五所說的綠楊鎮才停下打尖。龐五告訴她這兒有間叫做「捕風」的客棧，專門招待各方江湖人物，綠林黑道也好，殺手刺客也好，往往來此用膳落腳，掌櫃的招待俐落周到，而且絕不多說多問，也絕不洩露半點風聲，十分可靠。

裴若然來到捕風客棧，一個黑黑瘦瘦的店小二迎上前來，牽過她的馬，抬頭等候她的指示，並不開口。

裴若然道：「一間房，住一宿。」

店小二點點頭，二話不說，轉身領她來到一間隱密的偏屋，途中並未撞見其他客人。他似乎看出裴若然身上帶傷，立即讓她坐上炕，走回馬鞍替她卸下包袱，搬入客房，接著問道：「吃麵？吃餅？」

裴若然答道：「吃餅。」

店小二又問：「吃肉？吃菜？」

裴若然答道：「吃菜。」

店小二點點頭，又問：「醫者？傷藥？」

裴若然微微一懍，心想他果然已看出自己身上受傷。她想起金婆婆給她帶上了傷藥，即使傷口在背後，自己不易更換傷藥及包紮，卻也不需醫者或其他傷藥，便搖了搖頭，說道：「不必。」

店小二不再多說，轉身出去，反手帶上了房門。

裴若然心想：「這客棧果然隱密得很，客人彼此不會見面。這店小二見多識廣，說話也不囉嗦，直接了當。」

當夜她雖又累又痛又餓，卻全無胃口，只吃了一兩口雜菜烙餅，背後傷口便痛得難以忍受，再也無法下嚥，又無法躺下，只能趴在炕上，胡亂睡了一夜。

次日清晨，裴若然一清醒過來，便感到背後劇痛，只痛得她頭昏眼花。她咬牙爬起身，見到一張紙條留在門下，卻是昨夜的食宿帳單。她將足夠銀兩留在几上，走出門外，但見自己的馬已備好鞍轡韁繩，繫在門口，馬鞍旁的包袱也已綁好，水囊裝滿了水，食囊鼓脹。她探頭一望，見到囊中已多了幾塊大餅，心想：「這捕風客棧當眞周到。」遂深吸一口氣，翻身上馬，急奔而去。

第二日的傍晚，裴若然便已來到長安城。她背後傷口疼痛若燒，但她無暇自憐自傷，在龐五告知的一間「捉影客棧」寄存了馬匹包袱，便立即趕到安邑坊的水井巷，來到吳元鶯的住處。

開門的正是裴若然安排照顧吳元鶯的老嫗，她見到裴若然，頗吃了一驚，說道：「六娘子！您臉色怎地……怎地這麼蒼白？可是病了？」

裴若然不答，問道：「小鶯呢？」

老媪趕忙答道：「在這兒。」回身喚道：「小鶯！」

吳元鶯從廚下走出，裴若然仔細一瞧，但見她身穿黑色棉袍，式樣和當年弟兄們在石樓谷中時穿的十分相似，不禁一呆，轉頭問老媪道：「這棉衣是哪兒來的？」

老媪不敢隱瞞，說道：「您離去後，有個郎君時時來此，聽小鶯唱歌，還送衣服事物給她。」

裴若然心中有數，仍問道：「郎君？哪家的郎君？」

老媪道：「他說姓武，住在親仁坊。」

裴若然點點頭，低頭望向吳元鶯，打量著她身上的黑色棉袍，立即明白武小虎為何特意找了這件黑色棉衣買給她：「小虎子想將她裝扮得愈像我當年愈好！」

裴若然心頭感到一陣難言的酸楚，蹲在吳元鶯身前，拉起她的手，微笑道：「那位送妳棉袍的郎君，對妳好麼？」

吳元鶯點了點頭，臉上露出微笑。

裴若然道：「那位武家郎君是我的好朋友，跟我一般珍惜妳、疼愛妳。如今他性命有危險，我須得趕去救他。但我可能需要妳幫忙。小鶯，妳願意幫我救救武家郎君的性命麼？」

吳元鶯睜大了眼，她聽說武家郎君有生命危險，顯得甚是驚恐。但她只遲疑了一會兒，便堅決地點了點頭。

裴若然鬆了口氣，心想：「她自願幫忙，那便好上許多了。」便吸了一口氣，低聲道：「謝謝妳！妳不要擔心，我一定會盡力護妳安全的。」

在趕來京城的路上，裴若然已將事情前後反覆想過了一遍。她知道大首領預料天猛星定會違抗命令，拒絕出手，因此也一定會派人出來收拾天猛星。殺道中能夠與天猛星相抗的，只有天殺星。天殺星既是大首領的親信，大首領便不會另派他人，定會命天殺星來京城觀察天猛星的情狀，伺機將天猛星殺死或擒回。因此今夜她要面對的，不只是天猛星抗命自殺這麼簡單；她還得再次從天殺星手中，救出天猛星。

裴若然心中已有計畫，她望著吳元鶯，說道：「小鶯，妳聽我說。我們有另一個朋友，叫做天殺星。妳曾經見過他的。他也是我的朋友，但是他跟武家郎君有仇。他想殺死武家郎君，我打不過他，可能需要用妳去換回武家郎君。」

吳元鶯雙目圓睜，她顯然記得天殺星，那個闖入家中殺死自己所有親人的鬼怪，小小身子不禁發起抖來。

裴若然見她如此，心中甚覺不忍，暗想：「我還是不能將她交給天殺星！」又連忙安慰道：「不要緊，我剛才是說著玩兒的，我不會將妳交給天殺星。妳乖乖留在這兒，我去找武家郎君了。」

裴若然勉力站起身，轉身正要離去，吳元鶯卻忽然抓住了她的衣袖，向她點頭，指指自己。裴若然明白吳元鶯的意思：她願意犧牲自己，去換回解救小虎子的性命。

裴若然心中又是震驚，又是感動，問道：「妳願意跟天殺星去？妳願意去換回武家郎君的性命？」

吳元鶯點了點頭。

裴若然心想：「她一個小小女娃兒，竟有如許勇氣！」又想：「她對小虎子的情感如此深厚，竟然願意將自己交給殺死自己全家的鬼怪，以解救小虎子的性命！而且她對我也信任得緊，我說什麼她便信了。我可不能對不住她！」暗想：「若能保護她，我當然要盡力保護她。如今救小虎子的性命要緊，天殺星既已饒過她一回，想必不會出手傷她。」當下緊握住她的雙手，說道：「謝謝妳！小鶯，不論我必須做出什麼決定，都一定竭盡所能，保護妳周全。相信我，好麼？」

吳元鶯點了點頭，滿面堅決。

裴若然輕撫她的臉頰，說道：「妳乖乖留在家中，不要離開。倘若事情順利，我一會兒便會帶著武家郎君回來找妳。如果不順利，那麼來將妳帶走的很可能便是天殺星。妳不要害怕，倘若天殺星將妳帶走，我們一定會想辦法將妳救回，讓妳留在我們身邊，保證妳永遠平安。」

吳元鶯鼓起勇氣，乖巧地點了點頭，眼神中滿是柔順認命。裴若然見了，心中更加不忍，暗想：「我這麼做，究竟是對是錯？」

她知道今夜便是小虎子下手的最後期限，無暇多想，只能舉步往武相國府趕去。

這時天色將晚，夕陽餘暉下，相國府依舊金碧輝煌，華貴氣派。裴若然小心翼翼地在相國府周圍走了一圈，凝神屏息，靜靜感受相國府周圍的氣息。

她知道殺手身上一定帶著殺氣，她能夠輕易分辨潘胖子、雲娘子和泥腿子身上殺氣的不同，也能分辨天猛星、天殺星、天空星和天暴星等年輕弟兄身上殺氣的細微分別。只要是殺手，身上就會有殺氣，只有深淺濃厚的不同。她也知道，自己身上也帶著殺氣，還有一股難以洗去的血腥之氣。

她繞著相國府走了半圈，抬頭見到天邊掛著一彎新月，聽梆響已是戌時，離小虎子出手期限的子夜只剩兩個時辰，心頭一緊，只盼自己沒有來遲。不論她身上承受了如何嚴厲、無可逆轉的創傷，至少她及時做出了決定，來得及趕來幫助小虎子。

裴若然走到後院牆外時，終於感受到了不遠處傳來一股強烈的殺氣。她快步上前，細細感受，覺出那兒不只一股殺氣，而是兩股。她屏息靜立，細細分辨，果然如她所料，一個是小虎子，另一個正是天殺星！

裴若然心想：「我並未猜錯，大首領果然派了天殺星來此。依天殺星的性情，絕對不會留下活口，定會藉機殺死小虎子。」

她知道他們曾在淮西交過手，他們兩人對此事都絕口不提，武小虎顯然勝過了天殺星，但並沒有殺死他。天殺星此後對小虎子的恨意顯然加深了數倍，死仇也愈結愈深。上一回交手，是她和小虎子在裴家聯手抵禦天殺星，阻止他加害裴氏夫婦，以她割斷天殺星的左腕筋脈收場。她知道天殺星對自己惱恨交加，但他想必更加痛恨小虎子，定將左腕作廢這筆帳算在了小虎子的頭上。

如今天殺星和小虎子將在長安武相國大宅中再次動手，裴若然已能預知輸贏勝敗。小虎子收到刺殺親父的指令，想必一心求死，他定會故意輸給天殺星，因爲他知道天殺星將毫不留情，置他於死地，讓他得償所願。

裴若然想到此處，心中怦怦而跳，暗想：「希望我未曾來遲！」便快步往前奔去，尋找殺氣的來處。

她躍入武相國府，夜色漸漸降臨，四周一片昏暗。她快步來到後院，悄聲繞過一個牆角，但見不遠處兩個人影正在激烈纏鬥，武小虎揮舞著破風刀，多取守勢；天殺星則使雙匕首，招招銳利，輪番向武小虎猛攻而去。

裴若然心中一震，想起自己上回出手刺傷天殺星的左腕，眼光不禁望向他的左手，只見他左腕戴著一個鐵圈，匕首便固定在鐵圈之上，不再以手執持。大約他手筋截斷後，手掌無力，再也無法掌握匕首。如今匕首固定在手腕的鐵圈之上，靈活雖大不如前，使動起來卻力道勁猛，更加凌厲。她心想：「他爲何使匕首？莫非他左掌的腐屍毒也廢了？」

即使身在數十丈之外，裴若然已能看出小虎子心中的頹喪徬徨。他根本無心打鬥，只想一死了之；而天殺星身上的殺氣卻濃厚得連站在數十丈外的裴若然，也幾乎無法透氣。

裴若然知道他們很可能在數招之間便分出勝負，決出生死，心中驚急交加，高聲叫道：「住手！」

然而二人全神貫注於這場打鬥，完全聽不見她的叫喚，眼光仍舊牢牢地盯著對方，彼此今生的勁敵。

裴若然忍著背後火燒一般的疼痛，舉步快奔上前，高聲叫道：「小虎子！天殺星！住手！」

武小虎和天殺星仍舊未聽聞她的叫喊，兩人各自揮舞著破風刀和雙匕首，渾厚的內息和濃烈的殺氣從他們身上散發出來，如濃霧一般環繞在他們身周，一場血戰如火如荼，毫無止歇之態。

裴若然不敢再次出聲叫喊，生怕令他們其中一人分心，轉眼之間便失手喪命。她奔到他們身旁三丈之外，才停下腳步，感到自己此刻氣喘吁吁，氣息虛弱，更無法闖入他們之間的殺氣圈子。

她勉強緩過氣來，高聲說道：「天微星在此。我以道友身分命令你們，立即住手！」

武小虎和天殺星終於將目光從彼此身上移開，一齊轉頭望向裴若然。他們的目光中充滿了仇恨，望向她時目光凌厲，有如飛刀利劍一般，令她感到氣息一窒，全身一震，有如內息遭受侵襲，身受巨大內傷一般。她剖背奔波之下，身子早已虛弱得緊，如何抵擋得了這兩大殺手的殺氣？當下再也支撐不住，雙腿一軟，眼前一黑，暈倒在地。

第六十九章　除叛

武小虎原本已打定主意要重傷天殺星，然後死在他手中。然而高手對決之際，勝負之數豈是如此容易掌控？他曾在石樓谷兵器大比試中勝過天殺星，在成德開元寺中只是險勝，至裴府一戰他已落下風，而此時他抱著自殺之心，毫無鬥志，原本已有七成的輸面，又如何保證自己能夠重傷對手之後才落敗？

他知道自己處於下風，也知道自己很可能尚未能挫傷對手，便已喪命，心中越來越焦急。而他愈急躁，招數便使得愈發不順手，劣勢愈來愈明顯。

正在這生死決鬥之際，他忽然聽見了裴若然的聲音。起初他還以爲那是幻覺，或是天殺星使出的什麼詭詐伎倆，但他見到天殺星的臉上現出驚訝之色，顯然也聽見了裴若然的聲音。兩人再也無法對峙，一齊回頭，正見到裴若然跌跌撞撞地向著他們奔來，又昏了過去。

武小虎從未見過她身形如此沉重笨拙；他知道裴若然輕功絕佳，奔行時足不點地，落足無聲，輕盈敏捷，此時奔走怎會如此粗重？

他心中一跳，頓時明白：「她一定受了傷，而且是很重的傷！」他又驚又疑：「她怎會來到長安？又怎會身受重傷？」他並不知道天殺星告發裴若然叛道之事，也不知道裴若然因密謀叛道而被大首領逐出殺道，取消成為道友的資格，關入地牢等情。然而此時不容他多想，他和天殺星同時罷手，同時搶上，伸手去攙扶裴若然。他們兩人在一眨眼之前還以兵器生死相鬥，此時卻陡然變成了一對同樣關心朋友傷勢的伙伴。

但兩人仍不願離彼此太近，同時僵住，又同時收手。他們也不能讓裴若然就這麼躺在地上，互相望了一眼，武小虎微微點頭，後退半步，示意讓天殺星伸手去扶。天殺星會意，俯下身，伸手扶起裴若然。

天殺星冷酷無情，殺人不眨眼，裴若然更曾斬斷他的左手筋脈，但他對裴若然卻仍溫柔細心已極，輕輕扶起了她。這時兩人都已看清，她的背後衣衫上透出一大片殷紅血跡，怵目驚心。

天殺星咬著牙，不斷搖頭，口中喃喃咒罵，卻不知道在罵些什麼。

武小虎心急如焚，說道：「將她抱到我房中，讓我瞧瞧她的傷勢。」

天殺星抱著裴若然站起身，微一猶豫，才跟著武小虎來到他的廂房。

武小虎望著天殺星將裴若然放在床榻上，自己去後屋命僕婦燒煮熱水，取來許多乾淨的布條。準備就緒後，武小虎解下裴若然身上的包袱，放在一旁，小心翼翼地除下她的衣衫，但見她身上紗布包得如粽子一般，紗布上滿是血跡。

天殺星低聲咒罵，武小虎則吸了一口長氣，伸手解開沾滿鮮血的紗布，裴若然的背後頓時露出一道刺眼的血痕，從右肩直至左腰，整齊而猙獰，顯然並非打鬥之中所受的傷，而是刻意以刀割劃出來的傷痕。

武小虎和天殺星對望一眼，都不明白這是怎麼回事。

武小虎打開她的包袱，見裡面放置著幾種傷藥。他拿起聞了聞，認出正是金婆婆平日煉製的外傷靈藥，當下替裴若然敷上傷藥，用乾淨的布條重新包紮好。

裴若然低聲呻吟，臉色蒼白如紙，氣息微弱。武小虎見她如此虛弱，顯然正處於生死邊緣。他不禁皺起眉頭，心想：「她的傷實在太重了。我們從石樓谷以至如是莊，都受過無數大大小小的傷，但是從未有過似她背上那麼長那麼深的傷痕，流失那麼多的血！」

天殺星坐在一旁，神色肅然，一言不發。

武小虎見裴若然嘴唇翕動，連忙取了一碗清水，餵她喝了幾口。裴若然雙目緊閉，眉頭緊蹙，低聲呻吟。武小虎扶她趴倒在自己的床榻上，替她蓋上一張薄被。他坐在榻側，目光不敢離開她的面容，生怕她就此沒了氣息。

天殺星抱著雙臂，靜靜地站在一旁，望著裴若然緩緩起伏的背心，臉上混雜著殺氣、怒氣和悲痛，說不清哪一種多些。他靜靜地望了一陣，忽然轉過身，大步走了出去，消失在門外。

武小虎心中一凜，站起身喝道：「慢著，回來！」

天殺星停下腳步，回頭凝望。他的眼光並未落在武小虎的身上，卻落在裴若然的身上。武小虎知道他平時極少望向別人，只願意望向裴若然。

武小虎冷然道：「你要去哪裡？你來我家做什麼？」

天殺星仍舊望著裴若然，未曾回答。他們三人雖曾結成一夥，在石樓谷中互助合作，彼此依賴，一起度過第二關，但天殺星從來沒有對天猛星多說過一句話，兩人之間全無交情，所有交流全都通過天微星。

天殺星冷冷地道：「我來，殺人。」

武小虎拔出破風刀，問道：「是血盟派你來刺殺的麼?你來刺殺什麼人?」

天殺星露出牙齒，似笑非笑，顯得十分陰森。

武小虎從來不知道他心裡在想些什麼，舉刀指著他，說道：「你若是來殺武相國的，就得先過我這一關!」

天殺星的眼光終於移到武小虎的身上，口中吐出幾個字：「我，來殺你!」

武小虎知道他素來仇恨自己，在見到裴若然之前，武小虎一心想重傷天殺星，再讓自己死在他手中，就此一了百了。然而裴若然此刻就躺在他的身邊，身受重傷；她負傷奔波趕來此地，自然是爲了要阻止他們兩人決鬥。武小虎倘若眞與天殺星拚鬥下去，不論誰死誰傷，都將大大地辜負了她的心意。武小虎知道天殺星心中定也清楚，裴若然連命都不要地趕來阻止他們決鬥，他們此時自是不可能再次動手的了。

武小虎搖搖頭，說道：「等她清醒過來再說。」

天殺星凝望著裴若然，一言不發，閃身出房而去。

武小虎望著榻上的裴若然，屋內一片沉靜，屋外萬籟俱寂。他心中什麼也沒有想，什麼也不能想，只坐在那兒等候光陰一點一滴地流逝，聽著榻上的裴若然緩緩一呼一吸，彷彿世間一切都已歸於寂滅，一切都不再重要，不再有意義。

五更時分，天亮之前，武小虎聽見院中傳來細微的聲響。他立即知道是殺道中人來了。大首領想必料知他不會服從命令刺殺自己的父親，因此派人來收拾他。他們大約已得知天殺星未能得手。

武小虎站起身，往窗外望去，月光下見到兩個黑衣人站在屋外，正是半面人和泥腿子。這兩個都是殺道道友，也是他的前輩，他所知的殺術大半都是泥腿子傳授的。但他知道，憑自己此時的武功，他們兩人即使並肩聯手也打不過自己。

他心想：「大首領派他們來此，想來並非希望他們以武功收服我，而是想憑著大首領的威信，加上兩個道友的身分地位，逼迫我投降屈服，乖乖回如是莊受罰。」

他望向裴若然，心想：「他們知道天微星在這兒麼？」又想：「她身受重傷，半夜趕來我家，多半是擅自離開如是莊，偷偷趕來幫助我，我可不能讓人知道她在這兒。」

此時半面人跨上一步，欲待伸手推門，武小虎立即抓起破風刀，搶上一步，推門而出，左右各揮一刀，將二人逼退到三丈之外。

半面人和泥腿子滿面驚詫，各自取出兵刃，半面人的兵刃是一柄鬼頭刀，泥腿子則是一對短鐵戟，都是十分險狠的短兵器。

武小虎反手關上房門，冷然望著他們，等他們開口說話。

泥腿子與半面人看清了他的臉面，互相望望，似乎在考慮該如何處置眼前的情況。泥腿子將兩枝鐵戟插回腰間，說道：「天猛星，大首領命我來問你，事情辦成了麼？」

武小虎聽他明知故問，冷冷一笑，說道：「倘若辦成了，我還會留在這兒麼？泥腿師傳不是教過我們，得手之後，就得立即脫身離去麼？」

泥腿子臉色一沉，說道：「這麼說來，事情並未辦成？你明明有機會，卻故意不出手，違背大首領的命令，膽子可不小啊！」

武小虎心中自然清楚，自己未在昨日子夜前刺殺父親，已然違背了大首領的指令。這是他第一次未能完成任務，第一次失敗。

他整夜都拒絕去想他下一步能怎麼走？是就此逃走，還是回去向大首領認罪求恕？豈料天殺星現身挑戰，裴若然又突然闖入，接著半面人和泥腿子來此問罪，看來他已錯失逃走的機會，別無選擇了。

武小虎冷然望著他們二人，說道：「兩位意欲何為？」

泥腿子道：「跟我們回去，聽候大首領發落！」說著從懷中取出一粒紅色的藥丸，托在手掌中。

武小虎見過這藥丸，那是金婆婆調配的厲害毒藥「斷筋裂骨丸」，白骨精曾逼迫叛徒雲飛鶴吞下，令他功力全失，手腳無力，白骨精乘機挑斷了他的手腳筋脈，斬了他的琵琶骨。雲飛鶴死也不願被帶回如是莊見大首領，試圖自殺，又求自己殺了他。武小虎當時一念同情，答應了他，一刀解決了他的性命。白骨精得知後大怒，但是她再惱怒也於事無補，只好向大首領報說雲飛鶴雖已受擒，但意圖逃脫，她生怕雲飛鶴布置了伙伴伺機相救，是以命天猛星處死叛徒，以免夜長夢多。

這時武小虎望著那「斷筋裂骨丸」，想起雲飛鶴服下藥丸後功力全失，手筋腳筋被白骨精挑斷、在鮮血中翻滾掙扎的慘狀，臉色微變，搖頭道：「我寧可死了，也不會吃下這藥丸！」

泥腿子雙眉一豎，收起藥丸，與半面人同時出手，雙戟和鬼頭刀分三個方位向武小虎攻來。這兩人都是資歷極深的道友，更是經驗老道的殺手，兩人聯手進攻，一出手便是厲害的殺著，鬼頭刀斬向武小虎的頸子，雙戟戳向他的心口。

武小虎揮舞破風刀，封住半面人的鬼頭刀，風聲颯颯，將鬼頭刀震開，半面人也被震得往後飛出數丈。武小虎左掌揮出，只憑掌風便將泥腿子的雙戟帶偏，將他震退數步。

半面人勉力站定腳步，驚怒至極，喝道：「渾小子，你從何處學來這身妖術？」

泥腿子交叉雙戟，護在身前，側眼望著武小虎，冷笑道：「小子叛道，去向外人學習武功，已非一兩日之事了！大首領老早看在眼裡，心中雪亮。天猛星，你老實說，你這身妖術是誰教的？」

武小虎聽了，不禁一怔，忽然明白：「大首領對我始終無法完全信任，是因爲他不知道我的武功爲何進展神速，更不知道我的內功從何學來！」

他的武功進步神速，勝過許多道友和師傅，全是得力於修習石牢頂壁的金剛神內功。他終於想通，大首領並未學過這「金剛神」內功，或許連刻在石牢頂壁的內功心法都未曾看過！

半面人和泥腿子顯然並不期待他會老實回答，互望一眼，大吼一聲，同時向他攻來。

武小虎眼見一場硬仗難以避免，心想最好遠離自己的廂房，以免驚動武家諸人，也避免讓他們發現裴若然在自己房中，便飛身上了圍牆，假做逃逸，往後院奔去。半面人和泥腿子隨後追上，跟在他身後三丈之外。

武小虎奔到後院深處，停步轉身，望著他們兩人，冷然道：「兩位道友，我不會跟你們回去如是莊。我雖未能完成任務，卻並未叛道。我不能出手殺死自己的阿爺，大首領老早便該知道。我若冷血無情到連自己的親生父親都能殺死，那我也能下手殺死你們任何人，包括大首領在內。但是天猛星不是這樣的人。我忠於大首領，忠於殺道。我對大首領仍有用處，大首領最多只會處罰於我，不會因此而殺死我。你們走吧，我若要回去，便會自己回去。」

泥腿子和半面人互望一眼，他們當然知道天猛星所言有理，但又怎敢就此收手？無論如何，他們必須盡力出手擒拿他，至少得做個樣子，才能對大首領有所交代。兩人心中所想相同，各自舉起兵刃，衝上數步，仍向天猛星攻去，這回攻勢較爲保守，顯然對他頗爲忌憚。

半面人力道極大，攻擊猛烈；泥腿子則出招陰狠，變化莫測，兩人聯手，原本能抵敵擊殺不少武林高手。但是武小虎對他們的招數太過熟悉，而他的內功又強過兩人太多，打敗他們實是輕而易舉。然而武小虎不願出手傷人，因此始終只是點到爲止。

半面人和泥腿子自知非其敵手，卻不敢就此退縮罷手，仍不停圍攻。武小虎想起裴若然曾說過，數年前大首領派半面人去捉拿叛徒雲飛鶴，以失敗收場，半面人因而受到了嚴厲的懲罰；這回他們顯然不敢再次失敗，只能硬撐到底。兩人仗著天猛星不願意狠下殺手，繼續與他纏鬥不休，兩人既傷不到他，武小虎也不曾傷了他們。

這場無趣的拚鬥延續了一個多時辰，武小虎終於決定狠下重手，做個了結。他忽然大喝一聲，說道：「再不退去，我便要出手傷人了！」

半面人冷笑道：「殺道中人出手傷人之前，還須出聲警告麼？這是誰教你的？」

泥腿子知道天猛星的眞實功夫，閉嘴不語，暗自戒備，收回一對鐵戟，全取守勢。半面人揮動鬼頭刀繼續搶攻，一刀劈向武小虎的頭頂。

武小虎大吼一聲，破風刀斬出，夾雜深厚的金剛袖內功，刀身未出，內勁先到，直震得鬼頭刀硬生生地往後飛去，若非半面人臂力甚強，勉強止住刀勢，鬼頭刀的刀背險些便要砸上自己的前額。

半面人驚怒交集，喝道：「渾小子又使妖術了！」這回舉刀橫劈，劈往武小虎的腰間。武小虎更不閃避，也不攔截，舉起破風刀從上往下斬落，只聽噹的一聲巨響，破風刀已將鬼頭刀斬成兩截，半面人虎口鮮血迸流，前半截鬼頭刀遠遠飛出，落入樹叢之中，後半截也拿捏不住，跌落在地。

武小虎左腿踢出，正中半面人的小腹，半面人悶哼一聲，抱著肚子跪倒在地。武小虎在他頸際補上一掌，半面人頓時昏倒在地。

泥腿子在旁望著，臉色鐵青，喝道：「大膽叛徒！」揮動雙鐵戟攻上，但他恐懼天猛星的武功，出招七分守、三分攻，在武小虎眼中毫無威脅。武小虎身法極快，並不揮刀擋避雙戟，忽然一矮身，左腿掃出，掃中泥腿子的左腿，只聽喀喇一聲，泥腿子腿骨斷折，在咒罵聲中跌倒在地。

武小虎俯下身，點了泥腿子的胸口穴道，泥腿子頓時動彈不得，連叫喊咒罵也只能停下了。

武小虎望著躺在地上的半面人和泥腿子兩個道友，知道應當殺了他們滅口，一念慈悲，只會給自己帶來更大的麻煩。就算未曾打傷或殺死他們，未與殺道徹底決裂，大首領也不會因此放過自己，「叛道」這個罪名無論如何是逃不掉的了。

武小虎心想：「那也不要緊。我大可以逃走，不必留在此地等大首領親自來捉我。如今六兒特意抱傷趕來找我，我自當先照顧她的傷勢。一切等她清醒過來後再說。」

他抬起頭，但見已是清晨時分，四下漸漸亮起，庭院處處可聞清脆的晨鳥啁啾之聲，方才那場廝殺拚鬥有如一場噩夢一般，滑稽古怪而不眞實，一醒來便可以全數忘卻，隨清風而逝，不留半點痕跡。

武小虎拖著疲憊的身子，緩緩回到武家大宅，回到自己的院落之外。他躍過圍牆，進入自己的小院，還未及回到房中探望裴若然，他便有所警覺，知道事情不好。圍繞在家中的殺氣太重，太濃烈了。而且不是半面人或泥腿子帶來的殺氣，也不是裴若然或他自己身上的殺氣。

那是天殺星的殺氣。

武小虎感到全身冰涼，立即拔腿往前院奔去，但見晨霧之中，在一群家僕隨從的包圍下，父親武相國身著官服，正縱馬行出武家大門，往皇宮行去。

一陣寒氣流過武小虎全身。

就在此時，一個黑影陡然從牆角冒出，撲向武相國。一個僕人側頭望見了，驚叫一聲。

武相國回過頭，見到了那個黑影，滿面驚訝之色。黑影如鬼魅般撲到他的馬上，匕首遞出，刺入了他的胸口。武相國張大了口，卻未曾發出聲響，他的身子緩緩往前倒下，跌下馬去。

武小虎見此情狀，幾乎暈去。

他直到此刻才倏然明白，半面人和泥腿子並不是來捉拿自己或來找他問罪的；他們來此的目的只將他羈絆住，讓他無法出手相救自己的父親，只能任由武相國死在天殺星手中。

此時武小虎與武相國相隔數十丈，已來不及出手阻止相救，只能眼望睜睜地看著天殺星揮動染血的匕首，將武相國的頭顱割下，揚長而去。

在那一瞬間，在武小虎的眼中，出手殺人的既是天殺星，也是他自己。阿爺雖不是他親手殺死的，但和他親手殺死並無分別。

他往年曾殺死過那麼多人，奪走過那麼多條性命，誰說那些死者不都是他的阿爺？天殺星出手刺殺武相國，和他自己往年刺殺其他人一般，都是殺人。他以爲自己不肯出手刺殺阿爺，便已做到了堅持原則；這時他才領悟，殺人就是殺人，自從他下手殺死那無辜牧童開始，他便已墮入地獄，再也無法洗去一身罪孽。

第七十章 瘋狂

裴若然清醒過來之時，感到背後的刀傷仍舊陣陣疼痛，但另有一陣冰冰涼涼之意傳來，雖疼痛如灼，但已稍稍能夠忍受。

她睜開眼，出現在面前的是天殺星白淨瘦削的臉龐，不由得一驚。

但見天殺星眼神冰冷，伸手指著她的背後，問道：「這是爲何？」

裴若然全身虛弱，勉強坐起身，望著他的手腕，心中好生歉疚，說道：「你的手……恢復得如何？」

天殺星臉色不變，舉起左手給她看。但見他整隻左手筋骨畢現，蒼白無力，軟弱鬆垂，裴若然當初那一刺果眞斬斷了他的手筋。她看清他左腕上戴著的鐵圈，見到匕首連接在鐵圈之上，心中一陣難受，說道：「對不住。我不該出手那麼重。我不能……不能讓你殺死我阿爺。你練的腐屍毒如何了？」

天殺星臉上並無憤恨，也無惱怒，也無惋惜，只是凝肅地望著她，說道：「腐屍毒，廢了。」

裴若然默然，心中好生歉疚：「我不但廢了他的雙匕首功夫，也廢了他新學的腐屍毒。」

天殺星顯然不願多談自己的傷，再次指著她的背後，問道：「爲何？」

裴若然咬著嘴唇，說道：「割背效忠。」

天殺星聽了這四個字，也不知道是否明白這是什麼意思，臉色煞白，靜了一陣，才道：「我瞧。」

裴若然奮力轉過身，脫下衣衫，讓他看自己背後那條新鮮的血痕。

然而天殺星的反應大出她的意料之外，裴若然從未見過他如此憤怒，他望著裴若然背上的傷痕，冰冷的眼神中滿滿地全是憤恨。他緩緩伸出手，輕輕撫摸她背後的刀傷。裴若然感到他的手指冰涼，心中也是一片淒涼，倏然避了開去，快手穿上了衣衫。

天殺星低垂著眼神，並不望向她，過了良久，才冷然說道：「爲何？」

裴若然繫好金色腰帶，靜了一陣，才道：「天殺星，我原本已完成了三件任務，過了第三關，可以入道。然而你卻出賣了我，向大首領告密，令我陷身地牢，再無機會成爲道友。因此我只能靠割背效忠以重回殺道，成爲道友，離開如是莊，趕來長安。」

天殺星再次問道：「爲何？」

裴若然吸了一口氣，說道：「你應當知道，我必須找到天猛星，救他性命，幫助他過第三關。」

天殺星直氣得臉色發白，說道：「爲他！又是爲他！」

裴若然平靜地道：「不錯，我是爲了他，才決定割背效忠，重入殺道。若不是你出賣我，令我被關入地牢，逐出殺道，我又何須走上這一步？」

天殺星對她的指責無言可答，只能靜默不語。

裴若然嘆了口氣，心想：「彼此背叛，彼此指責，哪有止境？」說道：「若是為了你，我也會做同樣的事。」

天殺星怒道：「我，不必妳幫！」

裴若然不禁默然，心想：「天殺星是天生的殺手，又是大首領的親信，他確實從不需要我幫他。但小虎子不是；他不是做殺手的料子，我若不幫他，他早就已經死了無數次了。」

她知道此刻再說什麼也沒有用，一股難言的疲倦猛然襲來，她緩緩躺下，感到全身乏力，過去這幾日的奔波煎熬，幸而並未落空失敗，至少小虎子還是活下來了。

一想到小虎子，她立即環望四周，不見他的人影，心中一緊，忙問道：「天猛星呢？他在哪裡？」

天殺星仍在憤怒之中，轉過頭去，不肯回答。

裴若然見自己似乎在一間客店中，心中越發擔憂，她隱約記得自己趕到武相國府，阻止兩人動手，旋即昏倒在地，自己怎會來到這客店中？

她伸手抓住天殺星的手臂，說道：「天殺星，告訴我，天猛星在哪兒？他沒事麼？」

天殺星冷笑一聲，說道：「還活著。」

裴若然聽出他語音中的譏誚之意，心中一凜，說道：「武相國呢？」

天殺星凝望著她，伸手指向桌上的一個匣子。

裴若然的眼光立即落在那匣子上，那是殺道中人用來裝被殺者頭顱的匣子。她全身一震，頓時明白：武相國已死在天殺星手中，那匣子中盛放的，正是武相國的首級！

她感到一陣天旋地轉，幾乎再次昏過去。她伸手扶著床榻，勉強鎮定，開口說道：「告訴我，天猛星在何處？」

天殺星凝望著她，只說了三個字：「太遲了。」

裴若然怒從心起，伸手推開他，站起身，往門口衝去。她一站起身，便頭昏眼花，但她強忍不理，奔到門口，推門而出。

天殺星搶上前，抓住了她的手臂。若在平日，裴若然絕對不會輕易被他抓住，但她此刻重傷之下，太過虛弱，竟無法抵抗。

天殺星凝望著她，說道：「大首領，明日便到長安。」

裴若然心頭一震，心念電轉：「我擅作主張，趁他不在時割背效忠，成爲道友。他一定不會輕易原諒我。」

她知道大首領一定憤怒得緊，卻未想清自己該怎麼做才是。她雖不願見到大首領，卻不擔心大首領將如何處罰她；最多不過是取她性命，不然便是再次將她逐出殺道，關入地牢罷了。她更擔心的是小虎子，她做的一切全是爲了解救他。如今她雖成功趕來長安，卻畢竟無法阻止悲劇：小虎子的阿爺仍舊遭刺喪命，而且是被天殺星殺死的。小虎子絕對無法原諒天殺星，也無法原諒他自己。

她抬頭望向天殺星，說道：「你打算押我去見大首領？」

天殺星搖搖頭，說道：「不。妳的事我不管。大首領派我來長安，命我擒拿或殺死天猛星。」

裴若然嗯了一聲，說道：「你說天猛星還活著。他人在何處？我昏倒之後，發生了什麼事？」

天殺星雖仇視武小虎，但他知道裴若然關心情切，定會不撓追問，不顧自己傷勢。他轉過頭去，靜了一陣，才道：「那夜，泥腿、半面圍攻天猛。天猛擊敗二人，饒了未殺。但天猛拒捕傷人，顯已叛道。」

裴若然心想：「小虎子其實並無叛道之心。泥腿和半面出手圍攻，他自得出手抵抗。但他畢竟太過心慈手軟，未曾殺死他們兩個。」點了點頭，勉強鎮定下來，又問道：「他在哪兒？」

天殺星道：「相國府。」

裴若然心一沉，暗想：「要從武相國府捉走小虎子，絕非難事。我千萬不能讓小虎子落入大首領手中！大首領原本便想摧毀他，如今又已成功讓小虎子違抗命令、打傷道友，叛道證據確鑿，他若落入大首領手中，必將受盡摧殘折磨，下場只怕比雲飛鶴還要淒慘。或許他會跟雲飛鶴一般，求我殺死他。我該怎麼辦？早早出手殺死小虎子，助他解脫？」

天殺星望著裴若然的臉，知道她心中痛苦憂急莫名。他顯然不樂見裴若然對天猛星如此關懷，但也不忍見她如此痛苦，開口說道：「我不殺他，也不將他交給大首領。」

裴若然甚感驚訝，天殺星對天猛星仇恨入骨，又奉大首領命令殺他，加上自己重傷昏迷，無法阻止，他怎會忍住未曾動手？她心中升起一股希望，連忙問道：「爲什麼？」

天殺星思慮再三，最後吐出兩個字：「瘋了。」

裴若然一呆，脫口道：「瘋了？什麼意思？」

天殺星側過頭，只重複道：「他瘋了。」

裴若然這才明白，小虎子終於崩潰，終於發瘋了。

天殺星望著她，說道：「我來問妳，由妳決定。要我殺他，還是將他交給大首領？」

裴若然咬著嘴唇，望向天殺星，心想：「他來問我這一句，已算很給我面子了。他認爲若落入大首領手中，必將生不如死。小虎子既然已經瘋了，那麼或許由自己出手殺死他，讓他早日解脫，反是好事。」

裴若然心中念頭急轉，知道別無選擇，只能拿出最後的殺手鐧了。

她抬眼望向天殺星，神色陡然鎮定自若，自信十足。她微微一笑，說道：「天殺星，你有心來問我，讓我做出抉擇，我衷心感謝。然而這兩個選擇我都不要。我要你將天猛星交給我。」

天殺星瞇起眼睛，心生警惕，知道她一旦露出這樣的神情，便表示她已有十足的把握占到上風，取得先機。他冷冷地道：「妳憑什麼，跟我討價還價？」

裴若然吸了一口氣，說道：「吳元鶯在我手中。你放過天猛星，我便放過吳元鶯。你將天猛星毫髮無損地交給我，我便將吳元鶯毫髮無損地交給你。如何？」

天猛星眼中精光一閃，神色又是驚異，又是震動。

裴若然知道這番話已揪住了他的心，續道：「我將吳元鶩交給你，條件是你留下天猛星的命。你若奉命殺死天猛星，或將他交給大首領，我也依樣而爲，殺死吳元鶩，或將她交給大首領。你想如何做，快快決定吧！」

天殺星望著裴若然半晌，神色冷漠肅然，難以猜測他心中究竟在想些什麼，只見到他右手緊緊握住匕首，手掌時鬆時緊。

裴若然一顆心狂跳，心想：「倘若天富星所說並不眞確，天殺星並不那麼在乎吳元鶩，那我就全盤皆輸了！」

過了許久，天殺星才緩緩說道：「人交給我。」

裴若然吁了一口長氣，說道：「好！你將天猛星交給我，我便將吳元鶩交給你。」

天殺星靜了一陣，忽然問道：「妳怎知道？」

裴若然微微一笑，說道：「人都有弱點。你知道我的弱點是天猛星，我又怎能不知道你的弱點是什麼？」

天殺星露齒冷笑，說道：「好！我放了他。吳元鶩，過一陣子，我來接她。」說完忽然轉身出門，離開了客房。

裴若然爬起身，立即離開客店，辨別方位，知道自己身處長安城東南方的敦化坊，卻一時不知自己能去何處，暗想：「我還是先回家去吧。當時雲娘子來召我去見大首領，我不告而別，離家已近一年了，爺娘一定擔心得緊。我眼下受傷甚重，大首領來到京城後，多半會派人搜索我，我躲在何處都是一樣，不如回家。」

於是她尋路回到家中。家中僕婦聽見她閨房中發出聲響，連忙跑來探頭探腦地張望，見到六娘子失蹤了數月之後，不知怎地又回來了，趕緊去向裴夫人稟報。

裴夫人聽了僕婦的報告，立即趕來女兒的廂房，但見屋中點著一盞油燈，女兒坐在桌邊，臉色蒼白，身上沾了不少血跡，似乎受了傷。

裴夫人大驚失色，快步衝入房中，連聲問道：「若然，若然，妳怎麼了？妳這些時日都去了哪裡？身上哪兒受了傷？我這就去請大夫！」

裴若然忙道：「阿娘，我沒事。我上回出手擊退刺客，露出了眞面目，因此離家一陣子，避避風頭。路上遇見仇人，受了點輕傷，休養幾天便沒事的。千萬別請大夫，莫驚動他人。」

裴夫人仍舊擔心不已，問道：「哪兒受了傷？讓阿娘瞧瞧。」

裴若然怎敢讓娘親見到自己背後的血痕，勉強微笑，說道：「沒事的，阿娘別擔心，我自己有靈驗傷藥，一兩日就會好的。」

裴夫人唉聲嘆氣，說道：「近年京城當眞不平安，一連出了這麼多事！一年多前，刺客出手刺殺妳阿爺，虧得妳出手保護，僥天之倖，妳阿爺平安無事。豈料賊人膽大包天，這回竟出手刺殺武相國！當眞無法無天，視國法爲無物！」

裴若然已知天殺星出手刺殺了武相國，聽娘親說起，心中一跳，忙問道：「武相國遇刺，是什麼時候的事？」

裴夫人道：「就是前日清晨。」

裴若然問道：「今天是幾日？」

裴夫人似乎不明白她為何有此一問，說道：「今天是六月初六日。」

裴若然道：「娘說前日清晨，因此武相國遭刺，是六月初四的清晨？」

裴夫人點頭道：「正是。」

裴若然掐指算算，自己千里迢迢趕來長安，抵達武相國府時，正是六月初三的夜晚。之後自己昏厥過去，看來次日清晨，天殺星便出手殺死了武相國。據天殺星所說，那天夜裡大首領派了泥腿子和半面人出手圍攻武小虎，用意並非要擒住他，而是將他纏住，令他無暇顧及保護武相國，好讓天殺星輕易得手。

當時自己身在何處，她全無記憶。而這一昏厥，竟然足足昏睡了三日三夜。她一路急行趕來，加上身受重傷，難怪昏了這麼久才醒轉來。

裴夫人臉色蒼白，說道：「賊人竟將相國的……的頭顱也給斬去了，當眞殘忍至極，慘無人道！皇帝大發雷霆，下令一定要捉住這個賊人！」

裴若然忽然想起一事，忙問道：「阿爺呢？阿爺沒事麼？」

裴夫人嘆息道：「菩薩保佑，妳阿爺沒事。同一日清晨，妳阿爺行出通化里，賊人也來行刺妳阿爺，幸未得手。賊人一連出了三劍，第一劍斬斷了妳阿爺的靴帶，第二劍斬中他背後，幸而砍得不深，只劃破了單衣。第三劍斬在頭上，好在這幾日天寒，妳阿爺戴著氈帽，創傷不深。他跌下馬來，賊人又揮刃去追妳阿爺，虧得隨從王義伸手抓住了賊人，高聲呼救。賊人反手一刃，斬斷了王義的手，掙脫了去，繼續追殺妳阿爺。也是妳阿爺命大，跌入了一旁的水溝之中，賊人以爲他已死去，才放手而去。如今他受傷不重，但受驚可大了。」

裴若然只聽得心驚肉跳，心想：「阿娘性情溫和柔弱，遇上這等事情，想必嚇壞了。難得她將事情敘述得如此清楚，彷彿親見。」忙問：「阿爺傷勢恢復如何？」

裴夫人見女兒如此關心父親，眞情流露，心中甚感安慰，說道：「所幸只是輕傷，不礙事的。他在家中休息了幾日，便大抵恢復了。」

裴若然問道：「阿爺此刻身在何處？」

裴夫人道：「皇帝召他入宮參與緊急會議，已有一日一夜未曾回家了。」

裴若然鬆了口氣，心想：「他們出手刺殺阿爺失敗，應當不會再次出手。阿爺人在皇宮之中，安全應是無虞。」

裴夫人又道：「聖上爲了相國遇刺之事，大爲震怒，命左右羽林軍在京中大肆搜索刺客。妳阿爺這幾年來擔任相國的副手，武相國出事後，聖上立即命妳阿爺接任武相國之位，任門下侍郎、同中書門下平章事，繼續主持討伐藩鎮叛軍。」

裴若然點了點頭，心想：「不論是哪個藩鎮首領下的聘，刺殺武相國並未改變皇帝削弱藩鎮的決心。如今阿爺取代了武相國的位子，只怕性命更加危險了。」問道：「阿娘，阿爺身邊有人跟著保護麼？」

裴夫人道：「皇帝派了左右龍武軍的將士保衛妳阿爺，菩薩保佑，希望妳阿爺平安無事才好！」

裴若然略略放心，心想：「武相國遇刺，阿爺受傷，這可是天大的事情，想必震動京城，刺客暫時應不敢再次出手。」又想：「出手刺殺武相國的是天殺星，出手刺殺阿爺的不知是誰？是殺道還是血盟？就憑阿爺身邊一個隨從，又怎擋得住這等刺客？那隨從王義是什麼人？」當下問道：「救了阿爺一命的隨從王義，他是什麼人？」

裴夫人再次閉眼念佛，說道：「王義這人，實在忠義可嘉，危急中挺身而出，救了妳阿爺一命。我們母女都要感謝他哪！」

裴若然點點頭，伸手握住娘親的手，感到她的手十分冰冷，便安慰娘親道：「阿爺吉人自有天相，大難不死，必有後福，阿娘請不必過於擔憂。」

裴夫人眼望著窗外，皺眉嘆息道：「我當眞憂心妳阿爺得緊。我聽他說，自安史之亂以來，北方藩鎭割地稱王，各自爲政，努力擴張勢力，猖獗無比。這些藩鎭將軍不時僱用刺客暗殺對頭，甚至爲了爭奪鎭主之位而暗殺自己的父兄，亂得不成個樣子。然而數十年以來，敢於聘請刺客下手刺殺朝廷大臣的，這還是頭一回。皇帝震怒，輿論沸騰。看來未來幾年中，朝廷鐵了心鎭壓收服藩鎭，絕不輕縱，連年戰事可是不免的了，妳阿爺也將忙於國事。」

裴若然默然而聽。娘親轉述父親的言語，提到的種種刺殺之舉，正是過去幾年她親身參與，親眼見到之事，心中不禁一跳。

裴夫人回過頭來，愛憐橫溢地望著女兒，似乎想開口詢問她的傷勢，卻又忍住了，改口問道：「妳肚餓麼？要不要吃些什麼？」

裴若然哪裡吃得下東西，搖頭道：「我不餓，只想歇息一下。」

裴夫人還想多說，裴若然已道：「阿娘也早些歇息吧。」

裴若然將娘親勸走之後，便關上房門，假做更衣就寢，吹熄了油燈。

裴夫人擔心至極，仍在門外徘徊不去，指揮老婆子給女兒準備傷藥，烹煮各種藥湯補品，嘮嘮叨叨，直到半夜，才離開回去自己的房間就寢。

當夜等裴夫人離去後，裴若然便強撐起身，出了家門，潛入武家大宅去找武小虎。

這時離他父親武相國遇刺已有三日，武家處處掛著白幔，外廳設有靈堂，供人祭弔。此時已是三更，早已無客，只有幾個僕婦在靈堂中守夜。

裴若然正想自己該去哪兒尋找小虎子，靈堂前忽然一陣騷動，一個僕婦叫道：「郎君又發作了，快壓住他！」

三個僕婦和兩個長工一擁而上，將一個人扳倒在地。那人在地上翻滾掙扎，大呼小叫，若非武府極大，呼喊之聲定將驚動左鄰右舍。

過了好一陣子，僕婦和長工才道：「行了，過去了。」「沒事了，放手吧。」眾人紛紛散開，讓那人獨自癱在靈堂之前。

裴若然瞧仔細了，那人正是小虎子。但見他穿著一身凌亂骯髒的粗布麻衫，頭包麻布，顯然正爲父親戴孝。他的眼神一片空洞渙散，口角流涎，癱坐在靈堂中，那模樣絕非正常。裴若然不禁心中揪痛：「天殺星並未誑騙於我，小虎子眞的瘋了。不知他究竟瘋到什麼地步？」

但見武小虎手中抓著一壺酒，大大地喝了一口，酒水從他嘴角流出，直流到他的衣襟上。他身上的麻衣原本汙穢不堪，多沾上一些酒也不大看得出來。他喝完了一壺，又從懷裡抓出一壺來繼續喝，口中喃喃自語，旁邊的僕婦和長工離他數尺，眼睛都瞪著他，顯然在監視他是否會再次發作。

但聽一個僕婦道：「郎君這個模樣，哪裡見得人？明兒白日還是將他關在自己房中，別讓他出來吧。」

一個長工說道：「主母說了，得有人在靈堂答禮，她身子撐不住了，說讓郎君在這兒答禮。」

一個僕婦呸了一聲，說道：「那怎麼成！昨日傍晚放郎君出來，他在靈堂前大哭大鬧，嚇走了多少賓客！幸好當時人不多，我們趕緊制住了他，及時將他拖了進去。不然他只怕將靈堂砸了都有可能！」

那長工顯得一臉無奈，說道：「主人遇害，少主驚嚇悲痛過度，腦子一時失常，那也是有的。弔唁的賓客見到了，也只會同情少主年紀輕輕，遭此劇變，悲痛過度，無法承受，也是他一番孝心。」

之前那僕婦甚是不以爲然，罵道：「郎君從小就叛逆胡來，哪有什麼孝心？我瞧他回來之後，整個人陰陽怪氣的，這幾年都不知跟什麼狐群狗黨混在一塊兒，壞胚子早便學得更壞了。他回家哪裡懷著什麼好心？還不是回來折磨他爺娘？如今他回來沒多久，阿郎便出事了，我說這事情定然和他有關！說不定便是他引狼入室，招了壞人來害他阿爺！這樣他便能繼承武家的家產了，你們說，是也不是？」

其他僕婦和長工聽了，有的贊成，有的反對，議論紛紛。

裴若然望向小虎子，心想他不知是否將這些話都聽入耳中？只見他臉色慘白如鬼，她知道他已喝了太多酒，身子就快承受不了了。果然見他忽然跪倒在地，哇的一聲，在靈堂前大嘔起來。

一旁的僕婦長工們連忙停止議論，一起衝上前，長工們七手八腳地將他抬出靈堂，僕婦則手忙腳亂地清理地上的嘔吐穢物，口中埋怨連連。

裴若然見到武家長工將武小虎抬到一個陰暗偏僻的院落，想是武小虎發瘋後的住處。他們粗暴地將他扔入一間房中，便關起房門，在外面加了鎖，才嘟嘟囔囔地去了。

第七十一章 失蹤

裴若然望著武家大宅的偏僻院落，心想：「這把鎖，怎麼鎖得住小虎子？」她輕輕躍過圍牆，從窗戶往房中望去。但見到武小虎仍趴在屋中的地上，一陣又一陣地嘔吐，弄得房中一片狼籍。

她見這房室甚大，但裝飾簡陋，家具粗糙，完全不像一個少主的臥房。裴若然知道他回家之後備受主母的冷眼對待，父親死後又瘋病發作，被趕到這等破爛的地方居住，心中不禁一酸。

裴若然推門入房，喚道：「小虎子！」

武小虎卻雙眼直視，完全不曾回應。裴若然知道他並非假裝，他是真的瘋了。她站在當地，低頭望著武小虎，心中幾乎被絕望所填滿，眞想就此舉步奔出，假裝未曾見到武小虎的慘狀，假裝這一切都未曾發生。

然而裴若然知道自己不能絕望，不能放棄，她必得設法保護他的安全。她想：「小虎子如此情狀，我不可能帶著他逃離長安，但我得盡快將他帶離武家，藏了起來，拖延時光，不能讓大首領找到他。天殺星雖答應我放過他，大首領卻絕不會輕饒。」

裴若然想來想去，唯有將他先藏在吳元鶯的住處，再做打算。然而自己該如何將他移去安邑坊水井巷的木屋中？

裴若然蹲下身，對武小虎道：「小虎子，你跟我來。」

武小虎毫無反應。

裴若然伸手去拉他，他也紋風不動。裴若然望著武小虎高壯結實的身形，只能長長地吸了一口氣，知道自己別無選擇。她伸手點上他的胸口穴道，讓他昏厥過去，俯身背負著他，勉強站起身，開門出去，緩緩走出了那個偏僻的院落。

此時夜已深，武家僕婦都已各自就寢，裴若然乾脆打開後門，背著武小虎走了出去，隨手將後門虛掩了。她想明日武家中人若發現武小虎不見了，看到這後門虛掩，自會認定他神智不清，半夜晃出家門，就此不知所蹤。

裴若然隱身黑暗之中，沿著牆角而行，走得氣喘吁吁，雙腿痠軟，背後傷口疼痛難忍。如此行了一個時辰，才終於來到水井巷吳元鶯的住處。

吳元鶯和老嫗開門時，見到裴若然背著武小虎到來，都是大驚失色。吳元鶯奔上前查看武小虎，又抬頭望向裴若然，臉上露出關懷疑問之色。

裴若然重傷之下，又背負武小虎這一段路，背後傷口再次迸裂流血，疼痛難忍，只覺頭暈眼花，一時說不出話來，只揮手命老嫗趕緊關上了房門。

她坐下喘息了一陣，才道：「武郎君家中出了事，他大受打擊，變得神智不清。我將他留在此地，麻煩妳們好生照顧於他。」

老嫗和吳元鶯對望一眼，一個不敢多問，一個不能言語，只靜默以對。

裴若然又道：「妳們將他關在內屋之中，千萬不能讓他出來，不能外人見到他躲在此地，不然大家都有生命危險，明白了麼？」

吳元鶯睜大了眼，老嫗也張大了口，不知該如何回答。

裴若然望著老嫗，嚴厲地問道：「明白了麼？」

老嫗連忙答應，說道：「明白，明白。但是……武家郎君這麼大個人，他若要出去，我可攔不住他哪。」

裴若然想起聽那些僕婦說起武小虎在靈堂上發瘋大鬧時的情狀，心想：「他若瘋病發作，這一老一小自然制不住他，那也只能聽天由命了。」便說道：「他若胡鬧要闖出門去，那就任他去吧，妳們不必勉強攔住。倘若他並未發瘋胡鬧，只是做夢般地往外走，那麼妳們可以想法拉住他，勸他留下。」

老嫗和吳元鶯都點了點頭。

裴若然又道：「我每隔幾日便會來此探望他。妳們千萬小心留意，切莫讓他離開此地，也別讓其他人見到了。」便出門而去。

裴若然摸黑回到裴家，勉力包紮了背後傷口，草草睡了。

次日清晨，她早早便起身出屋，問葉大娘道：「那位救了阿爺性命的隨從王義，他人在何處？」

葉大娘一怔，說道：「他跟其他下人一塊兒住在後進的廂房，正養著傷呢。六娘子為何問起？」

裴若然道：「我想去探望他，拜謝他對阿爺的救命之恩。」

葉大娘雖覺得六娘去探望下人不甚妥當，但也不敢拒絕，便引她來到下人的住處，指出王義的房室。葉大娘先進去通報了，裴若然便走入房中，先盈盈下拜，說道：「郎君高義解救阿爺性命，裴六娘恭敬拜謝！」

王義是個二十多歲的男子，左臂從臂彎以下都沒了，包在白布之下。他見裴若然到來，連忙跳下炕，跪倒還禮，連稱：「不敢當，不敢當！」

裴若然快快扶他起身，讓他坐在炕上，說道：「郎君是我家恩人，快請坐下。」等王義坐好了，裴若然問道：「六娘想請問郎君，刺客出手當時的情勢，郎君可否告知一二？」

王義道：「自然，自然。」於是回憶那日清晨發生的事情，說道：「那時我跟在阿郎身邊，替他牽馬。天才剛亮，四周一片霧茫茫地。忽然……忽然一團黑影忽然從屋簷飛下，直往阿郎撲去。我見到一片亮光，發現那團黑影手上拿著一柄亮晃晃的刀，直向阿郎斬去。我嚇得呆了，這時……這時猛地有另一個黑衣人從屋簷撲下，頭先那黑影連著向阿郎斬了三刀，都被後來那黑衣人不知以什麼兵器打偏了準頭，未能傷及阿郎。我只聽得噹噹聲響，卻見不到後來那黑衣人手中持著任何兵器。我想他的兵器大約藏在袖子之中吧？」

裴若然心中大奇，暗想：「原來當時竟有人出手保護阿爺！」追問道：「那後來的黑衣人是誰？你見到他的面目麼？」

王義搖頭道：「當時晨霧很大，那黑衣人又蒙著面，我沒能見到那人的面目。」

裴若然追問道：「後來如何？」

王義道：「阿郎被那刺客連攻三刀，雖未受傷，但重心不穩，側身摔下馬來，跌入了一旁的溝渠。我衝上前拉住刺客，刺客一刀斬上我的手臂，我這手……這手便沒啦。之後刺客又去追殺阿郎，但那黑衣人守在溝渠之旁，冷冷地望著刺客，顯然意在阻止刺客繼續追殺。刺客低頭見到阿郎躺在溝渠之中，大約以爲阿郎已經死了，便自逃逸而去。我當時已疼得倒在地上，鮮血流個不止，側頭望向那出手相救阿郎的黑衣人，黑衣人卻已消失不見。」

裴若然聽他所說和娘親轉述的相去甚遠，心中暗自疑惑：「阿娘未曾提起另有人出手相救，卻是爲何？莫非王義未曾向娘親報告此事？」又想：「阿娘當時不在場，述說得自然不如王義清楚。或許當時情況太過血腥可怖，王義也不敢跟主母講得太過詳細。但他爲何會獨獨略過黑衣人出手相救的一段，倒是頗爲古怪。」

她再次向王義道謝，告辭出來。

之後數日，裴若然安坐家中，硬著頭皮等候大首領來傳喚自己。然而第二日、第三日過去了，大首領始終未曾派人來家中找她。

裴若然無法忍受整日擔驚受怕、提心弔膽，終於決定潛入殺道在京城的道觀之中，探聽消息。

道觀中平日便有不少道士居住，她觀察了數日，竟未見到任何殺道中人，一無所得。直到第五日的傍晚，她才見到潘胖子、泥腿子、天殺星和龐五等人聚集在道觀的後廳之中，似乎在談論什麼大事。裴若然潛伏在廳外，竊聽他們的談話。

但聽潘胖子沉聲道：「龐五來了，證實了這個消息。」

泥腿子神色激動，望向龐五，問道：「當眞？你快說，究竟是怎麼回事？」

龐五囁嚅半晌，才道：「啓稟道友，您是知道的，平日大首領出門，一定讓我跟隨著，幫手照顧行囊馬匹，張羅住店飲食。這回他卻獨自出門，並未命我跟隨。我問了他幾回，他都說我不必跟去，只命令我六月初二那日，在城東北的通化門與他會合，一起進城。」

潘胖子皺眉道：「他爲何不讓你隨侍？他這回出門去往何處，要辦何事？」

龐五搖頭道：「大首領未曾告知屬下，屬下全不知曉。」

泥腿子對龐五道：「你說下去。」

龐五續道：「我留在如是莊中，等到時日差不多了，才出門前往長安。當時天微星也離開了如是莊，我便偷偷跟在她身後，跟她差不多同時到達長安。」

裴若然心中一跳，暗想：「龐五還是暗中跟來了，我可全被蒙在鼓中。他若要對我不利，我定然無力抵擋。我這一路的行蹤，他自然清清楚楚，必也知道我出頭阻止天殺星和小虎子相鬥的前後。」

但聽龐五道：「總之，六月初二那日我來到通化門，等候了一整日，大首領卻未出現。之後幾日的事情，你們應該都知道了：六月初三晚間，天殺星和天猛星相鬥，天微星出手阻止；之後泥腿和半面兩位道友奉命出手羈絆天猛星，好讓天殺星順利出手刺殺武相國。」

潘胖子和泥腿子都點了點頭。

龐五道：「大首領出門前曾吩咐過我，一旦刺殺武相國成功，我便得趕去延興門內的客店向他報訊。初四清晨我得到消息之後，便趕緊去往延興門內的客店，發現大首領並不在客店中。我在通化門、延興門之間來回奔走尋找，卻一無所得。如今都已是六月十五日了，大首領仍舊毫無消息。」

泥腿子忍不住道：「你的意思是，大首領失蹤了？」

龐五吞了口口水，微微點頭，卻不敢回答。

潘胖子望向天殺星，問道：「天殺星，你知道些什麼？」天殺星蒼白的臉上透露出幾分驚惶疑惑之色，微微搖頭，說道：「大首領告我，六月初七，抵達京城。未見。」

潘胖子環望廳中諸人，說道：「這麼說來，沒有人知道大首領的行蹤。」

裴若然心中震驚，簡直不敢相信這個詭異的消息。

大首領失蹤了。

此後一段時日中，裴若然繼續密切留意關於大首領的消息，並且日日來水井巷的木屋探望武小虎。

武小虎的瘋病並無好轉，幸也無再惡化。老嫗和吳元鶯的住處沒有酒給他喝，因此他也並未發酒瘋，只是整日呆呆地坐在內屋角落，時而喃喃自語，時而伸手拍打自己的腦袋，瘋狀畢露。

裴若然花了許多工夫，坐在他面前，對他說話。引武小虎開口說話，可比當年她試圖教天殺星說話困難得多了。武小虎好似將自己禁閉在一間黑牢之中，與外界的一切事物遠離隔絕；當裴若然在他面前對他說話時，他好似全然看不到、聽不見，全無反應。

直到兩個多月之後，武小虎才似乎有一絲認出了她的跡象，但仍然不肯開口說話。

這一日，裴若然不得不使出最後手段，她揮手打了他一個耳光，高聲道：「小虎子，快醒來了！我是六兒，你再躲起來不理我，我便繼續打你，直打到你醒過來為止！」

武小虎呆了片刻，眼光游移一陣，慢慢集中在裴若然的臉上，似乎終於看得見她。

裴若然雙手抓著他的肩膀，大聲道：「小虎子，你望著我，不准轉開目光！你認得我，我是六兒裴若然，是你的好朋友。你聽我說話！」

武小虎似乎終於清醒了些，口唇顫抖，說道：「妳……妳是六兒？」

裴若然眼見自己的激烈手段終於奏效，心頭一喜，說道：「不錯，我是六兒！你是小虎子，你記得麼？」

武小虎眼神迷茫，但仍點了點頭。

裴若然大喜過望，連聲說道：「你醒過來了，太好啦！六兒在這兒，我陪著你，一切都沒事了。」

武小虎望著她，眼神逐漸轉爲清澈，他顯然認出了她，也記起了自己是誰。裴若然看得出他心中正動著許多念頭，口唇顫動，眼中滿是淚水，低聲道：「六兒。」

這是自武小虎發瘋以來第一次如此清醒，第一次叫得出裴若然的名字。她心中欣慰無已，想了想，決定不告訴他大首領失蹤之事。她心想即使告訴了他，他也不會知道該怎麼應付。他此時仍處於半瘋的情狀，仍需少受刺激、安心靜養。

陡然之間，裴若然的身邊多出了兩個極爲需要照顧的人：發了瘋的武小虎和孤苦啞女吳元鶯。

她趁著大首領失蹤、殺道群龍無首之際，告知父母自己打算搬離裴家，另覓居處。裴夫人極爲不捨不願，夫婦倆卻很明白女兒經歷詭異，處境奇特，如今京城中腥風血雨，刺殺頻傳，皇軍搜捕嚴密，她留在家中，對她自己或家人都非好事，只能含淚答應。

裴若然便用在殺道存下的金銀，在長安城中另外購置了一間隱密的舊屋，帶著武小虎和吳元鶯搬離水井巷，在舊屋中住了下來，老嫗則留在水井巷的屋中。

裴若然並不打算逃避殺道，她知道他們若要找她，很快便能尋得這個新的居處。她只是想離開裴家一段時日，她不敢見到爺娘的臉面，也不願繼續陷他們於險境。掖庭局是否知道她曾經失蹤又回來，是否仍會召她入宮，裴夫人半句也未曾提起，裴若然也從未多問。

如今裴若然搬出去獨居，對父母和她自己來說，都是鬆了一口氣；長安城中很少人見過長大後的裴六娘，因此也不會有人認出她。她讓老嫗隔日送來柴米菜肉，自己深居簡出，唯一需要的做是生火造飯、炒菜煮肉，準備簡單的三餐餵飽自己和武小虎、吳元鶯三人。

這間舊屋一共三間臥房，供他們一人各住一間；中間是個小小的飯廳，後面便是廚灶。平日在屋中走動的只有她一個人，其他兩人都如鬼魅一般躲在陰暗的房中，很少露面。

武小虎情況好的時候，整日關在房中不出；不好的時候，便大吼大叫，砸椅踢牆，有時甚至赤身裸體地跑去街上，隨地便溺，引得路人側目。不多久，街坊便知道這兒搬來了一個少年瘋子，盡量不走過他們家門前。

小鶯則安靜得有如一隻受驚的貓兒，她對裴若然仍舊頗爲親近，但裴若然與她日夜同處一個屋簷下，很快便看出小鶯的古怪。小鶯往往整日縮在自己房中的角落裡，不言不動。有時裴若然跟她說話，她只是睜大眼睛回望著，眼中滿是恐懼驚惶。

裴若然知道她曾親眼見到家人一個個被刺客殺死，目睹血流滿地的景象，明白她不可能完全恢復過來，因此也不逼她，即使她不回答、不反應，仍舊繼續跟她說話，就如同當年對待天殺星時一般。

她知道小鶯其實對自己心存恐懼，大約因爲她和天殺星一樣，身上都帶著難以掩藏的殺氣。小鶯想必能感受得到，裴若然跟天殺星是同一類的人，而住在同一個屋簷下的瘋子武小虎也是同一類的人。小鶯被一個殺手嚇成了啞巴，如今又得跟兩個殺手同住，朝夕相處，也實在可憐得很。

每日裴若然做好一餐，端上飯桌，放好三個碗筷後，便只能苦笑。知道自己去叫小鶯出來飲食，她絕對不會回答，也不會出來；若去叫武小虎，他不是全不理會，便是大喊大叫，猛力敲牆，砰砰作響，要人不要吵他。

最後總是裴若然自己一個人獨自坐在桌邊，獨自吃下她親手煮的飯菜，耳中傾聽著左右兩間房中的動靜。等她吃完離開，去廚灶洗鍋洗碗時，小鶯才會悄悄出來，匆匆偷吃幾口飯菜，又溜回房中。小鶯以爲裴若然聽不見，看不出飯菜被動過，其實裴若然心裡可清楚得很。

武小虎倔強起來，不吃就是不吃，似乎打定主意要餓死自己。每日傍晚，裴若然見他早膳、午膳都不吃，便只好闖入他房中，先跟他大吵一架，再出手將他點倒，硬餵他吃下東西。武小虎總是又哭又鬧，有如孩童發脾氣似地，讓裴若然哭笑不得。

日子就這麼過了下去，裴若然的兩個同伴，一個怕她，一個恨她。有時她眞不知道世間之事怎能如此荒謬無稽；她在殺道學了一身的武功和殺技，此刻卻全無用武之地，只能整日照顧著一個瘋子和一個孤女。裴若然不禁暗想：「我一直想要一個『家』。如今我有了這間屋子，有了兩個我關心鍾愛的『家人』，然而，這眞的就是我想要的『家』麼？對小虎子和小鶯而言，他們覺得自己回到家了麼？」她心中的疑惑愈來愈深，糾結盤桓，難以排解。

這一夜，裴若然睡到半夜，忽然驚醒，她聽見有人輕輕來到房中。聽那腳步聲，立即知道來人便是小鶯。她睜眼望去，果然見到小鶯怯生生地走近她的炕邊，一聲不響。

裴若然也不說話，只坐起身，招手讓小鶯過來。小鶯遲疑地，慢慢地走近前，最後終於鼓起勇氣，鑽入裴若然的被窩，縮在她身旁睡著了。

裴若然伸出手臂，抱住了她瘦小纖弱的身子，感受著她的體溫，心中又是溫暖，又是冰涼，心想：「這個小小女孩兒，家人死盡，孤苦伶仃，命可真苦啊！但是跟我比起來，她畢竟仍是幸運的；她未曾被大首領看中，未曾去過石樓谷，未曾進入殺道，也……尚未被天殺星帶走。」

裴若然一想起自己曾用小鶯來交換武小虎，心頭便是一片沉重。雖然她事先已得到小鶯的同意，但她知道自己畢竟辜負了小鶯的信任，出賣了她，答應將她送入滅門仇人的手中。

第七十二章　相依

三人相依爲命的日子，就這麼過了幾個月。裴若然的期待非常微薄，只希望身邊這兩個人好好地活下去。小鶯對她漸漸信任依賴，每晚都跟她擠在一塊兒睡，平日也總跟在她的身旁，幫她淘米生火，切菜洗碗。她雖不會言語，卻十分善解人意，裴若然愈來愈疼惜她，將她當成自己的小妹妹一般愛憐照顧。

武小虎的情狀則並無好轉；他愈來愈骯髒，愈來愈癡狂，有時不但整個人發臭，連他的整間房室都跟著發臭。這時裴若然就得將他拖到清水河邊，將他扔入水中，讓他沖去一身的骯髒汙穢。

有一回武小虎又叫又踢，不肯去河邊沖浴。裴若然發怒道：「你以前不是最愛清淨，日日去瀑布那兒沖浴麼？怎地現下髒成這樣，竟然全不在乎？」

武小虎呆了呆，似乎想起了石樓谷中瀑布的情景。他側頭想了想，忽道：「捉魚！捉魚！」

裴若然勉強微笑，說道：「是啊，我最擅長捉魚，你也挺不錯的。你記得麼？我用草蓆做魚網，一次便撈上五六條魚，你在岸邊不斷拍手，說我當眞高明。我們抓到魚後，便一起烤魚吃。那魚可香了，你最愛吃魚了，你記得麼？」

武小虎搖搖頭，又點點頭，說道：「我餓！」

裴若然心中又是酸苦，又是傷痛，知道他想起了在谷中過第二關時，日日受凍挨餓的那個冬天。她勉強笑了笑，說道：「有東西吃便是福分。你應該記得，我們在谷中那時節啊，不管是草根還是蛇蛙，挖到什麼就吃什麼。你記得自己說過什麼？你說希望這輩子再也不要挨餓了。我便跟你說起我往年在家中吃過的種種山珍海味，美食佳肴，棗泥煎餅啦，桂花甜糕啦，你聽得直流口水，哈哈！」

武小虎側頭聽著，眼神似乎清醒了一些。忽然他雙眼圓睜，怒氣勃發，從水中跳出來，揮動手臂，又踢又打，大叫道：「天殺，天殺！他也吃魚！我殺了他！」

裴若然心中一驚，她在無意中竟勾起他對天殺星的回憶。天殺星是將他弄瘋的禍首之一，她沒想到提起瀑布沖浴、捉魚烤魚的往事，竟讓他想起了天殺星。那是自然的，當時他們三人相依爲命，那段記憶中每時每刻都有他們三人的身影。即使武小虎向來厭惡天殺星，兩人雖從無交集，畢竟他們曾經相濡以沫，互助求生。

裴若然只好跳上前，使出擒拿手制住他，點了他的穴道，替他穿好衣衫，讓他躺倒在岸邊。

過去這幾個月來，武小虎偶爾回想起往事，略微清醒，但爲時都十分短暫，不多久便又陷入一片迷惘。這回也是一般，他不再大吼大叫，只是呆呆地躺在那兒，雙眼直瞪著天空，不知在想些什麼。

當日傍晚，裴若然和小鶯一起扶著武小虎走回家。裴若然安頓好武小虎後，便來到廚下煮食。小鶯在旁幫手，拉拉她的袖子，用疑問的眼神望著她，又望望武小虎的房門，似乎想知道他為何會瘋成如此。

裴若然猜知她心中的疑問，微微搖頭，說道：「小鶯，妳往年便認識小虎哥，知道小虎哥原本不是這樣的。他是個好人，認眞勤奮，正直善良，是非常好的一個男孩兒，也是我最好的朋友。他跟我一塊兒長大，我們都吃了不少苦，後來他經歷了一件很傷心的事兒，自責不已，又無法改變過去，因此成了今日的這個模樣。」

這些話說得輕描淡寫，波瀾不驚，但事實上他們一起經歷過多少殘酷辛酸，多少驚濤駭浪，即使全數說了出來，她想小鶯也不能夠明白。

小鶯似乎若有所悟，點了點頭，望向武小虎房門的眼神中多了幾分關懷憐惜，少了幾分懼怕。

之後小鶯對武小虎的態度便有了極大的轉變。每回裴若然試圖引逗武小虎說話，她便也坐在一旁傾聽，試圖從裴若然的言語中了解更多武小虎的過去。她也會來到武小虎的門前，輕輕敲門，悄悄送食物進去。有幾回，武小虎竟然吃下了她送去的食物。

又過了數日，更奇怪的事情發生了。小鶯整日都留在武小虎的房中，兩人在炕上並肩而坐，也不說話，目光也不相對，只是默默地坐著，似乎就能從彼此身上得到某種奇異的慰藉。

一日晚間，裴若然聽見武小虎房中傳來輕柔歌聲，心中大奇。她偷偷從門縫中望去，見到小鶯背靠著土牆，小口微張，正輕輕地哼著歌兒。小鶯的嗓子極甜，極清，唱出來的不是詞句，只有音調，但卻優美曼妙，難以言喻。

武小虎坐在炕上，閉著雙眼，神色專注寧靜，顯然聽得入神。

裴若然側耳傾聽，心想：「這歌聲眞不似人間能尋，這是天上才有的仙樂！」她完全料想不到一個啞巴女孩兒竟然會唱歌，而她的歌聲竟如此動聽！

裴若然站在門外屏息聆聽，不知不覺中，竟也淚流滿面，激動難已。

從此以後，小鶯每夜都去武小虎的房中低吟輕唱，武小虎聽得如癡如醉，瘋病似乎也略略好轉了些。他仍舊汙穢骯髒，不肯洗澡，但小鶯要他來吃飯時，他多半會出來，甚至願意坐在飯廳中跟她們一起用膳。

裴若然雖喜愛小鶯的歌喉，但她忍受不了歌聲背後的悲哀淒楚，總是緊緊地關上房門，或是遠遠避開，盡量不去聆聽。

武小虎的眼光仍然渙散，極少開口說話，但不再發狂燥怒了。裴若然心想小鶯的歌聲若能讓他的心安定下來，或許她可以用別的方法讓他想起自己的過去。

於是裴若然開始每日逼他練功，內功也好，拳腳刀法也好，她總是押著他來到僻靜無人之處，對他進招，逼他還手。武小虎練了那麼多年的功夫，自然不會在短短的幾個月內全數忘記，武功雖然生疏了許多，但內息仍舊充沛，力道仍舊勁猛，招式仍舊靈敏快捷，精準無誤。即使他腦子不管用了，武功卻未曾退步太多。

裴若然很高興他並未完全失去苦練多年的功夫；即使他瘋了，但他若仍保有一身的殺技，那麼他對殺道仍算有用，大首領或許便不會輕易殺了他。

於是裴若然每日陪武小虎練功，夜晚則由小鶯陪伴他，唱歌給他聽。武小虎發狂的次數漸漸減少了，對二女的親近信賴與日俱增，偶爾瘋病發作，也只會對土牆石炕亂踢亂打，或是對外人吼叫，對裴若然和小鶯總是溫順和氣，甚至頗爲親厚。

但武小虎的情況時好時壞，裴若然也因此活得提心弔膽。

到了夏日，裴若然聽聞一個重大的消息：血盟盟主遭人刺殺，頭顱被割去，血盟中六個重要的殺手也同時斃命，血盟就此煙消雲散。

裴若然大驚，心想：「是天殺星麼？」果然不久後便聽到消息，說天殺星帶著血盟盟主的頭顱回歸殺道，正式成爲第九位道友。她心想：「我比天殺星早一步升任道友，雲飛鶴死後，只剩下七位道友；我割背效忠之後，成爲第八個道友，天殺星則是第九個。他們畢竟還是留下了我的位子。」

天殺星出手殺死血盟盟主，雖在裴若然的預料之中，卻也不免甚感震驚。天殺星左腕被廢，竟仍有本領殺死盟主、毀滅血盟。她雖未見過血盟盟主，卻聽過他的名頭，知道他是和大首領平起平坐的天下第一流殺手，武功奇高，手段狠毒。豈知他竟不明不白地死在天殺星的手中！

裴若然自忖大首領當初若派了自己去血盟，只怕也無法幹得如天殺星一般俐落漂亮。她不禁對天殺星暗感佩服，自嘆不如。她胸中原有一股豪氣，身爲殺道同代弟兄中的佼佼者，最先進入殺道，最先成爲道友，自負本領絕不輸給任何人。然而現在她卻只能躲在這陋巷舊屋之中，整日費盡心思，照顧著一個瘋子和一個啞女。

裴若然既想回歸殺道，再次掌握大權，操控生死，卻又不敢回去。她深深感到自己是個沒有家、沒有歸宿的幽魂，無處可去，一身本領無處施展，心中鬱悶累積得愈來愈深。

這一日，武小虎又鬧了起來，她再也無法忍受下去，左右兩個開弓，對著武小虎大吼道：「你看看你，將自己搞成這副狼狽模樣！你照顧不了自己，成爲我的負擔，要我日日照顧你，替你沖澡，餵你飲食，如同個三歲孩童一般！你怎就只想著你自己，從不幫我想想？我這麼照顧你，還怎麼過我的日子？你再不振作起來，再這麼不中用，我總有一天會棄你不顧，讓你去自暴自棄，自生自滅！」

武小虎先是呆了一下，似乎頓時清醒了過來，臉色轉紅，極爲激動，高聲道：「是妳！是妳不斷逼我走上這條路，我原本就不想走下去，妳卻死活拖著我往下走！如今我不中用了，妳便打算將我一腳踢開！我原本不需要妳照顧，妳要我滾，直說便是，我不會賴著不走，也不會乞求妳憐憫！我不需要妳可憐我。我才不在乎！妳要棄我不顧，那是最好！」

裴若然怒道：「這麼多年來，我費盡心思才讓你活了下來。你不但不感恩，還怪我讓你活著！那你爲何不早點去死了乾淨！」

她說完之後，心頭怒火如燒，大步奔出門去，砰一聲用力將門甩上，留下武小虎獨自在屋中又罵又叫，又踢又打。

裴若然站在門外，想起武小虎雖瘋狂暴躁，不禁擔心將小鶯留在家中是否安全，但他對小鶯極爲關懷愛護，絕不會傷害小鶯，便一咬牙，轉身大步走去。

她來到清水河邊上，望著潺潺河水，喘了幾口氣，慢慢冷靜下來，後悔自己不該如此對武小虎發怒，只能竭力安撫自己的心情，逕自去市場買豆腐青菜。

她在市場逛了好一陣子，仍舊無法壓抑滿心的惱怒不平，她知道自己無法回去面對武小虎，便在城中漫無目的地亂逛了一個下午。

將近傍晚，天忽然刮起狂風，下起大雨。裴若然趕緊從街上冒雨奔回家，只見小鶯站在門口，滿面焦急驚恐。裴若然心中一跳，忙問：「出了什麼事？」

小鶯衝入雨中，拉著裴若然的手，直往後院奔去。裴若然感到她的小手冰冷至極，不停顫抖。她跟著小鶯來到後院，見到地上滿是鮮血，心中立即知道事情不好了。

她眼光穿過雨幕，往四下掃去，見到後院的角落有個人形，似乎正是武小虎。他躺在血泊之中，全身盡爲鮮血覆蓋。

裴若然的心猛地一跳，立即撲上前，蹲下查看，只見他胸口有個數寸寬的傷口，似乎正是破風刀所砍，鮮血仍汩汩流出。

裴若然臉色蒼白，知道這是致命之傷。她伸出手，用盡全身力氣壓住他的傷口，手忙腳亂地扯下腰帶替他包紮起來。她奮力按住傷口好一會兒，鮮血似乎暫時止住了，但武小虎的呼吸卻越發緩慢細微，似有若無。

大雨傾盆而下，裴若然抱著武小虎的身子，感覺他的熱氣和生命正一點一點地流失。她不可自制地大哭起來，叫道：「小虎子，別離開我！我們還能走下去，我們還能重新開始，一切都可以從頭再來過，只要你和我在一塊兒，我們一定可以從頭再來的。你別死，你別死！」

裴若然哭著喊著，也不知道自己口中究竟在叫喊些什麼，只知道必須緊緊抱著武小虎，不能鬆手，不能讓他離去。他一定能聽見她的哭喊，她知道他不願見到自己哭泣，因此數度饒了天殺星不殺；他倘若當眞不願見到她哭泣，一定會有所反應。

裴若然知道他自殺的決心畢竟不強，事情還有轉機。武小虎身爲殺道殺手，豈有一刀殺不死人之理？即使他喝醉了，也照樣能夠精準無誤地殺人。他自己可不會抗拒、不會逃走；他未曾立即斷氣，表示他實在並不想死。

裴若然也知道，能夠軟化他自殺決心的，只有小鶯。他不願讓裴若然傷心，但他更怕讓小鶯難過，才會猶豫不決，下刀不夠狠辣，未能一刀殺死自己。

裴若然慢慢收淚，雙臂仍緊緊抱著武小虎，她相信自己一定能將他救回來，他一定會回到自己的身邊，他們一定能重新開始，繼續下去。

裴若然抱起他的身子，走過泥濘的後院，回到房屋之中，將他放在炕上。她點起火燭，重新替武小虎洗淨傷口，敷上草藥，包紮妥當。她又替他換上乾淨衣褲，擦乾頭髮，接著自己也換上了乾淨衣衫，靜靜地坐在他的炕邊。

小鶯睜大雙眼，驚恐莫名地望著這一切。裴若然剛才沒有工夫去理會她，心中滿滿的盡是痛悔自責：「我不應讓小鶯留在家中，讓她目睹這血腥的一幕。小虎子是因爲聽了我的那番話，才試圖自盡。這都是我的錯！都是我的錯！」

她吸了一口氣，轉過身，對小鶯招招手。小鶯怯怯地來到裴若然的身旁，低下了頭。裴若然將小鶯緊緊摟在懷中，摸著她的頭髮，說道：「別怕。小虎哥不要緊的，沒事的。他一定會沒事的。對不起，姊姊不應該……不應該說那些話，也不應該離開這麼久才回家。姊姊嚇到妳了，對不起。」

小鶯沒有出聲，也沒有哭泣，只緊緊地抱著裴若然。裴若然感到她的身子涼颼颼，知道她嚇得厲害，只能繼續低聲安慰她。

不多時，小鶯便伏在裴若然的懷中睡著了。

屋外雨聲淅瀝，屋中燭光搖曳。裴若然心頭一陣平靜，嘴角露出一絲微笑。她心中清楚：「我跟小虎子不一樣，我絕不輕易放棄，絕不輕易屈服，因此我才能走得這麼遠。不管眼前情勢有多艱苦困難，我都能硬撐過去。就算小虎子想放棄屈服，我也不會讓他就此撒手。他交了我這個朋友，算他看走眼吧；我如何都要拉著他，讓他跟我一起走下去！」

那天夜裡，裴若然將小鶯抱回房中睡下，自己徹夜陪在武小虎身邊。她心中後悔莫名，千萬次責備自己不該衝動，不該對他咆哮。他親眼見到他的阿爺被天殺星殺死，割去頭顱，他雖練了一身高強武功，卻來不及阻止，誰能不發瘋？

裴若然也知道，他的瘋病其實已好轉了許多。最初見到他時，他癡呆不語，雙眼發直，不吃不喝，完全是喪失心神的模樣。如今他已沉靜了許多，較少發作，還能夠管自己的吃喝拉撒，實在比當時好上許多了。然而裴若然無法確定的是，自己還能繼續照顧他多久而不跟著他一起發瘋？

武小虎在裴若然不眠不休的照顧下，總算從死亡邊緣回轉了來，傷勢逐漸恢復痊癒。他的瘋病也減輕了許多，不但認得出她，也逐漸記起了所有的往事。他對小鶯越發溫柔，小鶯也對他十分親近依戀，兩個人往往一整日都依偎在一起，小鶯低吟清唱，武小虎靜靜聆聽。裴若然旁觀者清，看出即使小鶯年紀還小，武小虎對她的依戀卻日漸加深，難捨難分。

然而就在這時，她最擔心的事發生了。

一個秋日的晚間，一股殺氣出現在門口，武小虎沉浸在濃情蜜意之中，尚未發覺，裴若然卻立即便警覺了。她抓緊峨嵋刺，謹慎戒懼地去開了門，但見一個白淨俊秀的少年站在門外，一頭黑髮披散肩頭，一身黑衣，腰繫金帶，正是天殺星。

裴若然望著他，說道：「你來了。」

天殺星道：「不錯，我依約來此，帶走吳元鶯。」

裴若然打量他的一身裝束，說道：「你回歸殺道了。」

天殺星點點頭。

裴若然問道：「你從血盟回來，帶給大首領什麼禮物？血盟盟主的人頭？」

天殺星眼中閃爍著光芒，嘴角露出微笑，說道：「正是。」

裴若然心想：「大首領手段陰狠，當時故意將天殺星和天富星賣給血盟，果然將血盟弄得天翻地覆，一片血腥。」問道：「天富星呢？他也回歸殺道了？」

天殺星點了點頭。

裴若然這些時日來不斷打探關於大首領失蹤的消息，心中其實清楚得很，仍舊問道：「大首領仍未出現？」

天殺星搖了搖頭。

裴若然道：「道中有潘胖子主持，他多年來都是大首領信任的左右手，必能妥善處理道中諸事。」

天殺星道：「潘胖子，到處找妳。妳，回如是莊？」

裴若然苦笑著，搖了搖頭，說道：「我不回去。」

天殺星道：「大首領未歸，無人罰妳。」

裴若然搖頭微笑，說道：「殺道中的事情，向來不會如此簡單容易。我若回去，隨時能陷入當年的困境。況且誰知道大首領什麼時候會回來？」

天殺星不再勸說，問道：「吳元鶯呢？」

裴若然知道拖延也無用，向屋內叫道：「小鶯，妳出來。有客人。」

過了一會兒，吳元鶯快步從房中走出，見到站在門口的天殺星，頓時止步，滿臉驚恐之色。

裴若然拉著她的手，勉強鎮定，柔聲道：「小鶯，這是天殺星。妳記得我跟妳說過，爲了救小虎哥的命，不久便會有人來將妳帶走？今日他來了，妳不要害怕，他不會傷害妳的。」

天殺星寒冷的眼神定定地望著吳元鶯，開口說道：「不怕。跟我走。」語氣竟出奇地溫柔，但聽在吳元鶯的耳中，仍令她全身一顫。

天殺星伸出手，握住了吳元鶯的手腕，吳元鶯感到他的手寒冷如冰，只嚇得臉色蒼白，淚水在眼眶中滾來滾去。

就在這時，武小虎從屋中奔出，見到天殺星拉著吳元鶯的手，驚怒交加，衝上前來攔阻，大叫道：「不准碰她！不准帶走她！將她留下！」他似乎並未認出天殺星便是他的殺父仇人，只是見到有人要帶走他心愛的小鶯，便焦急若狂。

天殺星冷冷地望著武小虎，又望向裴若然。

裴若然知道武小虎在天殺星面前胡鬧發瘋，全無用處，當下一咬牙，伸指點了他的穴道，讓他昏厥過去。

她轉向天殺星，低聲道：「善待小鶯。」

天殺星微微點頭，握著吳元鶯的手臂，轉身走去，消失在黑暗中。

裴若然關上了房門，心情沉入谷底。她望著躺倒在地的武小虎，生怕他醒來之後，瘋病轉劇，又恢復成剛剛發瘋時那般什麼人也不認識，什麼往事也不記得，不時發作發狂，亂打亂砸的情狀。她心想：「小鶯被天殺星帶走了，對小虎子的打擊太大，只怕我和小鶯之前幾個月的努力全要白費了。如今沒有了小鶯，小虎子的瘋病只怕再也難以好轉。」

她深深地吸了一口氣。如今舊屋中只剩下她和武小虎兩人，加上小鶯所留下的一塊難以填補的空虛。再也沒有人跟在自己身邊幫手，也沒有人能陪伴武小虎，唱歌給他聽，撫慰他的心靈。裴若然知道這麼下去，武小虎瘋病的情況只會愈來愈糟，而自己很快也將無法撐持下去。

第七十三章 清醒

然而到了次日，當武小虎清醒過來時，瘋病並未惡化，神智竟反而清楚了很多。他來找裴若然，眼神清澈專注，言語也有條有理，問道：「六兒，小鶯被天殺星帶走了，是麼？」

裴若然見他忽然變得如此清醒，甚是驚訝，說道：「小虎子，你清醒過來了？你還好麼？」

武小虎搖搖頭，說道：「我不知道。今早一醒來，我便想起了很多事情。妳回答我，小鶯被天殺星帶走了，是麼？」

裴若然無法隱瞞，吸了一口氣，老實說道：「不錯。當時……當時你發瘋了，落入天殺星的手中。天殺星問我，是要將你交給大首領，還是下手殺了你？我跟他說我兩個都不要，我要他將你交給我，條件是以小鶯交換你。」

武小虎木然而聽，並未發怒，也未發瘋，垂下眼光，說道：「妳用小鶯去換我的命。」語調平靜沉穩，毫無指責之意。

裴若然心中一暖，暗想：「我替他做了這許多事，不求他心存感激，只要他不怨怪我便好了。」點頭道：「不錯。我用小鶯去換回你的命。天殺星十分在意小鶯，才會答應。

我相信天殺星不會傷害小鶯。但是……」

武小虎道：「但是讓小鶯跟在天殺星身邊，畢竟是件十分殘忍的事。他是殺死小鶯一家的凶手，小鶯對他恐懼非常。」

裴若然咬著嘴唇，說道：「不錯。」

武小虎靜了一陣，又問道：「大首領呢？他爲何尚未將我抓回如是莊？」

裴若然道：「大首領失蹤了。我帶著你躲在這兒，已有將近半年。殺道中一團混亂，暫且沒有人來理會我們。」

武小虎點點頭，伸手拉住她的手，說道：「六兒，我們一起去找回小鶯。」

武小虎伸手抱著頭，咬牙說道：「我知道！但是……但是我也沒有辦法。」

裴若然點著頭，說道：「小虎子，你若早一點兒清醒過來，事情便不會弄到這個地步了。」

裴若然伸手輕輕揑著他的肩膀，嘆息道：「我明白，我明白。」

武小虎抬起頭，說道：「我必須找回小鶯，不能讓她留在天殺星手中。他們去了哪兒？」

裴若然精神一振，數月來第一次感到如此振奮，似乎終於找到了方向，知道自己可以做些什麼了。她倏然站起身，說道：「我們這就去追查，一定能找出他們來的。」她望向武小虎，又道：「然而找到之後呢？憑你我的武功，能夠打敗天殺星，奪回小鶯麼？」

武小虎緩緩搖頭。他自然清楚得很，自己住在武家的那段時日中，陷入了難以自拔的消沉沮喪，自暴自棄；阿爺死後，又發瘋發狂，加上自殘重傷，如今武功已大退。而裴若然在割背之後，即使傷勢大致痊癒，功力也遠不如當年。在裴家抵擋天殺星時，他們兩人武功正達顚峰，仍然幾乎不是天殺星的對手，如今的差距自是愈來愈遙遠。

武小虎不再言語，站起身，束緊腰帶，逕自來到屋後的小院中。小院角落地上的血跡仍未完全洗淨，那是他曾以破風刀自殺，躺著等死的地方。如今他只望了角落一眼，便移開目光，脫下衣衫，舀出水缸中的水，從頭到腳徹底地沖洗一番。

裴若然來到門口，倚著門框望向武小虎，心想：「他爲了解救小鶯而振作起來，瘋病好轉，可是好事一件。以他目前的狀況，武功大退，自是打不過天殺星的。而且天殺星已成爲殺道道友，他只消告訴潘肸子他們小虎子躲在何處，連自己出手都不必，便能解決小虎子了。如今之計，我必須帶小虎子離開此地，讓他們找不到我們。其次，我們得追查天殺星將小鶯帶去了何處。其三，我們兩人必須練成更高的武功，才能和天殺星抗衡。這一切都得在大首領再次出現之前辦成。大首領倘若並未被仇家或手下殺死，遲早會回到如是莊。大首領一回來，我和小虎子就只能逃亡到天涯海角了。」

當天夜裡，她將這番思量告訴了武小虎。武小虎默然點頭，完全同意。

於是兩人當夜便收拾細軟，離開了舊屋，趁夜出城，在城外找了個荒僻廢棄的寺院住下。武小虎重新開始練武，精勤奮發，不敢懈怠。他一心從天殺星手中奪回吳元鶯，明白必得重拾往年的武功，才能打敗天殺星，讓小鶯脫離天殺星的魔掌，回到自己身邊。他必須保護小鶯的安危，世間沒有比此更加重要的事。殺死天殺星，爲父親報仇，反倒還在其次。救回小鶯，成了武小虎心中唯一重要的事情。

此後十數日中，武小虎專心練武，裴若然則每日喬裝改扮，入城探索消息。她花了一番工夫，探查出了兩個重大的消息：一是大首領是在入京之後才失蹤的。殺道眾人四處調查，終於發現有人見到大首領於六月初一從通化門進入長安城，往大寧坊的方向行去，之後便不知所蹤。二是天殺星去了嵩山少林寺，據說身邊帶著一個小女孩兒。

裴若然向武小虎說了這兩個消息，武小虎皺眉道：「殺道此時如此混亂，天殺星身為道友，為何不留在如是莊，卻單獨跑到少林寺去？」

裴若然沉吟道：「殺道和少林寺似乎有著十分緊密的關係。你應當記得，當年來石樓谷中教我們武功的地師，便自稱出身少林寺，還說他教給我們的拳腳功夫，都是少林武功。」

武小虎道：「不錯。不只是地師，水師也說過他的輕功得自少林。我們開始學兵器之後，我所學的菩提刀，後來潘師傅教我的霹靂刀和斬風刀，也都是少林武功。」

裴若然道：「我們在石樓谷中時年紀都小，許多事情都以為理所當然，從未多想，也未曾懷疑。然而這幾年來我回想當年谷中諸事，漸漸感到古怪，可疑之處甚多。你想想看，少林素稱武林正道，廣受武林尊重，少林弟子怎會自願替殺道大首領辦事，甚至替殺道訓練新一代的刺客？這不是大違常理麼？」

武小虎道：「或許四師並非自願？他們很可能從少林學過武功，卻並非少林正式弟子。藝成離開少林後，大首領以重金聘請他們入石樓谷傳授武功，因此他們只是受聘入谷傳授武功，並非自願協助殺道，也不敢讓少林寺知道。」

裴若然道：「有此可能。少林寺若倘若知他們幫助惡名昭彰的殺道訓練下一代的殺手，定然大大惱怒反對，或許會將他們以門規處置。大約正是因爲如此，四師最後都中了金婆婆的毒，被老大們殺死滅口。」

武小虎想了想，說道：「但是我仍然想不通，大首領爲何特意聘請少林弟子來傳授我們武功？殺道中人不時出手刺殺武林中的重要人物，所使若是少林武功，想必很容易讓人辨認出來；少林想必也會聽聞傳言，得知殺道刺客的武功源自少林。」

裴若然點頭道：「而且這不是三五年的事了。不只我們這一代的弟兄學習少林武功，上一代的泥腿子、雲娘子和半面人學的武功也和我們一樣，再上兩代的大首領、潘胖子、白骨精和金婆婆的武功也如出一轍，都是少林武功的底子。」

武小虎奇道：「什麼上一代，再上一代？妳在說些什麼？」

裴若然望著他，說道：「這是我在如是莊時打聽出來的：每隔大約二十年，殺道便會送一群孩童入石樓谷受訓，從中挑選出一群弟兄，培育提拔，成爲道友。現任的所有道友，往年都曾入過石樓谷，學武過關，之後才成爲道友。」

武小虎臉色一變，說道：「妳是說，他們全都……全都經過第二關，都……」卻說不下去。

裴若然明白他想問他們是否都吃過人，搖頭道：「我不知道。幾十年前的石樓谷是否和我們所經歷的一樣，我無法確知。道友們絕口不提，我也不知該如何詢問。」

武小虎打了個冷顫，說道：「如此說來，我們並不是第一批被送入石樓谷的弟子，之前還有很多批？」

裴若然點了點頭。

武小虎問道：「有多少批？」

裴若然一怔，說道：「我也不清楚。在我們之前至少已有雲娘子、大首領和金婆婆三代人。是了，我聽他們說起過，大首領接道主之位時乃是跨代傳位，跳過了血居士，因此他才憤而脫離殺道，自創血盟。以此推算，在大首領之前至少還有兩代。如果那是第一代，我們便是第五代了。」

武小虎吸了一口氣，說道：「倘若每二十年送一批孩童入谷，五代便有一百多年了。我不知殺道竟有如此長的歷史！殺道不過是個以刺殺換取酬金的流派，怎會流傳超過一百年？難道這一百年來，殺道始終以刺殺爲業？」

裴若然也想不通，說道：「我們在谷中過了第一關後，便進入了『四聖門』，宣示遵守三條門規。然而如今回想起來，這可奇怪得很。所謂四聖，便是安史之亂的四個首領，安祿山、史思明、安慶緒、史朝義四人。我閱讀家中書籍，得知安史之亂不過是五十多年前的事情。殺道倘若有超過一百年的歷史，創始應遠在安史之亂之前，又怎會讓弟子崇拜四聖？」

武小虎沉吟道：「那所謂的三條門規：『服從門主，永世不違』、『弟兄互助，不可相殘』、『對敵須狠，趕盡殺絕』，如今想來，委實幼稚淺薄得緊。我們當時日日誦念，其實根本不明白其中意思。大首領又為何會立下這等欺騙小孩子的門規？」

裴若然道：「當然因為我們那時都是小孩子，容易欺騙。大首領編造出個『四聖門』，讓我們背誦遵守這些簡單的門規，只不過想暗示我們已踏入一個迥異的境地，此後得一世服從大首領的指令。然而四聖門其實根本不存在。過了第二關後，我們來到如是莊，莊上雖仍供奉四聖，但再也未曾聽聞『四聖門』的名稱，只剩下了『殺道』。」

武小虎道：「這麼說來，四聖門應當是新創出的玩意兒。殺道若已存在了一百多年，訓練出了至少五代的弟子，歷史淵源定然比安史之亂還要長久。那麼殺道究竟是誰創立的，為何能夠傳承超過一百年？」

裴若然側頭凝思，說道：「大首領書房中的文書，我大多讀過，卻從未讀到關於殺道歷史的記載。」忽然想起一事，說道：「但我知道大首領的居處旁有間藏寶室，聽說室中藏放著殺道的珍奇寶貝，或許記載殺道歷史的書籍會藏在其中也說不定。」

武小虎問道：「妳去過藏寶室？」

裴若然道：「沒去過。但是我去過能通往藏寶室的地下甬道。」於是將龐五帶她進入如是莊地底的祕密甬道，自己花了許多時日在地道中探索、四處偷聽的前後說了。

武小虎聽完後，神色嚴肅，問道：「妳聽見其他道友的交談，他們真的計畫謀反叛變？」

裴若然道：「我當時以為如此，後來又懷疑他們老早知道我躲在地底偷聽，是以故意說出那些話，好讓我聽見。」於是說了自己後來被天殺星出賣，大首領震怒，將她逐出殺道，關入地牢等事。

武小虎皺起眉頭，怒道：「天殺星這廝！妳對他如此，他竟然出賣妳！」

裴若然不願多談此事，說道：「我現在回想起來，天殺星出賣我和道友計謀叛道，應是兩回事。他們倘若當眞計畫謀反，自然想將你我兩人趕得遠遠地，免得礙事。這件事他們已經做到了，如今看來他們也成功將天殺星趕走，派了他遠赴少林。之前大首領失蹤，或許便和他們的反叛計謀有關。我割背當時，白骨精並不在如是莊中。倘若她早一步離開如是莊，設下埋伏偷襲大首領，之後將他殺死或關在某地，也不無可能。」

武小虎點頭道：「白骨精確實可疑，但是單憑她一人，應當無法制住大首領。」

裴若然道：「倘若出手的並非白骨精，也不是其他道友，而是道外的敵人呢？大首領會否遭敵人突襲，中刺身死，或是被人困在某地，無法脫身？雲娘子他們搞不清楚大首領爲何失蹤，只能猜想他是被道外敵人殺死或制住了。」

武小虎道：「他們如何猜測都好，此刻想必不敢輕舉妄動。」

裴若然沉吟道：「也有可能是大首領猜知了他們的計謀，因此自己蓄意躲了起來，暗中觀察道友們有何舉動。如今大首領生死不明，道友們不敢造次，只能假裝四處尋找大首領，直到他自己出現，或是找到他的屍體，才敢再做打算。」

武小虎點了點頭。

裴若然又道：「弟兄中武功最高的原本是你，但是大首領對你始終無法信任，將你趕離了如是莊，又準備將你逼瘋。再來，與大首領關係最緊密的弟兄便是我了，因此他們聯手對付我，先將我逐出殺道，關入地牢，又讓我割背效忠，自廢武功，最後讓我來長安找你，自我放逐，再也不敢返回殺道。」

武小虎接口道：「餘下的弟兄中，只有天殺星仍忠於大首領。因此他們下一步定會對付他，將他除去。」

裴若然不語。她清楚天殺星是武小虎的殺父仇人，也是武小虎的大敵，自己倘若提議去幫助相救天殺星，武小虎定然無法聽入耳。她轉過頭去，也不明白為何仍存著幫助天殺星的心思。天殺星是大首領的親信臥底，之後又出賣了自己，令她身陷地牢，不得不割背效忠，受挫極大。他們明明已是撕破臉的仇敵，但自己仍然關心天殺星的安危。

她撇開這些心思，說道：「無論如何，天殺星去了少林寺，必有原因。小鶯若跟在他身邊，我們追上去便是。在途中劫走小鶯，自比闖入如是莊去搶人容易得多。」

武小虎道：「不錯。即使我們打不過他，至少能確認小鶯的安危。」

裴若然道：「好！我們這就出發。」

武小虎望著她，忽道：「六兒，多謝妳。」

裴若然微微一笑，說道：「謝我什麼？謝我願意跟你一起去救小鶯麼？」

武小虎道：「正是。」

裴若然搖頭道：「何須謝我？我原本就想去將她救回，若不是需要照顧你，我早就去了。」

武小虎道：「不，我不只是謝這個。謝謝妳一路照顧著我，讓我活了下來。」

裴若然微笑著望向他，說道：「你終於承認，活著比死去好啦？」

武小虎低下頭，說道：「我不知道該怎麼說。我痛恨殺人，痛恨殺道，痛恨大首領。這妳想必清楚得很。我不知道如何能夠脫離這一切，只想以結束自己的生命來求得解脫。但是……但是小鶯讓我看到了活著的美好。她的歌聲……她的歌聲讓我體悟到，活著本身便是件珍貴而奇妙的事情。妳聽過她唱歌麼？」

裴若然點點頭，她自然聽過小鶯唱歌，但她實在無法眞心喜歡。她原本就喜歡活著，不需要傾聽小鶯歌聲中的種種淒楚悲慘，才知道活著有多麼美好。

武小虎悠然道：「只要世間有小鶯，有小鶯的歌聲，便値得我活下去。」

裴若然心想：「倘若沒有了小鶯，你便又要自殺了麼？」這話她當然不曾問出口，改變話題，問道：「小虎子，武相國遭刺，對你自是極大的打擊。你當時突然失心瘋，便是爲此。如今你……你已不再去想此事了麼？」

武小虎呼出一口長氣，說道：「我阿爺死了，我未能救他，自然懺悔痛苦得要命。但是現在我明白了，我違抗大首領的命令，未曾出手刺殺，至少我做對了這件事。而我未能保護阿爺的性命，是因爲我太過消沉頹唐，武功大退，又缺乏警覺之心，被半面人和泥腿子纏住，天殺星才得乘虛而入。我確實蠢笨愚昧，但我並沒有做錯什麼，也沒有做任何壞事。」

裴若然點頭道：「你這麼想便對了。小虎子，我早就跟你說過了，你是個好人，並未做過任何惡事。被捉入石樓谷並非你的錯，被訓練成殺手也並非你的錯。如今武相國喪命，你盡力阻擋未果，這當然也不是你的錯。早早忘記這件事，振作起來，否則你怎能救出小鶯，讓她永遠留在你身邊呢？」

武小虎耳中聽著裴若然的言語，心中不知爲何又痛楚起來。裴若然還是老樣子，她永遠不肯認錯，永遠不會示弱。她相信活著就是最大的目的，是非對錯都不重要，重要的是活下去，唯有活著，才有權力決定是非對錯。

他從許多年前開始，便學會了倚賴信任天微星裴若然。如果沒有她，他獨自一人絕對無法生存下去。然而有她在身邊，卻似乎讓他活得更加痛苦，更加沉重，更加無奈。

第七十四章　少林

裴若然說做便做，當日便和武小虎準備好衣衫裝扮，啓程東行，前往嵩山少林寺。

兩人來到嵩山腳下，還未進入市鎮，便感到情勢十分詭異。但見鎮外站滿了灰衣僧人，各自手持棍棒刀械，殺氣騰騰，虎視眈眈，每見到有人往市鎮行來，便出頭攔阻，喝問來自何處，來此何事，細細盤問一番才放行。

武小虎道：「這些僧人怎地如此跋扈，在此攔路詢問？這市鎮是他們開的麼？」

裴若然道：「此事頗有蹊蹺。他們似乎在尋找什麼人，才會如此大費周章，在鎮口攔路盤查。」

武小虎道：「我們該怎麼辦？」

裴若然道：「我們裝扮成一對兄妹，到少室山上香禮佛，應當不會引起他們的疑心。然而我們都學過武功，這些僧人看來也是會武的，只怕被他們識破，不如先避開為妙。」

於是兩人繞過市鎮，來到後山。這兒並無山路，只有一片猙獰的山壁。攀爬山壁自然難不倒他們，兩人各自施展輕功，攀上那片崎嶇的山壁。

將近山腰時，來到一片平地之上。裴若然忽然感到有些不對勁，停下腳步，伸手拉住武小虎的手臂，說道：「慢著，前面有殺氣。」

武小虎也已警覺，兩人立即閃身躲在樹後。

便在此時，但聽前面有人大聲呼喝，三個人影從大石頭後冒了出來，竟是三個僧人。三僧快步奔上前來，最年長的僧人肥胖厚重，一張圓臉；另外兩個僧人都很年輕，只有二十來歲年紀，一個身形粗壯，臉色黝黑，另一個瘦小如猴，小頭銳面。那黑臉僧人空著手，瘦小僧人則握著一柄戒刀。

黑臉僧人顯然已覷見武小虎的身形，奔近樹旁，喝道：「什麼人？避開正途，從後山偷闖本寺，有何企圖？」

武小虎心想：「我們走山後小路被發現，立即引起了他們的疑心，還是快走爲妙。」當即轉身快奔而去。

那黑臉僧人提步追上，喝道：「別想逃！」揮出手掌，直向武小虎打來。

武小虎聽見背後傳來風聲颯颯，知道自己無法避開這一掌，只能立即轉身，舉掌抵擋。但聽砰的一聲巨響，兩人掌力相當，武小虎感到黑臉僧人的內功跟自己學的「金剛袖」頗有共通之處，只是對手的內功遠不如自己的深厚精純。他不禁暗感驚異，心想：「除了我和六兒、天殺星外，誰會見到石牢和石穴中的刻字？莫非這個僧人也去過石樓谷？又或是金剛袖內功跟這僧人所學內功同出一源？」

他不願讓對手探清自己的虛實，立即施展輕功後退，看上去就如被那僧人的掌力彈出數丈之外一般。他飛出數丈之後，一個挺腰，雙足落地，穩穩站定。

裴若然在旁見到了，只道他被那僧人的掌力震飛，大驚失色，忙從樹後奔出，叫道：

「住手！」

那黑臉僧人大步奔上前來，一掌又往武小虎打去。武小虎只覺一股大力襲向自己胸口，正要迎掌相接，耳中聽見裴若然叫道：「阿兄，快住手！」立即知曉她要自己掩藏武功，當即一個轉身，閃到左首，在地上滾了幾圈，避開了這一掌。

武小虎站起身，抬頭但見那黑臉僧人正橫眉怒目地望著自己，一掌在空中虛劈，離己有數丈之遙，掌風竟然如無形的刀一般，在自己身邊的土地上切出深深的一道溝塹。

武小虎一驚，心想：「這是什麼功夫？掌風有如刀鋒，竟能凌空傷人！我內力雖比他深厚，只怕也擋不住他這一掌！」

那黑臉僧舉起手掌，似乎隨時準備打出下一掌，這回便不會瞄準他身邊的土地，而是要瞄準武小虎的心口，一掌斃了他。

後面那瘦小僧人和胖大中年僧人也圍了上來，其中一個叫道：「好一個『無形刀』！」

兩個僧人攔在武小虎的身後，顯然意圖防止他逃脫。

黑臉僧人喝道：「小子！你這身內功是從何處學來的？老實說！」

武小虎心中警惕，閉嘴不語，側眼見到裴若然快步奔近，睜眼向那三個僧人打量，顯然正在思索對策。

黑臉僧人見武小虎不答，一巴掌打向他的臉頰。武小虎原本可以避開，卻蓄意不避，讓這一掌打得他頭昏眼花，眼冒金星。

黑臉僧人喝道：「小子不肯乖乖招供，看我如何炮製你！」

裴若然這時已定下神，走上一步，行禮說道：「三位大師想必是少林高僧，德高望重，武林景仰。卻如何對兩個無辜百姓毆打逼供？」

那黑臉僧人望向她，大聲道：「不錯，我們正是少林弟子。你們兩人是哪一門哪一派的？好大膽子，竟敢上我少林寺，意圖偷竊武學祕笈！」

武小虎和裴若然對望一眼，都是一頭霧水。兩人曾出入石樓谷，長住如是莊，去過藩鎭地盤，目睹血腥殘殺，闖過龍潭虎穴，刺過文官武將，殺過武功高手，這些事兒全都動手過，但偷竊祕笈的事兒卻未曾幹過，甚至從未動過這個念頭。

裴若然道：「三位大師請聽小女子一言。我兄妹二人從未上過少林寺，也完全不知道少林寺中藏有武學祕笈。」這倒是實話。在聽到「偷竊武學祕笈」幾個字之前，她確實不知道少林寺有武學祕笈可以偷竊。

黑臉僧人側眼望著她，見她一臉無辜之色，不由得不信，說道：「但你們從後山小徑偷偷上山，行跡詭異可疑，究竟有何企圖？」

裴若然道：「我兄妹乃是外地人，打算上少室山禮佛上香。我們沿著山路行至山腰，卻迷失了方向，走上叉路，這會兒遇到幾位大師眞是太好了，正好請各位指路。」

黑臉僧人似乎並不十分相信，指著武小虎道：「這少年內力不淺，瞧你們兩人的身法，都是會武之人，怎是單純上山禮佛之人？快說！你們這身武功是從何處學來的？」

裴若然道：「我等乃是京城商家子弟，爲了強身健體，自幼跟著家中護院武師學過一些粗淺武功，但說來可笑得緊，我們從不知道自己學的是哪一門哪一派的功夫。」

那瘦小僧人見她外貌天真，神態誠懇，言語清楚，似乎多信了幾分，神態溫和了一些，說道：「請問施主貴姓？」

裴若然道：「敝姓李，家住京城東南通善坊。」

瘦小僧人問道：「教你們武功的護院武師，叫什麼名字？」

裴若然心想：「教我們功夫的有地水火風四師，如果只提一位師傅，只怕會露出馬腳。」當下說道：「我們的師傅有好幾位，教的大多是拳腳外功。方才我聽師傅問我兄長他的內功從何處學得，我猜師傅想知道的，是傳授我們內功的那位師傅。」

瘦小僧人道：「正是。教你們內功的師傅叫什麼名字，他人在何處？」

裴若然道：「這位師傅並非護院武師，而是我家管帳的帳房先生，家裡喚他莫先生。我們見他時時在房中偷睡，便去叫醒他取笑，他說那不是偷睡，是在打坐練氣，於是我們便纏著要他教我們。」

武小虎聽裴若然信口雌黃，隨意便編出一套故事來，心中不禁好生佩服。

黑臉僧人皺起眉頭，問道：「莫先生？他多大年紀？長得什麼模樣？」

裴若然道：「莫先生高高瘦瘦，左頰上有塊青色胎記，上面還長著一綹毛。」

黑臉僧人側頭凝思，跟身旁另兩個僧人低聲討論，顯然都不知道裴若然編造出來的這位內功高手究竟是何方神聖。

黑臉僧人又轉向裴若然，問道：「這位莫先生，如今人在何處？」

裴若然道：「大約三年前，我阿爺嫌他記帳不清楚，將他辭退了。我們也不知道他去了哪裡，聽說已離開了京城。」

黑臉僧人道：「三年前？」

裴若然道：「正是。請問大師，貴寺祕笈遭竊，是什麼時候的事？」

黑臉僧人道：「大約十日之前。」

裴若然露出笑容，說道：「那肯定跟莫先生無關了。莫先生開始教我們打坐練氣，該是六七年前的事情，那時貴寺祕笈尚未失竊，絕不可能是我家帳房莫先生偷的。」

瘦小僧人不禁點頭，說道：「此言有理。」

武小虎心想：「六兒一番胡說八道，這僧人頭腦也當眞簡單得很，竟然說她『此言有理』。」

裴若然神色顯得又是同情，又是關注，說道：「三位大師，小女子知識淺薄，又非武林中人，卻也聽聞過少林寺的鼎鼎大名，知道少林乃是武林泰斗，世人共尊，實難想像竟有人敢去貴寺偷竊珍藏！這賊子當眞膽大包天，天理不容。」

那瘦小僧人聽她說得激動，一拍手掌，也跟著激動起來，說道：「可不是？這賊子好大的膽子，竟敢在太歲頭上動土！連我少林寺的物事也敢偷，當眞是不怕因果，不知死活！」

裴若然道：「這個小賊想必計畫良久，才敢前往貴寺動手。依我推想，或許是往年曾在少林學過武藝的弟子也說不定。就說我們家中的帳房莫先生吧，我原本也不知道他竟曾在少林寺學過武藝，教給我兄妹的乃是少林內功。如他這樣的少林弟子，天下想必甚多。也只有這等弟子知道少林絕藝的高明之處，可能起心偷竊，而且他們熟知少林寺的房舍布置，也易於下手。」

站在一旁的胖大中年僧聽得不斷點頭，說道：「李施主所言甚是。」

黑臉僧人側眼望向裴若然，問道：「你們兄妹倆小小年紀，爲何單獨在外晃蕩？難道你們不需回家麼？」說著向武小虎望來。

武小虎不確定裴若然心中打著什麼算盤，準備繼續扯什麼謊，生怕自己一開口便錯，於是緊閉著嘴，望向裴若然，表示自己唯她之命是從。

黑臉僧人見他不回答，便又望向裴若然。

裴若然微笑道：「我們父母是做生意的，早早便讓我們兄妹出來見見世面，長長知識，因此命我們獨自去南方外祖家辦貨。我們才剛辦完貨回來，一馬車的香料還寄放在山下的客店中呢。」

黑臉僧人聽她言語流利，這話不似假造，便點了點頭。

裴若然續道：「我們早早辦完了事情，因時日尚多，因此決定在外邊多盤桓幾日，順便上少林寺上香禮佛。家父家母總說，路上遇到需要幫助的人，定要伸出援手，絕不可獨善其身。如今我等既然見到大師有事，自當出手相助，義不容辭。大師若不介意，我二人可以跟各位大師前去貴寺，仔細描述家中那幾位師傅的形貌武功，爲大師們提供多一些信息。」

胖大中年僧人點點頭，說道：「好吧！你們便跟我等一塊兒上少室山，待我面稟方丈，再做道理。」

裴若然行禮道：「小女子謹遵大師吩咐。」

於是裴若然和武小虎便跟在三個僧人身後，往山上行去。約莫一個時辰後，一行人便來到了少室山少林寺。當時天色已晚，黑臉僧人便將他們安頓在寺旁的香客房中歇息。

當天夜裡，武小虎和裴若然分住兩室，相隔甚遠。兩人都感到有些不安，等外面人聲一靜，武小虎便鑽出自己的房室，來到裴若然居處的門外。

裴若然已在室中等候，聽見他的腳步聲，便飛快地開門讓他進來，又悄悄關上門，兩人在室中相對而望，都吁了一口氣。

他們自幼一塊兒長大，一起苦熬度過第二關，從那時開始便幾乎夜夜同睡一處。在魏博和長安時，他們更是同居一室，同睡一榻。武小虎對裴若然並無男女之情，即使她年紀漸長，面容秀麗，體態婀娜，他卻始終當她是好朋友、好弟兄。裴若然對武小虎也是一般，多年來盡心盡力照顧他，連他發瘋那時都未曾捨棄他，帶著他住在長安城的陋巷之中，親自替他煮食洗衣，無微不至。這時兩人結伴同行，同闖少林，夜間身處險地，自然還是不願意分處兩室。

裴若然一關上房門，便四處勘查，確定沒有人能偷窺偷聽。她對武小虎做個手勢，讓他上炕睡好，自己也爬上炕來，鑽入被窩之中，在他耳邊低聲道：「你可知我為何要跟他們上少林寺？」

武小虎道：「妳猜想企圖偷盜祕笈的，正是天殺星？」

裴若然心想：「小虎子人清醒過來後，腦子也靈光了。」點點頭，說道：「正是。但還不只如此，我也想釐清少林武功和殺道武功之間的關係。」

武小虎沉吟道：「我們學的『金剛袖』和『金剛頂』，當眞是少林內功麼？我與那黑臉僧人對掌時，感到他的內功與我的十分相似，但又不盡相同。我近日雖未用心練功，內息卻仍較他的內息深厚。」

裴若然奇道：「當眞？我見你被他一掌震飛，還擔心你受了傷呢。」

武小虎搖頭道：「我是故意往後縱出的。倘若當眞以掌力相對，我定能將那黑臉僧人震飛出去，讓他們更生戒心。」

裴若然一笑，說道：「你在危急中仍知道隱藏實力，果眞頗有長進。」

武小虎又道：「但是在那之後，他憑空對我打出一掌，相隔數丈，掌風竟然如眞刀一般，在地上斬出一條溝塹，著實厲害。」

裴若然點頭道：「我也見到了，那掌在你身邊地上打出一道深深的溝，和眞的刀刃毫無分別，果然厲害得很！想必是少林寺的某種獨門武功。」

武小虎道：「我聽一個僧人在我身後道：『好一個無形刀』！看來這門功夫叫做『無形刀』。」

裴若然沉吟道：「那黑臉僧人跟你對了一掌後，立即問你這身內功是從何處學來，他顯然也覺出你的內功並不尋常，對我們生了疑心。」

武小虎道：「奇怪的是，殺道中人似是並不知道金剛頂和金剛袖兩種神功。泥腿子和半面人來圍攻我時，曾質問我從何處學來這身妖術，還指責我叛道，去向外人學習武功。他說大首領老早看在眼裡，心中雪亮。大首領對我忌恨有加，想來和我學過這兩種內功有關。」

裴若然伸手捏捏他的肩頭，說道：「小虎子，你武功太高，對大首領又並不全心服從，因此他才一直防範著你。」

武小虎輕嘆一聲，說道：「即使如此，我也從未違背過大首領的命令，更沒想過要叛道。即使叛道又能如何？我早就已經墮入地獄，一輩子也出不來了。」

裴若然不願見他沉溺於這些灰暗的思緒之中，於是重拾之前的話題，說道：「當然，我們從未跟大首領提起金剛頂和金剛袖內功，也是他不敢信任你的原因之一。只是奇怪得很，大首領怎地從未學過這兩種內功？它們不就刻在石樓谷中麼？」

武小虎道：「你們藏身的山壁石穴十分隱密，他很可能並未去過，但石牢他絕對去過。或許石牢太小，他從未鑽進去，因此未曾見到壁頂的刻字？」

裴若然也想之不透，說道：「你說少林僧人的內功跟你相近。莫非金剛袖神功原本就是少林武功，還是從外流傳進入少林的？至於少林武功的來由，我聽大首領說過，大唐開國之前，少林寺由神箭韓峰大俠傳入了寶光寺的武功，之後由少林僧人增補改進，成為少林八十一絕技，威震江湖，從此成為武林泰斗。」

武小虎甚感驚訝，說道：「眞想不到少林寺的武功竟有這般淵源。」

裴若然道：「我們在石樓谷中見到那些文字，也不知道當初是誰刻下的，說不定便是曾隱居在谷中的少林僧人也說不定。」

武小虎忽然腦中靈光一閃，坐起身，說道：「妳說少林武功是寶光寺的韓峰大俠所傳，韓峰大俠擅長射箭，是麼？」

裴若然點點頭，說道：「正是。韓峰大俠的箭法是家傳的，武功則是在寶光寺學得，後來他帶著寶光寺的沙彌投奔少林，便將寶光寺的功夫傳給了少林僧人。聽說他並未出家，後來離開了少林寺，和他的妻子宇文還玉女俠浪跡天涯，聽說兩人最後去了西域。」

武小虎睜大眼睛，說道：「或許他們並未去西域，卻隱居於石樓谷？或許那些內功要訣就是他們刻下的？」

裴若然聽了也不禁一怔，笑道：「如此猜想，也未免太牽強了吧！百年前的事情，誰知道呢？」

武小虎坐直了身子，說道：「我在石樓谷中時，時時獨來獨往，在谷中四處遊蕩觀看。我見到不少遺跡，當時不明白，現在回想起來，應是專供武功高手修練武功的設置。其中最特別的，是在山壁上的箭靶。妳見過那些箭靶麼？」

裴若然茫然搖頭。

武小虎道：「過第二關時，我曾爬到危崖上試圖捉雪鷹吃，見到山壁十餘丈高處有一排以利刃刻出的箭靶，還有不少射箭的痕跡。我當時便覺得十分奇怪，這箭靶如此之高，射箭之人要站在何處，才能將箭射到山壁之上？說不定那些便是神箭手韓峰練箭時所用的靶子？」

裴若然皺起眉頭，微微點頭。

武小虎又道：「除此之外，谷中也有不少修練內功的所在。那個石牢，我想正是修練金剛袖的最好處所。大首領占據石樓谷後，不知道石牢的用處，以爲是禁閉孩子的最佳處所，因此在洞穴內裝上了鐵柵條，用來囚禁不聽話的弟兄。」

裴若然怔然望著他，說道：「小虎子，你以前怎地從未跟我說起過這些事情？山壁上的箭靶，我便從來未曾見過。」

武小虎搔搔頭，說道：「我以前也沒想到，是跟那黑臉僧人對掌之後，又聽妳說起神箭韓峰大俠和宇文女俠的往事，才想起這些細節。」

裴若然心中甚是興奮，跳下石炕，抱著手臂，在房中走了幾圈，說道：「倘若果眞如你所猜想，石樓谷曾是韓峰和宇文還玉的隱居之處，那麼我們所學的金剛袖和金剛頂內功，有可能便是這兩位前輩在離開少林之後新創的內功心法。你說我們的內功與少林內功頗爲相似，但又更爲高深，少林寺的內功或許當眞比不上金剛頂和金剛袖。」

武小虎沉吟道：「也或許這黑臉僧人並非寺中武功高強者，寺中另有高人。」

裴若然道：「先放下內功不談。少林拳腳我們都學過不少，地師自稱出身少林，他教的羅漢拳、光明拳、擒龍手，應當都是正宗的少林功夫。」

武小虎道：「不錯，但地師本身的武功並不高明，想來並非少林高徒，或許只在少林學過幾年武藝便下山，應是少林次等甚至三等的弟子。也只有這等人物，才會被大首領重金聘請來谷中，教一群孩子武藝。若是武功高強的少林弟子，或是地位崇高的出家人，想來也不會接受大首領的聘請。」

裴若然點點頭，陷入沉思，忽然眼睛一亮，緩緩說道：「小虎子，你知道麼？這是我們脫離殺道的大好機會。」

武小虎瞪著她，不明白她這話的意思。

裴若然臉上露出微笑，說道：「小虎子，矮崗藏不了猛虎，淺灘留不住蛟龍。你一直不願幹殺手這行，不願意隸屬殺道，身不由己。如今我們來到少林，或許正是一個絕佳的轉機。」

武小虎更加不明白她的意思，狐疑地望著她。

裴若然臉上笑容益盛，雙手互握，說道：「少林派這些僧人以名門正派、武林泰斗自居，只要不讓他們知道我們是殺道中人，他們想必不會傷害我們兩個。」

武小虎道：「妳的意思，是請求少林寺庇護我們？」

裴若然搖搖頭，笑道：「庇護？哈！你以爲少林派眞能庇護我們，躲避殺道的追殺麼？當然不。大首領要追殺我們，誰也保不了我們平安，即使逃到天涯海角也是一般。唯一能夠抵抗殺道的，只有我們自己。」

武小虎道：「妳究竟在想什麼，就直說吧！」

裴若然凝望著武小虎，低聲道：「我們既然已來到了少林寺，便當設法將他們的高明武功全都偷學了去！」

武小虎聽了這話，只覺匪夷所思，側眼望向裴若然，心中懷疑她究竟是絕頂聰明，還是絕頂瘋狂？

裴若然雙眼發光，顯得十分興奮，說道：「所謂的少林八十一絕技，絕對不只地師教過我們的那些拳腳功夫。我們當時才七八歲，能學會的武功當然只是些粗淺的皮毛。若能偷得少林祕笈，學會他們的幾種高明武功，我們此後便誰也不怕了！」

武小虎遲疑道：「少林祕笈哪有這麼好偷的？就算偷得了，少林絕技又怎會這麼容易便練成？」

裴若然道：「這些僧人在山腳下攔路質問，就是因為天殺星曾出手試圖偷取他們的祕笈。天殺星偷得，我們自然也偷得。」

武小虎仍舊無法置信，說道：「他們對賊人已有防範，哪有可能這麼容易便讓我們得手？」

裴若然道：「當然不是一朝一夕的事。我們得取得他們的信任，尋找最好的時機出手。小虎子，我們做過多少宗案子，暗殺過多少人，哪一宗不是神不知、鬼不覺？活人都能殺得毫無痕跡，偷幾本祕笈又算得什麼？」

武小虎聽她這麼說，知道她已打定主意，無可動搖，只好說道：「就算偷到了什麼祕笈，我們兩人又怎知道該如何修練？」

裴若然一笑，說道：「之前我們在石樓谷中各自修練『金剛袖』和『金剛頂』，還不是全靠我們自己練出來的？有人指導帶領我們麼？我們連高深的內功都能自行修習，其他拳腳兵器當然更加難不倒我們。」

武小虎聽她說得自信滿滿，又難以爭辯，便閉上了嘴。

裴若然盤膝坐下，說道：「小虎子，你若不願意冒險，也可以先自離去。我一個人去少林寺偷祕笈，他們的防範或許會更少一些。」

武小虎忍不住搖頭，說道：「六兒，妳何必說這話來激我？妳想出這些計謀，還不都是爲了幫助我？妳自己在殺道混得挺好，原本不需要離開。既然妳願意爲我辛苦冒險，我又怎能撇下妳，自求平安？再說，我若離開妳，又哪有平安可言？」

裴若然望著武小虎，眼中滿是關愛之色，彷彿又回到了童年那時，兩人在石樓谷中互相依賴、互相信任的歲月。她伸手握住武小虎的手，說道：「小虎了，多謝你如此相信我！」

武小虎不禁苦笑，心想：「自從我第一眼見到她開始，我便不由自主地開始相信她了。自從她說出我是好人的那一刻，我便對她死心塌地地相信下去。她是這世間第一個，大約也是唯一一個讚賞我、關愛我的人。即使她總恨我不成才，恨我太心軟無用，嫌我對小鶯過度眷戀，但她始終未曾放棄我，始終當我是朋友，甚至爲了保護我而傷害了她另一個好友天殺星。世間哪有比她更眞誠的朋友？世間哪有比她更加關心我的人？不管是上少林偷祕笈，或是背叛殺道，或是上刀山下油鍋，只要她決定去做，我便只有聽從跟隨的分兒，因爲我知道她不管決定做什麼，都是一心爲我好，她是絕對不會害我的。」

於是他點了點頭，說道：「六兒，我當然相信妳。我跟妳一起動手。」

裴若然微微一笑，伸手捏捏武小虎的肩頭，說道：「別擔心，我們一定能辦成這件事的。」

第七十五章　方丈

次日清晨，黑臉僧人來找，帶他們來到大雄寶殿上香禮佛。少林寺並不如他們想像中那般宏偉，比起如是莊來，顯得極爲樸素簡陋，遜色得多。當然如是莊的裝飾一派金碧輝煌，是因爲大首領存心炫耀他的財富品味；少林寺乃是禪宗佛寺，自不宜揮霍鋪張。禮佛之後，黑臉僧人將兩人引入寺中一間知客居，請他們在此等候，說要先向方丈報告之後，再領他們去方丈室拜見。

裴若然四下張望打量，低聲說道：「這寺中高手眾多，氣勢驚人。」

武小虎點了點頭，他自然也已感受到這地方內息充沛，顯然有極多高手聚集於此，其中比他們高明者自然大有人在。

武小虎和裴若然二人坐在蒲團之上，但見香爐中冒出裊裊輕煙，四周寂靜無聲，只有泉水和鳥鳴，極爲靜謐森幽。

武小虎閉上眼睛，忽道：「這地方的感覺，和石樓谷頗爲相似。」

裴若然聞言一呆，暗暗驚詫，說道：「你說得不錯。我也有此感覺，但卻說不出何處相似。」她閉上眼睛，輕輕呼吸，感到心頭一片寧靜祥和。

武小虎坐在她身旁，第一次察覺她身上傳來平和之氣，不禁甚感驚訝。他們都是殺道弟子，殺業太重，平時全身都散發著難以掩藏的殺氣。但在這深山古寺之中，連天微星裴若然都能暫且放下殺意，轉爲祥和，少林寺這地方絕對不簡單。

裴若然顯然也覺察到了自身的轉變，睁眼望向武小虎，說道：「小虎子，我好久沒有感到如此平靜了。上一回這般平靜，應當是在我五六歲時吧？那時我還在家中，不知是過年還是中秋，我們一家人聚在一塊兒，我阿兄們蹴著鞠，我坐在我娘親懷中，耳中聽著家人談笑之聲，眼皮沉重，漸漸睡去。」

武小虎點點頭，嘴角泛起微笑，悠然說道：「這地方，讓我想起在長安陋巷舊屋之中，望著爐火，聆聽小鶯唱歌的感受。」

他話才出口，便頗感後悔，一來開始擔心小鶯的安危，二來又擔心裴若然會爲此不快，責怪他貪戀小鶯的溫存歌聲。

不料裴若然只是微微一笑，毫不介意，說道：「小虎子，我答應你，一定替你將小鶯找回來。你和我和小鶯三人，我們總能在這天地間找到一個平安靜好，可以安身立命之處。」

不多時，黑臉僧人回來了，請他們去方丈室拜見方丈大師。

三人走過一段迴廊，來到一間小室中，但見室中坐了一個六十來歲的老僧，神態平和，貌不驚人。

黑臉僧人介紹道：「這位便是本寺方丈有悟大師。有悟大師，這兩位是來自京城的兩位李施主。」

裴若然和武小虎連忙向有悟方丈跪拜爲禮。

方丈大師向二人合十還禮，請二人坐下，說道：「敝寺弟子告知老衲，兩位施主曾隨家中武師和帳房先生學武，或可幫助我等追查意圖偷竊敝寺祕笈的賊人，老衲特此致謝。」

裴若然道：「不敢，我等若能對貴寺略有助益貢獻，心願已足。」

她正要開口告知家中莫帳房的種種，有悟方丈卻道：「李施主的好意，我等心領了，如今卻已無此必要，勞煩兩位奔波一趟，委實過意不去。」

裴若然一呆，問道：「莫非大師已得知竊賊是誰了？」

有悟方丈道：「正是。就在昨日，這位竊賊再度出手，被本寺武僧困住，我等因而得知他的身分。」

裴若然忙問：「請問竊賊是什麼人？」

有悟方丈道：「他自稱是殺道刺客天殺星。」

裴若然和武小虎雖已意料到，卻也不禁吃驚，心想：「原來方丈已知道了！」裴若然勉強鎮定，假做驚訝，說道：「殺道刺客？他得手了麼？」

有悟方丈搖搖頭，說道：「未曾得手。天殺星施主於十日前闖入本寺，企圖偷取本寺的武學祕笈，但去錯了地方，因此空手而歸。昨日他再度出現在藏經閣，本寺僧人出手攔阻，他傷了本寺多位武僧，才逃逸而去。」

武小虎忍不住脫口問道：「他身邊……身邊是否帶著一個小女孩兒？」

裴若然橫了他一眼，使眼色要他別開口，有悟方丈已回答道：「他孤身來此，身邊並未跟著任何人。」

武小虎甚是失望，暗想：「不知他將小鶯安置在何處？小鶯安全麼？」

裴若然想了想，又問道：「請問方丈，這位天殺星爲何來此偷取祕笈？」她心想方丈即使知道原因，也多半不會回答，不料有悟方丈坦率答道：「這位天殺星施主說，他奉殺道大首領之命，來此取回神箭韓峰大俠和宇文女俠留下的武學祕笈。他說殺道才是兩位前輩的正宗弟子，少林寺剽竊了兩位前輩的武學祕技，因此他必須來此取回，才對得起兩位前輩的在天之靈。」

裴若然聽了，不禁一怔，忍不住問：「神箭韓峰大俠、宇文女俠兩位前輩和殺道有何淵源，怎能自稱『正宗弟子』？」

有悟方丈微微一笑，說道：「兩位施主，我感覺你們身上傳來的氣息，與那位天殺星十分相似。倘若我猜得不錯，兩位應是天殺星的同門師兄弟吧？」

裴若然和武小虎臉上不禁變色，心中都想：「原來方丈早就認出我們的身分了！」

裴若然握緊峨嵋刺，跳起身準備動手，但聽嘩的一聲，方丈室四周窗戶同時打開，窗外站了十多個僧人，手持弓箭，對準室中。

裴若然手持峨嵋刺，武小虎緊握破風刀，兩人對望一眼，心中都知己方絕無勝算，也明白了天殺星爲何會鎩羽而歸。少林寺臥虎藏龍，能人眾多，不但能單打獨鬥，更能使用弓箭，圍攻殲敵。

黑臉僧人站在門口，手中持著齊眉棍，惡狠狠地喝道：「兩個小子在山下鬼鬼祟祟，果然是殺道一夥的！」

有悟方丈卻擺了擺手，說道：「退下。」對裴若然和武小虎道：「兩位施主請莫擔憂，本寺雖知道你們是殺道中人，卻無意相害。貴道天殺星前來竊經，你們兩位事先應當並不知情，否則也不會自己送上門來了。暫且稍安勿躁，老衲願意爲兩位釋疑。」

裴若然鎮定下來，收起峨嵋刺，索性安坐下來，說道：「不錯，我們聽聞天殺星打算來少林寺，卻不知道他打算來此偷竊武學祕笈。」

武小虎見她如此，也跟著收起破風刀，盤膝坐下。

有悟方丈問道：「兩位和天殺星年紀相若，想必曾一起進入石樓谷？」

裴若然和武小虎都大感驚詫，心中都想：「少林方丈竟也知道石樓谷！」

武小虎脫口道：「大師，您也知道石樓谷？」

有悟方丈道：「當然知道。每隔二十年，便會有一群孩童被送入石樓谷練功受訓。能活著出來的，便可繼續受訓，過關入道，甚至可以成爲下一代的『隱流』首領。」

裴若然愈聽愈摸不著頭緒，忍不住問道：「什麼是隱流？」

有悟方丈嘆了口氣，說道：「這是兩百多年的事情了，待老衲爲兩位從頭說起。你們願意聽麼？」

裴若然和武小虎見這老僧面貌慈祥，言語和善，所知顯然甚多，又願意述說，自不肯錯過這個大好機會，一齊點頭，屏息傾聽。

有悟方丈緩緩說道：「神箭韓峰大俠和宇文女俠兩位，乃是兩百年前武功卓絕的高人俠客，兩人對大唐開國貢獻良多。太祖登基之後，兩人飄然隱退，不知所蹤，徒留後人無限懷想。本寺與韓峰大俠淵源甚深，本朝開國之前，韓峰大俠曾留居本寺，傳授寺僧高深武功，可說是少林武功的始創者。根據本寺留下的史料，韓峰大俠離開本寺，與宇文女俠相會後，便一同去了石樓谷隱居。」

裴若然和武小虎都甚感吃驚，互望一眼，心想：「小虎子所料竟是眞的，這兩位前輩高人果然曾住過石樓谷！」

武小虎皺起眉頭，問道：「他們怎會選在石樓谷隱居？」語氣中滿是不以爲然。

有悟方丈微微一笑，說道：「兩百年前的石樓谷，與今日的石樓谷，自然大爲不同。那兒原是個洞天福地，當年神箭韓峰大俠離開本寺後，便與宇文女俠一起尋找歸隱之處。他們發現石樓谷隱密幽靜，靈氣十足，乃是極佳的隱居之地，因此兩人便決定在谷中定居。」

武小虎心想：「石樓谷哪有什麼靈氣？我瞧只有殘酷殺氣。想來大首領闖入之後，谷中便充滿了殺氣，破壞了山谷原有的清靈。」

裴若然則想：「小虎子攀上危崖峭壁時，曾見到刻在石壁上的箭靶，那麼定是神箭當年練箭之處了。這麼說來，石樓谷確實曾是韓峰大俠和宇文女俠的隱居之處。刻在谷中石穴壁上的內功心法，想必正是他們兩人留下的。或許谷中還藏有更多他們留下的武功祕笈也說不定。」

有悟方丈續道：「由於神箭韓峰大俠夫婦與本寺的因緣，我寺每隔二十年，便會派遣弟子去谷中傳授孩童武功，至今已是第六回了。」

裴若然和武小虎都甚覺不可置信，心想：「我們只道自己是第五代，豈知前頭竟然還有好幾代弟子！」

裴若然忍不住道：「那麼在我們之前，還有多少批孩童曾經進入石樓谷練功？」她原本猜知大首領、泥腿子、雲娘子等人都曾入過谷，往上數去至少有過五代弟子，卻沒想到石樓谷竟有更長久的歷史！

武小虎則想：「地師自稱出身少林寺，從不諱言他所傳授的『羅漢拳』、『光明拳』、『擒龍手』和『如影隨形腿』皆爲少林武功，原來他當眞是少林寺派去的！然而他在第二關開始前被大首領下令殺死滅口，少林寺不知是否知曉？」

但聽有悟方丈答道：「過去一百多年中，送孩童入石樓谷之舉到你們這代已有九次。據說第一次只有六個孩童，他們乃是韓峰夫婦兩位前輩在各地千挑萬選出的弟子，將他們集中在石樓谷中學武練功，個個皆有大成就。出谷之後，這些弟子自稱『石峰傳人』，四處行俠仗義。那時乃是本朝初年，太平盛世，俠行不宜彰顯，因此石峰傳人行動隱密，旁人都以『隱俠』稱之。漸漸地，這一脈的石峰傳人便開始以『隱流』自稱。二十年之後，神箭韓峰夫婦又挑選了十二名弟子入谷練功，即爲第二批隱流弟子。」

裴若然和武小虎在此之前從未聽過「隱流」二字，想像兩百年前便已有孩童開始入石樓谷練功，心中都驚奇不已。

有悟方丈續道：「兩位前輩過世後，隱流便推選出了自己的首領，並且延續每二十年送一批孩童入石樓谷學武的傳統。前一代的弟子從下一代中挑選出新任首領，連綿不絕。然而傳到第四代後，許多隱流的傳統逐漸失去，重要的內功心法也已失傳，門人武功造詣不若往昔，只剩下較爲粗淺的拳腳兵器功夫，於是他們決定求助於少林寺，請求本寺高手入谷傳授孩童武功。當時的方丈自然不願讓弟子平白無故去石樓谷送死，然而鑑於韓氏夫婦往年對本寺的恩情，只能勉強答應。此後每隔二十年，本寺必派遣弟子入谷傳授武功。至於隱流的其餘事務，本寺自然從不過問。」

裴若然聽了，甚覺奇怪，問道：「去石樓谷傳授武功，爲什麼是平白無故去送死？」有悟方丈似乎不知該如何解釋，想了想，才道：「古來便有傳說，石樓谷只有孩童能入，成人入谷，有入無出。」

裴若然甚感無稽，說道：「我見過很多成人入谷又出谷，他們並沒有死去啊。」

有悟方丈搖了搖頭，說道：「這是古來便有的傳說，老衲並不清楚其中詳情。」他頓了頓，又道：「傳至第五代的隱流首領時，正好遇上安史之亂。這位首領認爲亂世應下重典，因此決意鑽研刺殺之術，藉以刺殺亂臣賊子，保君衛國，爲民除患。他原是北方胡人，本著撥亂反正的信念，出手刺殺了好幾個率軍叛亂的將領。然而他傳下的弟子武功愈來愈偏，最後竟只剩下了刺殺之術。」

裴若然心想：「大首領他們崇拜四聖，想必也是從那時候開始的。一個原本行俠仗義的流派竟能夠走偏至此，委實令人心驚！」

有悟方丈續道：「自安史之亂以來，數十年來戰亂始終未曾完全平息，生活在北方的隱流弟子逐漸胡化，慢慢忘卻了隱流的初衷，只以刺殺爲志。第四、五代的弟子彼此自相殘殺，爭奪首領之位，當年的隱流傳承更是灰飛湮滅，所剩無幾了。此後第七代、第八代自石樓谷訓練出來的弟子全是殺手，不知『道義』爲何物。傳到你們此刻的大首領無非道人，已是第七代。他創立殺道，以暗殺換取巨額酬金；然而他並非始作俑者，首開刺殺先河的，乃是血盟盟主，他乃是第六代的隱流弟子。因此武林中有此傳言：『天下殺手，盡出石樓』。」

武小虎和裴若然兩人互相望望，忽然都感如坐針氈，心中都想：「這位大師對殺道的事情知道得清楚詳細，鉅細靡遺。我們這些所謂的第九代弟子，卻連自己爲何入谷都糊里糊塗，更別說知曉前幾代的往事了。」

有悟方丈說到此處，眼望二人，說道：「隱流自第五代之後，已然不復存在，只剩下血盟和殺道兩批刺客，連『隱流』兩字都不復聽聞，早已不復當初韓峰大俠和宇文女俠草創隱流、行俠仗義的初衷了。第七、第八代的弟子連爲什麼要送孩童入谷練功都不知道，只道石樓谷的目的，便是以最嚴厲殘狠的手段，訓練出最高明無情的殺手。」

裴若然忍不住道：「方丈大師，您既然知道殺道將幾百個孩童送入石樓谷，用嚴厲殘忍的手段訓練他們，卻爲何助紂爲虐，繼續幫助大首領？」

有悟方丈臉色微變，長嘆一聲，才道：「施主當知，老衲雖身爲方丈，卻不得不遵守前人傳下來的規矩。」

裴若然聽他這麼說，心中對這老僧頓時十分瞧不起，暗想：「你身爲方丈，應能分辨是非，知道對錯，卻不敢改變傳統！」冷冷地道：「大師派去的四位少林弟子，曾在石樓谷中盡心傳授我們武功，最後卻被大首領授意殺死滅口了。大師可知此事？」

有悟方丈低頭合十，說道：「阿彌陀佛！四個弟子入谷後便再未出谷，老衲原本便猜想他們已然犧牲了，果然如此。」

裴若然見他聽聞弟子被殺道害死，似乎既不惱怒，也不悲傷，甚覺不可思議，說道：「方丈大師，少林弟子想必甚多，你讓四個弟子白白去送死，毫不痛惜，當眞爽快得很。你眼看著殺道每隔二十年便擄掠一群孩童入谷受訓，吃盡苦頭，受盡折磨，也從未阻止，還在旁幫手。這當眞是佛門該有的作爲麼？」

有悟方丈聽她直言斥責，臉上卻並無半分慍色或慚色，仍舊一派平靜，緩緩說道：「兩位施主，少林和殺道之間的過往淵源，我都已跟你們說了。老衲無法改變前代留下的傳統，也絕對不會插手殺道中事。你們這群第九代弟子不知有多少人，未來將由誰接任首領，將帶領殺道去往何方，老衲無心過問，一切因果全在貴道中人一念之間。阿彌陀佛。」他說完之後，雙手合十，低眉行禮，顯然意在送客。

裴若然心中還有無數疑問，卻不知該從何問起，黑臉僧人已開口道：「兩位施主請了。」

裴若然和武小虎只得向方丈跪拜行禮，起身離去。兩人都默不作聲，不知該如何面對有悟方丈的一番話，只靜靜地跟隨黑臉僧人離開了少林寺。

兩人回到山腳的市鎮，在一間客店下榻。武小虎率先道：「妳認爲方丈的話有幾分可信？」

裴若然心頭對有悟方丈的態度仍十分不以爲然，說道：「這老僧一心置身事外，全不肯擔半分責任。但我認爲他的話全數可信，他不必對我們說謊。」

武小虎道：「如此說來，石樓谷由行俠仗義的『隱流』，轉爲陰暗殘酷的『殺道』，完全出於一代道主的一念之間！」

裴若然嘆道：「誰想像得到，殺道的前身竟然是俠義道！今日的刺客，竟是當年的俠客！今日的道主是大首領這樣的人物，當年的道主卻是人所敬仰的開國英雄！」

武小虎道：「今日大首領雖身爲道主，但他對殺道的歷史只怕也不怎麼清楚。如今殺道手段殘忍，以刺殺爲業，早已背離初衷。不論他是死是活，我都無心再留在殺道了。」

裴若然道：「大首領雖已失蹤將近一年，但我以爲他並未死去。你我要脫離殺道，只能靠自己的實力。我們只有兩個人，實力只能來自高深的武功，讓殺道中無人能敵。我們學過金剛袖和金剛頂內功，這些時日雖荒廢了些，但總能練回來。有此兩項內功，你我的武功絕對比同儕更高一籌。只不過天殺星也練過金剛頂，而且他是大首領的忠實手下。」

武小虎道：「不錯。大首領雖失蹤，但失蹤前想必曾指示天殺星去少林偷竊少林武功。大首領爲何想偷少林武功，定然也是爲了增強實力。」

裴若然點頭道：「少林定然有比殺道更強的武功。但是我們上過少林，寺中臥虎藏龍，天殺星若偷不到祕笈，我們多半也偷不到。我也想過要請少林出手幫忙，或是乾脆光明正大地請方丈傳授我們少林武功。但看方丈一心置身事外，絕對不會干預殺道中事，更不會收留我們，或傳授我們功夫。於是我想到了另一個方法，或能增強你我二人的武功。」

武小虎眼睛一亮，說道：「妳快說！」

裴若然說出之前心中所想，說道：「最高深的武功，可能並不在少林。依我猜想，金剛頂和金剛袖內功，應是神箭韓峰和宇文女俠離開少林後新創的武功，比之少林內功還要高出一層。或許谷中有更多他們留下的武功祕笈也說不定。」

武小虎點頭道：「不錯，石樓谷中的武功要訣，很可能比少林藏經閣中的祕笈還要更加深奧珍貴。」

兩人對望一眼，心中卻都感到一陣恐懼，一陣戰慄。他們誰也不想再回去石樓谷，不敢喚醒谷中那四年的回憶。對他們來說，那四年每一日都在痛苦害怕中度過，第二關更是在飢餓生死邊緣掙扎，恐怖殘酷，不堪回首。

武小虎低下頭，說道：「說實話，我不敢回去。」

裴若然揚起眉毛，硬氣說道：「有什麼好怕的！我跟你一起！」

武小虎沒有回答，心中明白自己雖極想反抗大首領，脫離殺道、爭取自由、解救小鶯，但他打從心底恐懼石樓谷。有裴若然相伴，自己大約會有多一分的勇氣面對谷中的一草一木，而不致立即崩潰瘋狂。

他一咬牙，心想：「爲了解救小鶯，我別無選擇，只能回石樓谷走一遭了。」當下點頭道：「好，我們便一起回去！」

注：韓峰與宇文還玉（小石頭）的故事，請見《奇峰異石傳》

第七十六章 歸谷

於是裴若然和武小虎在各地購入了長索、鐵釘、鎚子、棉衣、皮靴、乾糧等物，趕了一輛馬車，專走隱密的小徑，不一日，便來到了石樓山上。他們沿著山谷邊緣行走，很快便找到了將竹籃墜入谷中的絞盤和繩索。但見絞盤荒廢已久，木材毀朽，繩索也已腐爛斷絕。

武小虎蹲下查看一陣，說道：「看來自從我們八年多前離開石樓谷後，便再也沒有人來過此地了。」

裴若然道：「這山谷想來隱密得很，難出難入，當然不會有人來了。原本有條密道可以通入谷中的，卻被大首領給炸毀了。他定然不知道谷中藏有內功祕訣，不然怎會任由這山谷荒棄如此？」

武小虎道：「既然二十年才送一批孩童入谷，他們想來並不著急，等到下回需要送孩童入谷前，再找人整修便是。」

裴若然道：「那也並非壞事，至少這段時候不會有人來阻擾。咱們入谷吧。」

武小虎點點頭，對於他們能否在谷中找到任何高深武功，心中卻實在毫無把握。

兩人對入谷路徑全不熟悉，不敢貿然施展輕功躍下，又見那絞盤繩索已不能再用，只好另覓落谷的地點。他們找到一處較易落下的山崖，將繩索綁在崖邊的大樹上，沿著繩索下墜，再在山壁上鑿釘挖坑，做爲借力之處，一尺一尺地往下攀，並在鐵釘之間綁上繩索，做成一道繩梯。兩人這回入谷專爲尋找高深武功，因此須得確定他們能夠出谷，不致被困在谷中；要是被困住，便要到十年後才會再次有人入谷了。因此他們十分謹愼小心，將鐵釘深深地敲入山壁，繩索也一段一段綁得極爲牢實。

兩人忙了半日，只落下了不到十分之一。於是又攀回崖上，吃了從山下帶上來的乾糧，在大樹下睡了一夜。

次晨醒來後，兩人又繼續攀落山崖，鑿坑打釘，製造繩梯。其中有一段山崖向內凹入，甚難打入鐵釘。兩人只好四處攀援，尋找合適的路徑，直花了十幾日的工夫，才完成了那段繩梯。之後又花了兩日的工夫，才終於抵達谷底。

兩人雙足落入谷中那一刻，都不由得心中一寒，想起自己被殺道中人劫持、最初落入谷中那時的情景，當時心中的驚慌恐懼、徬徨絕望，至今仍難以擺脫忘卻。

武小虎伸出手握住了裴若然的手，兩人並肩往前走去。他們走出一段，便已辨出此處是山谷的西方，離四聖洞不遠。此時乃是晚秋九月，谷中已有些陰溼寒冷。

裴若然信步走去，來到四聖洞外，低頭四望，見到地上仍留有柴火燒過的痕跡，想起天空星曾在這兒殺害弟兄分食，不禁打了個寒顫。

她跨入洞中觀望，武小虎也跟了進來，說道：「我們在谷中的最後一段時日，便是住在這兒。妳瞧，我們的床鋪都還在。那個角落，是我們當年存放糧食之處。洞外的那道斜坡，是妳指揮我們搭起來的逃生要道。」

裴若然舉目望著這一切，往年的勇氣堅毅似乎消失得無影無蹤，只感到一股難言的恐怖寒意。

武小虎似乎也感受到了同樣的恐怖寒意，說道：「六兒，這山谷中的冤魂甚多，我們應當將當年弟兄們的遺體都找到了，好生掩埋起來。」

裴若然點了點頭，說道：「咱們滿手血腥，一身殺業，便是從這兒開始的。要贖罪懺悔，也得從這兒開始。」

於是兩人暫且放下尋找武功祕笈的心思，在谷中四處搜尋弟兄的屍骸。八年時光過去了，當年大首領和老大們拍拍屁股便出谷去了，更未想過要掩埋這些可憐的孩童。這時裴若然和武小虎在谷中各處找到了十多具孩童的遺骸，都只有八九歲年紀，屍體都早已腐爛，只剩下白骨，無法辨識，有的還破破爛爛地穿著那時的黑色棉衣眠褲和皮靴。

兩人雖都是滿手血腥、殺人無數的殺手，見到這許多孩童的屍骸，也不禁噁心難受，驚懼不已。

兩人花了一整日的工夫，將一具具白骨遷至沼澤邊，挖了個大坑，全數埋葬起來。

武小虎望著坑中的白骨，忍不住道：「他們死時才不到十歲，年紀多小！我們當時也不過將近十歲，如何竟活了下來？生死之間，竟如玩笑一般，全無道理可言！」

裴若然默然，說道：「當年只有十一個孩子活著出谷，很快便也只剩下八個了。我奇怪的不是我們怎能活下來，而是我們怎會到現在還未發瘋。」

武小虎拍拍她的肩膀，說道：「妳忘了麼，我不是才發過瘋？」

裴若然想笑，卻笑不出來，轉頭望向他，認眞地道：「小虎子，答應我，你可千萬別再瘋了。」

武小虎點點頭，說道：「我答應妳。我也不想再瘋了。」

兩人協力在土坑中塡滿了泥土，壓實踏平，找了塊平整的大石，刻上了所有未能出谷的二十多個弟兄的名號，充當墓碑。

立好墓碑之後，兩人跪在碑前祭拜。武小虎雙掌合十，對著土坑道：「各位弟兄，我們今日替你們收屍撿骨，入土安葬，盼你們的亡魂能夠早日超生。下回投胎做人，千萬不要再入石樓谷了！」

裴若然則合掌道：「各位弟兄，你們即使不是被我殺死，我也有分害死你們。天微星在此誠心懺悔往昔罪孽，祈請弟兄們大量寬恕！」

她跪倒磕頭，起身之後，一咬牙，又道：「我對死去的弟兄亡靈發誓，往後絕對不讓任何孩童進入這石樓谷！」

武小虎望了她一眼，點了點頭，說道：「我也定當盡我所能，阻止殺道送下一代的孩童來此谷中忍受折磨，歷經煉獄之苦！」

裴若然站起身，吸了一口氣，說道：「走吧！」

兩人一起離開沼澤，回到四聖洞中，商討如何探索石樓谷中的武功祕密。

裴若然道：「倘若兩百年前，神箭韓峰和宇文女俠當眞曾定居於此谷，那麼一定留下了居住的痕跡。我們可以先從較大的洞穴開始搜索，看看有沒有我們未曾發現的處所。」

兩人於是從山谷西方的四聖洞開始，一路往北探索藏糧洞、廚灶洞，再往北行出三十來丈，來到過第一關前兩百個孩子居住的四十多個洞穴，再過去便是供弟兄們沖洗的泉池，也是楞子淹死之處；再往東則是土坑茅廁。如此一路行去，便到了谷東的瀑布，再往東南方的樹林，抵達南方的沼澤。

當年他們還是孩童時，一來年幼無知，二來恐懼驚怕，三來身材矮小，是以覺得這石樓谷十分巨大。如今他們都已長大，重回谷中，才發現這山谷其實並不大，一個時辰便能走完一圈。

兩人先一一探索了他們所知的洞穴，發現大多數的洞穴都是人工開鑿出來的，大的似乎用於居住和存放糧食，山谷北方四十多個的較小的山洞，則似乎是專爲孩童居住而開鑿的。兩人在山谷中走了一遍，攀上裴若然和天殺星曾避難藏身的山崖上的洞穴，將刻在石壁上的「金剛頂」神功逐字抄下，也去了武小虎曾被禁閉的石牢，抄下「金剛袖」神功，與他們二人當年憑記憶寫下的相去不遠。

兩人也攀上了武小虎曾冒險攀上、獵取雪鷹的高崖，看到了武小虎曾見到的巨大箭靶。即使年代久遠，仍能看出箭靶甚圓，以利刃深深刻入石壁之中，而靶心有不少數寸深的坑洞，顯是箭鏃射入的痕跡。兩人都十分驚訝，周圍望望，仍舊想不出射箭之人能站在何處，才能瞄準這絕高山壁上的箭靶；而箭箭正中靶心，在石壁上射出如此深刻的痕跡，可見射箭者準頭之佳，臂力之強。

兩人在谷中探索數圈，並無發現其他洞穴，便又回到過第一關前兩百個孩童居住過的四十多個洞穴，一一鑽入，仔細勘查。

裴若然道：「我們剛入谷時，便住在這群洞穴之中。這些洞穴彼此相隔甚遠，一個洞穴只夠五個孩童躺下，頗為狹窄。韓峰前輩倘若曾在這谷中隱居，何須挖鑿出這許多的洞穴？莫非他們一開始便打算召集幾百名孩童來此練武？」

武小虎搖頭道：「據少林方丈所言，第一批和第二批入谷的分別只有六個和十二個孩童，乃是韓峰夫婦在各地挑選出的弟子。兩批加起來也只有十八個孩童，並不需要四十多個洞穴，這些洞穴想來並非為了讓入谷孩童住宿而開鑿的。」

裴若然點點頭，沉吟道：「那是為了什麼？在這偏僻的山谷之中，即使往年有祕密通道可以出入，開鑿洞穴想必也是件十分耗時費勁的工夫。」

武小虎抱著雙臂想了一陣，指著一個山洞，說道：「這便是我往年住過的洞穴，豹三伍的住處。」

他矮身鑽入山洞，說道：「地方足夠五個孩童躺下，但換成成人，就只夠一人坐在裡面了。」他盤膝坐在山洞之中，忽然跳了起來，叫道：「六兒，妳快來看！」

裴若然矮身鑽入山洞中，坐在武小虎身旁，抬頭往頭上的山壁望去，不見什麼，又望向兩旁的山壁，仍舊什麼也未曾看見。她忍不住問道：「看什麼？」

武小虎伸手指向洞外，說道：「妳往對面的山壁看去。」

裴若然瞇起眼睛，仔細望向遠處的山壁，隱約見到山壁上寫著一個巨大的數字：

「二十二」。她奇道：「對面山壁寫了數字？」

武小虎道：「不錯，只有坐在這洞中望出去，才能見到。」

兩人對望一眼，趕緊出洞，來到下一個山洞中坐下，往對面山壁望去，果然又見到一個數字：「六十六」。

兩人將四十多個山洞都坐過了，每個都剛好能見到對面山壁上寫著一個數字。兩人細細數過，這兒共有四十六個洞穴。從東首開始的頭八個數字分別是「十八」、「二十一」、「二十一」、「二十一」、「八十一」、「十三」、「七十」和「十五」。

裴若然又是驚奇，又是懷疑，說道：「難道開鑿這四十六個山洞，就是為了讓人坐在裡面，望著對面山壁上的數字？那有什麼稀奇的？要讓人看見一串數字，刻在某個山洞中便是，何必花這許多工夫？」

武小虎呆坐了一會兒，說道：「我也不知道？兩位大俠既然肯花工夫做這件事，想必有其道理吧？」

裴若然仰天躺倒在山洞中，嘆息道：「或許他們晚年無事可做，便在這山谷中挖挖鑿鑿，以此為樂，跟後世開個玩笑！」

武小虎笑了，說道：「不至於吧？少林方丈說他們挑選弟子傳授武功，讓他們出谷後行俠仗義，替天行道。若有這番大志，該不會在谷中辛苦挖鑿出四十多個山洞，單單只為了好玩兒。」

裴若然想不出個頭緒，只能天馬行空地胡亂猜想，說道：「或許他們教出的徒弟並不如人意，甚至意圖叛變，打算偷學高深武功，因此他們將高深武功隱藏在這山谷之中，並設下謎團，好讓後人來此解謎？不知道其中祕密的，便永遠也無法學得高深武功？」

武小虎笑道：「妳也太會胡思亂想了。」

這洞穴太過狹窄，兩人無法一起躺倒。天色漸漸暗下，兩人於是相偕回到四聖洞中，吃了些乾糧，睡了一夜。

次日，裴若然起身後，發現武小虎並不在自己身邊，微微吃驚：「小虎子去了何處？他何時起身出去，我怎地毫無知覺？他爲何不叫醒我，要我跟他一起出去？」連忙起身出洞，高聲喚道：「小虎子！」

山谷中微風吹動，頭上傳來枝葉颯颯之聲，卻無人回答。

裴若然定一定神，心想：「他大約想到了什麼主意，因此獨自出去探索。」然而奇怪的是，她在山谷中走了一圈，每個洞穴都看過了，卻不見武小虎的身影。她去瀑布、森林和沼澤邊行走，一邊呼喚，卻始終沒有聽見他的回答。

將近午時，裴若然心中愈來愈擔憂恐懼，生怕他出了什麼事，但這山谷中就只有他們兩個人，又能出什麼事？她心中一動：「莫非有外人闖入？」連忙奔去繩梯處，但見繩梯完好，並未被人毀滅，周遭也沒有他人來過的痕跡。

裴若然只好回到四聖洞中，勘查足跡，想探尋武小虎的去處。然而她在山洞外搜尋許久，始終未能找到任何足跡或線索。她只好不斷呼喚小虎子的名字，然而直到夜晚，小虎子都未曾出現。

裴若然這時真的開始害怕了，暗想：「兩百年來，這石樓谷不知死過多少條人命，飄蕩著多少個冤魂。莫非他們將小虎子抓去，甚至殺害了，下一個便要來找我索命？」

她心中怦怦亂跳，在四聖洞口生起營火，雙手握緊了峨嵋刺，不敢入睡，心中卻很清楚峨嵋刺是對付不了鬼魂的。她縮在四聖洞中，心中打定主意：「天一亮，我便立即出谷去。」

所幸一夜無事，武小虎並未回來，鬼怪亡魂也未曾來找她。

次日天一亮，裴若然便飛奔去繩梯處，卻發現繩梯竟已不見了！她呆在當地，臉色煞白，心想：「有人昨夜來此，將繩梯拆除了！」

然而當她仔細觀察時，才發現繩梯並非被人拆走，而是從來便不在那兒。她記得非常清楚，她和武小虎背負著一袋鐵釘，從山崖一路落下，用鎚子將鐵釘打入山壁，綁上繩梯；最後一對並排的鐵釘位於山壁五丈高處，釘上綁著繩梯。然而當她攀上山壁去勘查時，卻見山壁上竟然毫無鐵釘的痕跡，好似從未有人在這山壁上釘過鐵釘一般。

裴若然心中又是混亂，又是恐懼，暗想：「這山壁怎麼可能完全沒有鐵釘鑿入的痕跡？我們前日入谷，我記得清清楚楚，鐵釘鑿入山壁的痕跡怎會憑空消失，這山壁怎麼可能完整無缺？倘若我們不是自己鑿鐵釘、製繩梯入谷的，那我們是如何來到谷中的？」又想：「不，不是『我們』。小虎子突然消失不見了，眼下只有我在谷中。難道我是自己來到谷中的，小虎子並未跟我一起來？」

裴若然不信邪，心想：「或許我心慌意亂，找錯了地方。」於是又在附近的山壁尋找，左右十多丈的山壁都找過了，始終找不到半絲鐵釘或繩梯的痕跡。

她不禁陷入一陣陣恐懼慌亂，頹喪地坐倒在山壁下，全身發抖，伸手抱著頭，心想：「我是不是瘋了？我是不是跟小虎子一樣，瘋得連自己在哪裡、做了什麼都搞不清楚？我怎會來到這山谷，怎會變成獨自一人？我陷身谷中，沒有出路，繩梯不見了，無法攀出，難道我得等到下一回有孩童入谷受訓，才能出去？那不是要等上十年的時光？」

她心頭驚恐難已，幾乎大叫起來。然而她雖想哭，卻哭不出半滴眼淚，只坐在當地發抖。坐了不知多久，她感到疲倦難耐，倒在地上，迷迷糊糊地睡了過去。

第七十七章 生死

昏睡中她做了一個夢。她夢到自己其實從未離開過這個山谷。第二關、第三關，全都是她做的夢。她其實早已死了；她未能過第二關，在那個嚴酷的寒冬裡，她和其他弟兄們一樣，凍餓而死，屍體被埋在冰雪之中。她的魂魄做著過關出谷的夢，以爲自己曾去過如是莊，在那兒學習殺術、進入殺道、回家見父母、過第三關、割背效忠、成爲道友。原來這一切都只不過是夢；其實她從未出谷，而且永遠都困在這個山谷之中，再也無法離開。

她在半夜時分驚醒，全身冷汗，搞不清楚究竟何者是眞實，何者是夢境。很快地，她又被夢魘的魔爪糾結纏繞，再次墜入夢鄉。

這回的夢又不同了。她夢到自己確實過了第二關，出過谷，去過如是莊，之後發生的一切也都是眞實的。然而武小虎卻是虛假的；他在第二關時便已死去，他被天空星捉住殺死，烹煮分食了。自己親眼見到他被天殺星捉住殺死，卻未曾出手相救，因後悔自慚，於是假裝小虎子未曾死掉，甚至假裝邀他入夥，與自己和天殺星一起過第二關。事實上這一切都只是她爲了掩蓋慚愧自責的虛假想像。她當時其實只曾與天殺星作伴，合作過關，小虎子從未加入他們，也從未跟他們一起出谷。自己不斷幻想小虎子還活著，這個幻想中的小虎子軟弱無比，須得依賴自己才能活下去，正是因爲他自始至終便是自己假想出來的存在。而最後自己想像武小虎發瘋了，其實發瘋的人是她。

至於她如何來到這山谷？她並不曾和武小虎一起鎚鐵釘、繫繩梯攀落谷中——當然不是，因爲小虎子已經死了——她也未曾獨自攀落谷中，她是爲了逃避大首領而失足跌入山谷的。

她跌下時身受重傷，因此背後有道巨大的傷痕。她在谷中昏迷了很長的時日，才終於清醒過來，才發覺自己一直幻想小虎子仍活著，也才發覺自己曾經發瘋過一段時日。

因此她此刻獨自一人困在山谷中，身邊並沒有武小虎，乃是理所當然之事。小虎子確實在這山谷中，但是他從未長大，屍骨都已找不到了。

次日清晨，當裴若然睜開眼時，心頭一片清明，確切相信第二個夢境乃是眞實的。自己一直幻想小虎子沒有死，一直在與小虎子的鬼魂對話，其實小虎子根本未曾離開過石樓谷，由於自己當時沒有勇氣出手救他，因此他早早便被天空星他們害死分食了。

裴若然坐起身，感到頭痛欲裂，痛得她完全無法思考。她抱著頭坐了好一會兒，疼痛才慢慢過去，她睜眼四望，山谷中寒意盎然，冬天似乎就快降臨了。一陣難言的寒慄襲來，知道自己單獨困於谷中，恐怕很難度過這個冬天。但是她也記得自己曾在這兒度過一個嚴冬，那時她只是個不到十歲的小女孩兒。如今她已有十八歲了，身心都已成熟許多，如果當年她能夠覓食維生，如今應當更加不是問題。

裴若然站起身，只覺身周的一切似假若眞，如夢如影，什麼都難以捉摸。她甩開滿腦子的胡思亂想，專注於眼前最重要的一件事：覓食。

她若要在這山谷中度過冬天，便一定得積存足夠的糧食。一旦大雪落下，那便什麼食物也找不到了。

裴若然打起精神，摸摸腰間，所幸峨嵋刺還在，心想：「峨嵋刺是真的，那就是說一直到我在谷中學兵器，以及兵器大比試，都是真的。」

她心中稍稍篤定，緊握峨嵋刺，信步走在山谷之中，盼能找到什麼野獸禽鳥。她走出一陣，忽然聞到一陣香味，似乎有人在燒烤什麼。

裴若然心中好奇：「是誰在燒烤東西？是小虎子麼？」隨即甩甩頭，心想：「我在想什麼？小虎子早就死啦。他那時才不到十歲，還沒長大就已經死了。我獨自在這山谷中，這山谷中沒有其他人。」

她循著香味走去，回到四聖洞外，但見洞外生著一堆營火，火上架著三條魚，烤得正香。

裴若然感覺自己彷彿再次墮入夢境，心頭一片困惑茫然：「這是怎麼回事？我不是單獨困在山谷中麼？這些魚是誰烤的，莫非是我自己捉了生火燒烤，卻完全忘記了？這火燒得很旺，應該已生了一會兒了。我的腦子當眞壞了麼？」

她恍恍惚惚地走到營火之前，伸手拿起串著一條魚的樹枝，忍不住垂涎欲滴，四下望望，不見人影。她想：「既然烤魚的主人不在此，我就吃下這些魚也無妨。倘若我根本就在夢中，那麼偷不偷吃也不打緊。」

她索性在營火旁坐下，將三條魚都吃了個乾淨。吃飽之後，她站起身，找到一枝枯樹枝，撲滅了營火。

就在這時，一個人從四聖洞中走出，大步來到她身前，低頭凝望著她。

裴若然轉頭望向此人，大吃一驚，但見他頭髮散亂，滿面鬍鬚，衣著破爛，就如野人一般。野人身材高壯，看得出是個成年男子，卻看不出確實年紀。他渾身散發著一股奇異的氣息，不是殺氣，也不是內息，似有似無、若隱若現，時而暴戾霸道，時而寧靜柔和，時而哀傷痛苦。

那野人望著她，問道：「妳怎會來到這兒？」聲音低沉渾厚，似乎頗為蒼老。

裴若然道：「我失足跌入谷中。」

野人道：「妳想出去麼？」

裴若然想起谷外的世界，想起殺道、大首領和家人，不禁遲疑。她想了想，搖頭道：「我不想出去。」

野人仍舊凝望著她，說道：「妳打算在這谷中住一輩子？」

裴若然搖頭道：「我不知道。」

野人道：「我若將妳殺死，那又如何？」

裴若然道：「你若敢傷我，我便先殺了你。」

野人哈哈大笑，說道：「好個凶悍的小女娃兒！妳叫什麼名字？」

裴若然毫不遲疑，說道：「我叫天微星。」

野人道：「我知道了。妳是八年前過關出谷的十一個孩童之一。出谷不是很好麼？妳幹麼回來了？」

裴若然睜大眼望著他，驚道：「你怎麼知道？」

野人道：「我在這谷中住了八十年，怎會不知道？」

裴若然不可置信地望著他，問道：「你在這兒住了八十年？」

野人道：「不錯。」

裴若然追問道：「因此十幾年前，兩百個孩童入谷受訓，過第一關、第二關的情形，你全都見到了？」

野人又道：「不錯，我全都見到了，全都看得清清楚楚。」

裴若然懷疑道：「我從未見過你，你躲在何處？你親眼見到孩童挨打受凍，病餓交加，甚至彼此殘殺相食，卻始終袖手旁觀？」

野人笑了，說道：「我若不袖手旁觀，難道我應該跳出來，讓孩童們將我殺掉吃了？還是出來吃了孩童？這谷中食物分明不足，我一個人，也餵不飽這許多孩童。」

裴若然無言以對，又問道：「你都躲在哪兒？」

野人道：「這山谷中有許多你們不知道的地方。要藏起來而不被一群孩童見到，一點兒也不困難，困難的是不被那些師傅老大們見到；但他們大多愚蠢至極，武功低微，滿心恐懼，要躲著他們也挺容易的。」

裴若然想了想，問道：「你說你在此住了八十年，那麼你至少見過四回孩童被送入谷中受訓，是麼？」

野人屈指算算，說道：「不錯，有四回了。」

裴若然甚感驚異，問道：「你爲何不出谷去？」

野人哈哈一笑，說道：「這山谷有什麼不好？妳不是也出去過，如今卻又回來了麼？」

裴若然默然，過了一陣，又問道：「每隔二十年，便有幾百個孩童跟著幾十個成人來到山谷練功，一住三四年，你不嫌他們吵麼？」

野人道：「是有些吵。但是我獨自一個人住在這兒，也頗爲寂寞無聊。每隔個二十年，偶爾聽見一些人聲，讓我記得自己還是個人，也非壞事。」

裴若然只覺這一切都十分不可思議，頭又開始發疼，說道：「你是誰？你叫什麼名字？當初怎會來到這石樓谷中？」

野人微微一笑，說道：「妳的問題太多了。我先糾正妳最後一個問題。這地方不是石樓谷。」

裴若然一呆，脫口道：「什麼？」

野人招手讓她進入四聖洞，伸手往石壁上指去，說道：「妳瞧。」

裴若然抬起頭，但見石壁上寫著三個大字：

她曾出入這四聖洞無數回，過第二關時更曾長住在這四聖洞中，卻從未見過這三個字。

這時她凝望著這三個大字，心中震動，驚慄難已，過了良久，才道：「我原以爲這山谷叫做『石樓谷』，因爲這座山叫做石樓山。原來這谷並不叫做『石樓谷』，而有自己的名字——生死谷。生死谷，那是什麼意思？」

野人笑道：「妳若明白『生死谷』的意思，就會明白我爲何會留在這谷中不走了，便也可以自由出入此谷了。」

裴若然望著那「生死」兩字，忍不住問道：「究竟什麼是眞的，什麼是假的？小虎子是死是活？他是什麼時候死的？我做的那些夢，究竟哪一個才是眞的？」

野人大笑道：「哪一個夢才是眞的？妳自己聽聽，這是什麼話？妳怎會以爲自己的夢境是眞的？更別說哪一個夢是眞的了！」

裴若然默然，良久才道：「我不知道。我跌入谷中，跌壞了腦子。入谷之前，我已然發瘋了，因此很多事情都忘記了，或是弄混了。」

野人搖頭道：「不，妳沒有發瘋，沒有弄混，也沒有跌壞腦子。我見到妳和一個少年一路敲鐵釘，綁繩梯，落入谷來，妳不是跌下來的。」

裴若然倏然站起身，感到頭暈眼花，全身發抖，顫聲道：「你說什麼？你眞的見到了？有個少年跟我一起入谷？」

野人道：「是啊，跟妳差不多年紀，很結實俊朗的一個男孩兒。」

裴若然忙問：「他人在哪裡？」

野人道：「我怎麼知道？他不是跟妳做一道麼？」

裴若然茫然道：「我找不到他。前日早上我一醒來，他便不見了。」

野人道：「是麼？我也不知道他去了哪兒。」

裴若然勉強定了定神，又問道：「你說見到我們敲鐵釘、綁繩梯，落入谷中。那……那我爲什麼找不到繩梯，甚至找不到鐵釘穿入山壁的痕跡？」

野人聳聳肩，說道：「我怎麼知道？這山谷就是如此。它有時跟著實相走，有時跟著夢境亂竄。變來變去，從無定相。」

裴若然聽不懂他說的話，微微搖頭，說道：「我不明白你在說什麼。」

野人道：「不明白不要緊，我也不明白。我在這兒住了八十年，這生死谷從未停止變化，有時簡直是瞬息萬變。直到最近十年，它才不再變化了，大概是因爲我很少做夢了。」

裴若然似乎有些明白了，沉思一陣，心底升起一線希望，說道：「你的意思是說，這山谷的實相會跟著人的夢境改變？」

野人搖頭道：「話不是這麼說。生死谷不會跟著人的夢境改變，而是跟著人的心念改變。妳所見到的，和我所見到的，很可能是兩個完全不同的生死谷。妳以爲妳見到了我，我卻可能並未見到妳。我以為自己在這裡住了八十年，但是妳見到的，可能只是我早已化為腐土的屍骨，而此刻妳正對著一堆腐壞的泥土自言自語。」

裴若然無法明白野人的話，只能循著自己的思路，說道：「因此我相信什麼，這山谷便會變成我所相信的實相。」

野人再次搖頭，說道：「不，不是妳相信什麼。而是妳選擇什麼。」

裴若然心中一動，喃喃地道：「我選擇什麼，我選擇什麼……」忽然大聲道：「我知道了，我選擇出手解救小虎子，選擇邀他入夥，因此他還活著！」

野人嘖嘖兩聲，說道：「妳要如此決定，也未嘗不可。」

裴若然跳起身來，四下張望，滿心期待武小虎會突然出現在自己面前。然而她並未見到武小虎，卻見到不遠處的四十六個山洞，整齊地排列在山腳之下。

她指著山洞，忍不住問道：「那些山洞，究竟藏著什麼祕密？」

野人未曾回應，裴若然感到身後靜得出奇，回頭望去，但見身後空無一人，四聖洞前一片寂靜空曠，完全不似曾有人站在那兒跟自己說話。

她張大了口，望向四聖洞前的地上，生火烤食的營火仍在當地，但灰燼早已冷卻，看來陳舊至極，上回有人在此生火，應是幾年前的事了。

她心中驚疑不定：「我剛才見到的野人，難道是住在這山谷中的鬼魂麼？我方才究竟吃了魚沒有？」

她摸摸肚子，並不感到飢餓，也不感到飽足，無法確定自己究竟吃了烤魚沒有，只知蛛網。

道自己手中仍持著那枝用以撲滅營火的枯樹枝。她回到四聖洞中，想再看看那「生死谷」三個字。但覺四聖洞中陰氣森森，似乎有冷風從洞中吹出。她前夜曾與武小虎在四聖洞中過夜，這時洞中卻完全沒有人睡過的痕跡；整個山洞蛛絲密布，灰塵盈尺，似乎有許多年沒有人進入過了。洞中供奉的四聖像黑沉沉地肅立在陰影之中，神像身上也都沾滿了灰塵蛛網。

裴若然抬頭四望，想找到野人指出的「生死谷」三個字，但山洞中灰塵太厚，山壁上又長滿青苔，什麼也看不見。

她隱約記得那三個字的位置，便施展輕功躍起，用枯樹枝掃除灰塵蛛網和青苔。如此躍起十餘次，才終於掃開了層層障蔽，能夠見到石壁上的刻字。但見石壁上近頂高處果然刻了三個大字「生死谷」，和那野人指給自己瞧的一模一樣。

她心中震動：「我方才並非做夢！野人指給我看的字，果真在這兒！」

她在洞中四處觀望，這才想起：「我們當年進入這四聖洞時，這山壁上總是掛著一塊匾額，上面寫著『四聖洞』，將『生死谷』三字遮住了，因此我們從未見到。過第二關時，住在這洞中的弟兄想來拆下了那塊匾額，用以燒火取暖了，這三個字才露了出來。但是若非那怪人指出給我看，我也不會留心這山壁上竟刻了字。」

裴若然知道自己此刻的處境極爲詭異，眞實、夢境、幻想、鬼魂交錯出現，她連自己前一刻見過的人、看過的物事、說過的話、吃過的魚都無法確認是否眞實，更別說其他的過往記憶了。

她呆了一陣，走出四聖洞，又望向那四十多個第一關前住過的山洞，好似入魔一般，快步上前，從東首開始，一一鑽入山洞，坐在裡面，望向對面山壁的文字，心中思索：「這數字爲何如此排列？爲何從四十三開始，不是從一開始？」

她知道自己必得做些什麼，才不會瘋得更加厲害，便從包袱中取出紙張，將四十六個數字抄在紙上，排成一列，呆呆地望著數字出神。

她想不出個所以然來，籌思：「我在谷中見過的文字，只有『金剛頂』和『金剛袖』兩種。莫非這些數字和那些文字有關？」

於是她從包袱中掏出自己和武小虎合力抄下的「金剛頂」和「金剛袖」神功文字，仔細讀誦，讀了三遍之後，心想：「我若將那四十六個數字和這些文字放在一塊兒，不知將會如何？」

於是她數「金剛頂」的第十八個字，見到是「欲」；又數「金剛袖」的第二十一個字，見是「神」。她心中一喜，心想：「或許被我摸著了！」於是逐字數去，將頭八個數字指示的字寫在紙上，但文句並無意義，便又試著將八個字重新排列，但見出現的文字竟然是：

欲成神功　先明生死

裴若然好生興奮，趕緊將四十六個字全數找出，逐字抄下，但不知爲何，竟再也無法拼湊出之前那八個字。她望著依照數字抄下的四十六個字，字句艱澀難明，如何也理不清個頭緒。看到後來，文字似乎全在跳躍扭動，只看得她頭昏眼花，再也無法專注。她感到頭痛欲裂，雙手抱頭，縮在其中一個小洞穴中，昏了過去。

第七十八章　真假

昏睡之中，裴若然忽然感到有人正用力搖撼自己，一個聲音不斷叫著：「六兒，六兒！」

她睜開眼，眼前是張俊朗的臉龐，滿面焦急之色，正是武小虎。

裴若然怔然道：「小虎子，是你！」

武小虎見她醒來，鬆了一口氣，說道：「妳可終於醒了！」

裴若然倏然坐起身，伸手緊緊抓著武小虎的肩頭，說道：「眞的是你？你眞的在這兒？你沒有死？你跟我一起回到石樓谷，是麼？」

武小虎顯得莫名其妙，說道：「妳是怎麼了？妳做了夢麼？我前日早上在四聖洞中醒來，妳便不見了蹤影。我在谷中到處找妳，直找了兩日，才發現妳躺在這山洞中，昏迷不醒。發生了什麼事？妳怎會來到這兒？之前兩日妳又去了何處？」

裴若然坐起身，深深地吸了一口氣，靜默良久，才道：「我……我不知道。我做了一個很長、很逼眞的夢。我……原來我剛才一直在做夢。我怎會來到這兒？我不知道。」

於是她斷斷續續地，向武小虎敘述起自己過去兩日的夢境經歷。

武小虎靜靜聆聽，聽她說以爲自己早已死去，這幾年來只是想像自己還活著，不斷跟自己的鬼魂說話，臉色稍稍白了一下。

裴若然繼續說下去，語言逐漸夾雜混亂，最後她知道自己語無倫次，終於停了下來，低聲道：「我想我是發瘋了。」

武小虎望著她，若非兩人熟稔非常，武小虎又對她極爲信任，定要以爲她眞的失心瘋了，滿口胡言亂語。他沉靜了一會兒，才道：「六兒，我想妳只是做了個夢，並沒有發瘋。」

他扯開上衣，露出他自殺時胸口的那道疤痕，說道：「妳應當記得，我一度曾想不開，試圖自盡，妳卻將我從鬼門關拉了回來。我在昏迷之中，記得妳不斷對我說：『小虎子，別離開我！我們還能走下去，我們還能重新開始，一切都可以從頭再來過，只要你和我在一塊兒，我們一定可以從頭再來的。你別死，你別死！』」

裴若然想起那段恐怖驚悚的往事，忍不住拍拍胸口，吁口氣，說道：「幸好你活轉了來。」

武小虎頓了頓，又道：「我明白妳當時的心境。依我猜想，妳一直爲了我自殺之事怪責自己，因此才會夢到那個奇怪的夢境，以爲我在谷中時便已死去。」

裴若然點頭道：「有此可能。但我當時確實不該失去耐性，對你咆哮吼叫。」

武小虎搖頭道：「我發瘋時，人事不知，妳費盡心思照顧我，日夜不休，耐心幾乎磨盡，才會對我發脾氣。我感激妳都來不及，又怎會怪妳？」

裴若然想起過去幾日的經歷，知道自己應當感到恐懼非常，但不知爲何，現在她一點兒也不覺得害怕了，反倒如釋重負，處之泰然。她見到武小虎還活著，著實鬆了一口氣。小虎子並未早早死去，與夢境相違，她明白自己當初做了對的選擇，出手救了小虎子，而過去這幾年來發生的種種事情並非全數出於她的虛假想像，自己也未曾發瘋，這令她的心頭感到稍稍踏實了些，至少能夠確知此刻她是眞正醒著，回到了眞實的世間。

她理了理思緒，說道：「小虎子，這山谷很有點兒古怪。你我那日醒來後，竟然都找不到對方，你這兩日並未見到什麼古怪的事情，我卻經歷了一個又一個的怪夢，見到了那個怪人，他跟我說了許多怪話，還特意指出給我看，說這個山谷叫做『生死谷』。你明白那是什麼意思麼？」

武小虎搖了搖頭，說道：「我從未聽過『生死谷』三個字。」

裴若然沉吟道：「然而那個住在山谷中的野人，他究竟是眞的，還是假的？」

武小虎聽她問起那古怪的野人，皺起眉頭，說道：「六兒，的確有人住在這山谷中。」

裴若然心中一緊，伸手握住他的手，忙問：「你怎知道？」

武小虎道：「我這兩日中到處尋妳，在森林裡見到過新的火燒痕跡。我們離開山谷之後，曾有人在這谷中生火煮食。」

裴若然甚是驚詫，問道：「你見到那人了麼？」

武小虎搖搖頭，說道：「我曾試著追蹤他的足跡，卻什麼也沒找到。」

裴若然感到毛骨悚然，她想起自己見到的那個野人，還能夠清楚記得他的外貌聲音，他說的每一句話。他自稱在谷中住了八十年，一直躲避著所有入谷的成人和孩童，未曾讓人見到。那人究竟是誰？

她回想著過去兩日的經歷，說道：「小虎子，那野人指給我看，四聖洞中的山壁上寫著『生死谷』三個字。洞中當眞有『生死谷』三個字麼？」

武小虎道：「我們去瞧瞧便知。」

兩人來到四聖洞，兩日前兩人睡倒之處仍清楚可辨，洞中也並無厚厚的蛛絲灰塵。

裴若然抬頭望向那野人指出的刻字處，但見一幅匾額掛在石壁之上，寫著「四聖洞」三個字。她感到一陣暈眩茫然，說道：「他指給我看時，石壁上並沒有這個匾額。字應當在那匾額後面。」

武小虎一躍而起，破風刀出鞘，將匾額挑了下來。裴若然伸手接住，隨手將匾額放在地上。

兩人一起抬頭，見匾額後的山壁上布滿了青苔蛛網，和裴若然記憶中所見一模一樣。她吞了口口水，說道：「將青苔刮去，字便顯出來了。」

兩人輪流躍起，用枯樹枝刮去青苔。數回之後，山壁上果然露出三個蒼勁的字跡：

生死谷

武小虎凝望著這三個字，一時說不出話來。

裴若然喃喃地道：「山壁上眞的有字。然而這匾額不知多少年未曾取下，山壁上的青苔蛛網也還在。我在夢中怎麼可能看到這三個字？而那個野人……他不是我夢到的，他是眞的！」

武小虎靜了一陣，才道：「我相信谷中確實住著人。我從未見過那人，但知道這谷中除了妳我之外，確實有第三個人，或許有第四第五個人也說不定。妳在昏睡中時應該見過他，聽過他說話。然而因爲妳身處半睡半醒的夢境之中，因此無法記憶清楚。」

裴若然道：「如果那人確實住在谷中，並且住了八十年，那他一定明白這山谷的祕密。我們該去找他，向他請教。」

武小虎沉吟道：「他若躲著不見面，我們卻該如何找他出來？」

裴若然道：「我們到他平日烤食之處等候，他一定會出現。」

武小虎道：「冬日很快便到了，我們若要在此長期住下，便得開始儲存糧食。」

裴若然道：「不要緊，兩件事一起辦。我們可以立即開始覓食，準備過冬；早晚時守在他平日烤食之處，看能不能撞見他。落雪之前倘若還未能收集足夠的食物，我們還有繩梯，可以再出谷一回，運糧食進來。」

武小虎點頭稱是。於是兩人便忙了起來，分頭在谷中蒐索果實、捕捉野獸。閒暇時分，便一起討論裴若然發現的四十六洞祕密，反覆觀看那四十六個數字，探究其中意義。

如此過了一個月餘，兩人收集了兩大袋的果實，又捕獵到了不少鳥雀、山鼠、白魚等，剝皮除臟，掛起風乾。然而兩人再也未曾見到那野人的身影，那人再也未曾在谷中生火烤食，不知躲去山谷的什麼地方，竟然連吃食都可以免了。

裴若然不再去想那個野人，只專心於鑽研那四十六個字。武小虎想不透那四十六字是何意義，於是便專心練習金剛頂和金剛袖神功，每日在四聖洞中打坐練氣，休息時，便演練拳腳和破風刀法，一如往昔。他擔心小鶯的安危，日子久了，便不時催裴若然早些出谷，裴若然卻道：「我們既然有膽量回到谷中，便該多待一段時日，將這生死谷的祕密探究清楚了再出去。別擔心，天殺星不會傷害小鶯的。」

她知道就憑這幾句話，絕對無法安撫武小虎的心，於是又道：「我們若無法在這谷中找到高深的武功，你我二人如何能夠打敗天殺星、打敗大首領，救出小鶯？我們在谷中倘若一無所獲，便早早出谷，對救出小鶯並無任何幫助。」

武小虎知道她說得對，而自己資質有限，無法參透那四十六字的祕密，也只能埋頭苦練往年的功夫，雖無新意，但也頗有進展。

這一日，裴若然在睡夢中又見到了那個野人。野人這回滿頭白髮，一腮白鬚，看來十分蒼老憔悴，完全不是上回見到他時精神奕奕的模樣。

裴若然正瞪著那四十六個字苦思，野人緩緩踅近前來，沙啞地道：「天微星，妳還沒想通麼？」

裴若然憤怒地搖搖頭，叫道：「這根本便是騙人的玩意兒！不知什麼人挖掘了那四十六個山洞，又在對面山壁上寫下四十六個數字，存心誤導後人，讓人以爲這裡眞有什麼祕密神功，其實什麼都沒有！這四十六字的背後只有一個空！」

野人哈哈大笑，說道：「這不就對了麼？這一切的背後，的確便只有一個『空』字。除此之外，別無他物。」

裴若然怒道：「既然如此，爲何要大費周章，布置這許多機關設計？」

野人嘆了口氣，說道：「他們也不想如此啊。人生苦短，誰有這麼多閒工夫布置無用的機關，設下無用的謎團？他們當然有其用意，只是兩百年來無人能解。倘若這麼容易便解開，我又何須在這兒住上八十年，無法離開？」

裴若然忽然抬頭，盯著那野人，問道：「你究竟是誰？」

野人嘆了口氣，說道：「我早已忘了自己是誰。我只知道自己入谷之時，年紀和你們此刻差不多。」

裴若然算了算，說道：「你見過神箭韓峰大俠麼？」

野人搖搖頭，說道：「我正是慕神箭韓峰大俠之名，才來到這谷中的。我原本想求韓大俠教我箭術，但他老人家避不見面。我又跪求宇文女俠教我武功，她笑嘻嘻地答應了，那時她已有將近一百歲了吧？她告訴我，若要跟她學武功，便須先參透這山谷中的祕密。她告訴我，第一，我須發現這山谷的名字；第二，我須找到藏在谷中的三種神功；第三，我須找到那四十六個洞穴的祕密，之後我便可以跟她學武功啦。」

裴若然眼睛一亮，說道：「山谷的名字，你已經告訴我了。三種神功，我們已發現了兩種，第三種不知在哪兒？那四十六個洞穴的祕密我們也知道了，卻未能解開四十六字的謎團。」

野人苦笑道：「即使你們解開了所有的祕密，也已經太遲啦。兩位老人家早已歸西了。」

裴若然心想：「我們入谷，是爲了找兩位前輩留下的武功祕笈。年代久遠，我們當然沒想過要向兩位前輩學武功。這野人頭髮都白了，兩位前輩也早已逝去多年，武功自是學不到的了。他待在這兒這麼多年，仍未能解開謎團，不知卻是爲何？」心中一動，問道：「兩位前輩的墳墓在這山谷中麼？」

野人點頭道：「正是。兩位老人家在此隱居了一輩子，晚年更加不想離開了。他們吩咐子孫弟子，往生後便埋葬在這山谷中，長眠於此。」

裴若然道：「你能帶我去祭拜兩位前輩的墳墓麼？」

野人眼中露出狡獪之色，搖頭道：「那自是不成的。兩位前輩的墓地十分隱密，我怎能帶妳去？」

裴若然道：「我只不過想去兩位前輩的墓前磕頭祭拜，別無他意。」

野人仍舊搖頭，說道：「這麼多年來，不知多少人想找兩位前輩的墳墓，想要挖開看看他們帶走了什麼高明深奧的武功。我老實跟妳說吧，他們什麼也沒有帶走。兩位前輩所有的武功，全都留在這山谷中了。」

裴若然笑道：「你這麼說，不是此地無銀三百兩麼?你既然長年住在這山谷中，想必老早發現了韓峰及宇文還玉兩位前輩的武功祕密，並且全都學會了。因此我只要纏著你，逼你教我便成了。」

野人笑道：「我若已學會了兩位前輩的所有武功，還會怕妳逼我教妳麼？而且我若武功無敵於天下，又怎會躲在這谷中不敢出去？」

裴若然奇道：「你不是說你不想出去麼？現在怎地又說是躲在這兒，不敢出去？」

野人道：「不錯，我是既不想出去，也不敢出去。兩者皆是，也兩者皆非。我其實並不在這谷中，妳只不過偶爾夢到我在這兒罷了。」

裴若然頓時警覺，知道自己身處夢中，趕緊往四周望去，但見身旁的景象游移飄浮，模糊不清，心中一凜，叫道：「小虎子，快來！」

她聽見武小虎回答的聲音，卻看不見他的人。裴若然心中驚惶，立即使出擒拿手，抓住那野人的手臂，叫道：「你別走！」

野人手臂被她抓住，既不掙扎，也不著慌，只不停地大笑，似乎覺得她此舉滑稽至極。裴若然繼續大叫：「小虎子快來！快來幫我捉住他！」

一陣混亂掙扎之下，裴若然陡然睜開雙眼，見到自己正緊緊地抓著武小虎的手臂，瘋了似地大叫著，全身盡被汗水溼透。

武小虎神情關切，問道：「六兒，妳沒事麼？又做夢了？」

裴若然喘息不止，說道：「我又見到那個野人了。他跟我說，神箭韓峰夫婦就埋葬在這山谷中，他們一生的武功也都留在這谷中了。還說谷中有三種神功，不是兩種。」

武小虎懷疑地道：「妳說妳又夢見了那個野人？他是個鬼魂麼？怎能時不時出現在妳

的夢中，跟妳說話？」

裴若然搖頭道：「我不知道。」她跳起身，說道：「不管他是鬼魂，還是眞人，總之每回他說的話都頗爲可信。他告訴我，第一先要發現這山谷的眞正名稱，這他之前已經告訴我了。第二須得找到藏在谷中的三種神功，第三則須發現四十六個山洞的祕密。山洞的數字我們已發現了，如今還缺一種神功。那會藏在何處？」

武小虎道：「妳方才說，神箭韓峰夫婦仙去後便埋葬在這山谷中。莫非會在他們的墳墓左近？」

裴若然眼睛一亮，說道：「大有可能。那野人所說的每一句話，背後都藏有玄機。我問他兩位前輩的墳墓是否在谷中，他回答是，卻不肯帶我去。我問他爲什麼，他說百年來有許多人試圖盜墓，因此不能讓我知道墳墓的所在。」

武小虎一呆，說道：「盜墓？」

裴若然搖頭道：「我根本沒想過什麼盜墓。他們夫婦晚年隱居於這生死谷，世間少有人知。他們留下了弟子傳人，一代代率領孩童入谷受訓，我猜爲的便是讓人相信他們的武功和墳墓確實在這山谷之中。事實上他們的墳墓多半並不在此，他們留在這山谷中的，只有他們的絕世武功。」

武小虎道：「妳說那野人說，谷中藏了三種神功。我們在石牢中找到了『金剛袖』，在崖壁的洞穴中找到『金剛頂』。第三種不知藏在何處？」

裴若然吸了一口氣，說道：「我們只道已找遍了這個山谷，其實我們找得必然還不夠徹底，一定還有地方我們未曾找過。唯有尋得那第三種神功，才能明白那四十六個數字的眞正含義。」

第七十九章　神功

之後十餘日中，兩人一寸一寸仔細地搜索生死谷，幾乎將山谷的草皮都翻遍了，努力尋找那第三種神功。這時天候已然十分寒冷，幸而兩人早有準備，入谷前便已帶上了輕暖的皮裘皮帽、牢固的皮靴，加上金剛頂和金剛袖神功護體，每日在谷中攀上爬下地搜索，並不感覺寒氣入骨。

每到夜晚，兩人便在四聖洞外生起營火，坐在山洞中練功或閒談。從谷底很難望見天空，但每當天晴之時，偶爾能遠遠望見一小片的繁星，在頭頂上不停地閃耀，此時兩人心中都甚感平靜安詳，彷彿世間不能有比這生死谷更加安寧平和的所在了。

武小虎的瘋病雖已痊癒，但言語漸少，日益沉默，神色也顯得鬱鬱寡歡。裴若然知道他掛念吳元鶯，心中暗暗不快，也只能盡力安撫，說道：「我們一定能夠找到神功，練成出谷，救出小鶯。你須得有耐心，我們一定辦得到的！」

然而冬天過了一半，兩人卻仍舊毫無線索，並未在谷中找到任何新的刻字。

武小虎愈來愈急躁不安，裴若然也愈來愈徬徨，無法確定他們在此逗留是否徒然浪費光陰。她只能祈求那野人會再次出現，給她多一些的指點暗示；然而那野人卻不知所蹤，不論是在眞實的世界或在她的夢中，都未曾再出現過。

轉眼寒冬十二月已至，氣候驟寒，天下起大雪。裴若然和武小虎存下的糧食仍舊足夠過冬，但裴若然忽地心血來潮，說道：「我突然很想吃魚。小虎子，我們去瀑布下的深潭捕魚，好麼？」

武小虎笑道：「妳要不怕冷，咱們便去吧！」

於是兩人來到瀑布之下，這時天候奇寒無比，更甚以往，不但深潭結成了厚厚的冰，連瀑布的水都已凍結，形成一道厚厚的冰牆。

武小虎跳到潭邊的大石頭上，踏上黑沉沉的冰層，蹲下身望著腳下，搖頭道：「這冰太厚了，打不穿，看來咱們是吃不到魚了。」

裴若然卻呆呆地站在潭水之旁，良久不出聲。

武小虎感到奇怪，回頭望去，但見裴若然雙眼圓睜，凝視著冰牆之後的山壁，做夢似地說道：「小虎子，在這兒了！」

武小虎凝目望去，但見山壁上隱約刻著幾個大字：

金剛目

之後的文字寫著：

「金剛之目，上天入地。五眼具足，破生死識；觀自性空，成就殊異。目視八方，無遠弗至：一傳慈悲，二傳喜捨，三傳智慧，四傳禪定，五傳福壽，六傳醫藥，七傳平安，八傳如意。」

武小虎也看呆了，望著冰凍瀑布後的文字，喃喃道：「金剛頂，金剛袖，最後一種神功金剛目竟然在這兒！」

即使聰明如裴若然，也未曾料想得到，這第三種神功竟就藏在瀑布之後！而若非天寒地凍，將瀑布的水也凝結成冰，他們也不會見到這隱藏在瀑布後的文字。

兩人站在瀑布之前，呆了許久，才忽然大叫起來，互相擁抱，又跳又笑。過去這幾個月的辛苦血汗畢竟沒有白費，他們終於找到了藏在谷中的第三種神功！

裴若然當即飛奔回到四聖洞中，找出紙張墨條，又奔回瀑布之前，將那篇「金剛目」神功逐字抄了下來。

兩人回到四聖洞中，將三篇神功的文字都取了出來，並排而放，依照上下次序，金剛頂最先，金剛目其次，金剛袖最後；又將那四十六個數字放在下一排，輪番抄出了一段文字：

欲成神功，先明生死。
凡所有相，皆是虛妄。若見諸相非相，則見如來。
一切有爲法，如夢幻泡影，如露亦如電，應作如是觀。

裴若然心中震動：「如夢幻泡影！確實如此。我此番回到山谷中的經歷，果然一切有如夢幻一般，變換無常。我做的那許多怪夢，見到的野人，以至於小虎子的生死存亡，我所在意的一切人事物，我都無法確知究竟是眞實的，還是虛假的。這第二句話說道：『凡所有相，皆是虛妄』，想來便是這個意思了。」

她側頭望向武小虎，想知道他心中在想些什麼。但見他緊抿著嘴，神色看來十分嚴肅。裴若然隱約猜知，武小虎的心境和自己一般，對世間執著甚多，貪愛甚深，尤其對殺道和天殺星的仇恨怨念，對小鶯的眷戀愛惜，在在都深刻難解，都是綁住他、令他無法解脫的繩索。

她吸了一口氣，說道：「這幾句話，看來像是佛經中的語句。我讀經不多，不知出自哪部佛經。你見過麼？」

武小虎搖搖頭，說道：「我從未讀過佛經。」

裴若然沉吟道：「兩位前輩將這幾句話珍而重之地隱藏在此，其中定有莫大含義。我們得去找出這幾句話的出處，再做道理。」

武小虎點頭稱是，神色卻顯得有些疑慮。

裴若然道：「怎麼？你不想繼續追究下去了？」

武小虎沉默一陣，才道：「我只是不願意相信世間一切都不過是夢幻泡影。倘若當眞如此，我又爲何會經歷這許多艱難痛苦？我殺了這麼多的人，他們死亡時的痛苦都是眞的，不是假的。」

裴若然不知該如何回答。死亡的痛苦自然是眞實的，她親眼見過許多死亡，感受不可謂不深。她想了想，說道：「小虎子，我們做了一輩子的刺客，時時出手取人性命。一條性命的生死，全繫於你我的一念之間；只在一瞬之間，人便能由生到死。殺人取命是眞是假，我不知道；然而對失去性命的人來說，一死之後，一切都確實即刻化爲夢幻泡影，不復存在了。」

武小虎搖頭道：「我想這句話不是這個意思。它不只是說人死之後一切便化爲泡影，而是說人在活生生之時，一切世間上的事物便已是夢幻泡影了，只不過我們當它們是眞實的，在其中感受喜怒哀樂，愛惡懼怖種種情緒，無法自拔。」

裴若然想了一陣子，微微點頭，說道：「或許你的解釋才是對的。然而你我對佛經了解得太少太淺，若想了解這兩句話的意義，必得出谷追尋這兩句話的出處。」

武小虎不再言語，只點了點頭。

兩人於是攀繩出谷，喬裝改扮成一對老夫婦，到處收購佛經。山腳的市鎮太小，寺廟中的佛經殘缺不全，兩人來到百里之外較大的市鎮汝州城，拜訪擁有藏經閣的寺廟，要求借閱佛經。僧人見這對老夫婦熱衷佛法，自然歡迎得緊，便讓他們自行在藏經閣中閱覽佛經。

裴若然和武小虎雖識得字，但對佛經中種種詰屈聱牙、深奧難明的字詞仍有許多不解之處，看得似懂非懂，只能快速讀過，尋找那兩段偈語。有一回，裴若然翻閱一部《佛說妙色王因緣經》時，見到裡面的一段偈語：「一切恩愛會，無常難得久。生世多畏懼，命危於晨露。由愛故生憂，由愛故生怖。若離於愛者，無憂亦無怖。」心中觸動，若有體會，對武小虎道：「你看這段偈語。」

武小虎讀過之後，微微搖頭，說道：「世間倘若無所愛者，那人活著還有什麼意味？」

裴若然想起武小虎對吳元鶯的一番癡戀，也想起自己對武小虎和天殺星兩人的深刻關懷，輕輕嘆了口氣，沒有再說什麼。

兩人繼續埋頭尋找，花了將近一個月的工夫，翻閱了上百部的經典，才找到了生死谷中那兩句偈語的出處：東晉高僧鳩摩羅什翻譯的《金剛般若波羅蜜經》。

裴若然甚感失望，說道：「兩位前輩大費周章，在谷中設下重重謎團，藏起來的兩句話竟然是人人都可閱讀的佛經中的語句！這是所爲何來？」

武小虎道：「妳不是說宇文女俠生性頑皮，莫非她這麼做，是故意跟後人開玩笑？」

裴若然嘆了口長氣，說道：「誰曉得？總之我們費了這麼大的勁，花了這麼多的工夫，結果並未找到什麼深奧的內功，只找到了幾句關於解脫生死的佛語！」

武小虎搖搖頭，不知能說什麼。

裴若然道：「然而那『金剛目』內功，也值得一學。或許那是比『金剛頂』和『金剛袖』更高深的內功。」

武小虎吸了口氣，說道：「也只能這樣了。我們現下卻該去何處？」

裴若然道：「還是回去生死谷吧。」

住了下來。

武小虎雖不情願，仍答應了。於是兩人備齊了糧食衣物，再度攀入谷中，在四聖洞中

裴若然和武小虎在生死谷中待了約莫半年的時光，度過了嚴寒的冬天，又度過了溫暖的春天。兩人每日探討鑽研、專注苦練，將一部《金剛經》讀得滾瓜爛熟，也將「金剛目」內功練得十分純熟。他們發現「金剛目」內功講究的是內省觀照的功夫，因此以「目」為名。說是內功，其實乃是一套止觀的禪修功夫，教人如何數息、觀想、內觀、明心見性。

他們這回帶了數百卷的佛經進入生死谷，所有的時光都用於修習止觀禪坐，研讀《金剛經》和其他佛門經典，對經中所說種種解脫生死之道明白得愈來愈多，疑問也愈來愈深。

他們心中都已明白，佛經中探討的「解脫生死」之道並不能增強他們的武功，他們的武功仍舊只有「金剛頂」和「金剛袖」內功，加上當年學過的少林拳腳兵器，以及在如是莊中學得的殺術。然而這些日子以來研讀佛經，他們也逐漸明瞭了，「生死」乃是凡人此生必學的功課，唯有對生死擁有透徹的了悟，明白世間一切都是夢幻泡影，如露如電，才能離苦得樂，徹底解脫。

然而在此之前，他們仍有尚未解除的憂慮，尚未卸下的責任和負擔。他們須得出谷，面對殺道，救出小鶯。

一個晚春之夜，洞外風雨交加，兩人生起營火，待在洞中。武小虎忽道：「我離開長安之後的日子，一半花在石樓谷，一半花在如是莊。六兒，妳想過麼？這兩個地方有什麼關聯？」

裴若然心中一動，說道：「這生死谷乃是韓峰夫婦隱居之處，莫非如是莊也是他們所建造的？」

武小虎抬頭望著石壁，他們之前已將兩句經文寫在石壁之上：

凡所有相，皆是虛妄。若見諸相非相，則見如來。

一切有爲法，如夢幻泡影，如露亦如電，應作如是觀。

裴若然呆望一陣，忽道：「莊中房舍的命名，與這幾句話大有相關之處。」

武小虎皺眉道：「什麼關聯？莊中房舍叫做什麼，我大多不記得了。」他在莊中住了三四年，對莊中各處房舍極爲熟悉，但卻很少留意各處房舍叫做什麼名字。

裴若然忽然跳起身，取過樹枝，用營火的灰燼畫出一個長方形，說道：「這是如是莊。」又在南方畫出一個大殿，說道：「這是『凡相殿』。」

武小虎拍手點頭道：「『如是莊』，出自『應作如是觀』。『凡相殿』出自『凡所有相』。」

裴若然在凡相殿以北畫了一個中庭，再往北又畫出一間房室，接著說道：「這是『有爲堂』。」

武小虎漸感興奮，說道：「不錯，『一切有爲法』！」

裴若然又在凡相殿左右畫出兩堂，說道：「這是我們往年練武的『如露堂』和『如電堂』。」

武小虎點頭道：「『如露亦如電』！」他跳起身來，甚是興奮，問道：「這些殿堂的名稱，妳怎記得如此清楚？」

裴若然道：「我曾在莊中四處尋找匾額，好知道每個地方叫做什麼。莊中大部分的房舍都有匾額，字跡陳舊，很多都已腐蝕，但字形大多可以辨認。」

她繼續在有爲堂的東側畫出一間房舍，說道：「這是大首領的住處。」

武小虎道：「我知道大首領住在這兒，但並不知道叫做什麼。」

裴若然道：「我知道。大首領的住處叫做『夢幻樓』，道友的住處則叫做『泡影樓』。我們弟兄們住的西廂叫做『諸相廊』，南廂則叫做『非相廊』。」

她說到此處，與武小虎對望一眼，心中振奮難已，顫聲道：「莫非……莫非生死谷中的這兩句話，是在指點我們去如是莊中尋找什麼？」

武小虎點點頭，說道：「看來生死谷含藏的祕密，須回到如是莊中尋找。」

裴若然沉吟道：「如果莊中的房舍以這幾句經文來命名，或許我們照著經文的順序去探尋，便能發現什麼祕密。」

武小虎望著地上的地圖，說道：「這幾句話的作用，或許便是將如是莊中的房舍串連在一起，照順序走去？」

裴若然觀望良久，搖頭道：「我們人不在莊中，實在難以想像。看來非得回去一趟，才能發掘這個祕密。」

兩人興奮非常，決定雨一停，便立即出谷。

臨要出谷，裴若然忽又感到有些不捨，對武小虎道：「我若待在這谷中，繼續參悟生死之義，一輩子不出谷，也能夠安住滿足。如今我們決定出去，我希望能做到兩件事，日後才能安心留在此地。」

武小虎點點頭，說道：「我也有想做之事。妳先說。」

裴若然道：「第一，我要回到如是莊，找出生死谷的祕密。第二，我要回歸殺道，阻止他們再次送孩童入石樓谷。」

武小虎點點頭，說道：「妳這兩件事，我都全心支持。我想做什麼，妳想必清楚。我要去找小鶯，帶她遠離天殺星，遠離殺道。」

裴若然點頭道：「你想做之事，我也全心支持。」

兩人心意相通，於是找到了之前入谷所用的繩梯，沿著繩梯攀出谷去。

石樓谷離如是莊不遠，兩人出谷後的第一件事，便是喬裝改扮，來到石樓山腳下城鎮探聽消息。他們很快便得知殺道中發生的大事——大首領回來了。

沒有人知道大首領之前去了何處，爲何會在京城中消失一年半，才又再次出現。

數月之前，正值寒冬，大雪紛飛，大首領忽然獨自出現在如是莊的門口，衣著神態一如平時，外表既不憔悴，也不顯得神祕或得意，好似他不過是去了一趟名山大川，遊山玩水，雲遊一番後，便施施然回到如是莊了。

潘胖子、雲娘子等都驚疑不定，暗暗猜測這一年半載究竟發生了什麼事。他們向大首領探問，大首領只擺擺手，說道：「我爲俗事纏身，難以解脫，因此耽擱了一段時日。」

潘胖子等試圖詢問所謂「俗事」是指什麼，大首領卻面無表情，搖頭不答。

即使大首領好似若無其事一般，殺道道友們卻都戰戰兢兢，如履薄冰。這段時日中，他們已討論過無數次，猜想大首領的去處和遭遇，彼此勾心鬥角，合縱連橫，準備踢下潘胖子，爭奪道主之位。如今大首領好端端地回來了，他們這一年多來的所作所爲、一言一行都將難以掩藏，很快便會傳入大首領的耳中。道友們個個對大首領恐懼非常，一想起自己曾顯露出叛道之意，便心驚肉跳，食不知味，睡不安枕。

裴若然和武小虎在如是莊左近潛藏打聽了數日之後，便知道叛變一觸即發，無可阻攔。他們只感到不可思議，這些道友怎敢耽擱幾個月的時光，至今尚未發難？

裴若然道：「不如便等他們發難，讓他們內鬨完了，我們再進莊便是。」

武小虎道：「此時情勢未明，我們該尋找時機，趁早下手。」

裴若然知道他心急吳元鶯的安危，說道：「你別擔心，小鶯一定沒事的。我們得混入如是莊，設法找出她的所在。然而行事不可急躁，大首領失蹤那段時光頗爲可疑，我猜想他是故意躲藏隱匿起來，藉以暗中觀察道友的反應。如今他們一一露出了馬腳，大首領想必已準備好下手收拾他們，絕對不會讓反叛成功，更不會輕易死於叛徒之手。」

武小虎問道：「我們該如何混入莊中，而不被人發現？」

裴若然道：「我們易容改裝，要混入莊中應當不困難。入莊之後，我便帶你進入地底甬道，看看能否找出生死谷和如是莊的聯繫，或是探聽到什麼消息。」

第八十章　遺書

裴若然和武小虎兩人假扮成莊中僕役，從如是莊的後門溜入。兩人對山莊都極爲熟悉，輕易便進入了莊中。

等到夜深人靜之時，裴若然帶著武小虎來到有爲堂旁，茶水間地底通道的入口，低聲道：「我們下去之後，一點聲響都不能發出。你若有話跟我說，便在我肩頭拍兩下，我帶你去可以言語的地方。」武小虎點頭答應。

裴若然將那偈語在心中默念一遍：「凡所有相，皆是虛妄。若見諸相非相，則見如來。一切有爲法，如夢幻泡影，如露亦如電，應作如是觀。」說道：「第一句是『凡所有相』，我們先去凡相殿的地底，從那兒開始，一路探尋，看看有何發現。」

她當先躍入地底甬道，武小虎也跟著躍下。甬道中一片漆黑，伸手不見五指。裴若然憑著記憶，伸手摸著左首的土壁，舉步走去。兩人輕功都高，走起路來毫無聲響，甬道中寂靜如恆。

裴若然先來到如是莊正中的凡相殿的地底，接著以手摸著土牆，走向西方的「諸相廊」，那是眾弟兄的住處；武小虎靜悄悄地跟在她身後，又跟著她走向西南方的「非相廊」。裴若然感到地勢時而往下，時而往上，心中惴惴：「這條路徑我從未走過，爲何如此高低起伏？」

她鼓起勇氣，想起下一段：「一切有爲法」，舉步走向莊子正北方的「有爲堂」，再念著下一段：「如夢幻泡影」，走向東北角的「夢幻樓」，正是大首領的住處。她心想：「這兒便是大首領的住處之下，或許能聽見什麼消息。」

然而頭上一片寂靜，大首領的居處顯然無人，連隔壁的偏廳也空無一人。這兒平時只有大首領和雲娘子，以及大首領的兩個貼身婢女能夠進入。

裴若然繼續往南，來到「泡影樓」的地底，這兒地面上住的都是其他前輩道友。接著她念著下一句：「如露亦如電」，走向莊子西南的練武堂如露堂，再次穿過凡相殿的地底，來到如電堂。

這時她已知道，地底的通道藏了許多玄機。她原本以爲地底通道全都是一樣深淺，這時才知道這些地道其實有許多高低起伏，同一個方向可能有許多通道，她根據偈語指點的路徑走去，來到如電堂地底時，忽然感到腳下有一道往上的階梯。

裴若然一呆，耳聽四下無聲，心想半夜三更，如電堂左近應當無人，便冒險對武小虎道：「這地方我從未來過。階梯上不知是什麼？」

武小虎低聲道：「上去瞧瞧。」

兩人沿著階梯而上，來到盡頭，裴若然伸手摸去，似乎摸到一扇鐵門，觸手冰冷。她伸手輕輕一推，那門竟然開了一條縫，她不禁一怔，心想：「這是什麼地方？」

她屏息傾聽一會兒，什麼也聽不見，確知室中無人，才輕輕推開鐵門。那門許久未曾打開，發出吱呀之聲。裴若然在黑暗中等候一陣，確定周圍毫無人聲，才從懷中取出火摺點起，四下一望，但見室中周圍竟然全都是書櫃，櫃中擺滿了書籍。

武小虎跟在她身後進入室中，四下張望，兩人都不禁好生驚訝。他們信步走去，在祕密室中瀏覽，見櫥櫃中的書都已十分陳舊，紙色發黃，堆滿灰塵，有些還被蟲子蛀壞了。室中的一角設有數張書桌椅凳，桌上放著早已朽爛的文房四寶，顯是一間供人讀書寫字的書房。

裴若然來到一個書櫥之前，伸手抽出一冊來看，封面寫著《佛說妙色王因緣經》。她記得曾讀過這部經，翻開之後，果然見到了那段熟悉的偈語：

「一切恩愛會，無常難得久。生世多畏懼，命危於晨露。由愛故生憂，由愛故生怖。若離於愛者，無憂亦無怖。」

她心中觸動，暗想：「由愛故生憂，由愛故生怖。這兩句話說得太對了。若要無憂無怖，便須離愛。但是說來容易，做來卻何其困難！」

她望了武小虎一眼，想起自己曾讓他看過這段偈語，他當時甚感不以爲然，認爲世間倘若無所愛者，那人活著還有什麼意味？

裴若然輕嘆一聲，悄悄闔上經冊，放回書櫥，又取出幾冊來看，但見都是佛經。兩人爲了找到生死谷中那幾句密語的出處，曾躲在寺廟的藏經閣中翻閱了數千卷的佛經，這兒的佛經有許多他們曾讀誦過，頗爲熟悉。

裴若然將佛經一一放回書櫥之中，來到書房正中的一張桌子前，桌上呈放著一個匣子，上面堆滿灰塵，顯然很久都沒有人碰過了。她以袖子包住手，輕輕抹去灰塵，只見灰塵抹去之處一片黃澄澄的，那匣子似以黃金製成，只是年代久遠，黃金都已失色了。

裴若然小心地打開匣子，裡面露出一本薄薄的書冊，首頁寫著「石峰遺書」四個字，字跡甚是勁拔俊逸，隱隱與那生死谷的字跡相似。

裴若然心中好生興奮，幾乎要歡呼出聲，忙招手讓武小虎過來。武小虎見到這本書冊，眼睛也是一亮，低聲道：「遺書！」

裴若然咬著嘴唇，思慮一陣，轉身從書櫥中取過一本佛經，大小與那石峰遺書相近，伸手取出了金匣中的遺書，換了那本佛經進去，小心翼翼地關上金匣。

兩人又在密室中探索了一陣子，發現一個書櫥的書冊並非佛經，書冊有的畫有招式圖形，有的寫滿經脈穴道的名稱，顯然是武功祕笈。兩人如獲至寶，但這整個書櫥中總有數百本的武學祕笈，卻不知該從何挑起。

武小虎搖搖頭，說道：「太多了。」

裴若然道：「這地方隱密非常，看來已有上百年沒有人來過。我們不急著取走物事，下回再來慢慢研究。」武小虎點了點頭。

兩人不敢多待，也不敢多拿，最後只取了那本遺書，便潛出祕密書房，一路出了如是莊，來到山腳的藏身處。

武小虎顯得有些擔憂，說道：「我們從密室取走遺書，不知兩位前輩會否不快？」

裴若然理直氣壯地道：「我們既然破解了生死谷的祕密，得知兩位前輩指點我們來如是莊尋找那間祕密書房，自然應當取走遺書，仔細拜讀。」

武小虎點頭道：「既然如此，我們快打開看看。」

裴若然取出那部《石峰遺書》，但見第一頁便寫著：

「韓峰、宇文還玉謹囑後世：此書所述隱密，詭異莫名，無誠者勿閱，閱者勿懼，行者勿疑。」

裴若然和武小虎對望一眼，繼續讀了下去。

遺書中詳細敘述李氏開創大唐，兩人退隱之後，如何找到了那個無名山谷，在谷中定居。一兩日後，他們便發覺這山谷十分古怪，夜晚睡眠時往往會做奇怪的夢，令人遍嘗恐懼孤獨、後悔辛酸、混亂疑惑。他們感到極爲詭異，在好奇心驅使下，兩人在谷中居住了許多年，努力發掘這個山谷的祕密。

他們發現人入谷以後，都會逐漸陷入半眞半夢的情境，再也無法分辨眞假虛實。韓氏夫婦二人自幼長住禪寺，靜定功夫深厚，因此能從佛經中得到種種啓發引導，並未被這山谷的眞假虛實所惑，反而對生死有了更深一層的體悟。兩人在谷中潛心修行，豁然開朗，在禪定、悟境和武功上都有了莫大的成就。最後他們終於領悟，這山谷乃是人間異地、佛門聖境，能夠幫助人看破虛妄，解脫生死，因將山谷命名爲「生死谷」。

之後他們的孩子在生死谷中出生，他們發現了一件更奇怪的事：小孩子並不會受到谷中神祕力量的影響，不會做古怪詭異、真假難辨的夢，或是陷入虛實難分的妄境。更甚者，小孩兒若在七八歲年紀前入谷，沉浸於山谷靈氣之中，於谷中居住三年，在成年之前離開山谷，這股靈氣便能一輩子不離身，讓孩童神清骨逸，智慧超卓，不同凡人。

裴若然讀到此處，忍不住怒從心起，高聲道：「什麼靈氣！什麼不同凡人！兩位前輩輕信這等無稽之談，也未免太胡來了！」

武小虎卻十分沉著，說道：「原來如此！他們每隔二十年便送一群七八歲的孩童入谷，並非為了培養隱流的下一代接班人，而是為了讓……讓孩童們在谷中居住一段時日，發現這生死谷的祕密！」

裴若然兀自憤怒無比，無法自制，說道：「不管為了什麼原因，將孩童帶離家人、送入谷中，這件事本身便殘忍至極！不管用什麼超然出世的理由去解釋，都不可原諒！」

武小虎搖頭道：「石樓谷演變至今，顯然已偏離了他們的原意。我們再讀下去。」

裴若然強忍怒氣，繼續讀了下去。

接下來遺書中又說到他們挑選了六名孩童入谷，大多是孤苦無依的路邊乞兒。他們帶著這群孩童在谷中住了三年，教他們讀書識字，拳腳武功，同時讓他們自由在谷中四處盤桓遨遊，毫不阻止。

很快地，這六個孩童便攀上山壁，找到了一個石穴，以及從石穴出谷的通道。韓峰和宇文還玉想保留這條出谷的通路，於是在石穴中刻下了他們新創的內功心法「金剛頂」，讓六個孩童習練。孩童們果然很快便迷上了內功，韓氏夫婦告知孩童們必須練成了「金剛頂神功」，才能出谷。孩童們於是專心練功，再也不動出谷的念頭。

那幾年中，孩童們將整個山谷都玩遍了，找到了沼澤中的通路，山崖下的石洞，也就是後來的石牢，以及瀑布後的洞穴等。孩童們各有喜愛之地，韓峰夫婦便依照他們的性情，讓他們修練不同的武功，將「金剛袖」內功刻在一個小山洞的頂壁，又將「金剛目」神功刻在瀑布後面的山壁之上。

孩童們頑皮心起，在山谷北方的一片崖壁之上，一人鑿出一個洞穴，當做閉關修練之地。之後第二批、第三批的孩子入谷，又各自在崖壁上鑿洞，最後加起來便有四十六個。這第一批孩子年紀大一些後，韓峰夫婦便帶他們出谷，並在石樓山上建造了一間莊園，取名爲「如是莊」。他們在莊中設置各種練功處所，讓孩童們修練高深武功。韓氏夫婦其實並無門派，弟子功成之後，便自稱爲「隱流弟子」，四處行俠仗義。這些弟子武功高強，遇上危難時，往往能置生死於度外，擇善固執，正氣凜然，彷彿爲世間注入一股清流。

韓氏夫婦甚是欣慰，於是又找了第二批弟子，共有十二個孩子，親自在谷中教導諸童文學武功。這第二批弟子也甚有成就，長大後個個都是文武雙全的人才，成爲「隱流」的第二代。

然而到了第三批弟子後，情勢開始有了變化。第一代和第二代的弟子知道入谷受訓的種種好處，於是各自招攬自己和親友的子女加入，一共挑了二十八個孩子。韓氏夫婦覺得人數太多，他們倆又年事已高，照顧不來，便讓第一代的弟子負責帶領這一代的孩童。

然而這些第一代弟子此時年紀已有四五十歲了，他們許久未曾入谷，一入谷便遇上重大的問題——這六名弟子一一陷入恐怖的夢境，無法自拔，六個人中有三個發瘋，一個試圖自盡，剩下的兩個拒絕留下，堅持要出谷。

韓氏夫婦無奈之下，只好在八十高齡之際，第三度入谷帶領孩童。谷中陰溼寒冷，兩人又年老體弱，逐漸無法抵抗谷中的陰氣，相繼病倒。

第一代和第二代的弟子們見到師傅病倒，竟在暗中醞釀，彼此爭奪隱流流主之位。韓峰夫婦驚然發現，弟子們雖感染了生死谷的靈氣，文學武功俱佳，但並未能眞正了脫生死，看破世情。他們仍舊執著於權力武功，名聲地位，因此才會爲了流主之位而爭執不休。

韓氏夫婦百思不得其解，兩人將一身高明武功全都傳給了這兩批弟子，毫無保留藏私，他們還在覬覦什麼？

後來韓氏夫婦才終於明白，弟子們想要的不只是他們的武功，也想要他們的財富，以及伴隨著「隱流流主」而來的名氣和武林地位。這時隱流在江湖上勢力已十分龐大，追隨者眾，弟子們也各有一群弟子手下，各成勢力。眾人心中皆知，一旦韓峰夫婦去世之後，必得有人接掌隱流，成爲正式的流主，因此處心積慮，拚命爭奪此位。

韓峰夫婦不料自己親手教出的這兩批弟子，最終竟成爲追名逐利之徒，十分傷痛後悔。他們決定振作起來，撐著病體，改變帶領第三代弟子的方式，給予他們更加嚴格的訓練，讓他們在嚴冬之中缺乏糧食，面對自己的貪婪、自私和嗔恨，唯有能夠克服心中貪念和我執的弟子，才能夠出谷。

之後韓氏夫婦又將前兩代的十八名弟子全數帶入谷中，讓他們一一經歷谷中的眞假虛實、荒誕奇妄。弟子中有發瘋者，有失魂者，有受不了而自盡者。韓氏夫婦由此得知，心中存有貪嗔癡慢疑種種惡念者，便無法留在生死谷中，終將被懺悔痛苦、慚愧自責所吞噬。因此他們立下規矩：往後只有能夠「過三關」的弟子得以出谷，其他的弟子都將永遠留在谷中，不可離去。

當時他們立下的「過三關」，自然與裴若然和武小虎所過的三關大相逕庭。韓氏夫婦所謂的三關，乃是禪宗所說的「初關」、「重關」、「生死牢關」。「破初關」意爲參破第七識；「破重關」乃是破除八識田中的種子；「破生死關」則是破除無始無明，契入清淨法身。至於百多年後的「三關」怎會轉化爲裴若然等所經歷的「三關」，其間變化扭曲委實極大極深，只怕誰也說不清楚中間究竟發生了什麼樣的巨大轉折。總而言之，韓氏夫婦定下了「過三關」的規矩，只有證悟本心、破除生死的弟子可以出谷。這生死谷不只是個學武練武之地，更是修心煉心之地。

最後第三代的二十八名弟子之中，只有一半願意出谷，其餘人都決定一輩子留在谷中，閉關修行，不問世事，追求解脫。而那出谷的十四名弟子一去不返，韓氏夫婦並不知道他們下落如何。

裴若然和武小虎卻知道，這十四名第三代弟子繼續以「隱俠」之名行俠於世，仍自稱

「隱流」，行蹤隱密，不露形跡，不留名號。他們的弟子傳了數代，根據少林方丈所言，傳到第五代時，安史之亂發生，那一代的流主爲了撥亂反正，立志鑽研刺殺之術，一心刺殺亂臣賊子，保君衛國，爲民除患，並出手殺死了好幾個率軍叛亂的將領。然而這也大大地改變了隱流的傳統；這位流主傳下的弟子武功愈來愈偏門，最後只剩下了刺殺之術和毒術，更將隱流更名爲「殺道」。此後隱流弟子皆以刺殺之術聞名於世，第六代的「血居士」自創血盟，而第七代的無非道人更將殺道推上了刺客之道的顚峰。

遺書的結尾，立下「隱流」的三條規矩：

禮敬如來，持虛妄觀。

弟兄互助，毋自相殘。

破除無明，誓過三關。

裴若然和武小虎互相望望，心頭都不禁好生沉重悲哀。這三條規矩除了第二條外，其餘兩條和他們往年日日背誦的南轅北轍，毫無關聯。也不知道在哪一代的流主或道主之時，遭誰竄改過了，變成粗鄙幼稚的「四聖門」三道門規。

裴若然不禁嘆息，說道：「兩位前輩武功過人，禪定深厚，才能勘破生死，在那恐怖詭異的生死谷中安住，甚至以谷爲家。然而他們的弟子卻離參透生死相去甚遠，即使文才武功俱佳，能夠在世間行俠仗義，卻始終去除不了貪嗔癡，到頭來畢竟走上了邪路。那第三代弟子想來素質較佳，但是傳了數代之後，竟也淪落到殺手刺客之流！」

武小虎低下頭，說道：「或許這就是無常吧！兩位前輩能夠教出幾批了悟生死、行俠仗義的弟子，並讓生死谷的祕密流傳下去，已經很不容易了。」

裴若然吸了口氣，說道：「知道這些往事之後，事情便明朗了許多。生死谷確實是個古怪的地方，令人夢幻顚倒，無法分辨眞假。你記得麼？當有悟方丈提起派遣弟子入石樓谷傳授武功，曾說往年的方丈不願意讓弟子平白無故去送死，還說古來便有傳說，石樓谷只有孩童能入，成人入谷，有入無出。我當時只覺十分無稽，沒想到這傳說竟是眞的。」

武小虎點頭道：「不錯，地水火風四位師傅最後確實都死去了。他們就算沒有被大首領下令殺害，大約也會發瘋或自殺而死。但我仍不明白，那些入谷照顧孩童的成人呢？那些伍長、老大們，爲何不曾陷入幻夢昏聵？爲何能活著出來？」

裴若然搖搖頭，說道：「他們出谷之後，確實一個接著一個死去，沒死的也酗酒發瘋，神智不清。我當時便感到十分奇怪，曾深入探究，發現有的伍長老大確實是被弟兄報復殺死的，但是大多卻是自殺或是酗酒過度而死。我去見了鬍子老大和屠老大，但他們那時都已酗酒過度，完全失去神智，問他們什麼都已無法回答。」

武小虎甚是驚訝，說道：「他們全都死了，或是瘋了？」

裴若然點了點頭，說道：「一個不剩。」又皺眉道：「出谷後酗酒發瘋，我可以理解。那野人倘若出得谷來，只怕也會發瘋，活不長久。但那些伍長和老大們初入谷時，爲何不曾陷入幻境，見到幻象？」

武小虎沉吟道：「依我猜想，他們可能是靠著服用金婆婆的『醒夢散』，勉強保持清醒。我猜想他們在入谷之前便已服過藥物，之後每夜都繼續服藥，無法入睡，因此不會陷入幻境。」

裴若然奇道：「醒夢散？那是什麼藥物？你怎知道？」

武小虎不敢說出自己當時是因見到裴若然夜夜爲噩夢所纏，而去向金婆婆求助，只道：「我在如是莊時，曾因噩夢連連而去找金婆婆求藥。她告訴我，有種藥叫做『醒夢散』，可以讓人保持清醒，夜晚不會睡著，也不會做噩夢。但如果長期服用，藥效累積過多之後，便會上癮，再也無法自拔，最後發瘋而死。因此……因此我當時寧可忍受噩夢，也不敢服用。」

裴若然恍然道：「難怪當時金婆婆從不在石樓谷中過夜，每夜都乘坐竹籃出去！」她忽然想起一事，猛然望向武小虎，問道：「我們再次回到谷中時，都已不是孩童了。我陷入眞假難分的夢境，遇上那個野人，你卻爲何從並未見到任何幻象，經歷任何古怪夢境？」

武小虎搖了搖頭，說道：「我不知道。」過了一會兒，又道：「依我猜想，可能因爲……因爲……」

裴若然見他欲言又止，也不催促，只靜靜等候他說下去。

武小虎吸了一口氣，說道：「我想到幾個可能。妳記得我那時曾遭人陷害，被關入石牢半年麼？」

裴若然點頭道：「當然記得。」

武小虎道：「當時我親眼見到天牢星受傷，親手將他抬到金婆婆處，親眼見到他死亡。然而我在石牢中時，他們卻告訴我死去的是天貴星。我無法相信，他們便帶了天牢星來見我。我那時一見到天牢星活生生地出現在我眼前，便認定自己發瘋了。如今我才知道，石樓谷本身便十分詭異，每個人見到的實相都可能有所不同。天牢星之死只是我遇到的第一個例子。」

裴若然皺起眉頭，說道：「我只道那是老大們設下的陷阱，從未想過山谷本身便如此古怪。」

武小虎續道：「此外，我這回入谷不曾見到幻象，很可能便是因爲我曾患過瘋病。妳從未發過瘋，不知道陷入瘋病時的感受。我發瘋那時，完全分不清眞假，自己腦中浮起的人物、事件和情緒，全都以爲是眞實的，甚至爲之歡喜、哭泣、暴怒。那時我腦中一團混亂，無法思考，也無法分辨眞實世界和自己的虛假想像，大約與妳後來在谷中的經歷有些相似。我和妳一起落入谷中那時，便感覺自己又將陷入瘋狂的境地，感到虛實眞假全都混在一塊兒。我那時靈光一閃，立即告訴自己須得牢牢掌握住實相，才不致再次發瘋。可能因爲如此，我才沒有被生死谷中的幻境所迷。」

裴若然點了點頭，說道：「原來如此。」

武小虎又道：「還有一點，便是我曾自盡過，曾瀕臨死亡。我在死前的那幾刻中，這一生中所有發生過的事情全都在我眼前一閃而過，清清楚楚。那時我便知道，自己曾做過哪些對的和錯的決定，哪些決定讓我痛悔不已，哪些決定讓我心安理得。因此我知道……我知道我選擇的便是實相。」

裴若然心中暗暗佩服，伸手捏了捏他的肩頭，微笑道：「小虎子，你不但從瘋病中恢復過來了，而且還比一般人更加清醒，當眞無比難得！」

武小虎感激地望著她，微微一笑，說道：「不瞞妳說，我在谷中時，腦中一直想著小鶯的歌聲，才能讓自己保持清醒。我須得記住她的聲音容貌，才不會忘記自己爲何入谷，爲何活著。」

裴若然聽了，心中不知爲何感到一股難言的不安，忽然想起在祕密書房中讀到的佛經語句：「一切恩愛會，無常難得久。」「若離於愛者，無憂亦無怖。」暗想：「小虎子心中只有小鶯一個人，只爲了她而活，這絕非好事。他連自己的命都可以不要，卻始終無法放下對小鶯的執著，畢竟無法解脫執著。」

她暫且撇開心中憂慮，轉開話題，說道：「無論如何，《石峰遺書》雖解開了生死谷的謎團，解釋了隱流殺道的來由，但對於我們目前的困境並無幫助。你我二人若想脫離殺道，仍舊只有一條路。」

武小虎抬起頭，問道：「什麼路？」

裴若然神色嚴肅，說道：「我們不能繼續逃避下去，必須回歸殺道，面對殺道，進入殺道，毀滅殺道，恢復隱流創始時的宗旨！」

武小虎閉上眼睛，沉默不語。他從九歲起便跟隨著裴若然，唯她之命是從，絕不懷疑，絕不退縮。然而這時他卻有些動搖了。

裴若然自負能幹，滿懷野心，她想成就一番大事業有跡可尋，但這件事實在太過艱鉅困難。回歸殺道，這正是他最不敢也最不願意面對的一件事。他不知道自己還能跟著她走下去多遠；他生怕自己很快便會停滯不前，也擔心當自己走不下去時，裴若然是否能夠獨行？

第八十一章 叛變

武小虎心中只有解救小鶯一件大事，儘管無法全心支持裴若然的主意，仍舊說道：「六兒，妳滿懷雄心壯志，我只有佩服的分兒。妳知道我是怎樣的人。我不要地位，也不要錢財，更無心回歸殺道。然而只要能救出小鶯，讓她安穩地過日子，我什麼都願意做。」

裴若然見他談起小鶯時的神情口吻，心底的不安愈益濃厚，只能勉強忍住，點了點頭，說道：「我和你一樣關心小鶯的安危。確定她平安無事，自是第一要務。至於我想達成的心願，你若願意協助我，自是最好，但我也絕不勉強。但是你應當明白，殺道存在一日，小鶯便一日處於危險之中。」

武小虎嘆了口氣，說道：「我明白。」

裴若然道：「我們要回歸殺道，第一件事便是去找金婆婆。金婆婆在道中地位重要，誰能取得她的支持和她的毒術，便能占得上風。一直以來，她都在暗中保護著大首領，才令其他道友不敢輕舉妄動，不敢對大首領下手。我們若能得到她的首肯，事情便容易得多了。」

武小虎遲疑道：「若她不肯幫我們呢？」

裴若然道：「即使她不幫我們也罷，只要她不出手相助對頭便好了。而且我還有許多疑問想向她請教，我想她會願意告訴我們一些往事。」

兩人於是再度趁夜潛入如是莊，裴若然帶著武小虎潛入密道，來到藥園左近才回到地面，悄聲來到金婆婆的草屋外。

兩人尚未敲門，便聽屋中傳出金婆婆尖細的聲音：「不用來找我，我誰也不幫！」

裴若然和武小虎對望一眼，裴若然道：「婆婆，是我，天微星。」

金婆婆冷笑一聲，說道：「天微星又如何？我已說了誰也不幫！」

武小虎開口道：「婆婆，天猛星在此，有事相求。」

金婆婆靜了一陣，才冷然道：「天猛星，你既已離去，又何必回來？莫捲入此事！」

武小虎道：「我得救出吳家小娘子。請問婆婆知道她在何處麼？」

金婆婆道：「我不知道什麼吳家小娘子。你們走吧！」

兩人對望一眼，裴若然心中有太多疑問，說道：「婆婆，我們來此，並非想請妳幫忙。我只想請問您一件事。」

金婆婆冷然道：「妳問，我卻不一定會回答。」

裴若然鼓起勇氣，問道：「婆婆，請問您當年爲何割背？」

但聽草屋中腳步聲響，金婆婆開了門，冷冷地望著門外的兩人，低聲說道：「進來。」

兩人跨入草屋中，金婆婆關上房門，說道：「坐下。」

裴若然和武小虎在屋中坐下了。

金婆婆在平日熬藥的小凳子上坐下，望著裴若然，緩緩說道：「如今道中只有妳我二人割過背，因此我認爲妳可以知道詳情。」

裴若然道：「多謝婆婆願意告知。」

金婆婆道：「我是殺道第六代弟子。我們那一代只有四人出谷，便是紅血、白骨、金身和黑髮四人。黑髮被紅血害死，紅血便是後來離開殺道，自創血盟的血盟盟主血居士，白骨便是白骨精，金身便是我了。我們的師傅便是第五代道主，他爲了刺殺安史之亂的首腦，致力研究殺術和毒術。你們所學的一切殺術，以及殺道所知的種種毒藥，包括腐屍掌、殭屍散等等祕技，都是第五代道主發明的。他是個武學天才，也是個毒術高手。」

裴若然和武小虎聽她所言與少林有悟方丈所述兩相契合，都凝神傾聽。

金婆婆續道：「然而道主對我們四個弟子並不滿意，認爲我們入谷時只爲了練武，未曾以成爲殺手刺客爲目標，不夠心狠手辣，於是著手開始訓練下一代的弟子，也就是殺道的第七代弟子。這回出谷的也只有四人：無是、無非、無善、無惡。」

裴若然心中一動，說道：「無善，便是不久前曾託妳送信給大首領的無善娘子？」

金婆婆咬牙切齒地道：「不錯，正是她！」

裴若然道：「雲娘子說她是來刺殺大首領的，當眞是如此麼？」

金婆婆嘿嘿冷笑，說道：「誰知道？無善娘子險惡狡詐，誰知道她懷著什麼陰謀詭計？」又續道：「當年道主替這四個第七代弟子如此命名，自然有其用意。他希望這些弟子不分是非，不辨善惡，唯道主之命是從，奉命出手刺殺天下的任何一人。」

裴若然和武小虎心中都想：「我們這一代，不也是如此？」

金婆婆道：「其中最出色的，正是無善娘子。她殺人不眨眼，手段狠辣，從不出錯，是個極爲高明的殺手。道主對她十分欣賞，一心想將自己創出的獨門毒術傳給她。其餘三個弟子都不及她；無是便是你們所知的潘胖子，庸碌無能；無非則膽小怕事，退縮畏懼。唯一能跟無善匹敵的，便是無惡了。無惡武功既高，人又聰明，道主對他也頗爲欣賞。」

金婆婆頓了頓，又道：「無善嫉妒心極重，眼看道主對無惡青眼有加，便下手毒死了無惡，將他的屍體扔入山谷，她以爲沒有人知道，但都被我看在眼中。」

裴若然和武小虎對望一眼，心中都想：「弟兄間彼此競爭，互相殘殺，從幾代之前便開始了。」

金婆婆續道：「我們幾個第六代的弟子深知無善手段可怖，都慄慄危懼。爲了自保，我們四人決定聯手，向道主舉報無善殺害無惡之事。道主大怒，認爲我們誣告無善，蓄意冤陷她，竟爲此將我們四人逐出殺道，並威脅殺死我們四人。我爲了證明對道主的忠心，拯救其餘三個弟兄的性命，決意割背效忠。道主見我有此決心，才放過了我們四人，讓我們重新入道。」

裴若然聽了，心中一震：「金婆婆割背，竟然也是爲了救弟兄的性命！」忍不住問道：「後來呢？」

金婆婆神色陰沉，說道：「這時道主也漸漸看出無善問題不小，但他屬意的無惡已然死去，無是毫無才能，於是只能將希望寄託在無非身上，加緊培養他，盼他成器，未來能夠接掌道主之位。無善看在眼中，惱怒非常，數度在莊中大吵大鬧，隨手殺死了不知多少無辜的執事下屬、僕從婢女。若非她與無非感情深厚，早早便出手殺死無非了。不久之後，道主派無善去京城出手刺殺，她竟一去不回。道主派人去找，只找到一具血肉模糊的屍體，也無法確知是否便是無善。總之無善就此消失無蹤，無非順利當上了道主，便是你們所知的大首領。」

裴若然試圖將事情理出個頭緒，說道：「如此說來，這回大首領失蹤，很可能跟無善娘子有關？她上次回來，莫非想要奪取道主之位？」

金婆婆搖頭道：「無善想做什麼，天下間沒有人知道。你們回來，又打算做什麼？」

武小虎道：「我只打算救出吳家小娘子。她被天殺星帶走了，婆婆可知她是否在莊中？」

金婆婆翻起白眼，說道：「我說過了，我不知道什麼吳家小娘子。」

裴若然吸了一口氣，切入正題，問道：「婆婆，如今大首領回來了，我們該怎麼做，才能回返殺道？」

金婆婆淡淡地道：「你們從未離開過殺道，何言回返？事情簡單得很，你們去向大首領磕頭求饒便是了。他被那幾個道友弄得焦頭爛額，無善娘子又在背後不知搞什麼鬼。妳既然割過背，他應當信得過妳才是。至於天猛星嘛……」她望了武小虎一眼，說道：「道主對他向來十分忌憚，你們想必清楚其中原因。然而妳若跪求大首領原諒，他看在妳的面上，又是用人孔急之際，或許會放他一馬也說不定。」

裴若然吸了一口氣，說道：「如果跪求大首領便能換回天猛星的性命，我又怎會不願意？」

金婆婆冷笑一聲，說道：「妳願意爲他做這許多，怎知道他願不願意接受？」

裴若然聽了這話，微微一怔。武小虎望了她一眼，插口說道：「一直以來，天微星不斷幫助我、扶持我，這分恩情，天猛星永世不忘。」

金婆婆仍舊冷笑，轉身在藥櫃中搜索，取下一個藥罐，說道：「無善娘子毒術高明，很多毒藥我也解不了。這是我調製的解毒丸『百破解』，你們若遇上無善娘子，便趕緊服下，可保三個時辰內不中毒。見到她時，如果毫無防護，嘿嘿，只怕你們連自己怎麼死的都不知道！」

裴若然好生感激，恭敬接過了，小心收入懷中，忍不住問道：「婆婆，妳爲何要幫我們？」

金婆婆搖頭道：「我不是幫你們。我只是討厭無善，不願意見她回到殺道，掌握大權。你們若有機會除去她，定要及早出手，千萬不可遲疑。不然咱們全都要死無葬身之地！」

裴若然答應了，和武小虎一起跪倒拜謝。

金婆婆顯得甚是不耐煩，揮手道：「你們快走，快走！往後再也別來找我了！」

裴若然和武小虎告辭出來，悄悄離開了如是莊。

兩人來到山腳，裴若然道：「無善娘子聽來是個極爲可怕的人物。她當年一氣之下離開殺道，顯然只是以假死做爲掩護。她離去了這麼多年，爲何在此時回來？」

武小虎問道：「妳見過她麼？」

裴若然搖搖頭，說道：「我並未見過。但無善娘子曾來到石樓山腳下，通過金婆婆送信給大首領。大首領接到信後，十分激動，不斷追問金婆婆是否見到送信之人，看樣子並非恐懼，更像是出於好奇和關懷。之後雲娘子又說那無善娘子是大首領的『老情人』，他們兩人的關係顯然並不單純。」

武小虎道：「大首領接到那封信後，是何反應？」

裴若然道：「大首領立即便出門去了，也不曾告訴我們他要去何處，將去多久，只草草將道中事務交給潘胖子和我處理，便趕著離開。一個月後，他忽然又回來了，立即將我派回長安家中住下，之後又發生了什麼事情，我便不知道了。」

武小虎早早便被大首領送離如是莊，回到京城的武相國家，知道得自然更少。兩人猜測這無善娘子究竟是什麼人，爲何在此時回到如是莊，卻都不得要領。

裴若然道：「看金婆婆著緊的模樣，雲娘子發動叛變，很可能就在這幾日間。我認爲我們應當等候一陣，觀望情勢。如果雲娘子當眞動手了，我們便可從中得利。」

武小虎望向她，說道：「妳打算出手相助大首領，掃除叛徒，以取得他的信任，還是幫助雲娘子推翻大首領？」

裴若然咬著嘴唇，說道：「我不知道。兩相權衡，我還是寧願讓大首領繼續擔任道主。出手幫助大首領鎮壓叛變，或許是回歸殺道的唯一方法。我們走著瞧吧。」

兩人商討之下，決定當夜便從密道進入大首領的居室偷聽，待摸清了狀況之後才現身。裴若然道：「我知道如何來到大首領居室旁的藏寶室，但是那兒有扇鐵門，總是閂著。」

武小虎道：「沒有別的通道麼？」

裴若然道：「從有爲堂進去，太容易被人發現。只有地道隱密，不會被人發現。我們或許可以試著從門縫挑開門閂，進入藏寶室，看看藏寶室通往大首領房室的何處。」

武小虎道：「試試不妨。」

當天夜裡，兩人潛入大首領寢室的地底甬道中，順著階梯上去，試圖打開鐵門。但鐵門內似乎有門閂攔住，武小虎使勁去推，鐵門仍紋絲不動。他用破風刀試著挑開門閂，忙了半晌，卻毫無進展。兩人正一籌莫展時，忽聽腳步聲響，似乎有一人從遠處向著這邊走來，很快便來到了鐵門之內。

兩人早早便停下手，屏氣凝神，抓緊兵刃，生怕那人是因聽見鐵門後傳來聲響而過來檢視。那人來到鐵門之旁，但聽咔啦聲響，那人似乎拔去了門閂。接著那人伸手推開了鐵門，確定鐵門可以打開，隨即關好鐵門，快步離去。

裴若然和武小虎都極爲驚異，等了良久，確定那人已遠去之後，武小虎才開口道：「那人自己打開了門！他是特意來幫我們開門的麼？」

裴若然吁了口氣，說道：「自然不是。他並不知道門後有人，毫無防備，我們方才可以隨手取他性命。我想他是故意來打開這扇門的，大約是爲了逃脫之用。」

武小虎點點頭，說道：「便宜了我們，自是好事。」

裴若然回想那人的腳步聲，說道：「那人不知是誰？殺道中人的氣息我都熟悉，但我卻無法辨認那人。他腳步輕盈，顯然身負武功，並非莊中的僕從婢女。」

武小虎搖搖頭，說道：「我也未能認出那人。」

兩人不敢擅自闖入藏寶室，於是次夜又來到大首領居室的地底甬道，待在階梯頂端鐵門之外竊聽。當夜直至四更，都未聽見任何聲響。正打算離去時，忽然聽見門外傳來細微而雜沓的腳步聲，突有三個人悄悄來到大首領居處的外廳中。那三人的腳步聲似有似無，顯然輕功甚高。裴若然閉上眼睛，感受到他們身上傳來的殺氣，立即知道來人正是殺道道友白骨精、半面人和泥腿子。

裴若然和武小虎在黑暗中互相握了握手，都知道某件大事就將發生了。裴若然不想置身事外，於是吸了一口氣，伸手推開鐵門，跨入藏寶室之中。

室中黑暗無光，只能隱約見到四周堆滿了箱子，想來藏放著各種奇珍異寶。

這藏寶室離大首領的寢室只有一牆之隔，兩人能夠隱約聽聞室中傳來呼吸之聲，大首領顯然正在沉睡之中。屋中另有一個較爲急促的呼吸，想來便是雲娘子了。

但聽那三人的腳步聲愈來愈近，裴若然和武小虎互相望望，心中都想：「他們要動手了！」

兩人心意相同，裴若然跨步上前，來到藏寶室對面的一扇門旁，側耳聽去，知道門外數尺之內無人，伸手輕輕推門，那門緩緩開了一條縫，射入一道細微的光線。

裴若然往外探視，見到門外便是大首領寢室旁的更衣室，衣架上掛了許多衣衫褲子，有男裝也有女裝，與寢室只隔著一扇屏風。武小虎也探頭觀看，兩人屏氣凝神，寂靜無聲。

兩人觀望了一陣，彼此點了點頭，便先後竄出藏寶室，鑽入更衣室，縮在屏風之後，偷偷往寢室內張望。兩人都是暗殺高手，受過嚴密的訓練，自然懂得如何穿門入戶而不發出任何聲響。此時他們離大首領的寢室只隔著一扇屏風，屏風後便是殺道道主和另一個高明的殺手雲娘子，然而他們卻保持寂靜，並未被屏風另一端的人發現。

裴若然和武小虎等待一陣，但聽外面的腳步聲雖輕微，來人顯然已潛至寢室之外，隨時能闖入。

忽然之間，雲娘子低聲道：「他已中迷藥，動手！」

三人一齊破門而入，但聽白骨精一聲怪叫，一躍上前，揮出鐮刀，刺向躺在床上的大首領。

大首領一驚清醒，翻身閃避，身形卻顯得十分遲鈍慵懶，眼看無法躲過這一擊。就在那一瞬之間，白骨精的鐮刀刀尖已刺入了大首領的背脊。

大首領驚呼一聲，口中吐出一團鮮血，撲倒在床上，兀自掙扎著，試圖逃脫。

半面人接著出手，高聲喝道：「送你去見閻王！」高舉鬼頭刀，斬落在大首領的背心，鮮血噴出，大首領狂吼一聲，聲震屋宇。

泥腿子也沒閒著，揮動一對短鐵戟，守住大首領的逃脫之路。大首領不知已中了什麼迷藥，神智不清，手腳緩慢，又連中兩擊，身受重傷，鮮血狂噴，眼見是不活的了。

四人圍繞在大首領身邊，各自喘息粗重。他們都知道大首領即將死去，卻都不敢上前結果了他的性命。

過不多久，倒在血泊中的大首領不再掙扎，似乎已然死去。

白骨精等四人望著床上的大首領，都頗感不可置信。他們密謀出手刺殺大首領，竟然如此輕易便得手了！四人彼此望望，一時都出不了聲。

雲娘子心細，上前在大首領的屍身上補了兩刀，確定他已死去，才蹲下身摸摸大首領的臉頰，確認不是他人假扮的。

她吁了口氣，站起身，恨恨地道：「老賊確實死了。」

裴若然和武小虎手心都捏了一把冷汗，心中又是震驚，又是疑惑：「大首領竟然這麼容易便被他們殺死了？」

裴若然心中憂喜參半：「想來金婆婆定曾參與此役，不然雲娘子怎麼可能對大首領下毒？如今這批人反叛成功，殺道未來又將如何？」

半面人一身鮮血，殺紅了眼，叫道：「一不做，二不休，我們去將那群小兔崽子全都殺光了，永除後患！」

雲娘子橫了他一眼，搖頭道：「你將他們殺光了，將來誰替咱們賣命辦事啊？」

就在這時，一人緩步來到寢室門口，咳嗽了一聲。

四人方才忙著刺殺大首領，竟然未曾察覺這人的到來，一起回頭，兵刃直指著他。泥腿子喝道：「誰？」

月光之下，但見來者身形高胖，頦下留鬚，穿著一身錦繡袍服，正是潘胖子。

第八十二章 反撲

潘胖子手上提著一盞油燈，高高舉起，照清了寢室內的狀況，也照清了四人的臉面。他一眼便瞧明白了情勢，嘖嘖兩聲，說道：「你們出手，竟然沒叫上我，當眞不夠義氣啊。」

半面人舉起鬼頭刀對著他，喝道：「你向來是老賊的走狗，誰敢相信你！」

雲娘子舉手阻止半面人，上前一步，說道：「老潘，大首領人都死了，你親眼瞧見了。你若想做他的陪葬，那也容易得很，我們立即送你上路。你若想活下去，便乖乖聽我們的話，明白了麼？」

潘胖子點點頭，神情平靜，好似平時在議事廳上與道友們談論道中事務一般，說道：「明白，明白。如今你們叛變成功，殺死了大首領，下一步打算如何？」

白骨精兀自盯著大首領的屍身，一言不發，雲娘子和半面人望向潘胖子，半面人率先道：「打算如何？當然是取而代之！」

潘胖子嘿嘿冷笑，說道：「半面人，你有幾斤幾兩，夠格擔任道主麼？你趁大首領不在時，和雲娘子風流快活，嘿嘿，老早便已取而代之啦。」

半面人怒道：「你自己不也一樣，還有臉說我？」

潘胖子臉色不變，哈哈笑道：「你既然承認，我便不致錯殺你二人了。」忽然往自己臉上一抹，露出眞面目來，竟然正是大首領！

他身後陡然湧出了一群人，爲首的正是潘胖子，其後則是天殺星、天富星、天空星、天暴星、天佑星和天異星六個下一代的年輕弟兄。七人一擁而上，圍住了白骨精、雲娘子、泥腿子和半面人四人，亮閃閃的各般兵刃指向圈中，殺氣騰騰。

裴若然和武小虎望著屏風後的這一幕，都不禁呆了。當眞是螳螂捕蟬，黃雀在後，床上那個大首領自是不知何人假扮的替死鬼，眞的大首領卻裝扮成潘胖子出現，隨即圍住了四個叛徒。

大首領冷冷地道：「殺！」

潘胖子和天殺星當先衝上，分別向半面人和白骨精攻去。潘胖子武功並不甚高，對付半面人卻綽綽有餘，很快便逼得半面人不斷後退。天殺星一出手便聲勢驚人，雙匕首到處，白骨精更不及招架，臉頰已然中招，左頰被匕首劃出一道長長的傷口，鮮血噴出。白骨精怒吼一聲，猱身衝上，鐮刀斬向天殺星的手臂。

天殺星左手匕首斜劈而出，斬斷了白骨精的一條右腿。白骨精慘叫聲中，滾倒在地，口中怒罵不斷：「小崽子，我早該殺了你！」

天殺星低頭望著她，臉上毫無表情，緩步上前，遞出右手匕首，刺穿了白骨精的咽喉。白骨精罵聲頓止，雙眼翻白，身子顫抖了一會兒，便不再動了。

天空星揮舞狼牙刀，天富星使動鬼頭刀，兩人聯手圍攻泥腿子，泥腿子使一對短鐵戟勉力招架；天佑星則持柳葉刀攻向雲娘子，天異星手持飛刀暗器，在旁伺機偷襲。

就在這時，半面人狂吼一聲，泥腿子側頭一望，但見半面人在潘胖子和天暴星聯手猛攻之下，被逼到寢室角落，天暴星出手極重，一刀斬出，正中半面人的肩頭，直斬入半尺，鮮血狂噴，半面人全身染血，倒地不起。

泥腿子眼見白骨精喪命，半面人重傷，情勢急轉直下，只嚇得臉色蒼白，雙腿發軟，忽然噹噹兩聲，扔下短鐵戟，跪在地上，叫道：「大首領饒命，泥腿子無心叛變，只是受雲娘子愚弄哄騙，才出手幫助他們。請大首領饒恕！」

雲娘子勉力招架天佑星的柳葉刀，防備天異星的暗器，咬牙罵道：「蠢泥腿，死便死了，何必求饒，自取其辱！」

大首領冷冷地瞥了泥腿子一眼，說道：「見風轉舵的狗腿子，殺了！」

天殺星上前一步，匕首刺入泥腿子的咽喉，泥腿子張口還想求饒，但天殺星這一招太過快捷，泥腿子還未能說出一個字，便已斃命。

這時只剩雲娘子仍在負隅頑抗，大首領冷然道：「妳乖乖束手就擒，我或許會大發慈悲，饒妳不死。」

雲娘子忽然尖聲高笑，說道：「這話應當由我來說。你乖乖束手就擒，我或許會大發慈悲，饒你不死！」

大首領瞇起眼睛，望著雲娘子，心中生起警戒：「這娘們兒不知安著什麼心思？」喝道：「殺了！」

裴若然觀望寢室中的情勢，心中同時警覺，她眼光掃向屋中眾人，最後停留在潘胖子身上，心中一跳，連忙從懷中取出兩粒金婆婆給的「百破解」，一粒放入口中吞下，將另一粒塞入武小虎的口中，並伸手指向潘胖子。

武小虎趕緊吞下藥丸，往潘胖子望去，卻看不出什麼玄機。

就在這時，大首領也警覺到事情有些不對，立即回頭望向潘胖子，喝道：「你做什麼？」

但見潘胖子雙手攏在袖子之中，一股輕煙從袖口冒出。大首領一躍上前，往潘胖子的頭頂抓去，潘胖子側身一避，閃了開去，背對著門，胖胖的臉上露出隱晦的笑容。

忽聽砰的一聲，離潘胖子最近的天殺星陡然栽倒在地。接著天空星、天暴星等五個年輕弟兄一一倒地，身體僵硬，神智卻仍清醒，顯然中了毒。

武小虎臉色一變，險些叫了出來：「殭屍毒！」

裴若然也同樣驚詫無比，及時伸手掩住了武小虎的口，沒讓他叫出聲來。

大首領眼見年輕弟兄一一倒地，知道事情不好，立即閉住氣，提氣護住心肺，不再攻向潘胖子，意圖奪窗而出。他才搶到窗邊，雲娘子的蛇形鞭已飛上前來，捲住了他的腳踝。他被鞭子一扯之下，身形受阻，不自禁吸了口氣。他原本便已吸入毒氣，此時又吸入更多，體內毒性發作，再也難以抵抗，手腳僵硬，不聽使喚，撲倒在地。

雲娘子快步上前，舉起銀刀，先斬斷了大首領的雙手，隨即一刀戳上他的肩頭，將他釘在地上。大首領啞聲慘叫，雲娘子神色陰沉冷酷，伸腳往他臉上狠命一踢，冷冷地道：

「這個不是替身了吧！」

大首領被她踢得滿口鮮血，奄奄一息，再也說不出話來。

潘胖子見雲娘子下手如此狠毒，也不禁臉色微變。屏風後的武小虎和裴若然見此番風雲變色，更是心驚膽跳，若非兩人皆是殺人不眨眼的刺客，此時只怕立即便要嚇破了膽子。

雲娘子拂去鬢邊的亂髮，整理儀容，臉上的笑容和平時一般妖嬈。她走到六個年輕弟兄身前，低頭望了望天佑星，說道：「天佑星，妳是跟定我的了，是麼？」

天佑星臉色蒼白，勉強點了點頭，說道：「雲娘子，我跟定了妳。但妳須在四聖面前發誓，保證不傷害我的兒子。」一旁的天暴星聞言，怔怔地看了天佑星一眼。

雲娘子媚笑起來，舉起手，神態輕浮隨便，說道：「雲娘子在此對四聖發誓，只要天佑星對我忠心，我便絕不傷害小太子。」

她又望向天異星，說道：「天異星，妳立誓效忠於我，我便饒妳不殺。如何？」

天異星低下頭，醜怪的臉上看不出什麼表情，聲音平板，說道：「天異星效忠於雲娘子，絕無反心。」

雲娘子似乎頗爲滿意，又來到天富星身前，她還未開口，天富星便已忙不迭地道：「雲娘娘，天富星眞心誠意對娘娘效忠，爲娘娘做牛做馬，心甘情願。只教娘娘不嫌棄，天富星便服侍娘娘一輩子，永世不違背娘娘的指令。」

雲娘子格格而笑，說道：「好個天富星，這張嘴可眞會說哪！我便想殺你，也不忍心下手啊。」

她轉向天暴星和天空星，問道：「你們兩個如何？」這兩人也都是識趣的，不消雲娘子多加威脅利誘，便當場立誓效忠於她。

裴若然這時已然明白：「他們中的不是『殭屍散』。大首領說過，中了『殭屍散』者，全身僵硬，嘔血不止，幾瞬間便成爲一具殭屍，立即斃命。此刻弟兄們雖然全身僵硬，卻並未嘔血，也未死亡，還能言語，這顯然不是『殭屍散』。」

潘胖子在旁看著雲娘子威逼年輕弟兄效忠於她，一聲不出。裴若然見潘胖子微微皺眉，心想：「叛變成功，雲娘子便立即降伏年輕弟子，逼迫他們效忠於她，置潘胖子於何地？」

最後雲娘子來到天殺星身前，臉上露出冰冷的微笑，說道：「天殺星，要你對我效忠，我知道是不可能的。我便乾脆一點，送你先去地獄，替無非探探路吧。」舉起銀刀，便要刺入天殺星的咽喉。

裴若然心中一驚，她不能眼睜睜地看著天殺星遭戮，無暇多想，立即湧身從屏風後躍出，峨嵋刺急出，擋住了雲娘子的銀刀。

雲娘子一驚，收回銀刀，後退數步，美目圓睜，叫道：「天微星！」

潘胖子也驚詫萬分，脫口道：「她回來了！天猛星或許也在此！」

雲娘子橫了他一眼，說道：「天猛星已是廢人一個，何須恐懼？天微星不過是個小女娃兒，割背之後武功也不行了，有什麼好怕的？天微星，妳說是不是啊？」

裴若然雙峨嵋刺交叉身前，護住自己和天殺星，凝望著雲娘子，說道：「雲娘子，恭喜妳叛變成功。我來此，只爲了救天殺星的性命。妳放過他，我們這就走人，一輩子不回如是莊，妳也不會再見到我們。妳若要攔阻，我就算殺不死你們兩人，也能拚命奪走你們一隻手、一對招子。妳自個兒衡量衡量吧。」

忽聽腳邊傳來一個微弱的聲音，卻是躺在地上的大首領發話了，他啞著嗓子，懇求道：「天微星，救我！」

裴若然低頭望了大首領一眼，但見他倒在血泊之中，雙手都已被斬斷，臉上血肉模糊，模樣極爲淒慘，心中動念：「他顯然已離死不遠了。我該救他麼？」隨即心想：「當然不該！我冒險回到殺道，就是爲了毀滅殺道，大首領不死，殺道便無法重生。」當下冷然說道：「當年你將我送入石樓谷，讓我受盡痛苦折磨，毀了我的一生，我一輩子也不會原諒你！」

大首領喉中發出嘎嘎之聲，臉龐扭曲，嘶聲道：「傻孩子，妳還不知道麼？我是身不由己啊。不是我要抓妳入谷，是別人逼我……」

雲娘子忽然插口，冷笑道：「你可終於說出來啦！原來你的老情人便是她！我終於知道啦。」

大首領勉力抬起頭望向她，急怒道：「妳……不准妳說出來！」

雲娘子格格嬌笑，說道：「無非，都什麼時候了，天微星知道了你的老情人是誰，又有什麼關係？你的話說夠了吧？天微星原本就恨你入骨，不管你對她再好再寵信，她也不會領情的。而且如今情勢如此，她便是再蠢，也不會在此時此刻出手救你。」

雲娘子話還沒說完，手中銀刀倏然遞出，刺入大首領的口中，大首領發出一聲刺耳的悶叫，隨即戛然而止，在血泊中掙扎了幾下，不再動了。

裴若然望向地上大首領的屍身，一顆心怦怦狂跳，一時仍不敢相信大首領眞的死了。她舉目環望，見到泥腿子的屍身橫躺在一旁，身上臉上血跡斑斑；半面身受重傷，全身鮮血，靠在牆角喘息；白骨精趴在他身邊，已然斷氣。

雲娘子收回銀刀，取出一塊雪白的手巾，緩緩擦拭著銀刀上的血跡，臉上滿是愉悅的笑容。裴若然見到她的神情舉止，也不禁背脊發涼，暗想：「殺道中人個個殘酷，但眞正冷血嗜殺者，大約只有雲娘子和天暴星這兩個怪物。」

她心中念頭急轉，籌思如何才能讓自己和武小虎、天殺星全身而退。她知道雲娘子向來厭惡仇視自己，此時雲娘子占盡上風，要不乘機殺死自己，那才是怪事。

潘胖子這時已緩步往屏風走去，手中持著雙鉤，顯然想探知天猛星是否也躲在屏風之後。裴若然心想：「我和小虎子聯手，未必不能殺死潘胖子和雲娘子。他們將其他六個弟兄全都毒倒，省得礙手礙腳，也非壞事。但我要救出天殺星，就不容易了。」又想：「他們不知道更衣室通往藏寶室，藏寶室又能通往地底密道。一進入密道，他們便追不上，我們只能從密道闖出去。」

她心意已定，當下抱起天殺星，做勢要往門口闖去。

雲娘子嬌叱一聲，蛇形鞭飛出，捲向裴若然的頸子。裴若然知道她的鞭上餵有劇毒，絕不能被鞭子碰到，當即矮身閃避。雲娘子左手銀刀隨即跟上，直刺向裴若然的心窩。

武小虎見她情勢危險，忍不住閃身從屏風之上躍出，破風刀出鞘，橫劈而出，打飛了雲娘子的銀刀。潘胖子原本正往屏風後走去，這時見天猛星現身，趕緊回身，揮動雙鉤直攻上來，但又忌憚天猛星的武功，不敢太過逼近。

裴若然低聲道：「原路逃出！」

然而就在此時，雲娘子手一揮，從袖子中飛出一片雲霧。裴若然只道她再次施毒，連忙閉住氣，不料雲娘子揮出的並非毒藥，卻是解藥，躺在地上的五個弟兄手腳登時能夠動彈了，紛紛跳起身來，抓緊了兵刃。只有天殺星不知爲何仍舊身體僵硬，一動不動。

裴若然心中一驚，望著天空星、天暴星等站在當地，手持兵刃，神色緊繃，身上毒藥顯然已解除，一時卻似乎不知道自己該做什麼。

雲娘子叫道：「天空星，天暴星，天富星，天異星，天佑星！你們已發誓效忠於我，我命你們立即去殺了天微星、天猛星和天殺星三人！」

裴若然知道天空星和天暴星對自己向來仇恨，天異星就更不用說了，不用雲娘子下令，他們便會聯手上來殺死自己。但她也知道絕不能讓雲娘子主持殺道，雲娘子一旦得勢，遲早會下手殺盡他們這一代的弟兄；不只是她和天殺星、武小虎，連天空星、天富星、天暴星等全都逃不過一劫。

裴若然知道機不可失，要翻身自救，只能靠這轉瞬即逝的一刻，當下站直了身子，抬頭挺胸，高聲道：「天空星，天暴星，我們八人同時入谷，同時出谷，都是殺道第九代的弟兄。雲娘子、潘胖子和半面人從一開始便敵視我們，隨時想殺了我們，除去威脅。你們方才效忠雲娘子，不過因爲生死掌握在她手中；現在她已不能控制你們了，傻子才會聽她的話！她是什麼東西？不過是跟在大首領身邊的一個妾婦罷了！何德何能坐上道主之位？她今日如何對付大首領，未來便會如何對付我們！」

天暴星和天空星、天佑星等互相望望，都不禁遲疑，閉嘴不語。天富星的小眼睛在雲娘子和裴若然兩個女子身上游移，顯然不願輕易表態。

天佑星率先道：「天微星，我幫妳，不幫這個惡女人！」

裴若然向她投去感激的目光，心想：「我替她找回太子，她感懷於心，竟願意在關鍵時刻出頭幫助我。」

天異星望向天空星，顯然以他的決定爲決定。

天空星望望雲娘子，又望望天微星，說道：「我們自幼立誓效忠道主。如今大首領已死，新道主尚未確立，新道主是誰，我便效忠於誰。」

裴若然點頭道：「說得好！殺道弟兄，原當如此。你們其餘人，都是這個主張麼？」

天暴星等都相繼點頭，表示同意天空星的主張。

裴若然見弟兄們都表贊同，心中暗喜：「弟兄不必出手助我，只要他們袖手旁觀，對我方便已大大有利。」她點頭道：「如此甚好。弟兄們請在旁看著便是，待我等收拾這個叛徒！」對武小虎道：「動手！」

武小虎大步上前，破風刀揮出，將雲娘子逼退數步。潘胖子搶上攔截，武小虎轉身回刀，直往潘胖子斬去。潘胖子自知武功不敵天猛星，畏縮退避，舉起雙鉤不斷擋架，腳下連退幾步，背心已靠上屏風。

這時裴若然早已持峨嵋刺搶上，向雲娘子攻去。她對雲娘子的武功十分熟悉，知道她善使餵毒的蛇形鞭，因此得近身攻擊，才能避開毒鞭的攻勢。裴若然雙刺齊上，運動金剛頂內功，逼得雲娘子無法呼吸，臉色發白。裴若然知道此刻必得速戰速決，不能拖延，免得夜長夢多，因此下手極爲狠辣，次次攻敵咽喉。雲娘子出手同樣毒辣無比，揮舞手中銀刀，意欲取敵雙目。

這兩個女子都是殺道高手，多年來練的都是一招取命的狠絕招數，這時在大首領寢室中近身肉搏，出手陰險凌厲，招招心驚肉跳，步步你死我活。旁觀的弟兄都看得冷汗直冒，不知哪個人將先得手，也不知在哪一瞬間，誰將會血濺當場。

那邊潘胖子已被武小虎的掌風逼得又退一步，屏風嘩啦一聲往後倒塌，潘胖子也跟著跌倒在地。武小虎一躍上前，破風刀對準了潘胖子的胸口。

就在這時，裴若然的峨嵋刺也劃上了雲娘子的臉頰。這一刺原本意在割斷對手的咽喉，但雲娘子臨危低頭，裴若然這一刺便在她的左頰上留下一道三寸長的血痕，險些便劃瞎了她的左眼。

雲娘子咒罵一聲，忽然一個後空翻，越過大首領的床鋪，人還在半空中，蛇形鞭竟直向武小虎捲去。武小虎知道蛇形鞭的厲害，不得不舉刀招架，潘胖子乘機翻身爬起，舉起雙鉤攻向武小虎的小腹。雲娘子甫一落地，蛇形鞭又飛出，捲上武小虎的刀身。武小虎不敢讓毒鞭近身，只能鬆手放脫破風刀，揮掌將雲娘子逼退，又揮掌攻向潘胖子，阻住他的雙鉤。

裴若然飛身而上，直往雲娘子撲去，峨嵋刺攻向雲娘子後頸。雲娘子蛇形鞭揮出，捲上屋樑，縱身躍起，打算從屋頂逃出。

裴若然反應極快，立即射出左手峨嵋刺，刺入雲娘子的小腹。雲娘子怒吼一聲，在樑上站立不穩，跌了下來。她人尚在半空，裴若然右手峨嵋刺遞出，刺上雲娘子的心口穴道。雲娘子慘呼一聲，跌倒在地，再也爬不起身來。

這時武小虎空手與潘胖子的雙鉤纏鬥，他在生死谷中待了大半年，日日練功，內功已恢復大半，一掌打出，逼得潘胖子直往後飛去，雙鉤脫手，遠遠跌在屋角。

武小虎舉步追上，心想：「殺不殺他？」

但聽裴若然叫道：「快殺！」

武小虎聽了，當即一掌往潘胖子打去，眼看便要結束他的性命。就在此時，癱倒在地的雲娘子忽然尖聲叫道：「看毒！」袖子一揮，袖中飛出一片豔紅的粉末。

武小虎知道雲娘子毒術厲害，不敢小覷，只能閉住氣，後退一步，這一掌的力道便撤了回來。

潘胖子眼見機不可失，立即翻身爬起，衝上前去，俯身抱起雲娘子，湧身往屏風竄去。但武小虎已然追上，一掌打向潘胖子的後心。就在此時，雲娘子扭身下地，反手將潘胖子往武小虎一推，自己鑽入更衣室後的藏寶室，進入地道，轉眼不見影蹤。

武小虎這一掌便直直打上了潘胖子的背心，潘胖子口中噴出一口鮮血，五臟六腑盡被震碎，癱倒在地，奄奄一息，尚未斃命。武小虎想去追雲娘子，裴若然卻叫道：「窮寇莫追！」她知道甬道中一片黑暗，雲娘子若潛伏在地道中暗施偷襲，武小虎貿然闖入，危險至極，因此阻止他追上。

裴若然喘了口氣，測度眼下情勢，心知己方只有自己和武小虎兩人，自己得保護天殺星，又有四個弟兄在旁虎視眈眈，無論如何不是追殺殲敵的時候，暗叫可惜，心想：「雲娘子手段當眞毒辣，爲了逃命，竟狠心犧牲潘胖子！今日被她溜了去，只怕留下不小的後患。」

裴若然吸了一口氣，轉身向天空星、天暴星等環望一圈，說道：「潘胖子和雲娘子犯上作亂，殺害大首領，罪無可逭。終有一日我們會捉住叛徒，將她就地正法！」

其餘弟兄都不言語，彼此望望，眼光又都落在地上大首領的屍身上。

裴若然也望向大首領，但見他滿面鮮血，雙眼圓睜，倒在自己的血泊之中。他的死狀和所有死在殺道手下的犧牲者並無不同，人死了之後都是一樣的冰冷僵硬。

裴若然不敢相信潘胖子和雲娘子的叛變計畫竟能成功，大首領竟會中了他們的奸計，被潘胖子反咬一口，中毒受制，死在雲娘子手中。她心想：「雲娘子眞是太厲害了。大首領對她百般防範，豈知終究還是著了她的道兒！」

天殺星仍舊躺在地上，無法動彈。裴若然這時才醒悟：「他不但中了毒，而且被點了穴道。」當即俯身替他解穴。天殺星緩緩活動手腳，站起身來。

這時寢室角落忽然發出一聲呻吟，八個弟兄都嚇了一跳，一齊拔出兵刃望去，但見出聲的竟是半面人。他被天暴星斬傷，尚未斷氣，這時舉起一隻滿是鮮血的手，嘶啞著喉嚨似乎想說什麼。

裴若然一時不知該如何反應，天殺星已大步走上前去，匕首遞出，刺入半面人的咽喉，半面人雙眼圓睜，頓時斃命。

裴若然微微皺眉，她並不想就此殺死半面人，但來不及阻止天殺星出手。天殺星又待上前殺死潘胖子，裴若然趕緊揮出峨嵋刺阻止，說道：「我有話要盤問他，先留下他的命。」

天殺星便即停手，站在當地，一臉茫然。他的眼光落在大首領的屍身之上，雙眼直望著死去的大首領的臉龐，神色竟又是震驚，又是悲傷，又是不敢置信。

裴若然自然也能感受天殺星的心思，大首領對他們這群弟兄來說曾經無比重要，從七歲以來，大首領就是他們的天，他們的地；他的震怒有如山崩地裂，他的讚賞有如春風雨露。弟兄們勇闖三關，殺人如麻，甚至割背效忠，全是爲了取悅大首領，爲了成爲殺道道友。裴若然雖已有心叛道，卻完全無法想像有一日大首領眞的會死去。

她側過頭，見到武小虎臉上另有一層如釋重負之色。他們心底都很清楚這場驚天動地的劇變對他們有何意義。武小虎原是殺道叛徒，走投無路；如今大首領死去，殺道分裂，道友死傷慘重，這表示什麼？

裴若然感到心頭的一塊大石放下。這表示武小虎解脫了，也表示她自由了。裴若然望向天殺星，心想：「他呢？他顛覆血盟，如今又目睹殺道毀滅，他下一步打算如何？」

就在這時，天殺星抬起頭，望向裴若然，臉上除了震驚之外，還帶著一絲恐慌，一絲不知所措。裴若然猜想他此刻心中定然感到茫然無依，徬徨無主；他對大首領向來忠心耿耿，即使曾短暫被派到血盟臥底，卻從未對血盟盟主有過任何尊重。這時大首領死去了，天殺星自幼倚靠信賴、忠耿追隨的人消失了，他還能憑藉什麼活下去？

裴若然心中明白：「他沒有別的去處。在這世間，他只有殺道可以依附。大首領死後，他能依附的便只有我了。」於是向他投去安撫的眼光，微微點頭。天殺星冷肅的臉上透出一絲欣慰之色，兩人之間彷彿拾起了往年的親近默契，相知相依。

裴若然吸了一口氣，目光掃向殺道中僅剩的七個弟兄，知道自己別無選擇，必得站出來，奪過殺道的權柄，保護自己，保護武小虎和天殺星。

第八十三章　登峰

眾弟兄的默哀只維持了幾瞬間，但聽門外人聲響動，原來莊中的執事、下屬、守衛、僕從等早已聽聞大首領的寢室傳來廝殺喊叫之聲，紛紛趕到寢室旁的有爲堂外探視。這時有爲堂外已聚集了五六十人，眾人一片混亂恐慌，彼此詢問：「發生了什麼事？」「誰死傷了麼？」「大首領沒事麼？」

裴若然知道這是自己最好的機會，也是唯一的機會。她必須當機立斷，搶先出手爭取，確立自己在殺道中的地位。

她拾起自己一貫的冷靜沉穩，大步來到有爲堂上，面對殺道眾人，高聲說道：「大首領遭叛徒雲娘子和潘胖子殺害，叛徒白骨精、泥腿子、牛面人已然伏法遭戮，叛徒潘胖子受傷在此，雲娘子潛逃出莊。殺道中人全數聽我號令！」

所有殺道執事和下屬的眼光都集中在她身上，見到發言的正是昔日在道中素有作爲的天微星，全都安靜了下來。

裴若然眼光向眾人掃視一周，確定眾人望向她的眼神逐漸從疑惑混亂，轉爲信服順從，才繼續說道：「本道出此內亂，實屬大不幸。然而我等不能令殺道就此四分五裂，更不應繼續互相殘殺。叛徒只有五人，皆已伏誅、受擒或潛逃，餘人一律無罪。」

眾人聽了之後，一陣嗡嗡聲響，堂中緊繃的氣氛立即鬆弛了一些。

裴若然續道：「眾道友、執事、下屬聽令，潘胖子和雲娘子率眾叛上作亂，謀害道主，罪該萬死，立即逐出殺道。道中之人日後若見到雲娘子，格殺勿論。眾守衛聽令立即封閉如是莊門戶，不許任何人出入。清理道主寢室，叛徒屍身搬去後院埋葬，大首領遺體供於有爲堂外，供弟子瞻仰悼念，擇日下葬。石樓谷第九代弟兄，一律晉升道友。所有道友，以及執事龐五等人，立即在有爲堂聚會，商討我道未來大計。」

眾人聽她指令清楚，神態威嚴，此時殺道群龍無首，敬畏疑懼之下，皆依言而行。

然而就在這時，天空星跨前一步，面對著裴若然，冷冷地道：「天微星，妳憑什麼在此發號施令？參與謀害大首領，妳也有一分！誰不知道，妳違背大首領的指令，爲了保護自己父母而重傷天殺星，更出言搧動天殺星謀反，大首領因此將妳禁足於如是莊，等候懲罰。之後妳又逕自幹了什麼『割背效忠』，偷偷摸摸地成爲道友，逃出如是莊，去幫助叛徒天猛星。這場叛變正是妳和天猛星及潘胖子主謀的！」

裴若然不動聲色，冷笑道：「天空星，不錯，我割背效忠，那是因爲我忠於大首領！你若也忠於大首領，爲何不試試割背效忠？自己做不到，便指責他人的動機，這是何等的小人居心！我奉大首領之命離開如是莊，潛藏於長安，等候指令，這些你們都是親眼聽到見到的。反倒是我離開的這些時日中，叛徒竟乘機密謀作亂，你一直待在大首領身邊，自然參與了叛變密謀才是！」

天空星臉色一變，喝道：「小賤人胡說八道！」伸手拔出狼牙刀，跨上一步。

天暴星和天異星互相望望，走上前站在天空星身後，顯然決心支持他。

裴若然心中估量，眼下形勢，大首領驟然死去，其餘的幾個老道友死傷殆盡，僅剩潛逃而去的雲娘子，身受重傷、奄奄一息的潘胖子，和不問道務、與世無爭的金婆婆。當初石樓谷出身的八個弟兄中，武小虎和天殺星是她死黨，天佑星支持她，天富星中立，天異星、天暴星則效忠於向來不服她的天空星。

裴若然望向天空星、天暴星和天異星，心頭生起一股冰冷的怒意。自己對三人有迴護不殺之恩，他們卻趁此危難之際，出頭跟她爭奪道主之位，企圖反噬她一口。她的武功在割背效忠之後退失不少，休養一陣後雖已恢復完全，但背後的筋脈仍有少許損傷；武小虎的武功原本居弟兄之冠，瘋病一場之後，武功大退，即使在生死谷中潛心練了數月內外功夫，但始終未能回到往昔巔峰，新學的金剛目也不過是禪修靜定的功夫，並非眞正武功；而天殺星的武功原本僅次於武小虎，卻被裴若然斬斷左腕，毀了他凌厲無比的腐屍掌，雙匕首的功夫也打了個折扣。

反觀天空星從未遇上什麼瘋病傷痛，在殺道中一路平順，無差無錯，武功持續進步；天暴星資質雖不如天空星，武功進境有限，但成年後體型魁梧高壯，力大勁猛，遠勝常人；天異星早年被天微星斬下右腕，斷腕裝上了鐵鉤，左手仍能發射暗器，暗器功夫精熟準確，較往年有過之而無不及。

目前勢均力敵，剩餘弟兄的選擇便成了決定勢力強弱的關鍵。裴若然的目光不禁掃向那最後一個弟兄——天富星，心想：「沒想到勝敗關鍵，竟落在天富星身上！」

天富星顯然清楚自己的處境。他精明警覺，善於觀察時勢，見風轉舵。這時他望望裴若然，又望望天空星，顯然在估量哪一方的勝算較大。

天空星望了天富星一眼，皺眉喝道：「天富星，你曾答應過我什麼？難道此刻竟想反悔麼？」

天富星吞了口口水，向天空星投去戒懼的目光，似乎便要開口支持天空星。不料他只是聳聳肩，說道：「天空大哥，我對你向來尊敬崇拜，但我對天微大姊也同樣崇拜尊敬，因此我哪一邊都不能偏幫，最好你們兩人好好商量商量，談出個結果後，我便全心支持新任道主。」

天富星說出這番話，擺明打算做牆頭草，哪方勝出便支持哪方，兩方都不得罪。

裴若然早已預料如此，並不惱怒，心想：「天富星兩不相幫，並非壞事。在弟兄的支持上，雙方勢均力敵；若要單挑，我的武功智計都在天空星之上，贏面甚大。」

天空星收起對天富星的惱怒，轉頭望向天微星，臉色一沉，咬牙道：「天微星，妳快快退下，我便留妳活命。妳若不知好歹，妄想跟我爭奪道主之位，我定然不會手下留情！」

裴若然聽了這話，心中清楚。倘若讓天空星坐上殺道道主之位，她和武小虎、天殺星三個都將必死無疑。即使他們願意隱姓埋名，遠走高飛，甚至逃到邊疆之地，甚至自廢武功，天空星都不會放過他們。過第二關時弟兄之間殺紅了眼，結下血海深仇，至今無法解開；之後裴若然受到大首領的青睞，勢力高漲之際，她並未向天空星尋仇，只是冷淡以待；然而天空星卻不會輕易忘記往年的仇恨，他一旦大權在握，便絕對不會放過仇敵。這麼說大約還是太輕了，天空星定會讓他們死得極爲慘酷。

裴若然只能鐵了心，微微一笑，說道：「你不必打這如意算盤，我是絕不會讓步的。今日我決意跟你拚到底，不是你死，便是我活！」

天空星亮出狼牙刀，舉起左手，但見他左掌一片幽幽的藍色，極爲詭異，臉上帶著冷笑。

裴若然心中一驚：「他也練過腐屍掌！」隨即明白：「大首領原本屬意讓我接位，但在天殺星告發我存有叛心之後，他便不得不另尋一個接位之人，因此便將這獨門武功傳給了天殺星。天殺星的左手被我廢了之後，大首領便又將腐屍掌傳給了天空星。天空星今日有膽挑戰我，正是仗著自己學了這門絕技，必能贏過我。」

她心中警惕，知道腐屍掌須用數十具屍體習練，練到一隻手掌隨時含有劇毒，只要運用內勁逼出毒氣，一旦沾上敵人肌膚，即能致敵死命，乃是殺道最厲害的祕傳武功之一。天殺星曾是大首領最信任的心腹弟子，才得傳「腐屍掌」；天空星武功原本不錯，奸詐惡毒，此時得傳「腐屍掌」，只有更加險狠厲害。

裴若然暗自思索：「他左手掌上有腐屍毒，我無法靠近。除了斬下他左手，還有什麼方法對付？」

念頭還未動完，天空星已揮舞狼牙刀，直攻上來。

裴若然舉起峨嵋刺招架，多取守勢，忽然心生一計：「我可以讓他的左肩脫臼，如此他便使不了左臂了。」

然而攻敵手腕易，攻敵肩膀卻難上數倍。裴若然暗忖：「我得靠一雙峨嵋刺的功夫，加上新學的『金剛目』神功，或許能夠得手。」於是她謹愼迎敵，先取守勢，並不搶攻，遠遠避開天空星的左手，揮舞峨嵋刺架開對手的狼牙刀，慢慢發揮出金剛目「專注守一」、「清澈寧定」的功夫，將對手全身的動靜都看在眼中，明在心裡。

十餘招後，裴若然忽然感到十分古怪，天空星每出一招，她彷彿都能事先預知，在他未出招之前便能料敵機先，準確無誤，待得天空星使出那一招時，她早已知道該如何擋架，隨即又能夠預知對手之後兩招將會如何遞出。

裴若然感到十分神奇：「金剛目的功用竟然如此之大，當眞不可思議！」

又過了十餘招，她的心思越發清明，將對手的心思、計謀、招式全都看得一清二楚，成竹在胸，知道已穩操勝券。然而要讓天空星輸得心服口服，仍非易事；她知道不能重傷對手，結下更深的仇恨，更不能大意，讓自己輸在對方手中。

裴若然略一思索，便已決定該怎麼做。她看準了天空星下一招狼牙刀將會由上往下急斬，於是預先轉到右首，陡然欺身上前，從旁遞出峨嵋刺。這一刺極巧極準，正正戳在天空星的肩井穴上。天空星怒叫一聲，狼牙刀橫劈而過，裴若然輕功原本高明，這時雙足一點，往後躍開數尺，輕易避開。

裴若然暗暗鬆了口氣，暗想：「左肩穴道被點，他便不能再使用腐屍掌了。」

不料天空星忽然大吼一聲，右手狼牙刀往對手的胸口扔去，右手托起左臂，再朝裴若然的臉面掃去。

裴若然只見到眼前一片碧藍，頭腦一暈，心中大驚：「他無法使動左臂，但掌中仍有腐屍毒！」

她反應極快，立即閉氣矮身，峨嵋刺往上一戳，正中天空星的左掌。但見他創口噴出的不是鮮血，而是藍色的汁液，腥臭之味頓時瀰漫全堂，旁觀眾人全都掩鼻後退，生怕中毒。

裴若然也立即滾地避開，隨即一躍上前，峨嵋刺點出，正中天空星胸口穴道，令他全身痠麻，無法運息，再也無法繼續比試過招。

天空星翻身跌倒在地，右手撫胸，不斷喘息，口中咒罵不斷。

天異星奔上前來，竟然不怕他手掌的劇毒，伸手欲待扶他，口中問道：「沒事麼？」

天空星左臂無法使喚，陡然伸出右臂，將天異星用力推開，怒喝：「滾開！」

天異星被他推得跌開數步，臉色一變，卻不言語，只靜靜地站在當地，仍舊滿面關切地望著他。

裴若然低頭望向天空星，問道：「你服不服輸？」

天空星怒道：「不服！妳使出詭計，才小勝我一招。我們再打過！」

裴若然心想：「天空星七八歲時便是如此，輸了不服；如今都十八九歲了，還是如此。」當下說道：「再打過便再打過。你將手掌的傷包紮了，我們再繼續。」

天異星再次趨前，神態謹小慎微，見天空星臉色稍緩，才從懷中取出布條，小心翼翼地替他包紮左掌的傷口，藍色的汁液終於止住不流。天空星顯得極不耐煩，卻並未拒絕她的幫忙。

天巽星包紮完後，又替天空星解開左肩穴道。天空星跳起身來，活動筋骨，拾起狼牙刀，喝道：「我們再打過！」

裴若然凝望著他，暗想：「他除了腐屍掌外，還有什麼祕密功夫？他手掌被我刺傷，包紮起來，腐屍掌自是無法再使的了，怎有膽量再次跟我過招？」

天空星卻顯得自信十足，持起狼牙刀，大步走上前來。

裴若然峨嵋刺交叉於胸前，心想：「他多半只是裝模作樣，並無什麼祕密武功。我應當取攻勢，速戰速決。」言念及此，便直衝上前，雙刺直攻天空星的胸口。

天空星大喝一聲，揮狼牙刀擋架。他擋了幾招之後，忽然刀交左手，右掌擊出，彷彿刀鋒，他身形高䠷，居高臨下，一掌劈向裴若然的頭頂。

裴若然一驚，心想：「『無形刀』！他從何處學得無形刀的功夫？」

她曾在少室山腰上見過那黑臉僧使出這武功，知道是少林絕技之一，卻不知這項絕技已傳入殺道，立即側身躲避，無形刀的刀鋒卻已削上她的髮際，一綹秀髮飄揚飛散出去。

裴若然後退三步，心中急速動念：「我雖練過金剛頂神功，卻也難以抵擋這凌厲無比的無形刀。我無法近前，遠遠便須躲避他的刀鋒，情勢大爲不利。」

然而數招過後，裴若然便發現天空星偶爾出招時掌風並不凌厲，不知是故意的，還是當眞發不出力道？她耐心守衛閃避，細心觀察，終於看出了蹊蹺。天空星的無形刀練得尚不純熟，功力有時發得出，有時發不出，即使能夠發出，也時強時弱，難以預料。

裴若然心中雪亮：「他的無形刀還未練成，無法指揮自如，因此時而凌厲，時而無用，我可別上了他的當！」然而她也不敢托大，不敢認定天空星的哪一掌沒有勁道，若是賭錯了，自己便要身受重傷。於是她只能運起金剛頂內功，護住身周，並以內勁將無形刀的刀鋒帶偏。

如此又過了十餘招，裴若然心中有數：「他的招數看似厲害，揮灑自如，顯得壓制住了我，讓我在眾人面前露出不斷招架的窘態。他這是存心讓我出醜，好壓倒我的氣勢。」隨即暗想：「什麼氣勢姿態，對殺道中人來說毫無意義。他原應狠下殺招，早早結束我性命，卻不敢出手，只敢在此賣弄。那是因爲天殺星在這兒，天猛星也在我身邊，他不敢當眞傷我性命。」

想到此處，裴若然知道自己必勝無疑；她有殺死對手的決心和能耐，對手卻不敢殺她。身爲殺道中人，若有一絲不敢不想殺人之心，那便已然輸了。

裴若然忽然轉動峨嵋刺，化爲兩團銀光。自從她開始習練峨嵋刺後，便極少用出這炫人眼目的招數，只因她出手刺殺時必然快捷準確，一招奪命，不必使出什麼花稍耀眼的招數來拖延時間。

這時她故意使出這招，果然令天空星眼花撩亂，心神紛擾，無形刀頓時一滯，連續三刀都發不出任何勁道。

裴若然嘴角露出冷笑，心想：「要比心機計謀，你天空星如何比得過我！」趁他慌亂之際，峨嵋刺快速遞出，正中天空星的眉心。

天空星料不到她會出此陰招，只道自己便將死於這一刺之下，大叫一聲，仰天倒下。但覺額頭疼痛並不劇烈，心中動念：「或許小娘皮心軟，饒我不殺！」伸手去摸額頭傷口，果然不深，雖滿面鮮血，卻絕不致命，暗暗鬆了口氣。

但他上當受騙而敗陣，如何不惱？一時氣急敗壞，立即翻身站起，轉頭望向天暴星，叫道：「天暴星，你也有資格爭奪道主之位，再不出頭，我們都要屈居於這個小娘皮之下了！」

天暴星性情暴躁粗莽，他雖時常橫衝直撞，不服天微星，卻也有幾分自知之明，知道自己人緣極差，難以服眾。這時他遲疑半晌，便搖頭道：「天空星，你不必拖我下水。我無心做什麼道主，也做不來。」

天空星呸了一聲，望向天微星，恨恨地道：「好，我認輸！我武功不及妳，但妳也別想輕易坐上道主之位。人心不服，妳即使坐上這位子，也不會長久！」

裴若然自知已占上風，應當見好便收，於是點頭道：「天空星，你說得不錯。你自己說吧，方才我那一刺，能否取你性命？我是否蓄意饒你不殺？」

天空星閉嘴不語。

裴若然轉頭向其餘弟兄環望一周，從天暴星、天異星以至天佑星，說道：「各位弟兄，你們可知我爲何要爭奪道主之位？我不是爲了一己私心，而是爲了讓同輩弟兄們能夠活下去。天空星多年來對我敵視至極，多次想殺害我，我卻可以不計前嫌，饒他不殺。爲什麼？這是因爲我不願下手殺害曾與自己同生死、共患難的弟兄。我們一起待過石樓谷，一起經過生死劫。如果連我們連自己的弟兄都無法和平共處、互相幫助，這世間還有什麼人我們可以信任？我們不敢信任大首領，也不敢信任潘胖子、雲娘子那夥人，因爲他們不是意圖殺了我們，便是想方設法要脅我們，讓我們替他們辦事賺錢。在這世間，只有我們八個人了解彼此經歷過的痛苦和折磨！只有我們八個才是眞正的同伴！」

天暴星和天佑星聽了這番話，都不禁胸口一熱，微微點頭；天異星神色陰沉，毫無反應；天殺星冷然望著裴若然，眼神中含藏著說不出的眷戀。武小虎滿面痛苦，眼光低垂，顯然想起了過去幾年在殺道中所受的種種折磨。

就在這時，天富星跨上一步，高聲道：「天微大姊，我支持妳擔任道主！妳有能耐，有本事，機智聰慧，嫻熟道中事務，對屬下溫和包容，多所照顧。殺道除了妳之外，還有誰有資格擔任道主？再也沒有了！我天富星誓死支持天微星！」

天暴星、天佑星、武小虎都齊聲稱是，天空星低下頭，不敢再出聲反對；天異星轉過頭，口唇動了動，似乎表示支持，但誰也聽不清她說了什麼。天殺星則緩緩點了點頭。

裴若然見天富星出頭支持自己，雖是在自己力戰打敗天空星、勝負分明之後，卻也不禁好生感激，暗想：「殺道弟兄個個性情古怪，難以預料，有人在此時此刻公然說出這番支持我的話來，幫助甚大。」

天富星精明乖覺，自然不會放過這個諂媚拍馬的大好機會，當先向裴若然跪倒，口稱：「屬下天富星拜見道主！」

其餘弟兄見他如此，也都跪倒在地。凡相殿中的其餘殺道執事、下屬自然也一齊跪倒，向裴若然跪拜爲禮，口稱：「屬下全心支持新道主！」裴若然之前曾用心籠絡一眾執事和下屬，收買人心，此時他們對她的擁戴倒是十分眞誠。

裴若然吸了一口氣，說道：「各位快起。天微星定然不辜負各位的信任，繼承大首領的遺志，主持殺道，照顧道中所有的道友、弟兄、執事、下屬。」

裴若然望著面前的殺道眾人，忽然感到極度疲倦，又極度振奮。她絕沒想到自己再次回到如是莊，面對的不是大首領的憤怒和責罰，而是一場與叛徒雲娘子和潘胖子的殊死戰，緊接著又是一場與同道弟兄爭奪殺道道主之位的激烈爭鬥。她也未曾想到自己最終竟能坐上道主之位，取大首領而代之。

第八十四章 散財

道主之位既已定下，當夜裴若然便正式接位，成爲殺道的下任道主。

即位之後，裴若然立即召集道友赴有爲堂議事。她自己和金婆婆、天殺星，以及剛剛晉升爲道友的天猛星、天空星等六個第九代弟兄，加上龐五，一共十人，圍繞而坐，以裴若然爲首。

金婆婆面無表情地到來，似乎對大首領死去、新道主接位毫無感覺，全無意見。

裴若然知道若非金婆婆暗中幫助自己，自己絕對無法登上道主之位，對她恭敬有加，請她上座。金婆婆卻冷然拒絕了，仍舊坐在角落中。

裴若然見她如此，也不多說，便自坐上了大首領往年坐的堂首上位。

眾人皆知，即使金婆婆入道時間比任何人都長久，但她遠離殺業已有數十年了，而裴若然則是殺道此刻最爲得力的殺手之一，正在殺業的巔峰，更曾近身跟隨在大首領身邊數年，熟悉殺道的種種運作。因此即使裴若然年紀最輕，入道資歷最淺，說話卻最有分量。

她毫不謙遜，立即發號施令：「諸道友聽令，本座有三道命令。第一，拆除凡相殿中的四聖神像。第二，清查本道帳冊。第三，立即停止接下任何生意，已接手的生意，立即退款解約。」

天空星、天暴星等都面面相覷，天空星大聲道：「殺道事業如日中天，難道妳……難道道主想洗手不幹了？」

裴若然向眾人環望，說道：「我們練了這麼多年武功，學成一身殺術，除了殺人，還會什麼？然而懂得殺人，卻未必一定得殺人。殺道過去數十年來已累積了大量的財富，足夠我們所有人花用一輩子。你們想想，辛苦刺殺，累積財富，所爲何來？難道不就是爲了能讓大夥兒都過上安穩日子，不須再風雨操勞、冒險賣命？本座認爲時機已到，是殺道該收手的時候了。道友們若支持此議，人人皆可分得殺道的錢財。我主張將殺道財產分爲十份，其中七份由十位道友均分，其餘兩份分給所有執事下屬，最後一份則分給所有奴僕下屬，全數遣散，一個不留。」

眾道友面面相覷，都料想不到新任道主竟會說出如此翻天覆地的一番話來。

金婆婆翻眼道：「那如是莊呢？」

裴若然道：「我打算變賣如是莊，銷毀一切殺道過往的生意文件，令人無跡可循。金婆婆若願意，我將另給婆婆一筆錢，擇地重建藥園。」金婆婆點頭不語。

天富星問道：「那咱們大夥兒呢？拿了錢，各尋生路？」

裴若然道：「不錯。然而本座須先確定大夥兒都有生路。殺道往年結下不少梁子，遍地仇家。在殺道的羽翼之下，原本可以保證大夥兒平安。殺道一旦風流雲散，大家各走各路，便很難防止仇家找上門來。因此我們必須合力完成最後這兩件任務：第一，殺死叛徒雲娘子，永絕後患。第二，安置所有道友、執事和下屬，讓大夥兒都能夠隱姓埋名，安度餘生。」

她望了一眼天殺星，說道：「倘若有人願意繼續跟隨本座，本座定將收留照顧，一生一世不離不棄。」

眾道友你看我、我看你，都說不出話來。眾人雖皆覺天微星的主張大膽，卻也很難反駁；誰喜歡四出奔波，鋌而走險？還不都是因爲恐懼大首領，不得不遵從他的指令，以及爲了享受如是莊優渥富裕的生活？如果天微星能將錢財均分給大夥兒，讓大夥兒不須辛苦殺人，便可以過一輩子的好日子，那有什麼不好？

裴若然見眾人沒有異議，便讓大夥兒散去。她獨獨留了金婆婆下來，問道：「婆婆，大首領遭雲娘子殺害，我該如何找出除掉這個叛徒？」

金婆婆冷冷地道：「妳問我做什麼？誰殺了誰，誰當上道主，我半點也不在乎。」

裴若然凝望著她，說道：「妳在乎的。若不在乎，當年何須割背？」

金婆婆臉色微變，說道：「不錯，我在乎。當年若讓無善娘子當上了道主，我第一個便要叛道！幸好她自己離開了，不然我們一個個都不得好死。我當年爲何要割背，還不就是因爲她！她害得無非慘死，口中卻說得對無非如何感激涕零，如何親厚愛惜。呸！無非會被雲娘子害死，全是出於無善之手！」

裴若然聽了，不禁一怔，忍不住問道：「妳是說……妳是說大首領之死和無善有關？」

金婆婆道：「當然有關！雲娘子手中的毒藥，自然是無善給她的。不然雲娘子怎會有這等厲害的毒藥？」

裴若然心中戒懼，她只知道這無善娘子乃是大首領的「老情人」，有心殺害大首領，卻沒想到無善會暗中幫助雲娘子叛變，藉此害死大首領。她從未見過這無善娘子，實在無法想像無善究竟是個如何陰毒恐怖的女人。

次日，裴若然與弟兄們一起盤問垂危的潘胖子。潘胖子自知命不長久，很多話便直說了出來。他嘶聲道：「無善娘子來找過雲娘子，給了她許多計策和毒藥。」

裴若然心中一涼，心想金婆婆所言不錯，除了雲娘子外，殺道還另有一個叛徒在外虎視眈眈，便是那行蹤隱密的無善娘子。他們又逼問潘胖子雲娘子和無善娘子的藏身處，如何才能找到她們，潘胖子卻什麼也說不出來。

裴若然見潘胖子已無用處，便在眾道友決議之下，下令將他處決，血祭大首領之靈。

自從那夜在大首領寢室中一場血戰，又與天空星兩場比試爭鬥之後，裴若然身心亢奮，激動恐懼，無法自制，足有三日三夜無法入眠。武小虎和天殺星日夜守在她的房門之外，防備其他人不服推選新任道主的結果，或是不贊同新道主的主張，再次叛變。

裴若然很慶幸他們兩人仍舊對自己忠心耿耿。她曾出手重傷天殺星，但他顯然已完全原諒了自己；武小虎關心小鶯遠勝於她，此時卻盡心盡力幫助她度過難關。

直到三日之後，裴若然才漸漸恢復過來，感到原本被撕裂成一片一片的自己，終於慢慢合攏聚集在一塊兒，又成為一個人了。

裴若然想起往年大首領曾給予她的種種嚴厲引導和艱苦磨練，他曾說過：「殺道中事瞬息萬變，身為道友，必須隨時準備面對劇變危機，並懂得臨機應變。」

她當時自然沒有料到，這些危機將包括道友叛變，殺道內亂，以及大首領的突然身亡。他留下了殺道這個重擔，而這個重擔如今已轉移到了新任道主天微星的肩頭之上。她能負擔得起麼？她不知道。她只知道，自己此刻才剛滿十九歲。

而讓她憂心忡忡的是，無善娘子在這場叛變中顯然扮演了某種角色，但是本人卻始終未曾現身。大首領往年與無善娘子有何過節，大首領失蹤時發生了什麼事，是否與無善娘子有關，如今大首領喪命，這些都已無人可以詢問。

於是裴若然花了許多工夫，翻遍了大首領書房中所有殺道過往的文件書信，希望能找到關於無善娘子的線索。但是大首領顯然未曾料到自己會突然身死，並未留下任何遺書，往年的書信文件雖多，卻都與殺道所接生意有關，更無一封私人信函，連那封無善娘子通過金婆婆交給大首領的信函也不知去向。

裴若然對大首領的背景甚感好奇，極想知道他究竟是何出身，為何識得文字；他是北方藩鎮後裔，還是京城子弟？然而大首領對自己的身世似乎特意保密，從未在任何信件中提起過自己的故鄉，更不曾留下任何與家人親友的書信來往。他是否跟其他弟兄一般，自幼被送入石樓谷，之後便全然忘卻了自己曾經有家、有父母這回事？他彷彿一出生便是殺道中人，命中注定要成為殺道道主，稟承第五代道主之命，將殺道發揚光大。

除了無善娘子之外，雲娘子也不知下落，影蹤全無。裴若然輪番派天殺星、武小虎和龐五離莊去追查雲娘子的下落，卻始終沒有消息。看來雲娘子已遠遠逃走，深深藏匿，絕不會輕易現身。裴若然心中警惕，知道殺道的危機並未過去，叛徒仍在虎視眈眈，隨時能向自己出手。

在裴若然正式就任道主後的第五日晚間，天殺星忽然在外敲門，說道：「天殺星，求見。」

裴若然隔著門便已感受到他的殺氣和內息，也感到他心中情緒翻騰，似乎懷著深重的心事。她心中暗暗警戒擔憂，說道：「進來。」

天殺星閃身入室，卻良久不出聲。

裴若然知道，天殺星自從自己升任道主之後，便將當年對大首領的一片忠誠轉移到了她身上。即使天殺星往年曾背叛過她，她卻始終不曾將天殺星當成敵人，仍舊對他滿心關懷。她溫言道：「你有什麼事，儘管說便是。」

天殺星道：「求妳，收留小鶯，讓金婆婆，替她治病。」

裴若然聞言一驚，皺眉道：「小鶯病了？她在哪兒？」

天殺星於是說出了他帶走小鶯之後發生的事。

去年初秋，天殺星從京城將吳元鶯帶走，兩人一路趕往少林，風塵僕僕，不多久吳元鶯便用過於勞累而病倒了。天殺星只好將她安置在一個村鎮中，留下重金，託一戶人家照顧，又請了大夫，留下藥錢，自己便上少林去了。吳元鶯獨自留在陌生的地方，讓幾個陌生人照顧，憂鬱恐懼之下，病況不但未曾好轉，反而更加嚴重。

半個月後，天殺星回到村鎮上接吳元鶯時，她已昏迷數日未醒。天殺星大怒，將大夫及收錢照顧吳元鶯的一家人殺了乾淨。他無法可施，只能帶著吳元鶯回到如是莊，求金婆婆幫忙救治。

金婆婆只冷然道：「我曾發下毒誓，只出手救治殺道中人。這女娃兒是殺道中人麼？」

天殺星啞口無言，搖了搖頭。

金婆婆轉過身去，說道：「她只剩下一口氣了。快將她帶了出去，莫要死在我這兒。」

天殺星跪在當地，不肯起來。他不善言詞，不知該如何繼續求懇，只默默地跪在當地。金婆婆見他不走，說道：「你爲何不去求道主？道主若收她爲殺道中人，我便可以救治她了。」

天殺星道：「大首領，失蹤，尚未回來。即使回來，我也不願……不願她，入道。」

金婆婆嘆了口氣，說道：「既然如此，那還有什麼好說的？你將她帶走，讓她好好離去便是，不必多受痛苦。」

天殺星咬牙道：「我不能，不能眼睜睜，看她死去！」

金婆婆聳聳肩，說道：「她是你什麼人？」

天殺星道：「她……她不是，什麼人。」

金婆婆道：「既然無親無故，又何必如此執著？」

天殺星道：「妳看看，她的臉，便會明白。」

金婆婆回過頭，仔細望向吳元鶯的臉，這才恍然大悟，脫口道：「天微星！」

天殺星點了點頭。

金婆婆沉默良久，才道：「我瞧，這件事你只能去求天微星了。」

天殺星道：「我們，已是仇人，不能求她。」

金婆婆搖搖頭，說道：「世間沒有永遠的朋友，也沒有永遠的仇人。你們剛出谷那時，你身受重傷，她每日來此向我取藥，日日替你敷藥療傷，照顧得無微不至。這分恩情你報答過麼？你心中只有一片妒念，怨恨她偏心天猛星，對天猛星用心比對你深刻。但你出手殺她父母，她怎能不出頭阻止？她傷你手腕，並未殺死你，也是手下留情。你愈怨恨她，她便只會離你愈遠，離天猛星愈近。你心中放不下她，只能找回一個長得酷似她的女孩兒帶在身邊，聊做慰藉。這算什麼男子漢？」

天殺星聽了，一張蒼白的臉更加蒼白，一句話也說不出來。

金婆婆抬頭望天，說道：「冬日過去，就快到春季了。事情很快便會有變化。你等著吧。這藥丸你拿去，能夠吊住她的性命。兩個月後，事情若無轉機，她的病便也不會有救了。」

緊接著春天一到，內亂叛變發生、大首領死亡、天微星坐上大首領之位，果然如金婆婆所預料，事情有了極大的轉變。如今天微星成為道主，只要天微星一句話，便能讓吳元鶯進入殺道，命金婆婆治療她的疾病。天殺星來此，正是為了求她給一句話，救吳元鶯一命。

裴若然聽完了，心中一片混亂，默然許久，才道：「天殺星，我始終當你是我的朋友。我們都曾身不由己，都曾無從選擇，但你選擇了放過小鶯不殺，我也選擇了保護小鶯。我們都希望她平安幸福，都不願意她接近殺道。如今我有能力救她性命，又怎會不願意？」

天殺星跪在地上，向她拜倒。

裴若然心中一酸，暗想：「金婆婆說得沒錯。天殺星在意我，卻始終無法原諒我，認為我背叛了他。如今他一心都在小鶯身上，可以為了她而跪求金婆婆出手救治，也可以為了她而跪求我答應讓她入道，命金婆婆出手替她治病。但他絕不會為了我，而去向別人跪求什麼事情。」

她想到此處，心一硬，脫口說道：「我答應你，但是有一個條件。」

天殺星抬頭望著她，臉上露出疑惑警戒之色。

裴若然道：「我收小鶯為義妹，如此她便算是殺道中人了。但是等她病好之後，我便會立即送她離開此地，找個隱密的所在安頓下來，讓她過平和安穩的日子。此後你或天猛星都不可再去找她，不可再見她的面。」

天殺星臉色發白，咬著嘴唇不答。

裴若然道：「還不只如此。她在如是莊中時，必須住在我這兒。你可以每日來看她，天猛星也可以每日來看她。你們兩人在我這裡時，必須和平相處，不能起任何衝突。倘若無法做到，我便命金婆婆不再替她治病。如何？」

天殺星臉龐扭曲，靜了許久，才道：「天殺星，遵命。我……我願，和天猛星，和平相處，不起衝突。」

裴若然點點頭，說道：「甚好。我也將對天猛星說同樣的話。我知道你們兩人都十分在意小鶯，如今她身處病中，得安靜修養。你們可以來探望她，卻不准打擾她，惹她煩惱。」

天殺星道：「天殺星，遵命。」

裴若然看到他的臉色，知道他心中仍感不服，認爲小鶯是屬於他一個人的，不需跟天猛星分享。她神色嚴肅，說道：「天殺星，你聽好了。如今我身爲道主，自當照顧道中所有弟兄，對弟兄公平無私。我答應你讓金婆婆爲小鶯治病，這是出於我自己對小鶯的愛惜。我不可能只讓你來探望小鶯，而不讓天猛星知道此事。你們必須冷靜和平，不再視彼此爲仇敵。不然我寧可不救小鶯，你聽明白了麼？」

天殺星無言以對，只能再次向她拜謝，出屋而去。

此後數月，裴若然忙於處理道中諸事，焦頭爛額，幾乎沒有工夫回到自己的屋中歇息。大首領的寢室陰森隱蔽，又死了不少人，流了許多血，裴若然雖不信鬼怪，卻也不想住在那兒。因此她擔任道主之後，仍舊住在自己慣住的廂房之中，只在房外布置了十多名守衛。

裴若然命人將小鶯移至自己屋中的另一間廂房，由金婆婆診療。裴若然派了三名婢女負責照料小鶯的衣食藥物，務求盡善盡美，無微不至。她自己偶爾去探望小鶯，見到她的病情漸有起色，甚感放心。

武小虎和天殺星時時來探望，兩人不知如何做出約定的，一個上半日前來探望小鶯，一個下半日來，如此便可避不見面。裴若然爲求公平，派任工作時，一定讓他們兩人同時出門辦事，不至於一人在外奔波，一人留在莊中陪伴小鶯。

小鶯病情好轉之後，偶爾能聽見她的歌聲從廂房中傳出。她唱歌給武小虎聽，偶爾也唱給天殺星聽。這兩個少年對她的歌聲如癡如醉，往往盤桓流連，不捨離去。

裴若然心中清楚，如此下去絕對無法善了。這兩個少年對自己忠心耿耿，友情深厚，僅僅就這一層關係，他們對彼此便已有足夠的敵意和醋勁了；這時他們兩人同時對小鶯戀慕若狂，癡心難已，往後將如何了結？

爲了此事，裴若然煩惱憂慮不已，心中籌思：「我不能失去天殺星或小虎子。七個弟兄之中，只有這兩人對我眞正忠誠，眞正關心我的死活成敗。其餘弟兄最多表面上服從我，隨時能起心反叛，擾亂我的大計。我得在他們反叛之前，安排好一切事情，解除所有聘約，變賣如是莊，購買田產，安置道友執事和下屬，替金婆婆置辦藥園，公平分配財產，遣散奴僕。這些事情全都得盡快做好，我才算眞正盡到了道主的責任。唯有徹底解散殺道，才對得起韓峰和宇文還玉兩位前輩。」

然而她並不知道一切安排就緒、殺道徹底解散之後，自己又將如何？或許她可以帶著武小虎和天殺星，加上吳元鶯，四人找個地方隱居？然而他們四人又怎麼可能相安無事，和平度日？總有一日，天殺星和武小虎會爲了小鶯爭個你死我活，而她夾在三人之間，地位何其尷尬，又該扮演什麼角色？

裴若然愈想愈心煩，這三個都是她在世間最最關心之人，但是她卻不知道該如何調解他們之間的矛盾，如何與他們共處。或許她應當放下他們，獨自回到生死谷，繼續修行，參透生死？

如果世間沒有吳元鶯就好了，某一回她終於忍不住如此動念。如果吳元鶯不在世間，她有十足的自信，能讓武小虎心甘情願地跟隨在自己身邊，永遠不離開。她也自信能夠掌控天殺星，讓他對己一世忠誠，不敢稍有違背。她已是個沒有家的人了，人世間只剩下這兩個朋友。她不願意失去他們，因此她要盡一切的努力，將他們留住。

裴若然思前想後，終於站起身，來到金婆婆的藥園木屋中找她，對她說了一番話。

金婆婆靜靜聆聽，聽完只點了點頭，一句話也沒有說。

裴若然起身離去，臨走前，忍不住回頭望向金婆婆，說道：「婆婆，我這麼做，對麼？」

金婆婆沉默一陣，才道：「妳身爲道主，自應懂得判斷是非對錯。不久之後，大夥兒便要分道揚鑣，各走各路了。妳得自己一個人過一輩子，再沒有人會給妳任何提醒或勸告。」

裴若然嘆了一口氣，自言自語道：「如果我在谷中學會了什麼，那就是人必須爲自己所做的一切決定負責。日後當我回頭細數自己一生的所有決定時，必得清白昭雪，無怨無悔。」

金婆婆道：「妳心裡清楚，那就好了。」

裴若然一咬牙，說道：「不錯，我心裡清楚。這件事就有勞婆婆了。」轉身出門而去。

第八十五章 無善

這日晚間，裴若然與道友會見議事，直到夜深。她拖著疲憊的身軀，準備離開有爲堂時，忽然聽見一聲極爲淒厲的慘叫，劃破夜空。

裴若然一驚，但聽這聲慘叫離此不遠，似乎發自諸相廊的哪一間屋宇，立即對守在門口的侍衛道：「快去看看，發生了什麼事？」

那侍衛才奔出數步，便見一人飛身衝到有爲堂外，滿面驚惶，大叫道：「不好了，道主，不好了！」

裴若然見來人瘦小猥瑣，竟是天富星！忙問：「怎麼了？」

天富星喘了口氣，才道：「天空星……天空星出事了。」

裴若然定下心神，問道：「怎麼回事？」

天富星呑了口口水，說道：「是天異星。她……她將天空星……」卻說不下去。

裴若然道：「她殺了天空星？」

天富星臉色蒼白，點了點頭，說道：「不只如此。她打算……打算吃了他。」

裴若然臉色一變，對左右侍衛道：「立即傳喚天殺星和天猛星，要他們去天空星住處。」對天富星道：「快帶我去！」

天富星帶著裴若然和一群侍衛，快奔來到天空星的住處。屋外站了一群歌舞樂伎，個個嚇得花容失色，有的渾身顫抖不止，有的蹲在地上，抱頭哭泣。

裴若然跨入大廳，但見廳中一片狼籍，一場歌舞宴會似乎正進行到一半，便戛然而止，宴會的主人天空星躺在大廳中央，手腳張開，呈大字形，一個女子跪坐在他身旁，正用右手的鐵鉤在他的胸口撈挖，掏出一樣血淋淋的物事，放入口中，看來正是死者的心臟。

裴若然看清了，那女子正是天異星。她厚厚的嘴唇上滿是鮮血，雙眼直瞪著自己，臉上帶著陰森詭異的微笑。

裴若然低頭望向天空星，但見他雙目圓睁，俊秀的臉面滿是血漬，早已死去，胸口被劃出一道長長的傷口，內臟流出，而他的心臟正捧在天異星的手中。

裴若然即使刺殺過無數人，卻也從未見過這等血腥恐怖的場面，勉強鼓起勇氣，走上幾步，面對著天異星，冷然道：「天異星，妳竟然殺了天空星！」

天異星咧嘴一笑，輕鬆自如地道：「天微星，妳來啦！妳快來瞧瞧，這都是妳造成的！妳要結束殺道，妳要大家散夥。散夥之後，他便打算將我一腳踢得遠遠地。這麼多年來，他待我如豬狗一般，踐踏我、蹂躪我、侮辱我、虐待我，我都甘心承受了。如今他想要甩掉我，自己去天涯海角逍遙，妳說我會讓他去麼？」

裴若然忍住噁心之感，揮出峨嵋刺，抵在天異星胸口，說道：「妳殺害弟兄，我不能饒妳性命。」

天異星渾不理會，又咬了一口那血淋淋的心臟，口齒不清地道：「妳要不要吃一口？他總說有一日要殺了我，把我吃掉，如今卻是我吃了他。在石樓谷中那時，大家彼此相食，多麼痛快！出谷之後，不能公開吃人，大家各自努力掩藏吃人的衝動，實在太辛苦了。妳說是不是？」

這時天暴星、天佑星、天殺星和天猛星都已趕來，見到天空星慘死之狀，及天異星的恐怖瘋狂的神態，都不禁臉色慘白。

裴若然再也看不下去，峨嵋刺遞出，刺向天異星的胸口。天異星往後一縮，左手忽然射出一排飛刀，裴若然不料她在半瘋癲之下也能發出暗器還擊，忙揮左手峨嵋刺打下兩柄飛刀，其中幾柄向著其他弟兄飛去，分別被天殺星和天富星打下。

天異星跳起身，尖聲叫道：「天微星，妳一直便想殺了我，現在果眞露出眞面目，對我狠下殺手了吧！妳口口聲聲說如何愛護照顧弟兄，嘿嘿，根本便是謊言連篇，鬼才相信！」

裴若然側頭望向其餘五個弟兄，說道：「你們說，本座該如何處置天異星？」

天佑星白著臉，低聲道：「她已瘋了，不能留下。」

天暴星喝道：「殘殺弟兄，怎能饒恕！當然要殺了！」

天富星吞了口口水，說道：「不錯，該死。」

天猛星直望著天空星的屍身，臉色蒼白，更說不出話來。

裴若然微微點頭，天殺星一言不發，陡然閃身上前，匕首遞出，刺入天異星的咽喉。

天異星哼也沒哼，醜臉扭曲變形，撲倒在天空星的屍身上，已然斃命。

廳上一片寂靜，沒有人出聲。

裴若然感到心力交瘁，幾乎說不出話來。她吸了一口氣，勉力鎮定下來，說道：「天異星因往年積怨，出手殺了天空星。弟兄相殘，這是本座最不願意見到的！如此自相殘殺，不需等敵人到來，我們便要自己先毀滅自己了！」

五個弟兄顯然都爲眼前這場血腥殺戮感到無比震驚，低頭不語。

裴若然道：「這件事情便到此爲止。來人，將天空星、天異星兩位道友好生安葬了。」轉身走出大廳，回往自己的住處。

裴若然回想起天空星自高自大的神態，以及他往年對天異星的種種折磨凌虐，心中只覺一片淒慘糾結。她雖感到天空星罪有應得，卻沒想到他竟會如此慘死於天異星之手！

裴若然知道天異星並沒有發瘋；她向來便怪異恐怖，從七歲以來便是如此，毫無改變。裴若然未曾料到自己主張拆夥，竟間接觸動天異星的殺機，決定下手殺害天空星，一洩心頭憤恨。

她心中頓感惶惑無主，心中只想：「我做錯了麼？我做錯了麼？」只能勉強安慰自己：「不，解散殺道，洗手止殺，分散財產，讓弟兄們各奔前程，我這麼做是對的。天空星作惡多端，得此慘報，是他本身業力使然。」

她想起天空星的慘狀，腹中翻滾難受，幾乎作嘔。她正準備跨進自己的臥房，找個面盆接住自己的嘔吐，忽然感到臥房中傳來一股殺氣，卻不是她所熟悉的弟兄們的殺氣。她心中一驚，叫道：「來人！」卻無人回應。她想起弟兄們多半仍留在天空星的屋宇中，但是自己住處的其他守衛呢？她往門外一望，只見門外的守衛竟已全數倒地死去，臉色發青，顯是中了劇毒，斃命未久。

裴若然立即後退，打算趕緊離開，但見一人從臥房緩步走出，開口叫道：「若然！」

裴若然抬頭望去，只見站在自己身前的是個中年貴婦，儀態雍容，衣著華麗，正是自己的娘親裴夫人！

裴若然頓時呆在當地，說道：「阿娘！妳……妳怎會在這兒？」

裴夫人微微一笑，說道：「我回來瞧瞧。妳怎麼樣了？」

娘親娘親裴若然感受著娘親身上既陌生又熟悉的殺氣，心中震驚，難以相信自己的娘親竟也是刺客出身！

裴夫人微笑著，說道：「妳還沒猜出我是誰麼？」

她凝望著娘親的臉龐，腦中陡然閃過一個名字：「無善娘子」！

這一刻，她終於看清了自己過去迷惘困惑、從來未能看清的事情——多年前叛道逃離、下落不明的神祕道友「無善娘子」，正是自己的娘親！

裴夫人點頭道：「不錯，我便是無善。多年之前，我假死脫離殺道，之後便一直躲藏在京城裴家。」

裴若然不可置信地瞪著娘親，完全無法接受無善娘子和自己的娘親竟是同一人，更不知道該如何面對她。

裴夫人道：「妳一定滿心疑惑，我爲何在此時出現？我說過啦，阿娘掛心妳，因此特意來此瞧瞧妳如何了。天空星和天巽星已經死了，是麼？」

裴若然直覺感到無法相信她的話，忍不住質問道：「怎地我在石樓谷那幾年，妳卻未曾掛心我？」

裴夫人嘆了口氣，說道：「我也是身不由己。約莫十幾年前，我一時大意，被無非發現了蹤跡。他來家中找我，威脅要暴露我的出身，甚至要殺死妳的阿爺和阿兄們。我爲了保護他們，於是只好讓步。」

裴若然聽到此處，打自心底升起一股寒意。

裴夫人面色自若，似乎當初做出這個決定時，毫無掙扎猶疑，此刻也毫無後悔自責。她續道：「不錯，我告訴無非，我絕對不會離開裴家，回歸殺道。他威脅殺我家人，我便威脅毀他殺道。最後我和他達成協議，我答應無非，讓他帶走我最小的女兒，送入石樓谷，留在殺道充當人質，以換取夫君和兒子們的平安。」

裴若然胸中怒氣勃發，伸手握緊了峨嵋刺，咬牙道：「爲此妳決定犧牲我，將我送入地獄！」

裴夫人搖頭道：「若然，這是妳命中注定的路。妳原本便不是千金閨秀的料子，更不可能順順當當地入宮，甚至不可能嫁爲人妻，成爲賢妻良母。妳自己說，在石樓谷學武練功，在如是莊學習殺術，難道不是最適合妳的一條路？」

裴若然拔出峨嵋刺，冷然道：「妳是我的親生娘親，卻說得出這等話！妳親手將我送入地獄，卻說這是我命中注定的路！當年妳也是被自己的阿娘送入谷中去的麼？妳也覺得自己活該進入地獄，活該成爲殺手麼？」

裴夫人眼望著女兒手中的一對峨嵋刺，臉色冷酷，嘴角卻露出微笑，說道：「若然，妳可知道，阿娘的武器也是峨嵋刺？」

裴若然臉色煞白，握緊了峨嵋刺，眼光飄向娘親頭上的一對銀簪，說道：「我當初選擇峨嵋刺，正是因爲想起妳頭上常戴的銀色簪子。如今我才知道，那銀簪正是妳的兵器！」

裴夫人微微笑著，伸手去摸頭上的銀簪，說道：「不錯。妳小時候看得多了，因此留下了印象。」

裴若然見娘親的手就將碰上銀簪，立即跨上一步，舉起峨嵋刺，直指娘親手臂穴道，喝道：「別動！」

裴夫人一凜，緩緩將手放下，柔聲道：「怎麼，妳以爲阿娘會對妳動手？」

裴若然雙眼緊盯著娘親，說道：「妳既已躲藏了三十多年，爲何突然現身如是莊？究竟有何意圖？」

裴夫人微微笑著，說道：「妳說呢？」

裴若然瞪著她，說道：「妳意圖爭奪道主之位！」

裴夫人搖頭笑道：「傻孩子，我若想做殺道道主，三十多年前便能坐上了，哪能輪到無非？如今我的親生女兒當上了殺道道主，我難道會來跟妳搶這個位子麼？」

裴若然咬著嘴唇，說道：「妳的話，我一句也不信。妳若不是來爭奪道主之位，又爲何來此？」

裴夫人嘆了口氣，說道：「孩子，我說過了，我只是回來看看，也想知道妳的情況如何了。當年跟我一起出谷的三個弟兄，無是、無非和無惡都死了；上一輩的血紅和白骨也身亡，只剩下金身，就是妳所知的金婆婆；下一輩的半面、泥腿、飛鶴也已喪命。殺道自相殘殺，落到今日的下場，眞是因果報應，惡貫滿盈啊。」

裴若然感到毛骨悚然，低聲道：「妳老早便想毀滅殺道了，是也不是？」

裴夫人嘆了口氣，說道：「我跟殺道的淵源早已徹底斷絕，既無恩怨，亦無瓜葛。如今妳阿爺擔任宰相，輔佐皇帝消滅藩鎭，責任重大。我必須保護他的安危，消滅任何可能威脅到他性命的殺手刺客。」

裴若然吸了一口氣，臉色鐵青，說道：「阿娘，妳來此，是打算殺盡殺道中人，包括金婆婆、我和我的所有弟兄，是麼？」

裴夫人望著她，眼中滿是哀憐之色，說道：「其他人也就罷了，金婆婆並非惡人，過去這幾十年來，她專注於行醫救人，可說是懺悔前孽、洗心革面。但她所知毒藥太多太狠，不能留下。至於妳的那些弟兄們，個個都不是好東西，每個都曾試圖殺害妳，我替妳將他們全數殺了，助妳除去後患。妳說好麼？」

裴若然高聲道：「我不能讓妳動手！殺道中人並非個個邪惡，我和弟兄們全是受害者。我們沒有一個自願成爲刺客、自願出手殺人。妳絕不能殺害他們！」

裴夫人滿臉哀淒，說道：「若然，妳不明白。一旦手上沾染過血腥，這一輩子便再也洗不清了。我是如此，妳也是一般。」

裴若然臉色一變，說道：「並非如此！妳可以藏身一世，不再殺人，我也一樣，往後也可以不再殺人，也可以過正常的日子。」

裴夫人緩緩搖頭，說道：「瞧瞧妳自己背上那道血痕，這一世還會有男人要妳麼？妳想擺脫殺道，回去世間過正常人的日子，完全是癡心妄想，癡人說夢。金婆婆爲何一輩子不嫁，妳難道不知其中原因？」

裴若然想起自己背上那道猙獰的傷痕，心中一痛，低聲道：「阿娘，我大可一輩子不嫁，可以出家爲尼爲道，但妳不能認爲我這一輩子便注定要做個刺客，無法翻身！」

裴夫人低下頭，說道：「任何人在石樓谷中吃過自己弟兄的肉後，便再也做不了正常的人了。」

裴若然猛地一驚，頓時想起剛剛才見到，天異星殺死天空星、生食其心的慘狀，大聲說道：「我從未吃過弟兄的肉，天殺星、天猛星也沒有！我們自己抓魚捕蛙來吃，度過了那個冬天。」

裴夫人笑了起來，搖頭道：「妳只不過是在欺騙自己罷了。每個通過第二關、活著出谷的弟兄，都曾經歷過極度飢餓的痛苦，沒有一個不曾相殺互啖。妳以爲自己未曾吃人，假裝自己潛入瀑布下的深潭捉魚，在沼澤中挖掘蛇蛙。哈哈，我以前也曾如此相信過，也曾眞心相信自己未曾吃人。若然，若是阿娘告訴妳，這些全都出自妳的想像呢？瀑布下的深潭中根本沒有魚，人也不可能進入沼澤而不陷入泥沼，得以倖存。妳的這些記憶都是自己編造的，只不過爲了讓妳的良心好過一些罷了。」

裴若然瞬間一陣眼前發黑，胸口一震，全身冰涼，彷彿又回到了生死谷中，再次落入無法辨別記憶和眞實的境地，落入無法跳脫、一個接一個的恐怖夢境。她曾夢到自己其實從未離開過石樓谷，她其實早已死了；她未能過第二關，在那個嚴酷的冬天裡，她和許多其他弟兄們一般凍餓而死，被埋在冰雪中了，此刻只是她的魂魄在做著過關出谷的夢。她也曾夢到自己確實過了第二關，然而小虎子卻是虛假的；小虎子在第二關時便已死了，自己未曾出手相救，因後悔自慚，於是不斷想像小虎子未曾死掉，之後的一切全是她爲了掩蓋慚愧自責的虛假想像。

她也彷彿見到了那個野人，耳中響起野人說過的話：「妳以爲妳見到了我，我卻可能並未見到妳。我以爲自己在這裡住了八十年，但是妳見到的，可能只是我早已化爲腐土的屍骨，而此刻妳正對著一堆腐壞的泥土自言自語。」

她也想起，野人還曾對她說過：「不是妳相信什麼。而是妳選擇什麼。」

裴若然一個激靈，倏然清醒過來，面對著裴夫人，說道：「妳不是我阿娘！」

裴夫人臉上不動聲色，說道：「若然，阿娘雖對不起妳，但畢竟我是妳的親生娘親。我賦予妳生命，如今也能取走。」

裴若然的心思異常清明，緩緩說道：「雲娘子，妳不必再裝下去了。妳的易容術當眞了不起，我險些便中了妳的歹毒詭計！」

裴夫人聞言臉上變色，後退一步，裴若然卻已快趨上前，左手抓住了她的手腕，峨嵋刺直往她臉上劃去。雲娘子不久前曾重傷在裴若然手下，此時傷勢顯然尚未復原，竟無法避開這一刺。但見峨嵋刺雖劃上了她的臉頰，卻沒有鮮血流出，臉上果然有易容裝扮。

裴若然知道自己猜得沒錯，左手使勁，喀啦一聲扭斷了雲娘子的手腕，將她壓倒在地。裴若然忌憚她的毒術，不敢近身，舉起峨嵋刺，刺入雲娘子的肩膀，將她釘在地上，退開幾步，冷然道：「叛徒，妳好大的膽子，竟敢回到如是莊，還敢假扮成我阿娘！」

就在這時，武小虎搶入屋中，見到地上的人，驚叫道：「怎麼回事？」

裴若然道：「雲娘子假扮成我阿娘，來此刺殺我。」

雲娘子臉上化妝未脫，頰上被峨嵋刺劃過，臉面一片模糊。她哈哈大笑，說道：「不錯，我正是來刺殺天微星這臭小娘兒的。我假扮成她阿娘，嘿嘿，因爲她娘親便是無善娘子，也是大首領的老情人，同樣出身殺道！」

裴若然冷笑道：「妳編出這套謊言，想要唬弄我，沒那麼容易！」

雲娘子笑聲不絕，說道：「能否嚇唬住妳，都已無關緊要。你那五個弟兄都已中了我的毒，命不長久了！」

裴若然冷然道：「妳死到臨頭，還敢唬騙人！」

雲娘子尖聲笑道：「我唬騙人？哈哈，我將毒藥給了天異星，原本要她對妳下手，讓妳全身僵硬，動彈不得，任我擺布。沒想到她仇恨天空星更甚於妳，竟然決定先對天空星下手！那也不要緊，我在天空星的屍身上另下了『殭屍散』，所有接近過他屍體的人都已中毒，天猛星也不例外。殺道死盡，就剩妳一個孤孤單單的道士，這滋味想必很不好受吧！」

裴若然生性警戒，每日定時服用金婆婆的「百破解」，自身並未中毒，聞言臉色大變，叫道：「小虎子，去將其他弟兄叫來！快，請金婆婆來！」

然而武小虎卻身子一晃，忽然跌倒在地，全身僵硬，再也無法動彈，雙眼發直，口中冒出血水泡沫。

雲娘子笑得更開心了，說道：「妳自己瞧吧，他已中了我的殭屍散。我逼大首領將這門絕技傳授給我，如今他們全都中了我的毒，將在一個時辰之內不斷嘔血，漸漸僵硬，直至死去。解藥世間只有我有，連金婆婆都不會解這殭屍散。妳若想救他們的命，便得乖乖聽我的話！」

裴若然勉強鎮定，說道：「妳有何要求，立即說出！」

雲娘子伸手拔出插在自己肩頭的峨嵋刺，遠遠扔出，坐起身來，一邊抹去臉上的易容裝扮，一邊好整以暇地道：「我有三個要求。第一，殺道的所有金銀財產、祕笈武功，全數歸我。第二，妳發誓永遠不派人出來追殺我。第三，妳廢了自己的武功。如何？不難做到吧？妳自己的命，外加五條弟兄的人命，很值得吧？」

裴若然直瞪著她，靜了一陣，才笑了起來，說道：「妳以爲我不知道麼？妳找不到殺道的祕笈武功藏在何處，因此才毒倒弟兄，藉以向我逼問。不錯，大首領死後，天下間只有我一個人知道殺道祕笈武功的隱藏之處。我若不說，妳便要下手殺死我的弟兄。不如順便將我也殺了，殺道煙消雲散，妳的第二和第三兩個條件自然便達成了，只不過殺道的祕藏武功也將全數失傳。」

雲娘子冷笑道：「天微星，我太了解妳了。妳嘴裡說得輕鬆容易，但妳爲了相救天猛星，連割背這麼慘烈的事情都做得出來，怎麼可能眼看著他死去？」說著向躺在一旁的武小虎風姿萬千地瞟了一眼。

裴若然知道自己只不過是在拖延時間，額上背上冷汗直流，一咬牙，暗想：「寶藏和殺道武功祕笈，都是身外之物，全給了她不妨。救回弟兄的性命要緊。」當即說道：「好！我將財寶交給妳。」

雲娘子冷笑道：「妳當我是白癡麼？我要的不只是財寶，還要武功祕笈！我手上拿不到財寶和祕笈，妳便得不到解藥！」

裴若然咬牙道：「好！妳跟我來，我帶妳去取。」

雲娘子媚笑嫣然，說道：「妳乖乖聽話，這才是好孩子。那就多謝妳啦！別耍花樣！我們這便走……」話未說完，忽然驚呼一聲，雙眼圓睜，原本美貌的臉容扭曲變形，口中流出一絲鮮血，猛然撲倒在地，竟已斃命。

裴若然看得親切，雲娘子背心上插著一柄峨嵋刺，正中心臟。

裴若然大驚失色，脫口叫道：「解藥！」心中又急又怒，抬頭往門口望去，想知道是哪個莽撞的弟兄出手殺死了她。

但聽一人緩緩說道：「不必擔心，我有解藥。」

裴若然一驚，但見一個中年婦人從黑暗中現身，一身黑衣，短打裝束，面容白淨，卻是自己的娘親裴夫人！

第八十六章 犧牲

裴若然方才見到雲娘子假扮的娘親，已然萬分震驚，怎料得到自己真正的娘親竟會出現在如是莊，一時無法反應過來，呆在當地，做不得聲。

裴夫人的儀態莊重合宜，神色溫和慈藹，舉止帶著幾分羞怯，全身上下不帶一絲殺氣，與雲娘子假扮的那個高貴傲慢、盛氣凌人的裴夫人全然不同。裴若然心中毫無懷疑：「這確實是阿娘，絕對不是其他人假扮的。」

裴夫人低頭望著地上雲娘子的屍身，微微搖頭，說道：「她的目的並非威脅妳，取得財寶祕笈，而是要殺死妳。」

裴若然點頭道：「我……我知道。」聲音嘶啞，再也說不下去。

裴夫人嘆了口氣，說道：「她雖奸險可惡，但這並非全是她的過錯。唉，過去這二十多年來，無非對她實在太過殘酷了。」

裴若然咬著嘴唇，勉強壓下心中的不可置信和疑惑混亂，眼望著娘親，等她說下去。

裴夫人道：「雲娘子知道關於我的事情，知道我和無非是一起入谷過關的同輩弟兄，便以爲我是他的『老情人』。她卻不知我和無非其實並不是情人。我們是孿生姊弟，是京城小戶人家的子弟。我在過了第一關後被命名爲『無善』，他則被命名爲『無非』。」

裴若然聽到此處，胸中一震，心想：「娘果然便是無善娘子！大首領和娘竟然是孿生姊弟！而大首領竟是……竟是我的親舅舅！」

裴夫人又道：「雲娘子知道我並未眞正死去，一直想方設法要將我找出來。無非爲了保護我，只得將她收做妻妾，趕走了她的情人雲飛鶴，之後又將雲飛鶴殺死。雲娘子在他的淫威之下，不敢反抗，受了很多苦，也因此更想將我揪出來，更想對無非報復。」

裴若然忍不住問道：「阿娘，妳既是殺道中人，當年我入石樓谷，當眞是妳……是妳自願送我去的麼？」

裴夫人微微點頭，說道：「不錯，我曾寫了一封信給妳，讓無非給妳看，想來妳並不相信，出谷之後，從未跟我提起過。」

裴若然心中一震：「那封信！大首領給我看的那封信，竟然眞是阿娘親筆寫的！」伸手扶住茶几，穩住身子。她不敢相信自己的娘親竟狠心若此，親手將女兒送入地獄般的石樓谷！

她顫聲問道：「爲什麼？」

裴夫人嘆了口氣，說道：「幾十年前，我和無非一起入谷，一起出谷。那一回能夠過第二關、活著出谷的，只有四個弟兄，便是無非、無是、無善、無惡。無非後來出家成了道士，成了殺道道主，也就是你們所知的大首領。我是無善，無惡早早便被我殺死，而無是便是妳所知的潘胖子。」

裴夫人自顧說了下去：「當年我們在如是莊中受訓，學習殺術，過第三關。我是最早開始過第三關的弟兄，前一任的道主十分賞識我，有意讓我接掌道主之位。那時我的最後一項任務，是去京城刺殺一位高官。便是在那一回出手時，我結識了妳阿爺，互生情愫。因此我決定脫離殺道，藏身京城。」

裴若然仍然不敢相信溫和柔弱的娘親跟自己一般，是個曾入過石樓谷又活著出來、在如是莊受訓、過三關，並曾出手暗殺文官武將的冷酷刺客，只震驚得說不出話來。

裴夫人又道：「我易容改裝，假扮成京城某大戶人家的女兒，嫁給了妳阿爺。我當時布置了自己的屍身，並蓄意留下種種痕跡，讓道主以爲我失手喪命。道主找不到我，便相信我已死去了，決定傳位給無非。這些事情，無非全都知道，但他始終包庇著我，替我隱瞞。我在裴家躲藏了幾十年，生了妳的五個阿兄，一切都十分平穩順利，直到妳出生。」

裴若然忽然想起，家僕王義說曾有個黑衣人出手阻擋殺手刺殺阿爺，脫口道：「是妳！出手阻擋刺客，救了阿爺的人是妳！」

裴夫人點點頭，說道：「不錯，那時妳還在昏迷之中，我不得不出手抵擋，險些露出了眞面目。這許多年來，我扮演賢妻良母，藏身裴家，半絲形跡也未曾顯露。那回被逼出手，險些讓紅血猜知了我的身分。」

裴若然脫口道：「紅血，血盟盟主！」

裴夫人道：「正是。幸而紅血很快便被天殺星殺死了，這個祕密並未流傳出去。」

裴若然想起童年印象中的娘親，溫柔敦厚，相夫教子，主理家事，一派深閨閨秀、貴婦主母的氣度，唯有對自己的頑皮胡鬧束手無策，無法管教。如今回想起來，娘親並不是管不住自己，而是蓄意不管自己，放任自己發潑胡鬧。那又是爲了什麼？

裴夫人續道：「妳出生之後，人人都看得出，妳比妳所有的阿兄們都活潑好動，身手矯捷，性情強悍，堅毅大膽，狂野不羈，讓我不得不想起自己童年時的許多往事。而我也不免想起殺道每隔二十年，便將送一批孩童入谷受訓的規矩，算算等妳長到七歲時，正好撞上入谷的時機。那時前任道主已然死去，無非接位成爲殺道道主，而前一輩的道友紅血，則在一怒之下叛道離去，自創血盟。刺客界分成兩營，彼此競爭。就在那時，無非想起了我，專程來到京城，求我幫忙。」

裴若然顫聲道：「他威脅妳，因此妳答應將我送入谷去！」

裴夫人搖頭道：「不，無非並未威脅我，是我自願的。我這一生能夠平穩地過尋常人的日子，全靠無非的包庇和犧牲。我欠他太多，必須報答他的恩情。我自願讓他將妳帶走，入谷受訓，進入殺道。」

裴若然一口氣悶在胸中，說不出話來。

裴夫人頓了頓，又道：「而且妳被選爲采女，我心知並非好事。無論如何，進入皇宮只有比進入殺道更加悲慘可怖。我無法改變妳，只能盡力改變妳入宮的命運，因此決定將妳送入石樓谷。」

裴若然聽娘親懇切地娓娓說來，心中卻只有一片冰寒悲涼。

裴夫人又道：「許多年後，妳和其他七個弟兄順利出谷，開始過三關、入殺道。我並沒有看錯，妳是天生的刺客，命中的殺手。妳身手靈敏，生性警醒，冷靜善謀，狠心決絕。天下似妳這般的女孩兒，可是萬中無一。妳能夠過三關、入殺道，原是我意料中事。而無非有心傳位予妳，我也完全可以預見。」

她頓了頓，又道：「後來無非得知手下道友企圖聯手反叛，再次來向我求助。那時他的情勢極爲窘迫，來到京城時，我便幫忙將他藏在裴府中，讓他的手下無法得知他的行蹤。」

裴若然恍然道：「那時大首領失蹤，原來是妳將他藏了起來！」

裴夫人道：「不錯。雲娘子和潘胖子一夥人，當時便已計畫要殺死無非，取而代之。我將無非藏起，自己裝扮成潘胖子回到如是莊，探聽雲娘子的陰謀，得知她打算殺盡道友，盜取殺道的財產和武功祕笈，遠走高飛。後來我放出消息，讓雲娘子以爲無非已被仇家殺死，於是雲娘子大著膽子，假扮成無非回到如是莊，準備下手奪權。無非自信能夠制得住她，因此親自回來，雲娘子只得停止裝扮成他。無非原本打算立即殺了她，沒想到他畢竟不夠心狠，還是著了她的道兒。」

裴若然無語，一時只覺一切都如夢般虛無不實。她忍不住道：「阿娘，妳身上爲何從來沒有殺氣？妳……妳方才出手殺死雲娘子，但我仍舊無法感受到妳身上有半絲殺氣。爲什麼？」

裴夫人眼神溫柔，說道：「因爲我並不想殺她，殺她完全是情非得已。若然，阿娘出手殺過很多人，但我從來也不想殺任何人。妳身上的殺氣，我都感受得到。若然，我知道妳並非生性殘忍之人，也不喜歡殺人。妳和我當年一樣，殺人只是逼不得已，只是爲了達成道主的指令，不讓道主失望。如今妳自己擔任了道主，從此沒有人能夠逼妳殺人了。」

裴若然再也無法掩藏心頭的焦慮徬徨，問道：「阿娘，我該怎麼辦？」

裴夫人愛憐橫溢地望著女兒，問道：「妳問問自己的心，最想要的是什麼？」

裴若然脫口而出，說道：「我要回家！」

裴夫人臉上露出哀傷的微笑，堅決地搖搖頭，說道：「孩子，妳不能回家。如今無非已然死去，殺道的未來掌握在妳手中。妳願意如何走下去，便如何走下去。妳原本的家，已經不是妳的家了。這兒才是妳的家。」

裴若然忍著眼淚，點點頭，說道：「阿娘，女兒明白了。和這裡的其他弟兄們一樣，女兒早就沒有了自己的家，女兒只能再創造出一個新家，在新家中安定下來。」

裴夫人點點頭，伸手輕撫女兒的臉頰，說道：「這就對了。」

她想起剛才環望了有爲堂一周，見到四聖像已被拆除，便微微點頭，回頭向著女兒一笑，說道：「我犧牲了自己的親弟弟，才逃了出來，之後又犧牲自己的親女兒，才得徹底脫離殺道。妳比我強得多了。」

裴若然眼淚潸然而下，低下頭去，不敢再望向娘親的臉面。

裴夫人不再言語，伸手抹去她的眼淚，將一瓶解藥塞在她的手中，轉過身，緩步走出了如是莊。裴若然知道娘親將回到長安裴家，繼續扮演裴夫人的角色，照顧保護她的家人，保護自己的阿爺和阿兄們。

裴若然隱約能理解娘親的慈愛和殘忍，她做出了她的選擇，以犧牲親弟弟和親女兒來換取自己和家人遠離殺道，安穩度日，過尋常人的生活。阿爺和阿兄們或許並不知道他們的無知和平凡有多麼可貴，但是裴若然清楚知道，自己若處於娘親的位置，極可能也會做出相同的決定。裴若然深切知道石樓谷、如是莊和殺道的血腥可怖，與其讓所有家人都落入殺戮恐怖的殺道魔掌，不如減少犧牲。

裴若然知道自己別無選擇，只能原諒娘親。在原諒的背後，她倏然明白，自己和娘親、大首領都是同一類的人，聰明絕頂，勇毅過人，卻都跳不出自己所設的框限，都被迫做出殘忍無情的選擇，並且得一輩子被自己的選擇所折磨，懺悔痛苦不已。大首領終於解脫了，娘親在夫君兒子的環繞下，想必仍能繼續過裴夫人的日子。但是她自己呢？她還有很長的路要走，她還很年輕。殺道的擔子落在了她的肩頭，所有活著的道友、弟兄、執事、下屬，全都仰賴她保護照顧，她必須走下去。

裴若然定下心神，取出少許解藥餵武小虎吃下。武小虎中毒後全身痲痺，口中不斷吐血，服下解藥後，便不再吐血了，雙目緊閉，臉色仍十分蒼白，但似乎有了一些血色，能夠坐起身來。

裴若然立即奔出，到諸相廊尋找其他弟兄，並在天空星的屋中找到了其餘四人，但見所有弟兄都全身僵直，臉色發青，口吐鮮血，倒在地上一動不動。裴若然一一餵他們吃下解藥，說道：「我有要事宣布，所有道友立即來凡相殿聚會。」

弟兄們陡然中毒，都極為驚異恐懼，來到凡相殿時，得知雲娘子的死訊，更是驚詫難已，紛紛詢問她如何潛入莊中，又如何神不知鬼不覺地對弟兄們下毒。

裴若然命龐五將雲娘子抬去墓園埋了，又請金婆婆來替五個弟兄診視療毒，確定他們的毒性都已除盡。

金婆婆到來時，臉上維持著一貫的冷漠淡然，什麼也沒有問，只默默地替弟兄們把脈下藥。

裴若然在旁觀望，問道：「婆婆，雲娘子怎會有這殭屍散？是妳給她的麼？」

金婆婆搖搖頭，說道：「不是我。我沒有殭屍散。我手邊絕不留存我沒有解藥的毒物。這不是殭屍散，只是症狀相似罷了。殭屍散是無藥可救的。」

裴若然問道：「那這毒藥卻是誰給她的？」

金婆婆哼了一聲，說道：「多半是無善娘子吧。」

裴若然點點頭，說道：「難怪……難怪無善娘子持有解藥。」

金婆婆聽她提起「無善娘子」，猛然抬頭，說道：「這解藥是她給妳的？」

裴若然點了點頭。

金婆婆臉色大變，叫道：「不好了，她給的一定是毒上加毒的『陰屍毒』！」

裴若然呆在當地，脫口爭辯道：「她不會的……」

金婆婆冷笑道：「妳不知道無善娘子的手段。她心狠手辣，陰毒無比，什麼都做得出來！」話還沒說完，但見武小虎身子往後一倒，口中不斷吐出黑色的血。

裴若然大驚失色，叫道：「小虎子！」

金婆婆已飛身撲上前，伸手壓住武小虎的胸口，出手如飛，在他胸口插上七八枝金針，說道：「得立即放出毒血，毒氣一攻心，立即便沒命！」

金婆婆出手如飛，立即搶救了其餘四個弟兄，最後轉身對裴若然道：「我猜得沒錯，果然是『陰屍毒』。」

裴若然全身發抖，臉色發青，絕沒想到自己的娘親下手竟狠毒若此，給她的不是解藥，而是能讓人當場斃命的劇毒之藥！她心中怦怦亂跳，想起自己親手餵弟兄們喝下這「解藥」，險些便將他們全數害死，不禁心驚肉跳，冷汗直流。

她低聲問道：「有救麼？」

金婆婆道：「性命是暫且保住了，但是毒性甚難盡除，我得慢慢替他們醫治。」

就在此時，一個人影閃了進來，峨嵋刺閃出，刺入了金婆婆的背心。金婆婆尖呼一聲，俯身撲倒在地。

眾人一齊望向金婆婆身後那人，但見那是個一身黑衣卻氣度雍容的中年婦人，正是裴若然的娘親裴夫人。

第八十七章　分道

無善娘子臉上帶著歉意的微笑，說道：「各位弟兄如今都是道友了，無善往年亦出身殺道，算來也是你們的前輩。請不要誤會，我不是蓄意毒倒各位的，也無心取你們的性命。你們的道主天微星，更是我的親生女兒。若然，阿娘不會傷害妳的，妳相信阿娘，是不是？」

裴若然心中又急又怒，不敢相信自己竟然愚蠢至此，相信了無善娘子，陷弟兄們於此橫禍！她咬牙道：「妳到底要什麼，痛快說出便是！」

無善娘子仍舊溫和有禮，帶點兒責備的口氣，說道：「若然，女孩兒家說話，怎地如此粗魯？方才雲娘子裝扮成我來找妳，將我想說的話都說了。」

裴若然微微一愣，暗想：「阿娘要的和雲娘子要的竟是同樣的東西，殺道的財寶和武功！」吸了口氣，大笑道：「當眞想不到，無善娘子要的竟是這等世俗之物！金錢妳難道還不夠？武功，妳貴爲宰相夫人，又需要什麼武功？」

無善娘子微微一笑，說道：「財寶？無非的藏寶室中多的是錢財寶物，我又怎會貪著那些物事！」

裴若然心中一動：「她知道藏寶室，或許也知道如是莊地底的祕密甬道。是了，那日晚間來打開通往地道鐵門門閂的，定然正是她！」她曾命龐五率人打開藏寶室中層疊堆積的木箱，見到裡面都是些珠玉古董之類，於是命龐五詳細列冊，一一變賣。然而她清楚知道，這藏寶室中只收藏了有價的珠玉古董，殺道眞正的無價之寶並不在藏寶室，而是在那間祕密書房之中。她想起自己和武小虎曾在地底通道中高高低低地走了許久，才找到那間祕密書房，取得《石峰遺書》，這才明白了生死谷的詭異和殺道的歷史與來由。

但聽無善娘子搖頭道：「妳誤會了。我不缺錢，也不需要學什麼高深的武功。我要的並不是那些。我要的，是世間再無刺客祕道。」她的眼光掃向室中各人，從金婆婆、天殺星、天猛星、天暴星、天佑星、天富星以至裴若然，眼神寒冷如刀。

裴若然心中一跳，心想：「正如雲娘子之前說的那番話，阿娘爲了保護阿爺的安危，決意消滅任何可能威脅到阿爺性命的殺手刺客！她的目的，就是將我們全數殺光！」勉強鎮定，說道：「妳明知我已準備解散殺道，又何必趕盡殺絕？」

無善娘子凝望著她，臉上已無笑容，說道：「若然，妳如此聰明，怎會不明白？就算殺道煙消雲散了，你們分處各地，仍舊是危險無比的刺客，誰知你們未來會不會再次出手作案？因此我不能讓任何刺客留下。天殺星出手解決了血盟的所有刺客，省了我一番工夫。如今你們全都聚集在如是莊，那是再好不過了。」

裴若然眼見金婆婆已受傷倒地，不知死活，弟兄們也全數中毒，命在旦夕，自己要保住性命都難，更別說救下金婆婆和弟兄們的性命了。她心中急速動念：「她身爲裴夫人，自然有理由消滅所有的刺客。然而她也是無善娘子，無善娘子要殺我們，只有一個原因，便是自保。無善娘子想要什麼？當年道主決定不傳位給她，她為何極為惱怒？她這次回來，絕對不只是為了殺光我們，她一定別有所求。」一時想不出頭緒，只能盡量拖延，說道：「妳要殺死天下所有刺客，難道不也包括妳自己在內麼？」

無善娘子微微笑著，說道：「不錯，我也是刺客。然而世間若只剩下我一個刺客，我就不必再擔心遭人刺殺了。」

裴若然嘆口氣，說道：「那也說得是。只是可惜得很，我成為道主後，發現這如是莊中藏著許多祕密，我們死去之後，這些祕密便要永遠湮滅了。」

無善娘子臉色微變，瞇起眼睛，問道：「什麼祕密？」

裴若然見她果然上鉤，說道：「妳想必知道，如是莊的地底有著許多甬道。我在地底甬道反覆來回行走，碰巧找到了一間祕密書房，看來已有上百年沒有人去過。那裡面有一整個書櫃的武功祕笈，還有一部前輩武林高人留下的遺書。」

無善娘子神色變換不定，說道：「祕密書房？眞有這個地方？」

裴若然道：「當然有的。不單如此，那遺書中還詳細述說了關於生死谷的祕密。」

無善娘子聽見「生死谷」三字，眼睛一亮，低聲道：「妳帶我去這間祕密書房，找出這部遺書。」

裴若然心想：「她顯然不知道生死谷是什麼，大約以為是什麼珍貴隱密的東西，正是她當年極為好奇嚮往、渴望得到卻未能得到的物事。我只能以此吊住她，藉以換得大夥兒的性命。」當下搖頭道：「我反正都要死啦，還有什麼好說的？這些祕密就跟著我一起死去便是了。」

無善娘子緩步上前，舉起峨嵋刺，淡淡地道：「妳既然不肯說，那我就只好動手了。我知道妳最在意的，是天殺星和天猛星兩人。我先不殺他們。那麼從誰開始好呢？是了，這天暴星是妳的仇人，我先替妳殺了他，好麼？之後再殺其他弟兄，直到他們全都死在妳面前，或是妳願意說出來爲止。如何？」

弟兄們雖身中劇毒，無法動彈，神智卻都清醒，但聽無善娘子口氣溫和有禮，說出來的話卻殘忍無比，臉上都不禁變色。

裴若然只能勉強鎮定，說道：「無善娘子，他們都是我的弟兄，包括天暴星在內。妳若殺死他，我便立即自殺！殺道的祕傳武功，生死谷的祕密，全天下便再也沒有人知道了！」說著舉起峨嵋刺，抵在自己的咽喉。

無善娘子臉色微變，溫言道：「傻孩子，妳這是何必？知道祕密的，又不只妳一個人。」說著側頭向武小虎瞥了一眼。

裴若然緩緩搖頭，說道：「妳不必白費心思。小虎子早已發瘋，神智不清。妳想從瘋子口中問出什麼，那才是異想天開。」手上用力，峨嵋刺陷入咽喉，流出一絲鮮血。

無善娘子微笑著，說道：「妳若願意告訴我生死谷的祕密，我便放過他們又何妨？」

裴若然暗暗鬆了口氣，緩步來到無善娘子身前，說道：「一言爲定。妳放過我的弟兄，我便帶妳去生死谷，告訴妳所有的祕密。」

無善娘子凝視著她，說道：「若然，妳說話算話？」

裴若然露出微笑，說道：「阿娘，女兒曾對您說過謊麼？」

母女兩人對視良久，心中都清楚裴若然言中的戲弄之意。無善娘子輕哼一聲，說道：「好！妳挑斷自己雙手筋脈，便跟我走！」

裴若然低頭望了躺在地上的弟兄們一眼，眼光逗留在天殺星和武小虎身上一陣，接著毫不遲疑，迴過峨嵋刺，斬斷了自己右腕的筋脈，又斬斷了左腕筋脈，雙腕鮮血汩汩而出，滴滴答答地落在地上。

無善娘子見她下手乾脆決絕，口中嘖嘖兩聲，說道：「走吧！」

在一眾弟兄道友的注目下，裴若然昂然走出凡相殿，直直走出了如是莊的大門。

無善娘子面無表情，跟在她的身後行去。

三日之後，當裴若然靜悄悄地回到如是莊時，金婆婆已將五個弟兄的性命救了回來。天富星、天佑星等聽說道主回來，立即聚集在凡相殿中迎接。但見天微星坐在上首，臉色青白如紙，除了雙腕筋脈斷絕之外，不似受了其他的傷。弟兄們心中都有無數疑問，天富星忍不住搶著問道：「道主，您沒事麼？」天佑星問道：「無善娘子呢？」天暴星則問道：「她死了麼？」

裴若然卻只簡短地回答道：「我沒事。不必擔心無善娘子，她已不在這個世上了。」眼光四下搜尋，找到了金婆婆。她起身走上前去，跪倒在地，向金婆婆連續磕了三個頭，哽咽道：「婆婆，多謝妳出手相助！若不是妳，我們全都沒命了！妳的傷勢如何？」

金婆婆身上包紮著層層紗布，說道：「虧得老身命大，往年割背深及筋骨，懼風怕寒，因此身上總穿著一件厚厚的皮衫。無善娘子這一刺甚深，幸而有皮衫擋住勢道，未中要害。」

裴若然點點頭，說道：「天幸，天幸！」

裴若然看來雖有些憔悴，精神卻甚好，對過去三日發生之事一字不提，如常吩咐處理了道中事務後，便回到自己房中休息。

武小虎跟隨她回到房中，忍不住問道：「六兒，妳還好麼？究竟發生了什麼事？無善娘子呢？」

裴若然淡淡地道：「她想知道谷中的祕密，因此我帶她去了生死谷。」

武小虎頓時明白，無善娘子進入谷中後，定然被幻境所迷，再也無法自拔。他問道：「她是死了，還是瘋了？」

裴若然搖搖頭，神色沉鬱，卻不帶有任何懷疑或恐懼。她低聲道：「每個人都有自己無法面對的過往，無善娘子也不例外。她和當年神箭韓峰大俠夫婦最早的那兩批弟子一般，再也出不了生死谷了。」

武小虎默然，又問道：「妳沒事麼？」

裴若然再次搖頭，說道：「小虎子，我想了很久，才決定自己要怎麼走下去。我想知道你心中有何想法，殺道解散之後，你想去哪兒，這輩子想做什麼？」

武小虎神情顯得十分疑惑，沉默一陣，才道：「我不知道。」

裴若然凝望著他，說道：「我決定返回生死谷，再也不出來了。你願意跟我去麼？」

武小虎沉吟許久，才道：「六兒，我們出谷時，各有各的心願。妳曾說過，妳的心願是回到如是莊，找出生死谷的祕密，並且回到殺道，阻止孩童再次被送入谷中。這兩件事，妳都已做到了。」

裴若然點點頭，說道：「而你的心願，是要找到小鶯，帶她遠離天殺星，遠離殺道。如今你已找到小鶯，殺道也將解散，她永遠不會受到殺道的威脅了。」

武小虎遲疑道：「但是天殺星……天殺星還在。」

裴若然嘆了口氣，說道：「不錯，你的敵人天殺星還在。你們兩人永遠會爲了爭奪小鶯而互不相讓，甚至彼此殘殺。」

武小虎低頭不語。

裴若然揮了揮手，一人從屏風後走出，正是天殺星。他的神色和平日一樣冷酷，眼神並不望向武小虎，也不望向裴若然，盯著虛空，面色堅決，右手扶著匕首的把柄。

武小虎一驚，跳起身，也手扶破風刀柄，向天殺星瞪視。

裴若然望望武小虎，又望望天殺星，輕嘆一聲，正要開口，就在這時，一人來到門外，說道：「啓稟道主，金身有要事稟告。」

裴若然起身相迎，說道：「婆婆快請進來。」

金婆婆走入屋中，見到天殺星和天猛星兩人劍拔弩張的模樣，微微一怔，欲言又止，望向天殺星，又瞥了天猛星一眼。

裴若然說道：「金婆婆，請問有何要事？妳但說不妨。」

金婆婆吸了一口氣，說道：「這事情我便不想說，也不得不說了。吳小娘子胎中帶病，病根深重，已無可救藥。再能撐上十天半月，便不錯了。」

裴若然、天殺星和武小虎三人一齊驚道：「此話當眞？」

金婆婆搖頭嘆息，說道：「我騙你們做什麼？金身救不回她的命，滿心慚愧惱恨，早已自責不已，又怎會來跟你們開這個玩笑？」說完便頭也不回地走了出去。

天殺星和武小虎兩人更不遲疑，一齊往吳元鶯的住處奔去。裴若然也站起身，但她剛剛才對付無善娘子回來，只覺全身無力，又聽聞了吳元鶯的噩耗，伸手扶著牆，一時竟連走路的力氣都沒有了。

正當裴若然以爲除去雲娘子和無善娘子兩個威脅，解散殺道的大計進行順利，一切都在自己掌握之中時，卻得知小鶯病危，瀕臨死亡。

金婆婆宣告小鶯的病勢之後，她的病情果然急轉直下。十二日後，小鶯便病逝了。她死去時，只有三人在她身旁，便是裴若然、武小虎和天殺星。

天殺星跪在小鶯的遺體旁，呆然良久，蒼白的臉上一反平時的淡漠無情，扭曲痛苦，難以名狀。他忽然低下頭，瘋狂地親吻著小鶯的臉頰，眼中流出兩行清淚。

裴若然坐在一旁，一言不發。她知道天殺星極端自責，心痛如絞。她不知道該如何安慰，也不知道世間沒有了小鶯之後，是否還有任何人能夠安慰天殺星孤寂的心靈。她明白天殺星自幼忠心追隨大首領，大首領死後，他的一腔忠心便轉移到了自己身上。然而天微星畢竟不是大首領，她從來不能完全掌控天殺星，最多只是個關心他、照顧他的好友。如今在天殺星的心中分量最重的，畢竟還是吳元鶯。

但聽天殺星低聲道：「我……我早該，應允妳。不殺人。永遠……不殺人！」他忽然扯下頭巾，拔出匕首，斬下一束黑亮秀長的頭髮，往空中一扔。髮絲飛舞、四散飄揚之中，天殺星已然不見人影，只留下兩柄閃亮的匕首寂涼地插在地上，兀自晃動。

裴若然怔然望著那對天殺星自八歲起便從不離身的匕首，想起他握緊匕首苦練功夫的神態，想起他以這對匕首和自己練功試招以至仇鬥相殺的情景，一時出神不已。她心中明白，這世間再也沒有天殺星了。

多年後，裴若然才知道天殺星離開如是莊，便孤身遠赴西域，在敦煌出家爲僧，立誓永遠不再踏入中原，永遠不再殺人。他用那雙沾滿鮮血的手在莫高窟中雕刻繪畫佛像，以餘生懺悔自己的罪業，向他心中永遠純潔善良的吳元鶯贖罪致敬。

而武小虎則呆若木雞，眼神渙散，似又陷入了瘋狂癡呆之中。他緊守在小鶯的遺體旁，口中喃喃自語，握著她的手不肯放開，眼睛凝視著她的口唇，似乎盼望這張嘴唇會再次唱出那動人心弦的天樂。

直到一日一夜過去了，裴若然不得不讓人將武小虎架開，好收殮小鶯。

武小虎眼望著小鶯的遺體被人抬走，滿面失魂落魄，忽然轉頭望向裴若然，狂呼大喊，叫道：「是妳！是妳殺了她！是妳命金婆婆毒死了她！六兒，六兒，妳好狠心，妳不擇手段，妳嫉妒她，因此下手殺了她。妳好狠的心！」說完長嘯狂奔而去。

裴若然黯然搖頭，淚水滿眶，什麼話都沒有說。她只能眼睜睜地看著自己的兩個至交好友，一個痛苦崩潰，離己遠去；一個瘋病發作，恨己入骨。

她勉強振作起來，命手下將吳元鶯埋葬在石樓山的一個山坳之中。

下葬當日，裴若然率領僅剩的三個弟兄前來觀禮。弟兄們都不明白道主爲何會對一個小小女娃兒如此重視，只知道由於這個小娘子的病亡，殺道頓時失去了天殺星和天猛星兩個重要道友。這時他們跟著天微星來到墓地之旁，都默不作聲，也不敢多問。

裴若然望著黃土地上微微隆起的墳堆，知道土中躺著一個無辜稚弱的女孩兒，跟亂世中千萬孤苦無依的受難平民一般，她目睹血腥殺戮，經歷家破人亡，顚沛流離，最後在病苦之中死去。

然而這不是個平凡的女孩兒，她曾用出世曼妙的歌聲，感動了世間最冷血無情的殺手，撫慰了天下最破碎悲痛的心靈。

裴若然曾發誓要全心全意地疼愛保護這個女孩兒，但她畢竟未能做到。她終究保不住小鶯，讓病魔將她奪走了。

而小鶯一走，武小虎和天殺星也跟著她一起去了。

裴若然感到胸中一片虛無空蕩，彷彿過去這些年的光陰溜去得太急太快，剎那間奪走了她身邊最親近最貼心的兩個好友，而她卻茫然無知，措手不及。她花了如許心思，只盼能爲弟兄們帶來平和安寧，然而心願還未達成，身邊的兩個至友便已翩然消逝。

裴若然嘆了一口長氣，強忍著心中的悲苦空曠，緩緩回過身。

她望向站在身後的三個弟兄，天暴星、天佑星和天富星。三人眼睜睜地望著她，臉上滿是關注擔憂之色。自從無善娘子毒倒眾人，裴若然毅然自廢雙手、以死相救之後，他們便眞正服了她，對她衷心崇敬感恩。

裴若然見到天佑星緊緊握著太子的手，太子已有八九歲年紀，已到天佑星的腰際那麼高了。裴若然陡然想起自己當年遭大首領擒擄離家、送入石樓谷時，還比太子此時小上幾歲。她心中頓感一片荒涼，困惑充斥，只能勉強壓抑掩藏，心想：「我做了這許多事，便是爲了不讓孩童再次被送入石樓谷。生死處處皆可參悟，何須仰賴生死谷中的種種異象？」她的眼光停留在太子身上，心中略感踏實，臉上露出微笑問道：「乖太子，冷麼？」

太子搖頭道：「太子不冷。天微娘娘，妳冷麼？」

裴若然感到全身冰寒，如墮冰窖，但仍搖了搖頭，說道：「我不冷。我們回去吧。」便舉步往山巔走去。

於是殺道僅存的三個弟兄，跟在道主天微星的身後，緩緩走回如是莊。他們都知道，變賣莊產，分得財寶，各奔前程，是指日可待的事情。未來的美好似乎已鋪展呈現在眼前，一蹴可幾。

然而展現在裴若然面前的未來，卻只有一片虛無空白，一片孤獨冷清。

許多許多年後，殺道早已煙消雲散，世間再也沒有人聽過「殺道」的名頭，如是莊也只剩下斷垣殘壁，一片破敗荒蕪。

一個年老婆婆獨自住在石樓山的幽谷之中，做著一個又一個的夢。她夢到——

一個老人撐著拐杖在石樓山上踽踽獨行，信步來到石樓谷的谷口。

老人閉上眼睛，傾聽著山風吹過樹葉的細微聲響，重溫心底那分深刻難以言喻的失落悲痛。

忽然間，他聽見谷中隱隱傳來一陣歌聲，似有似無，若眞若幻，曲調曼妙無比，彷若天樂。歌聲時而哀怨，時而激昂，時而悲嘆，時而期盼，然而最多的卻是平靜安詳，和樂滿足。

老人呆在當地，數十年前的舊憶陡然湧上心頭。他終於明白當年發生了什麼事，明白他的好友爲他做了什麼。

這些年來他從未原諒她，始終認爲是她授意金婆婆，下手害死了那個純眞無辜的女孩兒。如今他才知道自己錯了。她是什麼樣的人物？她是世間極少數能夠自由出入生死谷，而不致自盡發瘋的人。她能夠徹底悔悟往年的罪孽，能夠親手消滅殺道，豈會因妒生恨，殃及無辜？

不，她曾發誓一輩子不背叛朋友，而她眞的做到了。

老人再也難以自制，眼中流下兩行清淚。

他站在谷邊，靜靜聆聽著谷中傳出的仙樂。他知道自己不需入谷尋訪故人，因爲故人早已不在那兒了。

谷中空留一段絕世天樂，一段曾令他沉迷愛戀、無法自拔的美好溫存，還有一段令他刻骨銘心，受用一世卻覺悟太遲的眞摯友情。

（全書完）

我為什麼寫裴若然

過去幾年常常有人建議我，既然妳是女性，又寫武俠小說，爲什麼不寫一本以女性爲主角的武俠小說呢？

我自認筆下女性的分量向來很重，《天觀雙俠》中鄭寶安和天觀兩人鼎足而立；燕龍基本上是《靈劍》的主角；小石頭則是《奇峰異石傳》雙主角之一。但是認眞說起來，我確實沒有一部小說以單一女性爲主角。並非因爲我從來沒有這個想法，而是在創作的過程中，我覺悟到以女性爲主角的武俠小說很不好寫。裴若然是我的第一個單一女主角，她身邊有武小虎和天殺星兩個重要角色，而他們顯然都是配角。我不知道這個故事是否成功；對我來說，寫《生死谷》確實充滿了挑戰。

爲什麼女性武俠主角不好寫？首先，武俠小說的主角多半須擁有特出而強勢的性格，而一個太特出強勢的女性，她身邊的男性都不免被她的光芒所掩蓋，那作者該如何處理她的感情呢？傳統男女關係設定中，女子往往不會愛上武功能力比自己差，甚至令她看不起的男性。儘管這個設定並非永遠正確，類似的思維卻根深蒂固，頗難動搖。如果我有個光芒萬丈的女主角，她將如何面對身邊一群明顯不如自己的男性，如何處理自己的感情呢？在寫《靈劍》時，我就曾因爲燕龍的武功太強，地位太高，爲人又太機智明快，就已有過同樣的疑惑和掙扎。最後我只能把「靈能」加諸於凌霄身上，又創造了凌霄的特殊身世，好讓他可以匹配燕龍這個超卓不凡的女主角。十分遺憾地，我在《生死谷》中並沒有解決這個問題，而是鴕鳥式地徹底迴避了——我的女主角裴若然並沒有眞正的愛情，也沒有互訴情衷的對象。我原本有心讓她和胡證之間有些火花，然而只埋了伏筆，留待未來發展，書中並沒有明白寫出來。

其次，武俠基本是男性的世界，唯有在唐朝風氣較爲開放、男女較爲平等的時代，女性得以在武俠世界中理直氣壯地嶄露頭角，一顯身手。所以我將《生死谷》的背景放在充滿藩鎭、將軍、俠客和殺手的晚唐。唐宋傳奇開啓中國小說創作的先河，其中描述了多位女俠、女盜和女刺客，如《聶隱娘》便是其中著名的篇章，近期更因侯孝賢導演拍攝的電影《刺客聶隱娘》而聲名大噪。我在創作《生死谷》時並不知道侯導演有心拍攝這個題材，書中的人物與電影略有重疊，裴若然的出身和所受訓練也與聶隱娘頗爲相似。然而《生死谷》是一部長篇武俠小說，背景設定和故事架構須詳細構解，與電影中留白想像的處理截然不同。聶隱娘得做的抉擇是「殺」與「不殺」，背後是一個人對於自我認同與定位的大哉問；而裴若然得面對的抉擇較爲複雜，她有許多爲自己和他人的考量，她的問題是「生」與「死」、「堅持」與「放棄」、「抱負」與「友情」、「背叛」與「原諒」。

寫裴若然很不容易。這位裴六娘／天微星的性格剛強堅毅，女孩子嬌弱纖細的成分相對較少。她一直堅持做自己認爲對的事情，對她來說，「活下去」就是世間最重要的價值。她不讓武小虎放棄生存，不管外境再艱危困厄、情勢再殘酷血腥，她都可以面不改色、抬頭挺胸地走下去。在亂世之中，無庸置疑，只有像她這樣的人可以生存下來。這是她個性中最鮮明的亮點，也是她最大的弱點；對於「生死」，她顯然執著於「生」，頑強地抗拒「死」，即使違背義理也在所不惜。

裴若然心中第二個重要的價值是「朋友」。她對付敵人可以不擇手段，對朋友卻始終推心置腹，兩肋插刀，眞心相待。她和武小虎都曾遭遇過撕心裂肺的背叛，卻始終不曾放棄摯友，始終願與朋友生死相託。在這些殺道弟兄的世界裡，可能只有友情才是眞實的；或是說，只有當年同生共死、一起度過第二關的患難之友，才是他們此生足以信任之人。裴若然和天殺星、小虎子三人之間並沒有男女之情，只有純眞的友情和濃厚的彼此倚賴。《生死谷》是我唯一一本沒有牽涉太多情愛的小說，大概因爲我的人物都是整日在生死之間掙扎的殺手，愛情對他們來說，實在太過奢侈了吧？

裴若然明白「選擇決定實相」，但是對《金剛經》的「凡所有相，皆是虛妄」，「一切有爲法，如夢幻泡影」等深理，卻並未能參透。她放不下「生」，也放不下「情」。她最終究竟做了什麼抉擇？她是否害死了小鶯，是否背叛了她的兩個摯友？答案只有她自己知道。

《金剛般若波羅蜜經》，簡稱《金剛經》，是大乘佛教般若部的經典，經文不長，我少年時曾反覆讀誦，甚至曾背了下來。但我資質淺薄，說不上明瞭經中深義，只是心嚮往之。我在書中引用了兩段《金剛經》的偈語，不知是否妥當，懇請各方大德指正。

最後，再次感謝城邦奇幻基地出版社諸位同仁不斷的督促和不懈的努力：秀眞、丹蘋和振東在推銷宣傳上的用心，還有兩位超級編輯雪莉和雅雯，細讀《生死谷》的多次改稿，找出無數年代、地理和用語上的大小問題；感謝朋友牛君老師再次耐心幫我讀稿，給予珍貴的回饋和修改建議。感謝大家！

當然也須感謝讀者多年來的支持，以及感謝身邊親戚朋友給予我的種種回饋和建議。很多意見是我從來沒想過的，能夠讓我深思自己的不足，並激發新的靈感。

我相信身爲一個作家，寫自己想寫、有感覺的東西，才是眞正對得起自己，對得起讀者。我會繼續努力的。

鄭丰，二〇一五年七月七日

【附注】

書中與史實出入的幾個注記：

元和四年（809年），成德節度使王士眞死，長子王承宗自稱留後。故事將王士眞之死歸於天猛星出手刺殺，然史上並無記載王士眞乃遭刺客刺殺。

元和五年（810年），盧龍節度使劉濟被次子劉總以毒酒毒殺，劉總並藉機殺害兄長劉緄，自任盧龍留守，情節大體依照史實。然而書中將此事件延遲了一年，發生在元和六年（811年）。

元和七年（812年），魏博節度使田季安暴死。書中將死亡時間點提早兩年至元和五年（810年），配合小虎子和裴若然留在魏博的時間。

元和十年（815年），成德節度使王承宗和平盧節度使李師道派刺客刺殺宰相武元衡，經過大多依照史實所述：「六月，遣盜伏於靖安里，殺宰相武元衡，京師震恐，大索旬日，天子爲之旰食」。然而書中將刺殺的時間提早了三年，改成發生在元和七年（812年）。

此外，武小虎的父親武元衡曾被派駐蜀地，與女詩人薛濤有過一段風流韻事。武元衡奏薛濤爲校書郎（類似貼身祕書），彼此互贈詩文。武元衡赴蜀應在元和二年至五年（807至810年），然而爲了配合故事需要，書中將武元衡赴蜀提早到貞元年間，推前了約十三四年，留蜀時間也延長至七八年而非歷史上的三年。

其餘與史實不符、用詞不當、引用失據之處想必甚多，請恕我學識淺薄，懇請各方多多指正。

奇幻基地書籍目錄

http://www.ffoundation.com.tw/

BEST 嚴選

書號	書名	作者	定價
1HB004X	諸神之城：伊嵐翠	布蘭登．山德森	520
1HB009	最後理論	馬克．艾伯特	320
1HB013	刺客正傳 1：刺客學徒（經典紀念版）	羅蘋．荷布	299
1HB014	刺客正傳 2：皇家刺客（上）（經典紀念版）	羅蘋．荷布	320
1HB015	刺客正傳 2：皇家刺客（下）（經典紀念版）	羅蘋．荷布	320
1HB016	刺客正傳 3：刺客任務（上）（經典紀念版）	羅蘋．荷布	360
1HB017	刺客正傳 3：刺客任務（下）（經典紀念版）	羅蘋．荷布	360
1HB018	2012：失落的預言	麥利歐．瑞汀	320
1HB019	迷霧之子首部曲：最後帝國	布蘭登．山德森	380
1HB020	迷霧之子二部曲：昇華之井	布蘭登．山德森	399
1HB021	迷霧之子終部曲：永世英雄	布蘭登．山德森	399
1HB025	方舟浩劫	伯伊德．莫理森	320
1HB027	血色塔羅	尼克．史東	380
1HB028	最後理論 2：科學之子	馬克．艾伯特	320
1HB029	星期一，我不殺人	尚—巴提斯特．德斯特摩	320
1HB030	懸案密碼：籠裡的女人	猶希．阿德勒．歐爾森	320
1HB031	迷霧之子番外篇：執法鎔金	布蘭登．山德森	320
1HB032	2012：降世的預言	麥利歐．瑞汀	320
1HB033	彌達斯寶藏	伯伊德．莫理森	320
1HB034	颶光典籍首部曲：王者之路（上）	布蘭登．山德森	499
1HB035	颶光典籍首部曲：王者之路（下）	布蘭登．山德森	499
1HB036	懸案密碼 2：雉雞殺手	猶希．阿德勒．歐爾森	320
1HB037	末日之旅．上冊	加斯汀．柯羅寧	399
1HB038	末日之旅．下冊	加斯汀．柯羅寧	399
1HB039	懸案密碼 3：瓶中信	猶希．阿德勒．歐爾森	380
1HB040	刀光錢影：戰龍之途	丹尼爾．艾伯罕	380
1HB041	懸案密碼 4：第 64 號病歷	猶希．阿德勒．歐爾森	380
1HB042	皇帝魂：布蘭登．山德森精選集	布蘭登．山德森	320
1HB043	第一法則首部曲：劍刃自身	喬．艾伯康比	380
1HB044	第一法則二部曲：絞刑之前	喬．艾伯康比	380
1HB045	第一法則終部曲：最後手段	喬．艾伯康比	450
1HB046	刀光錢影 2：國王之血	丹尼爾．艾伯罕	380
1HB047	末日之旅 2：十二魔．上冊	加斯汀．柯羅寧	380
1HB048	末日之旅 2：十二魔．下冊	加斯汀．柯羅寧	380

書　號	書　　　名	作　　者	定價
1HB049	陣學師：亞米帝斯學院	布蘭登．山德森	320
1HB050	太和計畫	馬克．艾伯特	360
1HB051	刀光錢影 3：暴君諭令	丹尼爾．艾伯罕	380
1HB052	血戰英雄	喬．艾伯康比	420
1HB053	審判者傳奇：鋼鐵心	布蘭登．山德森	320
1HB054	懸案密碼 5：尋人啟事	猶希．阿德勒．歐爾森	380
1HB055	北方大道．上冊	彼德．漢彌頓	420
1HB056	北方大道．下冊	彼德．漢彌頓	420
1HB057	刺客後傳 1：弄臣任務（上）（經典紀念版）	羅蘋．荷布	360
1HB058	刺客後傳 1：弄臣任務（下）（經典紀念版）	羅蘋．荷布	360
1HB059	刺客後傳 2：黃金弄臣（上）（經典紀念版）	羅蘋．荷布	360
1HB060	刺客後傳 2：黃金弄臣（下）（經典紀念版）	羅蘋．荷布	360
1HB061	刺客後傳 3：弄臣命運（上）（經典紀念版）	羅蘋．荷布	450
1HB062	刺客後傳 3：弄臣命運（下）（經典紀念版）	羅蘋．荷布	450
1HB063	血歌首部曲：黯影之子．上	安東尼．雷恩	特價 199
1HB064	血歌首部曲：黯影之子．下	安東尼．雷恩	380
1HB065	貝爾曼的幽靈	黛安．賽特菲爾德	350
1HB066C	無盡之劍（限量精裝版）	布蘭登．山德森	360
1HB067	刀光錢影 4：寡婦之翼	丹尼爾．艾伯罕	380
1HB068	異星記	休豪伊	340
1HB069	血歌二部曲：高塔領主（上）	安東尼．雷恩	380
1HB070	血歌二部曲：高塔領主（下）	安東尼．雷恩	380
1HB071	亞特蘭提斯．基因（亞特蘭提斯進化首部曲）	傑瑞．李鐸	399
1HB072	亞特蘭提斯．瘟疫（亞特蘭提斯進化二部曲）	傑瑞．李鐸	399
1HB073	亞特蘭提斯．新世界（亞特蘭提斯進化終部曲）	傑瑞．李鐸	399

幻想藏書閣

書號	書名	作者	定價
1HI001C	靈魂之戰 1：落日之巨龍	瑪格麗特・魏絲等	480
1HI002C	靈魂之戰 2：隕星之巨龍	瑪格麗特・魏絲等	480
1HI003X	靈魂之戰 3：逝月之巨龍（新版）	瑪格麗特・魏絲等	480
1HI004	黑暗精靈 1：故土	R・A・薩爾瓦多	380
1HI005	黑暗精靈 2：流亡	R・A・薩爾瓦多	380
1HI006	黑暗精靈 3：旅居	R・A・薩爾瓦多	380
1HI007	南方吸血鬼 1：夜訪良辰鎮	莎蓮・哈里斯	280
1HI010	南方吸血鬼 2：達拉斯夜未眠	莎蓮・哈里斯	280
1HI012	南方吸血鬼 3：亡者俱樂部	莎蓮・哈里斯	280
1HI029	南方吸血鬼 4：意外的訪客	莎蓮・哈里斯	280
1HI032	南方吸血鬼 5：與狼人共舞	莎蓮・哈里斯	280
1HI033	南方吸血鬼 6：惡夜追琪令	莎蓮・哈里斯	280
1HI034	南方吸血鬼 7：找死高峰會	莎蓮・哈里斯	280
1HI035	南方吸血鬼 8：攻琪不備	莎蓮・哈里斯	280
1HI036	黑暗之途 1：無聲之刃	R・A・薩爾瓦多	380
1HI037	南方吸血鬼 9：全面琪動	莎蓮・哈里斯	280
1HI038	邪馬台國戰記 II：炎天的邪馬台國(完結篇)	栂田省治	399
1HI039	南方吸血鬼 10：噬血王子的背叛	莎蓮・哈里斯	280
1HI040	黑暗之途 2：世界之脊	R・A・薩爾瓦多	380
1HI041	黑暗之途 3：劍刃之海	R・A・薩爾瓦多	380
1HI042	南方吸血鬼番外篇：我的德古拉之夜	莎蓮・哈里斯	299
1HI043	獵人之刃 1：千獸人	R・A・薩爾瓦多	399
1HI044	南方吸血鬼 11：精靈的聖物	莎蓮・哈里斯	280
1HI045	獵人之刃 2：獨行者	R・A・薩爾瓦多	399
1HI046	獵人之刃 3：雙劍	R・A・薩爾瓦多	399
1HI047	地底王國 1：光明戰士	蘇珊・柯林斯	250
1HI048	地底王國 2：災難預言	蘇珊・柯林斯	250
1HI049	地底王國 3：熱血之禍	蘇珊・柯林斯	250
1HI050	地底王國 4：神祕印記	蘇珊・柯林斯	250
1HI051C	龍槍編年史 I：秋暮之巨龍	崔西・西克曼&瑪格麗特・魏絲	480
1HI052C	龍槍編年史 II：冬夜之巨龍	崔西・西克曼&瑪格麗特・魏絲	480
1HI053C	龍槍編年史 III：春曉之巨龍	崔西・西克曼&瑪格麗特・魏絲	480
1HI054C	龍槍傳奇 I：時空之卷	崔西・西克曼&瑪格麗特・魏絲	480
1HI055C	龍槍傳奇 II：烽火之卷	崔西・西克曼&瑪格麗特・魏絲	480
1HI056C	龍槍傳奇 III:試煉之卷	崔西・西克曼&瑪格麗特・魏絲	480
1HI057	靈視者哈珀康納莉 I：觸墓驚心	莎蓮・哈里斯	280
1HI058	靈視者哈珀康納莉 II：移花接墓	莎蓮・哈里斯	280
1HI059	靈視者哈珀康納莉 III：草墓皆冰	莎蓮・哈里斯	280
1HI060	靈視者哈珀康納莉 IV：不堪入墓	莎蓮・哈里斯	280
1HI061	地底王國 5：最終戰役	蘇珊・柯林斯	250
1HI062	死亡之門 1：龍之翼（全新封面）	崔西・西克曼&瑪格麗特・魏絲	360

書號	書名	作者	定價
1HI063	死亡之門2：精靈之星（全新封面）	崔西．西克曼&瑪格麗特．魏絲	360
1HI064	死亡之門3：火之海（全新封面）	崔西．西克曼&瑪格麗特．魏絲	360
1HI065	死亡之門4：魔蛟法師（全新封面）	崔西．西克曼&瑪格麗特．魏絲	360
1HI066	死亡之門5：混沌之手（全新封面）	崔西．西克曼&瑪格麗特．魏絲	420
1HI067	死亡之門6：迷宮歷險（全新封面）	崔西．西克曼&瑪格麗特．魏絲	420
1HI068	死亡之門7：第七之門（完）（全新封面）	崔西．西克曼&瑪格麗特．魏絲	360
1HI069	南方吸血鬼12：神祕的魔法鎖	莎蓮．哈里斯	280
1HI070	滅世天使	蘇珊．易	280
1HI071	天使禁區	麗諾．艾普漢絲	250
1HI072	南方吸血鬼噬血真愛全方位導覽特典	莎蓮．哈里斯	650
1HI073	御劍士傳奇1：鍍金鎖鍊（全新封面）	大衛．鄧肯	360
1HI074	御劍士傳奇2：火地之王（全新封面）	大衛．鄧肯	420
1HI075	御劍士傳奇3：劍空(完)（全新封面）	大衛．鄧肯	420
1HI076	幸運賊	史考特．G．布朗	320
1HI077	歷史檔案館	薇多莉亞．舒瓦	320
1HI078	歷史檔案館2：惡夢	薇多莉亞．舒瓦	320
1HI079	流浪者系列：傷痕者	賽爾基&瑪麗娜．狄亞錢科	380
1HI080	南方吸血鬼完結篇：吸血鬼童話	莎蓮．哈里斯	280
1HI081	尼爾女巫	薇多莉亞．舒瓦	300
1HI082	流浪者系列．前傳：守門者	賽爾基&瑪麗娜．狄亞錢科	360

謎幻之城

書號	書名	作者	定價
1HS005Y	基地（紀念書衣版）	以撒．艾西莫夫	280
1HS007Y	基地與帝國（紀念書衣版）	以撒．艾西莫夫	280
1HS010Y	第二基地（紀念書衣版）	以撒．艾西莫夫	280
1HS010Z	基地三部曲（紀念書衣版）	以撒．艾西莫夫	840
1HS000U	基地三部曲（經典書盒版）	以撒．艾西莫夫	840
1HS011Y	基地前奏（紀念書衣版）	以撒．艾西莫夫	420
1HS012Y	基地締造者（紀念書衣版）	以撒．艾西莫夫	420
1HS012Z	基地前傳（紀念書衣版）	以撒．艾西莫夫	840
1HS000V	基地前傳（經典書盒版）	以撒．艾西莫夫	840
1HS013Y	基地邊緣（紀念書衣版）	以撒．艾西莫夫	420
1HS014Y	基地與地球（紀念書衣版）	以撒．艾西莫夫	450
1HS014Z	基地後傳（紀念書衣版）	以撒．艾西莫夫	870
1HS000W	基地後傳（經典書盒版）	以撒．艾西莫夫	870
1HS000Z	基地全系列套書7本（紀念書衣版）	以撒．艾西莫夫	2550

魔幻之城

書號	書名	作者	定價
1HF012	時光之輪 2：大狩獵（上）	羅伯特．喬丹	300
1HF013	時光之輪 2：大狩獵（下）	羅伯特．喬丹	320
1HF025	時光之輪 3：真龍轉生（上）	羅伯特．喬丹	320
1HF026	時光之輪 3：真龍轉生（下）	羅伯特．喬丹	320
1HF030	時光之輪 4：闇影漸起（上）	羅伯特．喬丹	320
1HF031	時光之輪 4：闇影漸起（中）	羅伯特．喬丹	320
1HF038	時光之輪 4：闇影漸起（下）	羅伯特．喬丹	320
1HF044	時光之輪 5：天空之火（上）	羅伯特．喬丹	320
1HF045	時光之輪 5：天空之火（中）	羅伯特．喬丹	320
1HF046	時光之輪 5：天空之火（下）	羅伯特．喬丹	320
1HF050	時光之輪 6：混沌之王（上）	羅伯特．喬丹	320
1HF051	時光之輪 6：混沌之王（中）	羅伯特．喬丹	320
1HF052	時光之輪 6：混沌之王（下）	羅伯特．喬丹	320
1HF068	時光之輪 7：劍之王冠（上）	羅伯特．喬丹	320
1HF069	時光之輪 7：劍之王冠（下）	羅伯特．喬丹	320
1HF080	時光之輪 1：世界之眼（上）	羅伯特．喬丹	360
1HF081	時光之輪 1：世界之眼（下）	羅伯特．喬丹	360
1HF085	時光之輪 8：匕之道　（上）	羅伯特．喬丹	380
1HF086	時光之輪 8：匕之道　（下）	羅伯特．喬丹	380
1HF087	時光之輪 9：寒冬之心（上）	羅伯特．喬丹	380
1HF088	時光之輪 9：寒冬之心（上）	羅伯特．喬丹	380
1HF089	時光之輪 10：光影歧路（上）	羅伯特．喬丹	400
1HF090	時光之輪 10：光影歧路（下）	羅伯特．喬丹	400
1HF091	時光之輪 11：迷夢之刃（上）	羅伯特．喬丹	480
1HF092	時光之輪 11：迷夢之刃（下）	羅伯特．喬丹	480
1HF093	時光之輪 12：末日風暴（上）	羅伯特．喬丹&布蘭登．山德森	499
1HF094	時光之輪 12：末日風暴（下）	羅伯特．喬丹&布蘭登．山德森	499
1HF095	時光之輪 13：闇夜之塔（上）	羅伯特．喬丹&布蘭登．山德森	520
1HF096	時光之輪 13：闇夜之塔（下）	羅伯特．喬丹&布蘭登．山德森	520
1HF097	時光之輪 14 最終部：光明回憶（上）	羅伯特．喬丹&布蘭登．山德森	560
1HF098	時光之輪 14 最終部：光明回憶（下）	羅伯特．喬丹&布蘭登．山德森	560

少年魔法城

書　號	書　　名	作　　者	定價
1HY006	奇幻小百科：勇者鬥怪物教戰手冊	周錫	180
1HY007	奇幻小百科：奇幻冒險夢幻隊伍	黃美文	180
1HY008	奇幻小百科：中世紀城主你來當	米爾汀	180
1HY025	Slayers! 秀逗魔導士	神坂一	99
1HY026	Slayers! 秀逗魔導士 2：亞特拉斯的魔導士	神坂一	200
1HY029	Slayers! 秀逗魔導士 3：賽拉格的妖魔	神坂一	200
1HY030	Slayers! 秀逗魔導士 4：聖王都動亂	神坂一	200
1HY032	Slayers! 秀逗魔導士 5：白銀的魔獸	神坂一	200
1HY033	Slayers! 秀逗魔導士 6：威森地的黑暗	神坂一	200
1HY035	Slayers! 秀逗魔導士 7：魔龍王的挑戰	神坂一	220
1HY037	Slayers! 秀逗魔導士 8：死靈都市之王	神坂一	220
1HY039	Slayers! 秀逗魔導士 9：貝賽爾德的妖劍	神坂一	220
1HY040X	Slayers! 秀逗魔導士 10：索拉利亞的謀略	神坂一	220
1HY041	Slayers! 秀逗魔導士 11：克里姆佐的執迷	神坂一	220
1HY042	Slayers! 秀逗魔導士 12：霸軍的策動	神坂一	220
1HY043	Slayers! 秀逗魔導士 13：降魔征途的路標	神坂一	220
1HY046	Slayers! 秀逗魔導士 14：瑟倫狄亞的憎惡	神坂一	220
1HY049X	Slayers! 秀逗魔導士 15：屠魔者（完結篇）	神坂一	220

境外之城

書號	書名	作者	定價
1HO003	天觀雙俠・卷一	鄭丰（陳宇慧）	250
1HO004	天觀雙俠・卷二	鄭丰（陳宇慧）	250
1HO005	天觀雙俠・卷三	鄭丰（陳宇慧）	250
1HO006	天觀雙俠・卷四（完）	鄭丰（陳宇慧）	250
1HO018	筆靈 1：生事如轉蓬	馬伯庸	199
1HO019	筆靈 2：萬事皆波瀾	馬伯庸	240
1HO020	靈劍・卷一	鄭丰（陳宇慧）	250
1HO021	靈劍・卷二	鄭丰（陳宇慧）	250
1HO022	靈劍・卷三（完）	鄭丰（陳宇慧）	250
1HO023	筆靈 3：沉憂亂縱橫	馬伯庸	240
1HO024	筆靈 4：蒼穹浩茫茫	馬伯庸	240
1HO025	神偷天下・卷一	鄭丰（陳宇慧）	250
1HO026	神偷天下・卷二	鄭丰（陳宇慧）	250
1HO027	神偷天下・卷三（完）	鄭丰（陳宇慧）	250
1HO028	五大賊王 1：落馬青雲	張海帆（老夜）	280
1HO029	五大賊王 2：火門三關	張海帆（老夜）	280
1HO030	五大賊王 3：淨火修練	張海帆（老夜）	280
1HO031	五大賊王 4：地宮盜鼎	張海帆（老夜）	280
1HO032	五大賊王 5：身世謎圖	張海帆（老夜）	280
1HO033	五大賊王 6：逆血羅剎	張海帆（老夜）	280
1HO034	五大賊王 7（上）：五行合縱	張海帆（老夜）	280
1HO035	五大賊王 7（下）（終）：五行合縱	張海帆（老夜）	280
1HO036	三國機密（上）：龍難日	馬伯庸	320
1HO037	三國機密（下）：潛龍在淵	馬伯庸	320
1HO038	奇峰異石傳・卷一	鄭丰（陳宇慧）	250
1HO039	奇峰異石傳・卷二	鄭丰（陳宇慧）	250
1HO040	奇峰異石傳・卷三（完）	鄭丰（陳宇慧）	250
1HO041	風起隴西（第一部）：漢中十一天	馬伯庸	280
1HO042	風起隴西（第二部）（終）：秦嶺的忠誠	馬伯庸	240
1HO043	西遊祕史 1：大唐泥梨獄	陳漸	300
1HO044	西遊祕史 2：西域列王紀	陳漸	320
1HO045	都市傳說 1：一個人的捉迷藏	笭菁	250
1HO046	都市傳說 2：紅衣小女孩	笭菁	250
1HO047	都市傳說 3：樓下的男人	笭菁	250
1HO048	雙併公寓	張苡蔚	250
1HO049	都市傳說 4：第十三個書架	笭菁	260
1HO050	都市傳說 5：裂嘴女	笭菁	260
1HO051	都市傳說 6：試衣間的暗門	笭菁	260
1HO052	生死谷・卷一	鄭丰（陳宇慧）	300

1HO053	生死谷．卷二	鄭丰（陳宇慧）	300
1HO054	生死谷．卷三（最終卷）	鄭丰（陳宇慧）	300

F-Maps

書　號	書　　　　名	作　　　　者	定價
1HP001	圖解鍊金術	草野巧	300
1HP002	圖解近身武器	大波篤司	280
1HP004	圖解魔法知識	羽仁礼	300
1HP005	圖解克蘇魯神話	森瀨繚	320
1HP007	圖解陰陽師	高平鳴海	320
1HP008	圖解北歐神話	池上良太	330
1HP009	圖解天國與地獄	草野巧	330
1HP010	圖解火神與火精靈	山北篤	330
1HP011	圖解魔導書	草野巧	330
1HP012	圖解惡魔學	草野巧	330
1HP013	圖解水神與水精靈	山北篤	330
1HP014	圖解日本神話	山北篤	330
1HP015	圖解黑魔法	草野巧	350

聖典

書 號	書 名	作 者	定價
1HR009X	武器屋（全新封面）	Truth in Fantasy 編輯部	420
1HR014X	武器事典（全新封面）	市川定春	420
1HR026C	惡魔事典（精裝典藏版）	山北篤等	480
1HR028C	怪物大全（精裝）	健部伸明	特價 999
1HR031	幻獸事典（精裝）	草野巧	特價 499
1HR032	圖解稱霸世界的戰術——歷史上的 17 個天才戰術分析	中里融司	320
1HR033C	地獄事典（精裝）	草野巧	420
1HR034C	幻想地名事典（精裝）	山北篤	750
1HR035C	城堡事典（精裝）	池上正太	399
1HR036C	三國志戰役事典（精裝）	藤井勝彥	420
1HR037C	歐洲中世紀武術大全（精裝）	長田龍太	750
1HR038C	戰士事典（精裝）	市川定春、怪兵隊	420

城邦文化奇幻基地出版社

Fantasy Foundation Publications
http://www.ffoundation.com.tw
TEL：02-25007008 FAX：02-25027676

國家圖書館出版品預行編目資料

生死谷・卷三／鄭丰作, -初版-台北市：奇幻基地出版；家庭傳媒城邦分公司發行；2015. 07
（民104. 07）
面：公分. -（境外之城）

ISBN 978-986-91831-3-0（卷3：平裝）

857.9 104011589

ISBN 978-986-91831-3-0
EAN 471-770-209-088-3
Printed in Taiwan.

奇幻基地官網及臉書粉絲團
http://www.ffoundation.com.tw/
http://www.facebook.com/ffoundation

鄭丰臉書專頁
http://www.facebook.com/zhengfengwuxia

生死谷・卷三（最終卷）（特別版）

作　　者／鄭丰
企劃選書人／楊秀眞
責任編輯／王雪莉
業務主任／范光杰
行銷企劃／周丹蘋
行銷業務經理／李振東
總　編　輯／楊秀眞
發　行　人／何飛鵬
法律顧問／台英國際商務法律事務所　羅明通律師
出版／奇幻基地出版
城邦文化事業股份有限公司
台北市 104 民生東路二段 141 號 8 樓
電話：(02)25007008　傳眞：(02)25027676
網址：www.ffoundation.com.tw
e-mail：ffoundation@cite.com.tw
發行／英屬蓋曼群島商家庭傳媒股份有限公司城邦分公司
台北市 104 民生東路二段 141 號 11 樓
書虫客服服務專線：(02)25007718・(02)25007719
24 小時傳眞服務：(02)25170999・(02)25001991
服務時間：週一至週五09:30-12:00・13:30-17:00
郵撥帳號：19863813　戶名：書虫股份有限公司
讀者服務信箱 E-mail：service@readingclub.com.tw
歡迎光臨城邦讀書花園 網址：www.cite.com.tw
香港發行所／城邦（香港）出版集團有限公司
香港灣仔駱克道 193 號東超商業中心 1 樓
電話：(852) 2508-6231 傳眞：(852) 2578-9337
e-mail : hkcite@biznetvigator.com
馬新發行所／城邦（馬新）出版集團
【Cite (M) Sdn Bhd】
41, Jalan Radin Anum, Bandar Baru Sri Petaling,
57000 Kuala Lumpur, Malaysia.
Tel: (603) 90578822　Fax:(603) 90576622
email:cite@cite.com.my

封面設計／陳文德
特約編輯／廖雅雯
排　　版／極翔企業有限公司
印　　刷／高典印刷有限公司
■2015 年（民 104）7 月 30 日初版一刷
■2019 年（民 108）1 月 21 日初版 5.5 刷
售價／300元

廣　告　回　函
北區郵政管理登記證
台北廣字第000791號
郵資已付，免貼郵票

104台北市民生東路二段141號11樓

英屬蓋曼群島商家庭傳媒股份有限公司城邦分公司 收

請沿虛線對摺，謝謝

每個人都有一本奇幻文學的啓蒙書

奇幻基地官網：http://www.ffoundation.com.tw
奇幻基地粉絲團：http://www.facebook.com/ffoundation

書號：1HO054X　　書名：生死谷．卷三（最終卷）（特別版）

請於此處用膠水黏貼

讀者回函卡

謝謝您購買我們出版的書籍！請費心填寫此回函卡，我們將不定期寄上城邦集團最新的出版訊息。

為提供訂購、行銷、客戶管理或其他合於營業登記項目或章程所定業務之目的，英屬蓋曼群島商家庭傳媒(股)公司城邦分公司，於本集團之營運期間及地區內，將以電郵、傳真、電話、簡訊、郵寄或其他公告方式利用您提供之資料（資料類別：C001、C002、C003、C011等）。 利用對象除本集團外，亦可能包括相關服務的協力機構。如您有依個資法第三條或其他需服務之處，得致電本公司客服中心電話(02)25007718請 求協助。相關資料如為非必要項目，不提供亦不影響您的權益。

姓名：＿＿＿＿＿＿＿＿＿＿ 性別：□男 □女

生日：西元＿＿＿＿年＿＿＿＿月＿＿＿＿日

地址：＿＿＿＿＿＿＿＿＿＿

聯絡電話：＿＿＿＿＿＿＿＿傳真：＿＿＿＿＿＿＿＿

E-mail ：＿＿＿＿＿＿＿＿＿＿

學歷：□1.小學 □2.國中 □3.高中 □4.大專 □5.研究所以上

職業：□1.學生 □2.軍公教 □3.服務 □4.金融 □5.製造 □6.資訊

□7.傳播 □8.自由業 □9.農漁牧 □10.家管 □11.退休

□12.其他＿＿＿＿＿＿＿＿

您從何種方式得知本書消息？

□1.書店 □2.網路 □3.報紙 □4.雜誌 □5.廣播 □6.電視

□7.親友推薦 □8.其他＿＿＿＿＿＿＿＿

您通常以何種方式購書？

□1.書店 □2.網路 □3.傳真訂購 □4.郵局劃撥 □5.其他

您購買本書的原因是（單選）

□1.封面吸引人 □2.内容豐富 □3.價格合理

您喜歡以下哪一種類型的書籍？（可複選）

□1.科幻 □2.魔法奇幻 □3.恐怖 □4.偵探推理

□5.實用類型工具書籍

您是否為奇幻基地網站會員？

□1.是□2.否（若您非奇幻基地會員，歡迎您上網免費加入
http://www.ffoundation.com.tw/）

對我們的建議：＿＿＿＿＿＿＿＿＿＿

請於此處用膠水黏貼